한국 단편소설의
출현과
근대 신문 · 잡지

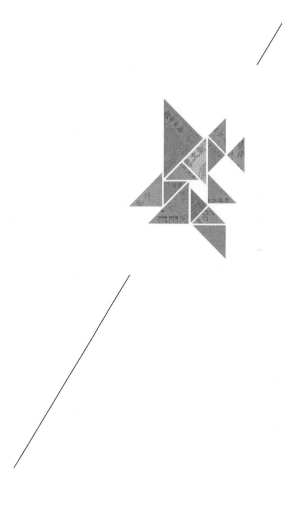

| 지은이 |

이유미(李有美, Lee, You-mi)_ 연세대 학부와 대학원에서 국어국문학을 전공했다. 2001년 「1950년대 소설의 서사적 특성 연구」로 석사학위를, 2011년 「근대 단편소설의 전개 양상과 제도화 과정 연구」로 박사학위를 받았다. 공저로 『근대계몽기 단형 서사문학 자료전집』(2003), 『한국 근대 서사양식의 발생 및 전개와 매체의 역할』(2005), 『근대계몽기 문학의 재인식』(2007), 『식민지시기 검열과 한국문화』(2013) 등이 있다.

한국 단편소설의 출현과 근대 신문·잡지

초판 인쇄 2019년 8월 16일 **초판 발행** 2019년 8월 25일

지은이 이유미 **펴낸이** 박성모 **펴낸곳** 소명출판 **출판등록** 제13-522호

주소 서울시 서초구 서초중앙로6길 15, 1층

전화 02-585-7840 **팩스** 02-585-7848 **전자우편** somyungbooks@daum.net **홈페이지** www.somyong.co.kr

값 27,000원 ⓒ이유미, 2019
ISBN 979-11-5905-427-3 93810

한국 단편소설의 출현과 근대 신문·잡지

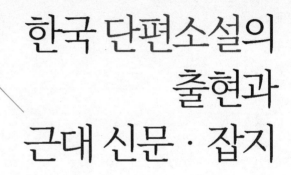

이유미 지음

The Appearance of Korean Short Story and Modern Press

소명출판

책머리에

이 책『한국 단편소설의 출현과 근대 신문·잡지』는 1890년대부터 1910년대까지 발간된 신문과 잡지에서 확인 가능한 단편소설을 통해 근대 단편소설의 출현을 추적하고, 단편소설이 제도화되는 과정을 살펴보고자 한 것이다. 근대적 미디어인 신문과 잡지는 당대 지식인들의 시대인식이 반영된 서사의 생산 기반이었고, 단편소설의 등장과 존재방식 역시 그 자체로 고유하게 존립한 것이 아니라 매체 내에서의 모색과 분투의 과정을 거친 것이었다는 관점을 취한다. 단편소설의 형성과정을 추적하는 과정에서 각각의 단편 작품은 개별적인 고유성을 갖기보다는 그것을 담아낸 제도 권력 안에서 존재함을 확인할 수 있었다. 신문은 독자의 흥미를 끌어 구독을 늘리는 방편으로 소설을 연재했고, 연재되는 장편소설과 구별되는 개념으로 단편소설란을 배치했다. 월간으로 발간되는 잡지의 경우, 지면 구성상 작품의 일회적 완결이 요구되고, 신문처럼 다수의 일반 대중을 독자층으로 상정하지 않으며, 대중화되지 않은 만큼 자본 동원력이나 조직 구성면에서 신문 미디어보다 수명이 훨씬 짧다. 따라서 길이면에서 자연스럽게 단편양식을 선택하게 되었다.

이 책에서는 근대 미디어인 신문과 잡지의 개황을 정리하고 각각의 매체적 특성이 어떻게 변별되는지를 유형화하여 단편소설이 어떻게 수록되고 생산되고 확산되는지 살펴보는 방식을 취했다. 그 과정에서 단편소설의 근대적 가치 형성을 주도한 주체, 실천의 과정, 역사적 정황을 각각 신문과 잡지별로 대별해 봄으로써 한국 신문과 잡지의 단편소설의 특성을 정리해 보았다. 개별 매체의 성격과 매체에 실린 단편소설과의 관계를 통해 근대 매체는 단순히 소설 작품을 수록하여 전달하는 매개적 개체가 아닌 소설의 형성에 구성적으로 관여하고 있었다.

신문 단편소설의 출현은 근대 신문의 미디어적 속성인 계몽과 선전 요소와 결합하여 활용되며 전개되었고, 각각의 시대 분위기에 부합하는 일본의 식민 통치 전략과 직간접적인 관련을 맺으며 만들어진 기획 산물이었다. 이처럼 신문 단편소설이 대중 독자 포섭을 위한 편집 기획의 산물로 시작되었다면 잡지 단편소설은 식민지 현실에 대한 지식인 필자의 현실 인식의 산물이다. 잡지 단편소설의 출현은 1900년대 각 학회 단체의 학회에 관여하던 지식인, 근대 학교교육을 받고 있던 청년 학생층, 1900~1910년대 일본 유학생, 1910년대 천도교, 시천교, 불교계 종교인, 유학 경험을 바탕으로 근대문학 개념의 재편에 관여한 필자들의 발행 작업을 중심으로 형성되었다.

각 시대의 문학 양식은 그것을 담아내는 제도와 일정한 관계를 맺고 변화한다. 단편소설의 출현을 추적하는 과정에서 그 대상의 시기를, 인쇄 매체가 발간되어 저널리즘이 발현되는 1890년대부터 한국에 본격적인 문단 구도의 맹아가 싹트기 시작하는 1910년대까지로 한정한 이유는 여기에 있다. 근대 초기 신문과 잡지는 한문 소양을 갖춘 지식인들이 근대적 지식을 수용하는 과정에서 당대 현실 인식을 표출하던 실험의 장이었다. 근대 미디어가 수행한 역사적 역할은 정보와 지식의 대중적 해방에 있었다. 근대 미디어는 신분과 특권에 귀속되어 있던 지식과 정보의 흐름을 변화시켜 대중성에 근거한 근대 주체의 탄생을 촉진했다. 이러한 미디어의 성격은 근대사회의 계급 평등적 정치 철학의 확신과 그것에 기반한 '국민'의 형성에 기여했다. 한국의 경우, 미디어의 역할은 더욱 중요했는데, 그 이유는 미디어와 함께 근대 지식 정보의 생산과 유통을 담당했던 국가 교육체계, 출판 자본 활동이 상대적으로 충실하지 못했기 때문이다. 따라서 근대 초기 한국사회에서 미디어는 거의 독보적인 대중적 영향력을 지니고 있었다.

기존의 단편소설에 대한 인식은 근대문학의 형성, 근대소설의 등장이라는 타이틀을 앞세우고 시작되었다. 단편소설은 한국문학이 얼마나 근대적이 되었는가를 대표하는 양식으로 그 상징적 지위를 부여받음으로써 장편소설에 비해 문학성, 예술성을 보장받았다. 이는 역량있는 연구자들의 부단한 연구 성과들로 인해 소설 양식의 기원에 대한 담론이 풍성해졌음에도 불구하고, 여전히 단편소설은 장편소설에 비해 그 양식 자체로서 미학적 완성을 이루며, 문학적으로 도달해야 할 가치라고 판단하는 관점이 내재되어 있기 때문이다. 이 책은 근대 인쇄 미디어에서 단편소설이라는 말이 신문에서 처음 등장했고, 잡지에서 그 양식을 적극 활용함으로써 단편소설이 '출현'한 것임에 주목하였다. 이로써 첫째, 근대 초기 신문·잡지에 게재된 단편소설을 역사적으로 개관하고, 둘째, 단편소설의 출현이 각 매체와 어떠한 관련을 갖는지 양상을 밝히고, 셋째, 근대 신문·잡지가 단편소설을 생산하는 방식에서 보이는 차별점을 검토하고, 넷째, 단편소설의 작자층인 근대 지식인들의 당대 현실인식을 살펴보고, 다섯째, 한국 근대문학사/소설사에서 단편양식이 갖는 위상을 고찰해 보고자 한다.

이 책은 박사논문 「근대 단편소설의 전개 양상과 제도화 과정 연구」

를 다듬고 보완한 것이다. 그리고 니콜라이 고골, 제임스 조이스, 안톤 체호프, 이청준의 단편소설을 좋아했던 10대 문학소녀에서 한국전쟁 직후의 단편소설을 알게 된 20대 연구 초년생 시절을 거쳐 그간 문학사에서 배제되었던 100여 년 전의 한국 근대 자료에서 단편양식을 만났던 박사 과정생 시기의 경험이 바탕이 되었다. 하지만 마무리 짓기 어려운 문학에 대한 문제의식을 계속 안은 채 학위 취득 이후 꽤 오랜 시간동안 책을 내기 망설이며 실행에 이르기까지 많은 고민을 거듭했다. 인공지능과 인간의 창작 소설이 구별되지 않는 초지능 시대를 앞두고 문학이, 소설이, 어떤 의미를 가지는지에 대한 의문을 지속적으로 던지는 지금 시점에 한 세기 이전의 한국 근대 초기 신문·잡지의 단편양식을 살펴보는 것은 어떤 의미일까. 무수한 지식의 습득보다 무지의 자각과 성찰적 사고가 중요한 이유를 문학에서 발견했다. 내가 무엇을 모르는지 자각하고 질문하는 법을 알게 해 준 것은 문학을 공부하면서였다. 그렇게 배운 기술로 계속해서 세상에 대한 질문을 던지고 답을 찾아갈 것이다. 한 발자국을 더 내딛기 위해서는 걸었던 길을 돌아보는 정리가 필요하다는 생각에 출간을 결심했다.

책이 나오기까지 도움을 주신 한국문학 연구자 분들께 무한한 사의를 표한다. 특히 학문 연구 방법의 길이 되어 주셨던 김영민 선생님과 문학 연구자의 눈이 되어 주셨던 정현기 선생님께 감사드린다. 자료를 함께 읽고 논하는 귀한 시간을 허락해 주셨던 연세대학교 근대한국학 연구소 소속 연구자 동학 분들께도 깊은 감사 인사를 드린다. 귀한 출간 기회의 손을 내밀어주신 소명출판의 박성모 사장님과 원고를 다듬어주신 공홍 님, 이정빈 님을 비롯해 출판사 직원분들께는 어떻게 감사 인사를 드려야 할지 모르겠다. 한국문학 연구의 꼼꼼한 기록과 인문학

부흥의 충실한 내실을 위해 박성모 사장님께서 오랫동안 건재하시길 기원한다.

언제나 내 뒤를 받쳐주시며 기도해 주시는 아버지 이북도, 어머니 고정화, 시어머님 장연초, 항상 내 옆에서 같이 걸으며 힘이 되어주는 남편 구장률, 매 순간 내 눈을 행복하게 해 주는 딸 구승민, 구승하에게 이 책을 드린다.

저자 이유미

차례

제1부

근대 신문·잡지와
단편소설의 상관성

제1장

근대 신문의 탄생과 소설란의 단편소설 추이

신문은 근대 전환기에 등장한 새로운 매체였다. 서구의 경우, 대체로 1609년의 *Relation*과 *Aviso*라는 주간 신문을 최초의 신문으로 꼽고, 1650년 라이프치히에서 발행된 *Einkimmende Zeitungen*을 최초의 일간 신문으로 보고 있다. 당시 국제 무역의 메카였던 독일의 라이프치히에서 탄생했을 때, 그것은 순전히 정보 상품이었다. 국제 무역 상인들의 생존에 매우 중요한 상품 시세를 알리는 내용은 매우 성황리에 팔렸다.[1]

한국에서 발간된 최초의 근대적 매체인 『조선신보朝鮮新報』도 일본인들이 발간한 상업지였다. 1881년 12월 10일에 창간된 『조선신보』는 부산 지역을 중심으로 상업 활동을 하는 일본인들의 모임인 재부산항상법회의소在釜山港商法會議所를 주체로 열흘에 한 번씩 발행되었다. 조선에 거주하던 일본인을 주독자로 삼아 일본어로 된 경제 관련 소식 및 논설, 기사 등을 실었지만, 조선인 독자를 염두에 둔 순한문체 기사도 수록했다. 특히 『조선신보』는 일본 신문의 영향 아래 우리나라에서는

---

1   베르너 파울슈티히, 황대현 역, 『근대 초기 매체의 역사—매체로 본 지배와 반란의 사회문화사』, 지식의풍경, 2007, 347~353쪽.

신문에 처음으로 '잡보雜報'라는 용어를 도입하여 사용했다. 잡보란에서는 조선의 정치, 경제, 사회, 문화적 사건을 두루 다루었고, 조선의 풍속 소개 등의 다양한 흥미성 기사가 실렸다. 특히 잡보란에 문학작품을 수록했다. 1882년 4월 5일 자부터 조선국 금화산인金華山人 원저, 일본국 노송헌주인鷺松軒主人 역술의 「조선임경업전朝鮮林慶業傳」을 연재하기 시작한 것이다. 이 작품을 연재하는 과정에서 주목할 만한 부분이 신문 편자編者의 의도를 확인할 수 있다는 점이다. 이 소설 1회를 수록하기에 앞서 앞부분에는 다음과 같은 편자 주가 실린다.

編者曰く朝鮮國烈士林慶業の功績多さは粗ば世人の知る所なるが曾て同國の學士金花山人の編次したる傳あり我譯官寶適繁勝君頗る烈士の功績を慕ひ今其傳を譯せるあり余頃日これを閲するに誠に烈士の艱難辛苦看者をして斷腸の思ひあらしぬがつや自ら朝鮮內地の事情を知るに於て稗盆するもの盖し鮮少ならを故に余敢て稿を君に請ひ本紙每號雜報欄內に陸續載せて看官諸彦の高寬に供すと云爾[2]

조선에서 발간된 신문 중 연재작품을 게재하면서 실은 최초의 편자 주라 할 수 있는 이 글에는 ① 조선국 임경업의 공적이 세상 사람들에게 널리 알려져 있다는 것, ② 조선 학사學士 금화산인이 편찬한 책을 구했다는 것, ③ 편자가 역관 호우즈미 시게카츠寶適繁勝 군에게 번역을 부탁하고, 번역본을 검열했다는 것, ④ 번역본을 읽으니 열사의 간난신고가 애끓는 마음이 들게 한다는 것, ⑤ 이 자체로 조선 내지의 사정을 아

2   韓國古書同友會 編,『韓國古書同友會 文獻資料叢書 第一輯 朝鮮新報(影印本)』, 韓國出版販賣(株), 1984, 95쪽.

는데 도움이 되는 바가 적지 않다는 것, ⑥ 편자의 권한으로 이 원고를 매호 잡보란에 실으니 여러 선비들의 관심을 부탁한다는 내용이 기록되어 있다. 임경업(1594~1646)은 병자호란 당시 청나라에 대항하여 송시열 등 다수 사대부 문인들에게 입전되며 충신·명장으로 칭송되었던 실제 인물이다. 숙종 때 충민忠愍이라는 시호가 내려졌고, 정조 때는 왕의 명령에 의해 그의 일생을 기록한『임충민공실기林忠愍公實記』(1791)가 편찬·간행됨으로써 임경업은 국가적으로 공인된 민족영웅으로 선양되었다. 그런데 임경업에 대한 사적史的 기록에 의하면 실제로 임경업은 전쟁다운 전쟁을 한 적이 없다. 더욱이 청나라에 잡혀 있다가 조선으로 돌아올 때는 죄인의 신분이었기 때문에 영웅의 모습과 거리가 멀다. 이러한 임경업의 업적에 대한 회의적인 시각이 숙종대에 와서 변모한다. 숙종대 이후 국가적 정책 이념으로 강조된 '숭명배청崇明背淸'의 연장선으로 패배한 전쟁에 대한 심리적 보상의 바람이 반영되어 임경업이 복권된 것이라 볼 수 있다.[3] 그런데『임경업전』이 유명한 또 다른 이유는 다름 아닌 '담배가게 살인사건'과 관련이 있는 소설이기 때문이다.

종로거리 담배가게에서 소사패설(小史稗說)을 듣다가, 영웅이 뜻을 이루지 못한 대목에 이르러 눈을 부릅뜨고 입에 거품을 물면서 연초(煙草)를 썰던 칼을 들고 앞으로 달려들어 책 읽는 사람을 쳐서 그 자리에서 죽게 하였다.[4]

---

3   박경남, 「임경업 영웅상의 실체와 그 의미」, 『고전문학연구』 23, 한국고전문학회, 2003, 208쪽.

4   『正祖實錄』 권31, 14년 8월 무오; 무악고소설연구회 편, 『한국고소설관련자료집』 2, 이회, 2005.

소설을 읽어주던 전기수가 청중에게 살해당했다는 이 사건은 조선 왕조실록에도 기록이 남을 만큼 조선 사회에 큰 파문을 일으켰다. 그간 연구자들은 이 "영웅이 뜻을 이루지 못한 대목"이라는 구절에 착안하여 『삼국지연의』 등과 같은 군담소설일 것으로 추정하다가 심노숭(1762~1837)의 문집에서 이 작품이 『임장군전(임경업전)』임을 확인하게 되었다.

촌에서 소위 『임장군전』이라 하는 언문소설을 덕삼이가 가지고 왔으나 그는 치통 때문에 제대로 낭독하지 못하였다. 내가 그것을 취하여 등불 아래에서 보니 사적이 어그러지고 말이 비루하고 잘못되어 통하지 않는 곳이 많았다. 이것은 서울 담뱃가게ㆍ밥집의 파락악소배들이 낭독하는 언문 소설로 예전에 어떤 이가 이를 듣다가 김자점이 장군에게 없는 죄를 씌워 죽이는 데 이르러 분기가 솟아올라 미친듯이 담배써는 큰칼을 잡고 낭독자를 베면서, "네가 자점이더냐?"라 하니 같이 듣던 시장 사람들이 놀라 달아났다고 한다. 이에서 악을 미워하고 선을 좋아하는 인심을 볼 수 있으니 살아 있는 자점을 보았을 정도라면 그는 적을 쫓아 저버리는 일은 하지 않을 자일 것이다.[5]

살인사건이 일어났을 무렵에는 '임경업=민족/민족영웅'이라는 공식이 자리매김되었을 것이다. 1699년 송시열이 임경업의 전을 쓴 이후로 여러 임경업 전기가 저술되었고, 1780년에 『임경업전』 목판본 49장본이 간행되었으며, 박지원은 거리에서 『임장군전』을 암송하는 상황

---

5   심노숭, 『孝田散稿』; 심노숭, 김영진 역, 『눈물이란 무엇인가』, 태학사, 2001, 159쪽.

을 묘사하기도 했다.[6] 『임경업전』은 살인이라는 극단적인 사건과 함께 오랫동안 회자되었던 소설이었고, '소설은 사람의 마음을 움직인다'는 점을 여실히 보여주는 유명한 작품이 되었다. 아마도 19세기에 조선에서 활동하던 일본인들에게도 강력한 인상을 주는 소설이었던 듯하다. 『조선신보』를 발행하던 일본인 편집인은 이 소설을 통해 일본인 독자들이 조선 내지 사정을 아는 데에 더욱 도움이 될 것임을 강조하고 있다. 『임경업전』의 연재는 일본인 독자들로 하여금 작품 자체를 통한 감흥을 목적으로 하기보다는 조선 사람들의 정서를 이해하기 위한 수단으로 이루어진 것이라 볼 수 있다. 이 편자 주는 일본인 발간 신문에서 조선 고소설을 수록한 의도를 보여주는 동시에 편자의 역할과 권위를 보여주는 최초의 실례라고 할 수 있겠다.

한국 최초의 근대 신문이라 일컬어지는 『한성순보漢城旬報』가 창간된 것은 『조선신보』의 발간으로부터 약 2년이 지난 1883년 10월이다. 『한성순보』의 창간은 개화파인 박영효, 유길준 등의 노력의 결과였다. 『한성순보』는 비록 열흘에 한 번 발행되고, 체재 또한 도서 제본으로 발간되었지만, 형식적 측면에서는 신문의 모습을 갖추고 있었다. 『한성순보』는 잡보란을 따로 두지는 않았고, 1884년 6월 14일 자 '각국근사各國近事'란에 「아리사다득리전亞里斯多得里傳」이라는 순한문 전傳 작품을 수록했다. 이것 역시 창작물이 아니고, 앞머리에서 언급하듯이 『중서견문록中西見聞錄』 중의 「작약슬서艾約瑟書」에 실린 내용을 옮겨온 것이다. 일본인 편집인이 조선 정세를 알기 위해 조선의 고소설을 번역하여 실었다면, 조선의 최초 신문을 만든 개화파 지식인은 천하(서양)

---

6   황은주, 「조선 후기 고소설 연행과 「임경업전」」, 『한국어문학연구』 53, 한국어문학연구학회, 2009, 247쪽.

의 정세를 알기 위해 아리스토텔레스전을 게재한 것이다.

근대계몽기 신문 중에서 잡보란이 활성화되는 것은 역시 일본인이 발간한 『한성신보』부터이다. 부산의 일본 낭인浪人 집단들이 활동지를 서울로 옮기면서 1895년 2월 17일 자로 창간된 신문이다. 이 신문은 격일간 신문으로 출발하여 1903년부터 일간으로 바뀌었다. 현전하는 『한성신보』를 살펴보면 잡보란을 매우 중시했다는 것을 알 수 있다. 특히 『한성신보』 잡보란에는 상당수의 서사문학 자료를 수록하고 있다. 『한성신보』는 잡보란에 국문 단편서사물을 싣다가 1897년 1월부터 소설란을 잡보란에서 분리하여 독립적인 난으로 개설한다. 일본에서 근대적 형태의 일간신문이 나오기 시작한 것은 1860년대이다. 초기에는 정론을 중심으로 하는 대신문大新聞이 창간되다가 서민대중도 읽을 수 있는 오락적 요소가 강한 소신문小新聞이 등장하였다. 소신문은 대중을 신문으로 끌어들이기 위한 방책으로 통속적이고 오락적인 이야기들을 싣는 데에 관심을 기울이고, 그 과정에서 전대에 유행하던 소설들을 연재함으로써 독자를 확보하였다.[7] 조선에서는 『조선신보』가 그런 시도를 보여주는 첫 신문이었다면, 『한성신보』가 외무성의 지원 아래 본격적으로 소설란을 활용하여 한국 독자층을 공략하기 시작했다. 『한성신보』 잡보란과 소설란에 실린 소설은 대부분이 국문으로 된 짧은 서사물이었다. 『한성신보』의 이 같은 흐름은 역시 일본인 발행신문인 『대한일보』로 이어진다. 『대한일보』는 러일전쟁 발발 직후인 1904년 3월 10일에 인천 조계지에서 창간된 일간신문이다. 3면 잡보란에 흥미로운 한글기사를 실어 한문을 모르는 독자를 포섭하고, 조선조

---

7   本田康雄, 『新聞小說の誕生』, 平凡社, 1998, 41~46쪽.

부터 유행하던 전설·설화·민담·야담류 서사를 고정적으로 배치하여 독자들의 이목을 끌고, 대중이 좋아하는 국문소설책을 구해서 연재하는 방식은『한성신보』에서 활용된 지면 편집체재와 동일하다. 1904년까지 발행되던 여타 신문에서 이처럼 잡보란을 활성화하고 잡보란에 국문 단편서사물을 수록하고 있는 경우는 일본인 발행신문인『한성신보』와『대한일보』뿐이었다.『대한일보』1904년 8월 12일 자에는 '단편소설短篇小說'이라는 표제어를 최초로 사용하는 국한문소설이 제1면에 실린다. 그리고 이 '단편', '단편소설'이라는 용어는 1906년『만세보』에 이르러서야 재등장하게 된다.

1906년 2월『대한매일신보』에 소설란이 개설된 이래, 각 매체에 본격적으로 소설을 지면에 수록하게 된다. 당시 발행하던 국문신문 중 지속적으로 단편서사물을 발표한 신문은『제국신문』과『경향신문』이다. 소설란이 생기기 이전, 1890년대 말에서 1900년대 초기에 신문 논설란에 지속적으로 발표된 '서사적 논설'은 당대 조선 지식인들의 백성을 향한 문명개화와 계몽 설파의 실천적 서사 전략이었다. 잡보란에서 소설란이 분화하고, 소설란이 독립되면서 이제 신문 편집자들은 소설이라고 할 만한 서사 작품들을 찾기 시작한다. 그 과정에서 부녀자를 비롯한 일반 백성의 자극을 유발하는 고담과 우화 같은 짧은 단편서사물이 당대를 대표하는 단편소설로 자리매김하게 된다.

『만세보』와『대한민보』는 장편으로 연재하던 다른 소설과 구별되는 개념으로 '단편', '단편소설'이라는 표제어를 활용한 신문이다. 또한 작가의 필명을 함께 병기함으로써 소설 창작 전문 작가를 인정했다는 점과 단편소설과 소설이 분명 구별되는 개념임을 표명했다는 점에서 특별한 의미를 가진다. 1906년 6월에 창간되어 1907년 6월까지 발행한 천도교 신문 『만세보』는 지면체재나 기사 논조, 문학 작품 수록면에서 주필인 이인직의 영향이 지대했다. 특히 이인직은 일본 유학시절, 신문기자 되는 법의 하나로 '단편작법短篇作法'을 익혔고, 실제 일본의 신문사에서 견습생활을 통해 단편소설을 발표한 이력도 갖고 있었다. 『대한민보』는 1909년 6월에 창간한 대한협회 기관지이다. 1910년 8월 한일병탄으로 강제 폐간되기까지 1년 남짓 동안 소설란을 고정하여 지속적으로 작품을 발표하였고, 그 과정에서 단편소설은 소설小說, 신소설新小說, 풍자소설諷刺小說, 골계소설滑稽小說 등과 구별되는 용어로 사용되었다. 『대한민보』에는 소설란이 구획되기 전 논설이나 기서란 등에 포진되었던 단형서사물의 성격을 띤 단편소설과 숏스토리short-story라 부를 만한 일회적 단편기법을 살린 작품들이 단편소설이라는 표제어로 발표되는 등 당대 신문 단편소설의 유형이 총망라되어 있다.

　『만세보』와 『대한민보』에서 정착된 단편소설란은 1910년대 『매일신보』에서 제도적으로 확립된다. 『매일신보』는 1910년대 유일하게 발간된 조선총독부 기관지이다. 1910년대 『매일신보』에는 소설을 비롯해 희곡, 동화, 고담 등 다양한 서사 장르의 서사 자료가 140편 넘게 실렸다. 이 중 소설은 1912년 7월 18일까지는 '신소설'과 '단편소설'란에, 그 이후에는 '단편소설' 또는 아무 게재란 표시 없이 수록되었다. 장편의 연재서사물을 지칭하는 '신소설'과 구별되는 용어로서의 『만세보』, 『대한민보』의 '단편소설'은 『매일신보』에도 그대로 계승되었다.[8] 1910년대 『매일신보』에서 단편소설은 '응모단편소설', '현상단편소설', '단편문예' 등으로 명명되었고, 장편은 1면과 4면에, 단편은 주로 3면에 게

8　김재영, 「근대계몽기 '소설' 인식의 한 양상」, 『국어국문학』 143, 국어국문학회, 2006, 439쪽.

재되었는데, 신년 특집호의 경우에는 1면이나 특별면에 배치되었다.

『매일신보』 발간 직전, 1년여간 발간되던 『대한민보』에는 3편의 단편소설이 수록되는데, 이 작품들은 모두 장편서사와의 분량상 차이만을 지닌 단편소설로 제시되는 것이 아니라, 각각의 주제와 의도에 따라 단편기법이 효과적으로 활용되었다. 새해 아침의 특별성을 부각하며 희망과 투혼을 다짐하는 우화 형식의 단편소설, 신문 창간 1주년을 기념하는 날, 독자들에게 신문사를 강렬하게 각인시키기 위해 인상적인 장면 제시를 활용하는 유형의 단편소설, 등장인물의 내면 심리가 서사 전체를 관통하며 그 자체로 완결된 세계를 구성하는 유형의 단편소설이 그것이다.

『대한민보』 단편소설의 유형은 1910년대 『매일신보』에서 총 세 유형으로 세분화된다. 먼저 신년 특집호로 1911년, 1912년, 1913년, 1914년, 1915년, 1916년, 1919년에 발표한 '신년특집단편'이다. 여기에는 신년 아침의 희망찬 기운이나 새해 악습으로 반복되는 폐단을 계몽하는 내용이 서사화된 단편소설과 각각의 새해를 상징하는 십이지의 띠동물을 소재로 한 단편소설이 발표되었다. 두 번째 유형은 1910년대 『매일신보』에서 실시한 총 4차례의 현상문예를 통해 발표된 '현상응모단편'이다. 『매일신보』는 1912년 2월, 1914년 12월, 1916년 12월, 1919년 6월에 걸쳐 현상문예를 실시했다. 1910년대 『매일신보』에 게재된 단편소설의 절반 이상은 이 현상문예를 통해 당선된 작품이다. 세 번째 유형은 '독자 기고 단편'이다. 1910년대 『매일신보』에는 현상응모단편소설 외에 독자기고 단편소설이 존재한다. 응모나 현상, 선작選作이라는 표시 없이 그냥 단편소설이라는 표제가 붙어 있는 작품인데, 작가 이름 옆에는 작가의 거주지역을 명기하거나 기고인이라는 소개를 통해 『매일신보』소속 기자가 아님을 알려준다.

『매일신보』는 총독부 기관지로서 총독정치를 선전하고 그를 통해 조선의 독자를 계몽하겠다는 것이 목적인 신문이었다. 1910년대 『매일신보』는 총독부의 강력한 언론 통제 속에서 유일한 국문신문으로 존재하면서 일제의 동화주의와 문명개화와 같은 식민지 지배 담론을 적극적으로 유포시키는 역할을 수행했다. 『매일신보』 단편소설은 편집진의 의도에 따라 유형화가 가능하지만, 문예 전문 기자에 의한 작품이든, 현상응모로 선정된 작품이든, 독자 기고로 실린 작품이든 『매일신보』에 수록되는 순간 『매일신보』 발행 편집진의 기획물로 존재한다는 특징이 있다. 『매일신보』 단편소설은 총독부 통치 이데올로기 추수와 조선 풍속 개량을 위한 계몽적 선전 도구 수단으로 장편소설보다 더욱 직접적인 방식으로 활용되었다.

제2장

근대 잡지의 출현과 단편소설의 확산

세계 최초의 잡지라고 할 수 있는 *Erbauliche Monats Unterredungen*이 정기 간행물로서 독일에서 창간된 것은 1663년이었다. 번역하자면, '유익한 월간토론집月刊討論集' 정도가 될 텐데, 이 잡지는 함부르크의 신학자이며 시인인 요한 리스트Johann Rist에 의해 발간되었다. 곧 이어서 프랑스에서는 작가인 드니 드 살로Denis de Sallo가 *Journal des Savants*을 1665년 창간하였다. '학자學者잡지'로 번역되는 이 잡지는, 창간 취지에서 "모든 도서를 읽고자 원하되 그렇지 못하는 사람들을 위안하기 위하여"라고 밝혔듯이, 신간 도서의 요약과 과학 및 문학에 대한 새로운 지식의 소개를 주요 내용으로 하였다.[1] 신문보다 더욱 전문적인 목적을 갖고 있었음을 알 수 있다. 이러한 잡지 발행의 바람은 유럽 전역에 퍼져, 영국에서는 학사원Royal Society에서 *Philosophycal Transactions*(철학회보)를 창간했고, 이탈리아에서는 학자이며 성직자인 프란체스코 나짜리Francesco Nazzari가 문예잡지인 *Giornale de letterati*를 창간하였다. 이처럼 세계에서

---

1   *The New Encyclopedia Britannica*, Vol. 26, 1985, p. 483.

최초로 발간된 잡지들은 모두가 일련의 학술잡지로 출발하였고, 주로 학자와 정치인 등 지식층을 독자 대상으로 하였다.

잡지라는 말의 원어^{原語}인 '매거진^{Magazine}'이라는 말이 처음으로 사용된 것은 영국에서였다. 즉 영국의 인쇄업자인 케이브^{Edward Cave}가 1731년 *Gentleman's Magazine*이란 월간 종합지를 창간하면서부터이다. 이 잡지는 당시 법으로 금지되어 신문에도 감히 쓰지 못했던 국회 관계의 뉴스와 평론을 대담하게 다루어 잡지사상 기억될 만한 공헌을 남겼다. 이때부터 정기 간행물인 잡지에 대해서 '창고' 또는 '저장소'라는 뜻을 가진 '매거진'이란 말이 '지식의 창고'로 전화^{轉化}되어 널리 사용되기 시작했다.[2]

동양에서 서구식 잡지문화가 가장 먼저 시작된 곳은 중국이다. 중국은 신문보다도 잡지가 먼저 발간되었다는 점이 특이하다. 1815년 8월에 영국인 선교사 로버트 모리슨^{Robert Morrison}이 중국 최초의 잡지인 『찰세속해월통기전^{察世俗海月統記傳}』(영문명 : *Chinese Monthly Magazine*)과 이어서 『동서양고해월통기전^{東西洋考海月統記傳}』(영문명 : *Eastern－Western Monthly Magazine*)을 발간했다. 이 잡지들은 기독교 전파와 중국인들의 지적 능력 개발을 취지로 하여 주요 내용을 종교와 도덕성 함양 기사, 천문학, 역사, 정치 사건과 같은 신지식 및 시사적 뉴스를 중심으로 하고 있다. 일본에 잡지라는 미디어가 등장한 것은 1867년의 일이다. 이 해는 메이지 원년의 전년으로 10월에 야나가와 슌산^{柳河春三}이 『서양잡지^{西洋雜誌}』라는 제명의 잡지를 창간했다. 원래는 여러 가지 일을 기록한다는 의미를 가진 '잡지'라는 말이 '매거진'의 역어로 사용된 것은 야나가와의 『서양

---

2   Theodore Peterson, *Magazine in the Twentieth Century*, University of Iillinois Press Urbana, 1984, p.4.

잡지』를 통해서이다. 야나가와는 당시 네델란드어 통역관이었고, 네델란드 잡지에서 기사를 택해『서양잡지』에 번역하여 게재했다. 이후 잡지 창간이 성행하면서 발간되는 대표적인 잡지는 1874년 3월에 창간된『명육잡지明六雜誌』이다.『명육잡지』는 모리 아리노리森有礼, 미츠쿠리 슈헤이箕作秋坪, 니시 아마네西周, 쓰다 마미치津田眞道, 후쿠자와 유키치福澤諭吉 등에 의해 조직된 메이로쿠샤明六社의 기관지였다. 메이로쿠샤는 학술연구, 지식교환을 목적으로 한 학술연구단체였다.『명육잡지』는 일본의 근대화에 있어서 서양문화를 수용하는 과정에 결정적인 역할을 수행했다. 구미문화의 수용 이입에 머물지 않고, 근대일본에 있어서 사상문화의 형성에 영향을 미친다.『명육잡지』는 문명개화론, 언어정책, 부인문제, 철학, 사상, 정치, 경제, 법률, 교육 등 다양한 내용에 걸친 총 114편의 논문을 게재하며 현대 일본의 사상 문화가 가진 방향을 고찰할 수 있는 근원점이 되었다.[3] 이 잡지는 계몽잡지인 동시에 정치비판의 성격을 띠었다. 논하는 문제는 자연과학과 사회과학, 문학, 종교의 각 일반에 이르기 때문에 내용상으로는 종합잡지의 시초라고도 볼 수 있다고 평가된다.[4]『명육잡지』에 이어 일본에서 종합잡지의 선구는『국민지우國民之友』와『태양太陽』을 꼽는다.『국민지우』는 도쿠토미 소호德富蘇峰가 1887년 민유샤民友社에서 발간한 종합잡지로서, 창간호 표지에는 "The nation's Friend—정치사회경제급문학의 평론政治社會經濟及文學の評論"이라고 인쇄되어 있다. 체재는 '시사평론, 국민지우, 논설, 특별기서, 잡록'으로 구성되어 있다.『태양』은 1895년 1월에 창간하

3　植田康夫,「總合雜誌の盛衰と編輯者の活動」,『帝國日本の學知』4, 岩波書店, 2006, 144~151쪽 참조.
4　西田長壽,『明治時代の新聞と雜誌』, 至文堂, 1966.

였다. 논설, 사전史傳, 지리, 소설, 잡록, 문원, 예원藝苑, 가정, 정치, 법률, 문학, 과학, 미술, 상업, 농업, 공업, 사회, 해외사상, 여론일반, 사회안내, 신간안내, 해외휘보, 해내海內휘보, 영문英文 등 24종에 걸친 구성으로 이루어졌다. 일본의 종합 잡지는 "정치, 경제, 사회를 둘러싼 평론에 중점을 두면서, 제산업의 지식기술의 보급에 공헌하고, 또한 예술이나 가정생활의 방면에서도 지표를 삼는"[5] 성격을 띠는 것으로 발전해 나갔다.

한국에서 발간된 최초의 잡지는 1890년 7월에 영국선교회Church of England Corean Mission가 발행한 *Morning Calm*으로 알려져 있다. 이 잡지는 서울과 런던에서 함께 출간되었다. 이어서 나타난 잡지는 1892년 서양 선교사들이 서울에서 제작 배포한 *The Korean Repository*이다.[6] 그러나 이 두 잡지는 영어로 간행되었고, 조선인을 독자로 한 것이 아니므로, 잡지사雜誌史에서는 한국 잡지의 효시로 보지는 않는다. 최초의 우리말 잡지는 국한문혼용의 『친목회회보親睦會會報』이다. 『친목회회보』는 한말의 관비官費 유학생들이 중심이 되어 1895년 10월에 창간한 대조선인 일본유학생친목회의 기관지였다.

일본 류학ᄒᆞᄂᆞᆫ 죠션 학도들이 친목회를 시쟉ᄒᆞ야 년보를 출판ᄒᆞᄂᆞᆫ듸 독립신문샤에 년보 데이호를 보내엿ᄂᆞᆫ듸 본즉 국한문으로 셕근 칙이 이빅칠십쟝이 되고 그 속에 잇ᄂᆞᆫ 논셜과 각식 신문을 죠션 학도들이 지어 각식 학문샹 의론을 만히ᄒᆞ고 외국 사졍도 만히 긔록ᄒᆞ엿ᄂᆞᆫ듸 이런 칙은 죠션 사ᄅᆞᆷ들이 처음으로 ᄆᆞᆫ든 거시라 이런 거슬 보거드면 죠션 사ᄅᆞᆷ들도 차차 남

---

5   위의 책.
6   계훈모 편, 『한국언론연표』, 관훈클럽영신연구기금, 1979, 903쪽.

의나라 학도들 모양으로 학문샹에 유의ᄒ고 치국치민 ᄒ는 방칙에 쓴시 잇
는 것굿더라.[7]

당시 『친목회회보』라는 잡지를 접한 조선 지식인들의 기대감이 표
현된 글이다. 『친목회회보』 이후에도 국내에서는 『대조선독립협회회
보』(1896), 『한성월보』(1898), 『일진회회보』(1904), 『신학월보』(1905), 『그
리스도인회보』(1905) 등의 잡지가 계속 발간되지만, 기관 내부의 협회
지 성격에 머무는 수준이었다. 이런 한계를 보완하는 본격적인 종합잡
지 『조양보朝陽報』가 1906년에 창간된다. 종합잡지란 정치, 경제, 사회,
국제, 문화 등 모든 테마를 취급하고 논문, 평론, 수필, 읽을 거리, 소설
등 각각 형식의 기사를 채용한 월간잡지로서 지식인을 향해 발행되고
'지적 세론世論을 대표하는' 잡지로 평가받는 것을 가리킨다.[8] 『조양
보』가 발간될 즈음에는 신문과 잡지라는 저널리즘적 인식이 형성되던
때였다.

무릇 신문이나 잡지란거시 셰샹 사름의 이목을 열니기는 일반이로ᄃ 신
문은 당쟝에 보고 듯는 거슬 긔직ᄒ는 거시오 잡지란 거슨 ᄆ양 한달에 한
번이라던지 한에달 두셰번이라던지 여러날만에 발간ᄒ는 거신고로 확실
ᄒ 일만 긔직ᄒ고 ᄯᅩ 론셜갓혼 거슨 학문만 쥬쟝ᄒ는고로 신문갓치 한번
보고만 바리는 거시 안이오 일후에 샹고홀 일이 만은고로 신문갓치 죠희쟝
이 안이오 칙으로 만들어 발ᄒᆼᄒ나니 그거시 가위 력ᄃᆡᄉ적도 될만ᄒ고 당
셰의 일을 갈아치는 션싱이 될만ᄒ 거시라[9]

---

7   『독립신문』, 1896.9.22.
8   植田康夫, 앞의 글, 145쪽.

『친목회회보』를 연보聯報라고 지칭하던 때와 달리『조양보』에 대해서는 잡지라는 명칭을 분명히 하고 있다.『조양보』발간을 기점으로 애국계몽운동의 일환으로 만들어진 각종 학회에서 학회잡지들을 발간했다. 1906년은 한국에서 소설이 각 매체의 공론장에 등장하기 시작하는 해이면서 근대 종합잡지가 출현한 해이기도 하다.

잡지 발간의 역사를 시·공간적으로 살펴봤을 때, 잡지의 특성은 주로 월간 중심의 '정기 간행물', '다양한 지식의 보고(寶庫)', '제본된 책자 형태' 등으로 정리할 수 있다. 잡지란 일정한 편집 방침 아래 편집자가 여러 가지 원고를 수집, 작성, 편집하여 주 이상의 간격으로 정기적으로 발행하는 책자 형태의 출판물로 정의내릴 수 있다. 즉, 통념적으로 잡지는 기일을 정하여 호수(號數)를 따라 발행되는 출판물을 지칭하는 것이다. 세계에서 잡지 저널리즘이 가장 발달한 나라로는 미국을 꼽는다. 서구에서 잡지 발간 연도로는 후발국에 속하지만, 미국은 1890년대에 전역을 대상으로 한 잡지들이 유행하면서 잡지 저널리즘을 찬란하게 꽃피웠다. 미국에서 잡지 문화가 발전한 요인은 세계 각국의 저널리즘 연구에서 주요 연구 테마가 되기도 했다.[10] 그런데 미국 잡지의 발전이 특히 중요한 이유는 단편소설(Short-story)와의 관계 때문이다. 미국에서는 잡지의 정의가 "소설(Short-story), 스케치(Sketch) 등을 수록한 정기 간행물"로 통용되던 때가 있을 정도였다.[11] '숏 스토리(Short-story)' 역어로서의 단편소설 연구에서 단편소설의 발전은 19세기 미국의 잡지 소설과 밀접한 관련이 있는 것으로 본다.

---

9 『제국신문』, 1906.7.3, '논설'.
10 주로 구독 제도, 경제 구조, 인쇄기술, 편집자의 능력 등으로 정리된다. 고연기,『잡지 편집의 이론과 실제』, 보성사, 1984, 16~17쪽 참조.
11 Roland E. Wolseley, *Understanding Magazine*, The Iowa State University Press, 1969, p.442.

단편소설의 발전은 사실주의를 옹호하는 소리가 점차 증대하고, 평범한 경험을 그럴싸하게 묘사하는 것, 실인생을 사진술에 흡사한 방식으로 충실하게 묘사하려는 연구적 태도의 반영이다. 1850년대 미국은 사진술이 발명된 결과에 대한 흥분이 여전히 강렬했고, 이는 예술에서 사실주의의 권위가 증대되었던 이유와 연관을 갖는다. 실제 있었던 일이었다는 인상을 주려는 이야기들이 등장하기 시작한 것. 미묘 섬세한 심리소설, 유머러스한 허풍담 등. 대중의 기호가 팽창된 설화로부터 사실적인 이야기로 이행한 사실을 기록하고 보강함에 있어서 민속적 해학이 차지한 구실은 매우 중요하다. 19세기 영국과 미국의 단편소설을 비교해 봐도 뚜렷해진다. 우선 그 근원이 도시적이고 우아하고 부르주아적이며 주로 풍습과 결혼과 금전 따위의 문제에 주된 관심을 표시하는 장편소설과 달리 단편소설이란 양식은 특히 19세기 초의 미대륙에서 많이 볼 수 있었던 바와 같이 아직 사회적 응집이 완결되지 않은 지방적 취락 속에 자리한 노동계층의 소집단 속에 그 영역을 발견했다는 사실을 지적해야 한다. 시장적 요인은 주로 국제 판권규정이 없었다는 사실과, 그 결과로 미국에서는 외국의 작품을 값싼 해적판으로 만든 것이 범람했었다는 사실로부터 생겨났다. 영국의 장편소설을 미국에서는 간단하게, 그리고 많은 이득을 내면서 해적 출판할 수 있었으므로, 미국의 출판사들은 경비가 많이 드는 사치인 자국 장편소설 출판을 기획하는 데에 열의를 보이지 않았다. 이에 반하여 단편소설은 1830년대 이래로 점차 대중화된 선물용 연감이나 정기간행 잡지들을 통하여 독자를 확보할 수 있었다. 이런 '고급용지 잡지'에 기고한 작가들 중에는 포우나 호손과 같은 작가들이 있었다.[12]

서구에서 소설Novel은 산업혁명을 거쳐 기계문명이 발달되고 산업의 분화에 따라 사회가 복잡해진 시대에 개인과 사회의 관계는 물론, 개인 자체의 상념 역시 복잡해지면서 과학의 발달로 자극을 받은 합리주의 정신과 인간의 감정보다 논리적인 사고를 더 존중하게 된 시대정신이 반영되어 새롭게 요구된 산문문학이었다. 이에 단편소설 연구자들은 앉은 자리에서 끝까지 읽을 수 없는 장편소설과 달리 포우의 "반 시간에서 한두 시간 정도로 읽을 만한 소설이면 작가가 독자의 마음을 완전히 휘어잡을 수가 있다"라고 한 말에서 단편소설이 생겨났다고 보았다. 그리고 잡지가 발달하면서 한 호로 끝나는 짧은 완독 소설이 요구되면서 단편소설의 수요가 늘게 되었다는 것이다.[13]

이처럼 근대잡지는 지식인의 집단화, 지식인 독자층, 지식의 전달과 같은 전문성을 기반으로 발간되면서 단편소설을 재생산하고 확산시키는 장이 되었다. 최초의 종합잡지라 할 수 있는 『조양보』부터 이후 발간되는 잡지들을 보면 이 같은 성격을 확인할 수 있다. 1906년 6월에 창간된 『조양보』는 통권 12호가 발간되는 동안 지속적으로 소설을 발표했다. 이 소설들은 창작 소설은 아니었지만, 새로운 문명을 교육하는 '책'으로서의 소임을 다하기 위한 세계 기문奇聞을 번역한 것들이다. 1900년대 각 학회에서 발간한 『대한자강회월보』, 『서우』, 『서북학회월보』 등의 잡지에는 잡조雜俎, 잡찬雜纂, 담총談叢, 가담街談, 항설巷說, 문예와 같이 직설적인 논설과 배치되는 다양한 이름의 난欄에 단편서사가 '소설'로 포섭되었다. 1908년에 창간한 학생잡지 『장학보』는 잡지로서 최초의 현상모집을 통해 '순국문단편'이라는 조건을 통해 잡지소설의 특성을 구체화했다. 개인의 내면과 단편양식이 결합된 방식의

---

12 Ian Reid, 김종운 역, 『短篇小說(The Short Story)』, 서울대 출판부, 1979, 48~49쪽.
13 한국영어문학회 편, 『영미소설론』, 신구문화사, 1969.

작품은 서구적 문학 관념을 수용하게 된 일본인 유학생 발간 잡지에서 발견할 수 있다. 『태극학보』, 『대한흥학보』와 같은 1900년대 말의 잡지, 그리고 1910년대의 『학지광』, 『여자계』에서는 근대적 주체의 개인이 자아를 확립하는 과정에서의 갈등과 고민이 단편소설 창작의 주요 모티브이자 사상으로 작동한다.

한편, 한일병합 후 국내에서는 일본인 발행잡지와 종교계 발간 잡지만이 명맥을 유지할 수 있었다. '종교'와 '교육'은 총독부가 식민통치를 항구화하기 위한 정책적 기능으로 작동되었다. 1910년대에 발간된 『신문계』와 『반도시론』, 천도교와 불교 발간 잡지들은 단편소설을 지속적으로 발표하며 당대 잡지 단편소설의 명맥을 구성하는 주요한 축으로 존재한다. 또한 최남선에 의해 간행된 잡지 『소년』과 『청춘』에서는 다양한 근대 지식의 하위범주로 문학을 배치시킴으로써 서구적 문명의 보편화 측면에서 단편소설을 인식하고 있었음을 확인할 수 있다. 일본 유학파 출신인 『청춘』 그룹은 자신들이 수용한 서구적 근대 문학의 인식을 독자들에게 전달하였고, 그 과정에서 단편소설은 신소설 같은 장편서사와 미학적으로 구별되는 순문학적 목적을 갖게 된다. 특히 '단편소설가' 배출을 의도한 최초의 현상공모라 할 수 있는 『청춘』의 현상문예를 통해 단편소설은 근대적 문학을 상징하는 중심적 위치를 부여받게 되었다.

제2부

신문 단편소설의
전개 양상과 제도화

제1장

일본인 발행신문의 기획된 단편소설

한국에서 최초 근대 신문을 발간한 주체는 주로 개항지에서 활동하던 일본인들이다. 이들은 일본 소신문의 구독과 발행 경험을 개화기 조선에서 근대적 신문 발간에 발휘한다. 잡보란을 만들어 최초로 서사작품을 수록한 신문은 1881년 부산에서 일본인이 발행한 『조선신보』였다. 『조선신보』에 게재된 작품은 당시 조선 대중들 사이에서 엄청난 인기를 끌던 고소설이었고, 이 작품은 도한渡韓 일본인 독자를 위해 일본어로 번역되어 실렸다. 이후 잡보란에 당시 유행하던 조선의 서사물을 싣는 방식은 1890년대의 『한성신보』와 1900년대의 『대한일보』로 이어진다.

일본 외무성의 '신문조종' 기술이 실천된 신문 『한성신보』는 소설란을 배치한 최초의 근대 신문이며, 『대한일보』는 단편소설란을 배치한 최초의 신문이다. 두 신문에서 발견되는 단편소설은 각각의 시대 분위기에 따라 전개되던 일본 식민 통치 전략과 결합하여 만들어진 기획적 산물이다.

1. '신문조종新聞操縱'과 『한성신보』

근대계몽기 신문에서 최초로 한글서사물을 연재하고, 소설란을 배치한 신문은 1895년 2월에 창간된 『한성신보』이다. 『한성신보』는 일본인이 독자를 한국인으로 상정하고 한국어로 만든 신문이며, 다양한 서사문학 자료를 수록하여 근대문학 연구에서도 주요한 의미를 갖는 매체이다.[1] 『한성신보』에서 국문 서사 자료를 수록하기 시작한 것은 신문 창간 이후 대중성 확보를 위한 지면 쇄신을 꾀하기 시작한 1896년 5월부터이다. 『한성신보』는 일본의 메이지 유신이래 일본 정부의 대과제였던 한국 진출의 첨병 역할을 맡았던 일본 외무성의 기관신문인 동시에, 창간되던 당시 한국에서는 서울에서 발행되던 유일한 신문이었다. 『한성신보』를 창간하던 당시 일본의 국권주의자들은 아시아 대륙 침략을 목표로 하되, 큰 목소리를 내지는 못한 채 끊임없이 주변 국가를 의식하던 상황이었다. 그들이 유럽의 문명국 저널리즘에서 배운 '신문조종'이라는 기술은 대륙 침략의 병참 기지였던 조선에서 『한성신보』 발행을 통해 실천되었다.[2]

이보다 전에 조선에서 일본인이 관계한 신문으로는 후쿠자와 유키치福澤諭吉와 개화파 독립당의 김옥균의 관계로 후쿠자와 유키치의 문

---

1   『한성신보』 서사문학 자료 연구와 관련하여 김영민, 『한국의 근대신문과 근대소설 2 -한성신보』, 소명출판, 2008 참조.
2   일본 외무성에서는 메이지이래, '세론(世論)조작'을 위해 신문사와 신문 기자에게 압력을 넣고 신문사의 투자나 보조금 교부 등의 행위를 총괄하여 '신문조종(新聞操縱)'이라고 불렀다. 이에 대해서는 이유미, 「구한말 일본외무성의 신문조종과 신문 연재 서사의 관련 양상」, 동국대 한국문학연구소 편, 『식민지시기 검열과 한국문화』, 동국대 출판부, 2010, 177~180쪽 참조.

하에 있던 이노우에 가쿠고로井上角五郎가 발행을 도운 1883년의 『한성순보』가 있다. 그리고 그 이전으로 거슬러 올라가면 1881년 일본인들이 국내에서 발행한 최초의 신문으로 『조선신보』, 『부산무역신문』이나 1892년 인천에서 발행된 『조선신보』 등이 있으나, 이들은 인천이나, 부산, 목포 등 특정 지역을 중심으로 거주하는 상인들의 상업적 활동을 지원하는 것이 가장 큰 발행의 목적이었다. 또한 이들 신문은 일본어와 순한문을 주로 사용하여 순수하게 조선인을 대상으로 한 독자층 확보에는 한계가 있었다. 즉 이들 신문은 발행자 자신들이 언급하듯이 '소형신문'에 불과했고, 선전 매체로서라기보다는 조선에 건너 온 일본 낭인의 집합소로 이름을 알렸다.

1895년 당시 『한성신보』는 1, 2면은 국문과 국한문으로, 3, 4면은 일문(4면은 광고)을 사용하여 400부를 격일로 발행하였다. 이 신문은 청일전쟁부터 러일전쟁 사이에 일본 외무성의 기관신문으로 계속 발행된다.[3] 일본 외무성이 서울에 신문 창설을 기도한 것은 1894년 11월, 히로시마 대본영大本營에 있던 무츠 무네미츠陸奧宗光 외무대신을 통해서이고, 이 발행 허가가 이노우에 가오루 당시 주한 일본 공사에게 도착한 것은 12월 5일이다. 조선에서 『한성신보』의 창간 계획에 참여한 인물은 아다치 겐조安達謙藏(구마모토 제제학 출신), 구니토모 시게아키國友重章(구마모토 시습관時習館 출신), 고바야카와 히데오小早川秀雄(구마모토 국권당원) 등의 삿사 도모후사佐々友房 문하의 사람들로 이 사람들은 모두 후에 민비암살사건에 가담하여 히로시마에서 재판을 받게 된다.

---

3 기록에 따르면, 『한성신보』는 1895년 2월 17일에 창간되어 1906년 8월 31일에 폐간되었다고 한다. 하지만 현재 발견되는 연세대 소장본 『한성신보』는 1897년 이후로는 몇 달 간격으로만 확인이 가능하여 전체적인 발간 상황을 검토하는 것이 현실적으로 불가능하다.

『한성신보』창간에 관계한 구마모토 국권당은 청일전쟁을 계기로, 일본의 국위신장과 국권확장을 부르짖던, 당시 일본 내의 국권주의 단체 중의 하나로 그 전신은 삿사 도모후사를 중심으로 한 '자명회'이다. '자명회'는 1881년경부터 "지기志氣를 해외로 떨치려면 청淸・한韓을 향해 세력을 수립하고 세인世人에 대하여 선편先鞭을 잡아야 한다"[4]라는 결의로 중국어와 조선어 교육을 실시하고, 각국 언어에 능통한 회원들을 중국과 조선에 보내 탐색 활동을 벌였다. 즉, 구마모토 국권당은 하나의 지방 정당이면서도 이른 시기부터 중국과 조선에 눈을 돌려 어학교육을 실시하고, 교육을 통한 인재를 대륙에 보내 실천 활동을 행했던 최초의 국권주의 정당이었던 것이다. 그들이 발행한『자명잡지』마지막 호에서는 "신문을 발행하여 우리 당의 가장 중요한 목적인 정의를 위해 아시아 동쪽 황색인종의 수면을 깨우고 백인종의 동방정략하는 손을 묶자"[5]라고 주장한다. 청일전쟁의 국면을 배경으로 일본 내에서 조선 개혁 촉진의 의견이 대두된 가운데 1894년 10월 조선의 특명전권대사로 임명된 이노우에 가오루井上馨는 아다치 겐조와 만나 '한인韓人 계몽을 위해서는 조선 언문諺文신문 발행이 시급하다'라는 인식을 공유한다. 그리고 이노우에 공사는 외무대신인 무츠 무네미츠에게 신문 발행의 담당자로 아다치를 추천하여 『한성신보』를 발간하기에 이른다. 이노우에 공사가 신문 발행의 주체로 아다치를 적극적으로 지지한 이유는 조선과 중국으로의 진출을 일찍부터 꾀하며 활동해 온 구마모토 국권당이라는 배경을 의식하고 있었기 때문이다.

---

4   佐佐博雄, 「熊本國權党と朝鮮における新聞事業」, 『人文學會紀要』9, 國士館大學文學部, 1977, 22쪽.

5   위의 글, 22쪽.

이 같은 외무성의 보조에 의해 발간된『한성신보』는 일본 정부의 대한對韓정책과 어떤 관련을 지니고 있었을까. 1895년 7월 일본의 내정 간섭 기반을 제거하려는 조선 왕실의 움직임에 대해 이노우에 공사는 궁중 유화책을 도모하는데, 그 과정에서『한성신보』를 향한 상당한 기대를 갖고 있었음을 알 수 있다.

경성 발간 한성신보는 두루 읽히는 諺文 사용으로 조선인의 의혹을 해소하기에 큰 효과를 발휘할 것이니 지폭 확장을 위해 매월의 보호금 130엔에서 40엔을 보완 증액하여 주시기를 바랍니다.[6]

『한성신보』발간은 일본 외무성으로서는 고무라 주타로의 청원처럼 "일본의 이익을 장려 보호하고 조선의 문화를 이끌어 도와 계발하는 기관"으로 이루어졌듯이 청일전쟁 후의 조선에서의 일본의 권익과 이권을 지키고 그것을 확대해 가기 위한 선전기관으로 이용되었던 것이다. 그렇다면 "두루 읽히는 언문 사용으로 조선인의 의혹을 해소"하는 부분은 어떠할까. 당시 일방적으로 일본인에 의해 발행된 신문을, 돈을 지불하면서까지 읽어야 한다는 생각은 하지도 못했을 조선인이 대부분이던 가운데『한성신보』가 보급되는 것은 물론 쉬운 일은 아니었다. 그러나 발간 초기, 발행이 지속될 수 있었던 이유는 일본 외무성의 지원뿐만 아니라 김홍집을 수반으로 한 친일내각과 내부대신 박영효나 외부대신 김윤식 등의 비용지원과 비호가 있었기에 가능한 것이었다.

그러나 정동구락부를 거점으로 궁중을 잠식한 당시 러시아 공사 웨

---

6   「井上로부터西園寺公望에게極秘公信文」,『操縱・漢城新報ノ部』, 1895.7.16.

베르에 의해 일본 정부는 그때까지의 대한 간섭 방침을 전환하여 결국 1895년 6월에는 "장래의 대한 정략은 될 수 있는 한 간섭을 거두고 자립하는 방침을 가질 수밖에 없다"와 같은 내각의 결정을 이행하지 않을 수 없었고, 같은 해 7월, 박영효가 일본으로 망명하면서『한성신보』는 내외 원조자에게 버림을 받게 된다. 거기에 민비파가 정권을 장악하면서, 그에 맞섰던『한성신보』의 경영은 더욱 악화되어 갔다. 그 과정에서 발발한 비극이 민비암살사건이다.

그 당시 주한 공사로 임명되어 온 사람은 무단武斷정치가로 유명한 육군 중장 미우라 고로三浦梧樓이고, 미우라 밑에서 민비 암살대를 지휘한 것이 아다치 겐조이다. 이 사건을 재판한 히로시마 지방재판소 예심결정서에 따르면 "피고 히라야마 이와히코平山岩彦 외 수십 명은 피고 아다치 겐조, 구니토모 시게아키 등으로 왕후 폐하를 살해하도록 피고 미우라 고로의 교시를 전달받아 각각 살의殺意를 결정하고"와 같이『한성신보』관계자들이 주모자였음이 분명히 드러난다.[7]

『한성신보』발간 계획부터 발행에 참여했던 이들이 민비암살사건의 주동자로 밝혀진 후 신문 기자와 관계를 맺던 민간인들이 퇴한退韓조치를 받으면서『한성신보』는 발간 8개월 만에 후원자, 편집자, 구독자를 한꺼번에 잃고 존폐 위기에 몰린다. 또한 1896년 2월 11일, 민비암살사건으로 인해 널리 퍼진 배일排日운동과 러시아 공사의 책동으로 고종이 러시아 공사관으로 피난하고, 당시 총리대신 김홍집이 종로에 효수되는 사건이 발생하면서 한국 국왕의 모든 정치 명령은 1897년 4월 2일까지 러시아 공사관에서 나오게 된다. 그리고 서울에서 유일하

---

7   강창일,『근대 일본의 조선침략과 대아시아주의─우익낭인의 행동과 사상을 중심으로』, 역사비평사, 2003, 151~152쪽 참조.

게 발행되던『한성신보』의 대항지격으로『독립신문』이 1896년 4월 7
일에 발간되면서『한성신보』의 입지는 더욱 위태로워진다.[8] 미우라의
후임인 주한 공사 고무라 주타로小村壽太郎가 정치적 책략을 위해『한성
신보』의 쇄신에 힘쓰던 중,『한성신보』측은 1896년 4월 19일 자 1면에
러시아 공사관에 입성한 조선의 고종과 배후에서 조종하는 외국 세력
을 비방하고 있는 내용의 동요를 실음으로써 또다시 조선 정부와 대립
하게 된다. 당시 조선의 국력은 일본에 항의하기에는 미미한 상태였고,
게재한 동요가 불경하다는 이유로『한성신보』에 내린 조처는 신문 구
독 금지 내훈과 배달 기구 탄압이었다. 이에 신문조종을 실천하던 감
독관인 고무라 공사 입장에서는『한성신보』의 이 사건으로 조선에서
의 장기적인 일본의 외교 전략 활동에 차질이 생겼음에 난감함을 표시
한다. '불경한 동요'를 게재한 사건으로 약해진 고무라 공사는『한성신
보』이 장악당한 유감스러움을 토로하면서 외무대신 무츠에게 다음과
같이 청원한다.

　　지금의 단속 상황은 매우 힘듭니다. 그러나 장래 기대가 큰 기관신문을
　　폐간하는 것은 유감스러우니 단속에 따라 그 새로운 개량안을 내놓을 방침
　　입니다. 그 방침은 현재 형세로 봐서 정치에 관한 일은 깊게 언급하는 것을
　　피하고, 주로 문화의 善導, 사회의 개량에 착안하고, 조선인의 편의로 기호
　　를 고려하여 될 수 있는 대로 넓게 전파하도록 노력하고, 단지 제국(일본)
　　에 관한 것은 독립신문이 오류를 전하는 경우 이를 변호하는 위치에 머물
　　러, 지금은 잠시 진중하게 후일 높이 솟아오를 날을 기약하겠습니다.[9]

8　　中下正治,「漢城新報と小村壽太郎」,『季刊現代中國』4, 經濟往來社, 1972, 83~84쪽 참조.
9　　「小村壽太郎로부터陸奧宗光에게公文」,『操縱・漢城新報ノ部』, 1896.5.29.

이처럼 고무라 공사가 밝히는『한성신보』의 편집 방침의 변화는 그들 입장에서는 '온건한' 방향으로, 공사관의 지도 아래 편입되었다.[10] 결국『한성신보』는 폐간에까지 이르지는 않았지만,『한성신보』를 위시한 일본 외무성 관계자들을 굴복시켜 지면에서 정치기사를 삭제시키게 되었다. 그러나 러시아와 결탁한 조선 정부의 구독 금지 명령과『독립신문』과의 경쟁구도는『한성신보』를 계속해서 위협하고 있었다. 이 같은 상황 아래 고무라 주한 공사는 지속적으로 지원액 증원을 요청하고, 구체적인 신문 지면 및 조직 개편안을 제출한다. 그중『한성신보』지면 개편안에서 소설란의 성격은 다음과 같이 규정된다.

韓文 中 또 이 난(欄)을 두어 각종의 里談俗說을 게재하여 아동·부녀자 또한 이것을 읽도록 알맞게 하고 韓人 일반의 기호를 이용하여 부지불식간에 이를 계도하도록 힘쓴다.

위의 개편안에서 확인할 수 있는 사항은 첫째, 한글 지면에 소설란을 두겠다는 것. 둘째, 각종 이담속설里談俗說을 게재하여 부녀자와 아동도 읽게 하겠다는 것. 셋째, 한국인 일반을 알지 못하는 사이에 계도하겠다는 것이다. 그런데 이와 흡사한 견해를『한성신보』창간 멤버들의 출신지인 구마모토에서 발행되던『구마모토신문熊本新聞』에서도 발견할 수 있다.『구마모토 신문』1887년 10월 29일 자에는 연재물 게재를 예고하면서 '연재물이라고 불리는 소설류'에 대한 해설이 실린다.

---

10 구마모토국권당의 성격과『한성신보』와의 관련을 둘러싼 이상의 논의는 佐佐博雄,「熊本國權党と朝鮮における新聞事業」,『人文學會紀要』9, 國士館大學文學部, 1977; 임춘호,「한국과 일본 구마모토와의 관계에 대하여-명치시대 구마모토국권당의 조선 진출을 중심으로」, 배재대 석사논문, 2003 참조.

"읽기 쉬운 염화艷話 가운데 그윽한 정치情致를 모은 속담평화俗談平話로 고상한 학리를 말하며 부녀동몽들로 하여금 심의를 기쁘게 만들고, 세태를 알게 만들어 알지 못하는 사이에 이익이 되는 것"이 연재물이라는 것이다.[11] 고무라 공사의 지면 개편안의 세부 사항은 실제『한성신보』발간에 관여하던 주체들의 초안에서 나왔을 것이고, 이들의 소설란에 대한 입장은『구마모토신문』을 위시한 일본 신문의 영향을 강하게 받았을 것이다.

일본에서는 메이지10년대(1877~1886)부터『요미우리신문讀賣新聞』을 위시한 소신문의 잡보란에서 연재서사물을 게재했으며, 이것은 독자를 획득하기 위한 필수적인 요소로 자리잡았다. 그리고 1888년경에는 잡보란에서 소설란을 따로 분리시켜 설치하는 신문 지면 편집의 개혁이 일어난다.『한성신보』가 발간되던 즈음인 1890년대 중반은 정당 관계의 대신문이 거의 몰락하고, 소신문이 대신문화 하던 시기로서 대신문화된『요미우리신문』이나『아사히신문朝日新聞』의 주요 영업 전략으로 소설란의 '소설'이 활용되고 있었다. 처음부터 소신문은 민중교화를 위한 대중지로 출발했고, 특히 '부녀자들을 위한 가르침'이라는 사명은 연재물의 게재 목표와 동일한 것이었다.[12]

조선에서 심각한 경영 위기에 봉착했던『한성신보』편집진은 일본 신문 발간의 전사前史를 배경으로 1896년 5월부터 잡보란에 한국인 독자 공략을 위한 한글소설을 연재하게 된다.[13] 그 첫 작품인「조부인전」

---

11 本田康雄,『新聞小說の誕生』, 平凡社, 1998, 220쪽; 김재영,「근대계몽기 소설 개념의 변화—두 가지 외래적 원천」,『현대문학의 연구』22, 한국문학연구학회, 2004, 25쪽.
12 위의 책, 213~215쪽 참조.
13 현재 확인 가능한 한성신보의 한글 서사물은 다음과 같다.「趙婦人傳」, 1896.5.19~7.10;「申進士問答記」, 1896.7.12~8.27;「紀文傳」, 1896.8.29~9.4;「郭御使傳」, 1896.9.6 ~10.28;「報恩以讐」, 1896.9.12~16;「以智脫窮」, 1896.9.18~26,「男蠹女傑」, 1896.9.28

의 게재를 안내하는 사고社告에서는 『한성신보』 측이 가진 소설에 대한
견해를 확인할 수 있다.

> 이번에 社員이 쇼셜칙을 웃더왓는듸 그 칙일홈은 趙婦人傳이라ᄒᆞ야 펵
> ᄌᆞ미가 잇고, 부인네게 츔징계될 ᄒᆞ온즉, 젼릭 긔직ᄒᆞ야 왓든 英國史要는 中
> 止ᄒᆞ고 次号붓터 登載ᄒᆞ오니 □讀諸君은 倍舊로 사보심을 바라ᄂᆞ이다[14]

당시까지 연재되고 있던 「영국사요」를 갑자기 중지하고 사원이 얻
어 온 "쇼셜칙"인 「조부인전」을 싣는 이유는 첫째, "펵 ᄌᆞ미가 잇고", 둘
째, "부인네게 츔징계될" 것이기 때문이다. 즉 『한성신보』 측은 위기
극복의 타개책으로 지면 개편을 고려하면서 한국인의 기호에 맞는 소
설을 찾고 있었고, 한국인 일반 대중에게 재미를 주는 한편 부인네를
교화할 수 있는 소설책을 수중에 넣음과 동시에 일본에서 들여와 번역
수록했던 연재물은 바로 중단하게 된다. 『조부인전』은 '조옥정'이라는
인품이 뛰어나고 미색을 갖춘 대가집 여인이 결혼 이후 겪게 되는 고난
과 극복의 스토리[15]로 이루어져 있는데, 연재에 앞서 게재한 '사고社告'
에서 볼 수 있듯이 '사원社員이 얻어 온 소설책'[16]인 만큼 새롭게 창작된

~10.22, 「夢遊歷代帝王宴」, 1896.10.24~12.24; 「李小姐傳」, 1896.10.30~11.3; 「醒世奇
夢」, 1896.11.6~18; 「李正言傳」, 1896.11.22~30; 「奇緣中絶」, 1896.11.30~12.2; 「金氏
傳」, 1896.12.4~12.14(미완); 「蟾報飯德」, 1896.12.12; 「佳緣中斷」, 1896.12.16~26; 「李
氏傳」, 1896.12.28~1897.1.10; 「冤魂報仇」, 1896.12.28~1897.1.8; 「嬬婦冤死害貞男」,
1897.1.12~16; 「邦伯優游忘同忌」, 1897.1.18; 「婢子貞節」, 1897.1.20; 「無何翁問答」,
1897.1.22~(미상); 「海賊勸減」, 1902.9.7~26; 「木東崖傳」, 1902.12.7~1903.2.3; 「市井
酬酌」, 1902.12.12; 「負薪談話」, 1903.2.15; 「乞客問答」, 1903.4.18(미완); 「一歌一哭」,
1903.9.12; 「路上聽聞」, 1904.1.15.

14 『한성신보』, 1896.5.17, 2면, '社告'.
15 「조부인전」을 비롯한 『한성신보』 소재 일부 한글 서사물의 상세한 스토리 소개는 김
   영민, 앞의 책, 46~115쪽 참조.

작품은 아니며, 당시 조선의 소설시장에서 읽히던『한성신보』논자가
인식한 '한인의 기호에 맞는 소설'이었다. 그런데 이 소설에서 주목할
만한 점은 갈등을 해결해 나가는 방식에 있다. 어려서부터 인품과 학
문이 깊은 '조부인'은 아버지에게 향약을 시행하여 백성을 교화할 것을
권유하는가 하면, 제종형제들의 공부를 가르치기도 한다. '인재에는 남
녀가 없다'고 생각한 '조부인'의 아버지는 딸을 고명한 학자의 문하에
두어 학문을 익히도록 장려한다. 타고난 미색으로 인해 결혼 이후에도
끊임없이 갖가지 사건에 연루되지만 그때마다 기지를 발휘하여 위기
를 모면하고, 종국에는 직접 군대를 양성하여 적대적 인물을 무찌른다.
군대를 이끌 때에도 남성적인 힘의 발휘를 통해서가 아니라, 어릴 적
스승의 가르침에 따른 인륜 교화를 베풂으로써 사민들로 하여금 저절
로 충성심을 발현시키는 수장의 모습을 보인다.

> 뉘라셔 부인이라고 쉽게 알며 영웅과 호걸이 남ᄌ의게만 잇다 ᄒ리요
> (…중략…) 큰 사업은 반ᄃ시 격동을 당ᄒ 후에 성공ᄒ다 ᄒ노라. 그러ᄒ즉
> 욕을 당ᄒ고도 분ᄒ 줄 아지 못ᄒ며 업신녀김을 입고도 붓그럽게 녀기지
> 안는 쟈이야 엇지 인류라 칭ᄒ리요.[17]

『한성신보』가 첫 번째 한글소설을 수록하면서, 지혜로운 여성을 주
인공으로 한 서사물을 선택했다는 것은 '한글소설'과 '여성 독자 두 요
소를 포섭했다는 측면에서 중요한 의미를 지닌다. 이 외에도 「남준여
걸男蠢女傑」, 「이소저전」과 같이 위기의 순간에 기지를 발휘하는 여성을

---

16 『한성신보』, 1896.5.17, '社告'.
17 「조부인전」, 『한성신보』, 1896.7.10.

주인공으로 한 또 다른 한글소설들도 볼 수 있다. 「남준여걸」은 「이춘풍전」으로 잘 알려진 고소설을 각색하여 실은 것이다.[18] 이 주인공들이 자신의 뜻을 이루기 위해 공통적으로 택하는 방편은 '남장男裝'이다. 「남준여걸」의 '이춘풍'의 아내 '박씨'는 평양 기생의 사환으로 몰락한 남편을 구출하기 위해 병방의 비장으로 변신하며, 「이소저전」의 '이씨'는 집안끼리 혼인을 약속한 미래의 남편이 병에 걸려 의식을 잃고 사경을 헤매자 결혼을 관철하기 위해 남복을 지어 입고 친구 행세를 하며 옆에서 간호한다. '남장'은 여성 주인공이 자신의 불합리한 현실을 자각하고 있다는 의식에서부터 출발하는 행위이다. 이러한 남장을 통한 '여화위남女化爲男' 모티브는 당대 조선 소설계에서 새로운 것은 아니었다. 『창선감의록』과 같은 작품에도 부친을 구하고 억지 혼인을 피하기 위해 남장을 하는 모습이 등장하듯이 여성이 영웅으로 등장하는 고소설에서 '남장'은 여성의 야망을 실현시켜주는 소설적 장치였다.[19] 작품 말미에서 '여중호걸'로 인정받는 이들은 '남녀동등론'과 같은 근대적 구호가 주창되는 시기 이전에도 이미 한글소설의 독자들에게는 친숙한 캐릭터인 셈이다. 『한성신보』 잡보란과 잡보란에서 분화되는 소설란에 게재된 한글 서사물은 새롭게 창작한 작품이 아닌, 거의 당시 조선의 소설시장에서 회자되거나 읽히던 설화, 야담 등의 재편이다. 한글소설을 잡보란에 발표하다가 1897년 1월부터 잡보란에서 소설란을 분리, 신설하는 행위 자체도 『한성신보』의 일본인 발행/편집진의 입장에

---

18 『이춘풍전』은 현재 1900~1910년대에 필사된 것으로 추정된 7종의 이본이 필사본으로 전해지며, 작품의 창작 시기 역시 19세기 중엽에 이루어진 것으로 추정되는 고소설사의 마지막 시기를 장식한 작품이라 할 수 있다. 권순긍, 「『이춘풍전』의 풍자성과 근대적 지향」, 『반교어문연구』 5, 반교어문학회, 1994, 181~184쪽 참조

19 장시광, 「여성영웅소설에 나타난 女化爲男의 의미」, 『한국고전여성문학연구』 2, 한국고전여성문학회, 2001, 306쪽.

서는 편집체재의 변화 외엔 특별한 의미는 없다고 할 수 있다. 이들은 이미 일본에서 발간되던 신문들의 잡보와 소설란의 존재를 통해 신문의 지면 체제와 소설에 대한 이해를 갖고 있었기 때문이다. 실제로 일본에서도 잡보란에 서사물이 등장하고 신문소설이 정착하는 과정에서 발표되는 작품들은 새롭게 창작된 것이기보다는 서양소설의 번역, 번안이나 에도 말기부터 존재하던 희작, 실록의 재편인 경우가 대다수였다. 게다가 『한성신보』 일본인 관계자들은 문필가가 아니라 정치적인 활동이 중심이었던 만큼 일본 외무성의 지원 아래 한국인 독자층을 확보하기 위해 한국인 일반 대중의 눈높이에 맞는 '소설'을 찾고, 신문 지면에 싣게 된 것이다.

『조부인전』의 연재를 통해 독자의 시선을 끌었다고 판단한 『한성신보』 편집진은 『조부인전』의 연재가 끝나는 일 자에 바로 이어서 연재할 서사물의 예고豫告를 싣는다.

오래도록 됴부인전을 올녀 購讀者諸君之喝采ㅎ시믈어더셔 本筆者가 고맙게 알고 이를 갑풀 말이 업셧ᄂᆞ딕 그 됴부인젼도 大尾가 되엿스니 次號븟터 극키 ᄌᆞ미잇고 天地感動홀만 申進士問答記란 니야기를 올릴터히오니 諸君이 愛讀ㅎ야 주시믈 豫望ㅎ옵노라 20

「신진사문답기」는 『한성신보』 논자의 입장이 반영된 것으로 보이는 순수창작물이다. 연재 회수는 총 18회이지만, 한 회 분량이 매우 길어 총 연재 분량이 200자 원고지 190매 정도에 이른다. 후일 발간되는

---

20 『한성신보』, 1896.7.10.

신소설류의 장편 서사 작품의 길이가 250~300매 내외였다는 점을 생각하면 당시로서는 비교적 긴 길이의 창작 서사물이다.[21] 이 작품에는 대대로 추앙받는 양반 집안의 후예인 신진사와 이학자가 등장하며, 이 두 사람의 문답체 형식을 통한 대화와 토론으로 내용이 전개된다. 문명개화를 주장하는 신진사가 충무공의 후손인 이학자를 설득하는 방식으로 진행되는데, 그 과정에서 신진사는 철저하게 당시 일본의 조선에 대한 입장을 직접적으로 대변하는 인물이다. 경북 안동 지방의 유서 깊은 양반 가문의 조선 지식인이 일본을 향한 노골적인 선망과 동경을 드러내며 새로운 한일관계를 도모해야 한다고 주장하는 이 작품은 『한성신보』가 당대 한국 사회에서 목표로 삼고 있는 바가 무엇인지를 뚜렷하게 보여주고 있다. 그리고 일본의 입장을 대변하는 신진사와 일본에 대한 당대 조선 사람들의 일상적인 인식을 보여주는 이학자의 문답체 형식은 이 서사가 목표로 삼는 주제 전달에 효과적으로 활용되고 있다.

2. 잡보 / 소설란에 배치된 이담속설里談俗說

『한성신보』가 「조부인전」 연재 이후 잡보란과 분화된 소설란에 서사 작품을 집중적으로 발표하는 시기는 1896년 6월부터 1897년 1월까지이다.[22] 이 때 발표되는 서사 작품 중 문답 양식의 「신진사문답기」와

---

21   김영민, 앞의 책, 57쪽.
22   1897년 3월부터 폐간되기 전까지는 소재가 불분명한 일자가 많아져서 분석이 어려운

전 양식의 「곽어사전」, 몽유록 양식의 「몽유역대제왕연夢遊歷代帝王宴」의 3편을 제외하면, 총 19편의 단편소설이 발견된다.[23] 『한성신보』에는 소설란에서 '소설小說'이라는 말이 사용되었을 뿐, '단편소설'이라는 말은 언급되지 않는다. 1897년 1월 소설란이 분화되면서 수록되는 작품과 그 이전 작품 사이에 형식적 차이점이 없는 것을 보아 『한성신보』 편집진이 선택하여 수록하는 서사물을 소설로 인식한 것으로 보인다. 그런데 『한성신보』 편집진의 소설 인식에는 주체에 따라 양가적인 측면이 존재한다. 다시 말해 일본인 발행인을 주축으로 한 편집진이 인식하는 소설 개념과 조선인 독자를 대상으로 한 소설 개념이 달랐다는 점이다. 일본에서는 이미 메이지 20년대(1887~1896)부터 단편소설이 창작되고, 유학파 출신 작가인 모리 오가이森鷗外의 「무희」(1890.1)와 같은 작품이 선풍적인 반향을 불러 일으켰으며, 『만조보萬朝報』에서는 현상단편소설을 공모하여 당선작품이 게재되고 있었다.[24] 『한성신보』 발간에 간여한 일본인들이 비록 정치적 성향이 강한 인물들이라 해도 소설에 대한 당대적 인식은 어느 정도 형성되어 있었을 것이다. 결국, 그들이 실은 작품을 소설이라고 칭하는 것은 '조선의 소설은 ~한 것이다'라는 의식이 반영된 것이며, 이에 채택된 서사 양식들이 바로 전傳, 기記, 몽유담夢遊談 같은 것들이었다. 또한 『한성신보』에서는 장편소설인

점도 있다.

23 「種痘之祖先醫씨옌ᄂ氏傳」, 1896.6.6; 「英國皇帝陛下御略傳」, 1896.6.8~10; 「紀文傳」, 1896.8.29~9.4; 「報恩以讎」, 1896.9.12~16; 「以智脫窮」, 1896.9.18~26; 「男蠢女傑」, 1896.9.28~10.22; 「李小姐傳」, 1896.10.30~11.3; 「醒世奇夢」, 1896.11.6~18; 「米國新大統領傳」, 1896.11.14~18; 「李正言傳」, 1896.11.22~30; 「奇緣中絶」, 1896.11.30~12.2; 「金氏傳」, 1896.12.4~14(미완); 「蟾報飯德」, 1896.12.12; 「佳緣中斷」, 1896.12.16~26; 「李氏傳」, 1896.12.28~1897.1.10; 「寃魂報仇」, 1896.12.28~1897.1.8; 「孀婦寃死害貞男」, 1897.1.12~16; 「邦伯優游忘同忌」, 1897.1.18; 「婢子貞節」, 1897.1.20.

24 高木健夫, 『新聞小說史年表』, 國書刊行會, 1988, 332쪽.

「곽어사전」이나 「몽유역대제왕연」이 연재되는 동안에도 짧은 소설들을 계속해서 발표했다.[25]

『한성신보』에서 흔하게 채택한 서사양식은 전(傳)이었다. 『한성신보』 편집진은 전이 조선 독자들에게 가장 직접적이고 친근하게 다가갈 수 있는 서사양식이라고 판단한 듯하다. 『한성신보』에서는 작품 제목에서 전(傳)을 표방한 서사물이 10여 편이다. 이는 다시 두 유형으로 나뉘는데, 외국인을 주인공으로 한 전과 한국인을 주인공으로 한 전이다. 외국인 주인공에는 종두법으로 유명한 영국의사 제너[Edward Jenner(1749~1823), 영국 황제, 당시 미국의 새 대통령으로 취임한 윌리엄 매킨리 William McKinley(1843~1901) 등 실제 인물이 대상이 되었고, 한국인 주인공은 모두 허구적인 인물이다. 사실지향적 전과 허구지향적 전 형식을 모두 보여주고 있는 셈이다.[26] 실제 인물을 대상으로 한 외국인의 전은 국한문체(혹은 일본어)로 표기되었고, 한국인이 주인공인 허구지향적 전은 한글로 표기되었는데, 이는 독자층을 어떻게 상정했는가에 따라 서사작품의 표기를 달리하고 있음을 보여준다. 『한성신보』 편집진은 조선인 대중독자가 좋아할 만한 소설을 택해 활자화함으로써 다시 조선인 독자에게 재전유하는 소설화 작업을 행하게 되는데, 이 과정에서 수록되는 허구지향적 전을 비롯한 여타의 국문소설들은 이 같은 작업의 의도가 어디에 있는지 알려주는 자료가 된다.

문답형식을 통해 노골적으로 일본 지향적인 시각을 표출한 「신진사 문답기」 연재가 끝나고 실은 첫 국문 단편소설인 「기문전紀文傳」은 전

---

25 이러한 발간 주체의 소설 수록 의도에 근거하여 비록 '단편소설'이라는 용어가 직접적으로 사용되지는 않았지만, 3회 이내에 짧은 소설들은 단편소설로 보고자 한다.

26 전(傳)의 유형과 그 특성에 대해서는 김찬기, 『한국근대소설의 형성과 전(傳)』, 소명출판, 2004 참조.

양식의 서사물로 분량상 200자 원고지 30매 정도에 해당하는 작품이다. 에도시대의 유명한 상인 기노쿠니야 분자에몬紀伊國屋文左衛門(1669~1734)의 인물 됨됨이에 대한 일화를 서술하고 있으며 제목의 기문紀文은 본래 이름의 약칭이다. 「기문전」은 『한성신보』가 지면 개편을 발표하고 대중 독자와의 소통을 위해 소설을 의식적으로 배치하면서 실은 첫 번째 단편소설이라는 점, 그리고 조선인이 아닌 외국 실제 인물을 주인공으로 한 전 양식의 소설 중 유일하게 한글로 발표한 작품이라는 측면에서 의미가 있다. 「기문전」의 주인공인 분자에몬에 대해서는 기록에 따르면 에도시대에 부를 축적했던 유명한 상인이지만, 풍문과 전설로 남겨진 허구적인 일화도 많은 것으로 보인다.[27] 분자에몬은 현재까지도 일본에서 노래 가사, 만화나 영화의 스토리텔링에 자주 등장하는, 친숙한 이미지의 인물이다. 작품에 등장하는 일화도 실존한 역사적 기록이기보다는 자연과 천기를 다스리는 분자에몬의 기지가 소개됨으로써 환상적인 느낌을 자아낸다. 이는 『한성신보』에서 실존인물을 대상으로 한 여타 국한문 전양식의 작품에서 보이는 사실적인 전달과는 다른 서술방식을 보여준다. 지혜를 발휘하여 부를 축적하고 "장차 천하의 재물을 그물질하여 천하 사람한테 흩어 주겠다"라고 외치는 일본인 상인은 국문으로 쓴 소설의 주인공이 되어 조선인 일반 대중에게 다가가게 된다.

그러나 조선인이 등장하는 전을 비롯한 여타의 국문 단편소설에서는 이렇게 지혜롭고 희망을 주는 주인공을 찾아보기가 어렵다. 미래를 언약한 남자의 배신에 자결하는 기생 이야기인 「기연중절」이나, 어떤

27　Louis Frederic, *Kinokuniya Bunzaemon Japan Encyclolpedia*, Cambride, Massachusetts : Harvard University Press, 2002.

여자가 자청해서 가난한 남자의 첩이 되고 그 부부와 한 방에서 기거하는 장면이 나오는 「이씨전」, 과객과의 하룻밤을 꿈꿨다가 퇴짜 맞은 청상과부가 원한을 품고 상대방을 몰락하게 만든다는 내용의 「상부원사해정남」, 남편을 죽인 중과 밀회를 즐기다가 들키는 과부가 등장하는 「김씨전」 등, 이들 작품에는 대부분 계모, 기생, 첩, 과부와 같이 한 집안의 '현모양처'와 대비되는 부정적 이미지의 여성들, 그리고 그녀와 연루된 남자들이 등장한다.[28] 심지어 영웅서사를 표방한 장편연재물 「곽어사전」과 같은 작품도 본처의 아들을 시기한 계모가 아들이 결혼한 첫날밤 신부가 잠든 사이에 그 아들의 머리를 깨뜨려 죽이는 엽기적인 장면으로 초반부를 시작할 정도이다.

이 같은 이야기들을 조선의 전통적 질서를 깨고 미풍양속을 어지럽히기 위해 일본인들이 꾸며낸 것[29]이라고 바라본 시각도 있으나, 어떤 의도를 갖고 기획적으로 채택하여 수록했다고 보는 것이 더 정확한 표현이다. 이 소설들은 실제로도 당시 조선의 소설시장에서 대중들에게 회자되거나 읽히던 인기 작품들이었다. 「기연중절」은 『대한매일신보』의 최초 소설란에 「청루의녀전」으로 변개되어 실리는데[30] 이 작품은 중국 명말明末 소설집인 『금고기관』에 수록된 「두십낭노침백보상杜十娘怒沈百寶箱」의 번안작으로 조선 후기에 유행한 이야기 모티브이다. 또한 「김씨전」과 「상부원사해정남」은 『계서야담』, 『동야휘집』, 『청야담수』, 『삽교별집』의 여러 원전[31]을 한역韓譯하여 변형한 것인데, 이와 같이 과부가 사통하

---

28 「방백우유망동기」나 「비자정절」 같은 작품에는 긍정적인 주인공이 등장하기도 하지만, 여타 소설의 부정적 주인공에게 받을 수 있는 강렬한 느낌을 넘어서지는 못한다.
29 한원영, 『한국개화기신문연재소설연구』, 일지사, 1990, 264쪽; 박수미, 「개화기 신문소설 연구」, 성균관대 박사논문, 2005, 40쪽 참조.
30 『대한매일신보』, 1906.2.6~18, '小說'.
31 이우성·임형택 편역, 『이조한문단편집』 상, 일조각, 1973, 참조.

는 이야기나 여인의 구애를 물리친 선비가 몰락하는 식의 비슷한 내용의 여러 편의 서사가 당대 대중들 사이에 상당히 회자되던 유형의 이야기였음을 보여준다. 『한성신보』에 실린 국문 단편서사물은 편집자의 의도에 따라 활자화된 인쇄 공간에서 채록되고, 재편되고, 재창작 과정을 거쳐 소설화되었다는 데에 의미가 있다.

야담집에 수록된 서사 작품들은 『동야휘집』의 서문에서 볼 수 있듯이 "여항에서 고담古談으로 흘러 전하는 것을 채록한" 것으로 시정市井의 주변이나 혹은 농촌에서 발달한 이야기들을 한문 소양을 갖춘 무명의 작가들이 기록하여 남긴 것이다.[32] 야담에 대한 규정은 고전문학 연구 안에서 조금씩의 편차를 보이나 조선 후기 사회의 전환기적 양상 아래 새로운 움직임을 보이는 다양한 현실 체험이 주요 관심사로 포용되어 형성되었다고 보는 입장이 지배적이다. 그 작품들은 부의 축적, 시정인들의 생활, 특이한 삶을 살아간 기인奇人, 일사逸士들, 여성의식, 세태에 대한 풍자와 해학 등 여러 주제의식에 의한 분류가 가능하다.[33] 그런데 문명개화 시대의 근대적 매체인 『한성신보』에 배치된 기존의 야담은 오랫동안 시정市井에서 향유되던 시공간성을 담고 있는 서사작품이 아닌, 사회 보도 기사의 논조와 함께 신문지면을 장식하는 흥미로운 '옛이야기'의 패턴으로 축소된다. 그 과정에서 '무당, 매음녀, 첩, 사통하는 과부'로서의 여성 인물은 '현모양처'와 대비되는 계몽의 대상인 동시에 세간의 이목을 끄는 통속적인 소재로 활용된다. 논설에서는 첩을 천한 존재라고 비판하며 교육을 통해 각성할 것을 촉구하던 『제국

---

32 임형택, 「18·9세기 '이야기꾼'과 소설의 발달」, 『한국학논집』 2, 계명대 한국학연구소, 1975, 302쪽.
33 신해진, 「야담연구의 현황과 그 과제」, 『고소설연구』 2, 한국고소설학회, 1997, 487~488쪽 참조.

신문』의 경우에도, 소설란에서는 한때 자신을 도와준 남자가 몰락하자 그의 첩이 되어 몸을 팔아 남자를 도운 뒤 홀쩍 떠나는 '사당계집'의 고담古談을 연재하는 한 일례를 보여준다. 그 과정에서 『한성신보』는 당시 조선에서 유행하던 서사물의 재편을 통해 조선조 유교윤리를 문명개화 담론과 결합시키는 한편, 대중의 흥미를 의식한 통속적 소재로서의 여성을 신문의 장에 끌어들임으로써 미시적이고 은밀한 방식으로 조선 대중을 조종하고자 했다.

일본 외무성 관계자가 이론으로 알고 있던 '신문조종'은 조선에서 『한성신보』를 통해 실천되었다. 그 과정에서 조선 대중들에게 유행하던 야담들은 『한성신보』에 국문 단편소설로 선택되어 지면에 재편되었다. 이 국문 단편소설은 다시 조선인 독자에게 친숙한 느낌으로 다가가고, 유행된다. 그리고 이후 조선에서 문명개화와 계몽을 주창하며 발간된 민족 신문들에까지도 소설의 향방을 제시하는 영향력을 발휘하게 된다는 측면에서 『한성신보』의 국문 단편소설은 결코 간과할 수 없는 특성을 지니고 있다.

3. '시정개선施政改善'과 『대한일보』

1900년대 들어 한국 내 일본의 정치적 발언권이 강해지면서 『한성신보』에 수록되는 서사 작품들은 친일적 성향을 본격적으로 드러내기 시작한다. 한국 정부 관리들의 불신과 비판을 넘어 러시아와 일본의 전쟁을 앞두고 일본에 협력하지 않으면 백인종에 의해 한국 국권을 상실하게 될 것이라는 내용이 서사화된 작품도 실린다.[34] 한국에 대한 통치전략이 직접적인 목소리로 노골화될수록 『한성신보』의 입지는 점점 좁아지면서 일본 공사가 요구하는 제 역할을 다하지 못한 채 퇴락해 갔다.

이곳에서 발행되는 『漢城新報』에 대해서는 종래 연간 3,600원의 보조금을 지급해 주고 있었으나, 그 신문은 전부터 여러 차례 보고드린 바와 같이 사원들 상하가 모두 업무에 충실치 못하고, 또한 회계 처리에서도 매우 난잡하였으므로 신문 기사도 그 체계를 이루지 못해서 일본 독자들에게까지 비웃음을 받았고, 따라서 위에서 말한 많은 액수의 보조금을 받았어도 매달 적지 않은 적자가 생기는 형편입니다. 본사로서도 지금까지 몇 번인지 알 수 없을 만큼 주의를 주었습니다만 별로 개량되는 성적이 보이지 않아 **보조금의 취지를 살리지 못할 뿐만 아니라 오히려 세간에 물의를 일으키기에 이르렀습니다**. 그런데 仁川港에서 전부터 발행하고 있는 『朝鮮新報』는 비교적 열심히 하여 世評도 좋았는데, 이번에 그 新報는 업무 확장을 위해 본사를 京城으로 옮기게 되었으며, 종전 격일제로 발행하던 것을 매일 발행하기로 하였고, 더욱이 이 달 10일부터는 한글 신문을 발간하기로 하였다고 그 신문사로부터 본사에게 별지와 같이 이에 상응하는 보조금 지급을 청원해 왔습니다.[35]

일본 정부가 러시아와의 교섭단절과 개전을 선포한 1904년 2월, 주

---

34 「市井酬酌」, 1902.12.12; 「乞客問答」, 1903.4.18(미완); 「一歌一哭」, 1903.9.12.
35 林權助, 「機密第二〇號 漢城新報及朝鮮新報ニ關スル件」, 『駐韓日本公使館記錄』 22, 國史編纂委員會, 1997.

한일본공사 하야시는 이 같은 민감한 시점에『한성신보』가 세평이 좋지 않음에 대해 불만을 갖고 있던 차에『조선신보』를 발간하던 이들에게 신문 발간과 관련된 청원서를 받게 된다.『한성신보』의 역할을 대체할 세평이 좋은 신문의 발간이 예고되던 중 일본 공사관 입장에서는 반가운 제안이었던 것이다. 이런 과정에서 창간하게 된 것이『대한일보大韓日報』이다.

『대한일보』는 러일전쟁 발발 직후인 1904년 3월 10일에 인천 조계지에서 창간된 일간신문이다.[36] 최영년이 일진회 기관지『국민신보』주필로 활약하기 이전에 기자로 참여하기도 했다. 발행주체는 위의 보고서에서 보이듯이 1890년대에 인천에서 창간한 조선신보사 멤버들인 나카무라 타다요시中村忠吉, 아리오 주로蟻生十郎, 하기타니 카즈오萩谷籌夫이다. 나카무라와 아리오는 무역상으로 조선에 와서 수출입 사업을 추진하면서 1890년대 후반부터 조선신보사를 운영했고, 하기타니는 일본에서『시모노下野신문』등의 기자를 거쳐 1899년에 도한渡韓한 뒤 조선신보사에 입사했다. 이들이 발간하던『조선신보』는 재한 일본인을 대상으로 한 상업기사 위주의 신문이었다.『조선신보』는 한국에서의 식민지 토대 구축 진행과 함께 광고의 분량도 늘어나 당시 발행되던 다른 신문들에 비해 안정적인 경영이 가능했다. 그런데, 1904년 러일전쟁 발발 즈음 한국인 독자를 대상으로 한국어 신문『대한일보』창간을 도모하기 시작한 것이다. 이들에게『대한일보』창간은 어떤 의미가 있었을까. 조선신보사 운영을 맡고 있던 나카무라와 아리오가 당시 하야시 곤스케林權助 공사에게 보낸 신문 확장 발행을 위한 보조금 청원서

---

36 현재『대한일보』는 고려대 도서관과 한국연구원에 흩어져 소장되어 있다. 이 글에서 참조한 자료는 고려대 도서관 소장본이다.

를 살펴보면, 그 의도를 짐작할 수 있는 대목들이 발견된다.

금번 帝國 정부가 러시아에 대해 선전포고를 함에 따라 전적으로 한국을 우리 세력 범위 안에 넣고, 모든 경영을 진척시키게 되었으므로, 한국에서의 내외 정치의 개선은 모두 제국 정부의 손에 의해 시행되어야 함은 물론입니다. 따라서 ① 이후 새로운 정치의 방향과 강령을 널리 일반 국민에게 밝히고, 한국 국민으로 하여금 거기에 따를 바를 알리는 것은 최대의 급무라고 생각됩니다. ② 저희 불초들이 그 적임자는 못 되지만, 이 千載一遇의 호기를 맞아 얼마간이라도 奉公해야 한다는 생각을 금할 수 없습니다. 따라서 종전 인천에서 발행하던 『朝鮮新報』와 현재 발행을 계획 중에 있는 『大韓日報』를 경성으로 옮겨 ③ 대대적으로 新政 시행의 이유를 분명하게 널리 알리고, 한편으로는 ④ 한국의 질서와 안녕을 유지하고, 또 한편으로는 ⑤ 제국 세력의 발전을 바라마지 않습니다. 그러나 워낙 미력이어서 어쩔 수 없이 마음만 애태우고 있는 바이오니, 부디 특별히 내용을 논의하셔서 한국 정부 또는 제국 정부로부터 해마다 상당한 보조금을 교부해주시도록 조치해주시기 바랍니다. 또한 신문 발행과 그 유지에 관한 예산은 명령에 따라 편성하여 제출하겠사오며, 이에 삼가 청원 드립니다.

1904년 2월 仁川港 朝鮮新報社 中村忠告, 蟻生十郎[37]

1904년은 러일전쟁 발발을 전후로 한국에 대한 일본 제국주의적 침략 구상이 구체적으로 본격화된 시점이다. 일제는 1904년 2월 23일 '한일의정서' 체결 이후 이른바 '시정개선施政改善'의 이름으로 1910년 한일

---

37 中村忠告・蟻生十郎, 「機密第二〇號 漢城新報及朝鮮新報ニ關スル件」, 『駐韓日本公使館記錄』22, 國史編纂委員會, 1997.

병합을 선언하기까지 한국 제반 분야에 대략 1,800여 개의 법령을 발포[38]함으로써 대폭적인 제도 개편을 이루어나간다. 조선이 문호를 개방한 이후 들어온 일본 이민자 부류는 관리, 군인, 상인, 빈곤층, 게이샤 등으로 다양한데, 이 중에는 대륙팽창을 통한 대륙국가화라는 정치적 야심을 갖고 한국으로 건너온 이들도 있었다. 이들은 민간차원으로 세력을 형성할 뿐만 아니라 일본 외무성과 긴밀한 관계를 유지하면서 일제의 대외침략의 선봉 역할을 했다. 하기타니萩谷籌夫는 일본의 대표적인 우익단체 흑룡회 회원이었고, 함께 신문사를 운영하던 나카무라와 아리오 역시 여러 정황들로 미루어 같은 계열로 묶을 수 있을 것으로 보인다.[39] 위에서 밝혔듯이 천재일우의 기회를 맞아 봉공奉公하는 마음으로 신문 발간 계획을 도모하는 나카무라와 아리오는 신정新政의 시행이유와 방향을 대대적으로 알리겠다는 의견을 피력하면서, 해마다 상당한 보조금 교부를 청원한 것이다. 이 청원서를 받은 하야시는 조선신보사에 보조금 3,000원圜을 비밀리에 지급하기로 결정한다.

『대한일보』의 발행 겸 편집인은 하기타니 카즈오가 맡았고, 처음에는 인천에서 발행하다가 같은 해 12월부터 서울로 진출한다. 창간호의 「발간지개의發刊之槪意」에서 밝힌 발간 취지는 "우리 대한일보는 한국의 낡은 제도를 새롭게 만들 목적으로 일한 양국민의 의사를 소통하고 그 감정을 융화함으로써 일한 양제국의 친교를 항구히 하는 기관으로 자임하는 것"[40]이니 신정의 방향을 선전하겠다던 청원서에서의 다짐과

---

38 권태억, 「1904~1910년 일제의 한국 침략구상과 '시정개선'」, 『한국사론』 31, 서울대 국사학과, 1994, 232쪽.
39 흑룡회 회원의 열전을 수록한 『東亞先覺志士記伝』(흑룡회 편, 原書房, 1966)에서는 언론인으로 소개된 하기타니(萩谷籌夫)의 열전만 발견된다. 그러나 아리오(蟻生十郎)의 저서(『朝鮮統治に對する私見』, 1921)나 기록에서 보이는 나카무라(中村忠吉)의 인맥 등을 통해 유추해 볼 수 있다.

일맥상통한다. 발간 기념으로 발간서序를 쓴 이는 본격적인 문명사론을 전개하여 일본 근대사학의 출발점이 된『일본개화소사日本開化小史』저자 다구치 우키치田口卯吉이고, 창간서를 쓴 사람은 구마모토 출신 군국주의자로『국민지우』등을 발행한 일본의 가장 영향력 높은 언론인 도쿠토미 소호德富蘇峰이다. 그리고 축사 명단에는 신문 발간을 후원해준 주한일본공사 하야시林權助와 한일의정서 체결에 주도적인 활약상을 펼친 이지용의 이름도 보인다. 창간호 지면을 수놓은 인명의 나열로도『대한일보』의 방향성이 무엇이었는지 짐작할 수 있다. 한국인 독자를 공략하겠다는 취지대로 신문 지면은 한문, 국한문, 한글기사들로 채웠다. 1, 2면은 논설, 관보초록, 사고社告, 동경전보, 구주歐洲전보, 기서寄書들이 배치되고, 3면은 잡보, 4면은 광고가 실렸다. 3면 잡보에는 국한문/한글 기사들이 실렸는데, 갈수록 한글기사의 지면 점유율이 늘어나는 양상을 띤다. 발간한지 일주일 정도 후에는 3면에 '리어약利於藥'이라는 게재란을 고정하여 민담이나 전설 등을 연재했는데, 후일의 기서에 따르면 이 신문을 보는 부인들에게 인기가 높았던 난이었다. 3면의 국문기사 체재가 자리를 잡기 시작한 같은 해 4월부터는 국문소설「쌍봉기연雙鳳奇緣」을 연재(1904.4.29~6.1, 총 28회)한다. 제목 앞에 소설이라는 표제어를 달지는 않았으나 이 연재물이 끝남과 동시에 붙은 편집주에서 '국문쇼셜'임을 밝히고 있다.

긔쟤ㅣ왈한국국문쇼셜투식이대도약시ᄒ기로흔권을엇어긔록ᄒ야셰샹

---

40 원문은 다음과 같다. "我大韓日報ᄂᆫ 韓國維新之盛事를 翊贊홈으로써 中心之希望을 숨아 日韓兩國民의 意思를 疏通ᄒ며 其感情을 融和調理홈으로 因ᄒ야 日韓兩帝國의 恒久不易之親交를 維持ᄒᄂᆫ 機關으로써 自任ᄒᄂᆫ 者"

에알게흠이어니와신문긔화는될것이업다ㅎ노라

「쌍봉긔연」의 제목은 이봉길과 김봉희라는 남녀 주인공 이름에서
딴 '쌍봉'의 기이한 인연이라는 뜻이고, 스토리는 남녀이합·혼사장애
화소 등으로 이루어진 전형적인 고소설이다. 그런데 위의 인용한 편집
주를 통해 이 연재소설에 대한 신문 편집진의 인식을 살펴보면 ① 당시
국문소설 투식套式이 대유행을 하기에 ② 한 권을 구해 연재했으나 ③
신문의 기화奇話라 할 것은 없다, 즉 이들은 한국의 국문 독자들이 좋아
할 듯해서 연재를 하긴 했으나, 신문에 실을 만한 이야기라고 보지 않
았음을 알 수 있다. 그래도 잡보란에 연재한 이유는 독자 대중의 흥미
를 끌기 위해서였다.

> 잡보라는 것이 한문에 몽매하야 우리같은 사람의 이목을 열어주는데 극
> 히 유조하기로 날마다 신문을 기다려 두세번 읽으매 흉금이 상활할 뿐더러
> 세상소식을 대강 짐작하겠으니 극히 감사하옵기로 부끄럼을 무릅쓰고 귀
> 상에 일장편지로 동정을 표하며 겸하여 규중에 우리같은 몽매한 부인들도
> 아모조록 이 신문을 열람하야 여자사회의 학문을 만분지일이라도 개유하
> 심을 바라나니[41]

이 글은 한문을 알지 못하지만 잡보를 통해 재미도 느끼고 세상소
식도 알게 되었다며 감사를 표시하는 부인의 독자투고이다. 잡보란에
흥미로운 한글기사를 실어 한문을 모르는 독자를 포섭하고, 조선조부

---

41 『대한일보』, 1904.7.6, '奇書'. 현대어로 수정.

터 유행하던 전설・설화・야담류 서사를 고정적으로 배치하여 독자들의 이목을 끌고, 대중이 좋아하는 국문소설책을 구해서 소설을 연재하는 방식은 『한성신보』에서 활용된 지면 편집체재와 동일하다. 1904년 당시까지도 발행되던 여타 매체에서 이처럼 잡보란을 활성화하고 잡보란에 서사문학 작품을 수록하고 있는 경우는 일본인 발행신문인 『한성신보』와 『대한일보』뿐이었다. 이로써 이 두 신문에 관계한 발행/편집진은 신문의 편집체재에 대한 이해가 동일하고, 지면에 따른 각각의 난의 배치에 대해서도 같은 인식을 갖고 있었음을 알 수 있다.

4. 단편소설短篇小說 출현의 함의

『대한일보』의 첫 국문소설 연재가 1904년 6월에 끝나고 다음 국문/한문소설 연재가 시작되는 것은 같은 해 12월 10일부터이다. 『대한일보』가 일문지日文紙로 바뀌기 전까지[42] 한문과 국문으로 된 소설이 꾸준히 연재된다.[43] 그 사이에는 연재소설은 실리지 않고, 8월 12일 자 1면에 국한문으로 된 특이한 글 한 편이 '단편소설短篇小說'이라는 표제와 함께 「뇌공雷公」이라는 제목으로 발표된다. 이 글은 당대 신문에서 처음으로 단편소설이라는 표제어를 붙인 서사 자료이다. 전문全文을 소개

---

42 1906년 10월 17일부터는 일문지(日文紙)로 바뀌어 발간된다.
43 「灌頂醍醐錄」, 1904.12.10~(미상); 「一捻紅」, 1906.1.23~2.18; 「龍含玉」, 1906.2.23~4.3; 「女英雄」, 1906.4.5~8.29; 「斬魔劍」, 1906.4.18~4.26; 「返魂香」, 1906.4.27~1908.8.28.

하면 다음과 같다.

「短篇小說 雷公」－腦公

讀者諸君!!

日來本報에 時事葉葉欄을 借ᄒᆞ야 雷公의 名을 冠ᄒᆞ야 隱諱업시 忌憚업시 紫閣의 羣台와 黃堂의 列宿을 詰之警之譏之誚之ᄒᆞ야 一世에 疑를 貽ᄒᆞ고 萬人의 責을 受ᄒᆞᄃᆞ 所謂雷公……은 別樣人이 아니라 姓은○ 名은 ○○……이라ᄒᆞᄂᆞᆫ 一個逐利的賤人……이라 兼ᄒᆞ야 生不有天智ᄒᆞ고 長無所修養ᄒᆞ야 蠅頭의 微利로 鵬程의 大業을 誤ᄒᆞᄂᆞᆫ 野人이ᄂᆞ 然而志를 學問에 存ᄒᆞ고 意를 讀習에 用ᄒᆞ야 비록 身은 賈胡的生活을 爲ᄒᆞᄂᆞ 心은 書籍에 在ᄒᆞ더니 此時를 當ᄒᆞ야 國政의 日非흠을 慨ᄒᆞ고 民生의 日困흠을 慮ᄒᆞ야 漆憂의 闖發흠을 抑키 難ᄒᆞ지라 何暇에 緯를 恤흠을 得ᄒᆞ리오 世運의 循環에 目을 注ᄒᆞ고 國事의 得失에 耳를 傾ᄒᆞ야 機를 得ᄒᆞ면 頭를 世에 出코쟈 ᄒᆞᄃᆞ次 大韓日報의 廣求投書라ᄂᆞᆫ 告白이 頗히 志士의 聲을 喚起흔다 ᄒᆞᄂᆞᆫ 지라 於是에 楮를 削ᄒᆞ고 毫를 呪ᄒᆞ야 無氣力흔 腕을 揮ᄒᆞ며 沒風流흔 筆을 用ᄒᆞ야 嘻嘻然得得然히 逆耳之言吐ᄒᆞ니 雷公의 口矢에 中흔 者ᄂᆞᆫ 應當 作末而服ᄒᆞ기를 希흘지라 如斯히 評騭的生涯를 做흔지 數日에 哪吒子의 게셔 短牘一幅이 來ᄒᆞ얏ᄉᆞ니 曰

雷公雷公아 予의 言이 愚論과 如흔듯ᄒᆞᄂᆞ 實노 格言이니 泛忽이 看過치 勿ᄒᆞ라 君의 志ᄂᆞᆫ 實노 嘉尙ᄒᆞᄂᆞ 君의 心이야 坐흔 可憐ᄒᆞ도다 雷公雷公아 其位에 不在ᄒᆞ야ᄂᆞᆫ 其政을 不謀라ᄒᆞ며 況又政論一過에 斧鉞이 隨之ᄒᆞᄂᆞ 니 今君의 後에ᄂᆞᆫ 逮捕ᄒᆞ랴ᄂᆞᆫ 者ㅣ 有흠이리오 雷公雷公아 學問의 素縕이 無ᄒᆞ고 春秋의 法理에 昧흠을 不拘ᄒᆞ고 如斯흔 志를 抱흠은 實노 奇ᄒᆞᄂᆞ 君의 腦를 探흔則空空然無一物이니 君의 言은 卽蟋蟀이 壁에 聲ᄒᆞ고 牛馬

가 欞에 響홈과 無異ᄒ지라 雷公雷公아 予의 言은 過言이 아니오 切言이라
此後ᄂ <u>霹聲靂響이라ᄂ 壯言大語를 止ᄒ고 雷公이라ᄂ 名을 汚치 勿ᄒ고
모롬직이 壁聲欞響에 腦公이라</u> ᄒ라 雷公雷公아 予의 此語ᄂ 君을 憎ᄒ야
誣홈이 아니오 君을 爲ᄒ야 戒홈이로라 幸望貴君은 斯言을 勿忘ᄒ고 斯名
을 敬愛홀지어다

雷公은 此書를 接ᄒ後 羞不自勝ᄒ얏ᄂ 事로 此篇을 作ᄒ야 雷公의 筆法
갓치 諱홈업시 實을 擧ᄒ야 讀者의게 佈하고 兼ᄒ야 一笑를 與ᄒ심을 求홈
아ᄒ‥‥우습구 (밑줄과 강조표시는 인용자)

본보 '시사엽엽時事葉葉'란에 한국 관리 비판글을 올리는 뇌공雷公이
라는 사람이 있는데 그는 일개 미천한 출신이나 스스로 학문과 수양을
닦아왔다. 그는 국정國政의 그릇됨을 개탄하고 민생의 곤란함을 근심
해 왔는데, 대한일보의 '광구투서廣求投書'라는 사고社告가 그의 지사적志
士的 면모를 일깨웠다. 이에 '시사엽엽'란을 통해 관리들을 신랄하게 비
판했더니 며칠 뒤 그의 비판행위를 질타하는 편지가 왔다. 학문의 깊
이도 없고 춘추의 법리도 없는 자가 지志를 품었음이 기이하나 뇌腦는
비었고 아무것도 없는 듯하니 이름을 뇌공雷公이라 하지 말고, 뇌공腦公
으로 하라는 사연이다. 이에 편지를 읽은 뇌공이 이 편篇을 지어 독자
에게 알리니 한번 웃어보라는 것이다. 형식면에서는 전체적으로 수신
자인 뇌공이 발신자인 독자에게 보내는 편지이나, 그 안에서 뇌공이 나
질자哪叱子에게 받은 또 다른 편지를 공개함으로써 액자형태의 이중 서
술구조를 띤 서간체소설이다.

서간체소설은 독자에게 다른 서사양식보다 더 분명하게 화자가 의
도하는 바가 무엇인지를 이해할 수 있게 한다. 그리고 독자에게 '직접

성'과 '현장성', '사실성'을 체험할 수 있게 한다.[44] 직접성이란 독자에게 의사소통 행위와 편지 내의 서술 상황 사이의 거리가 거의 없어진 것처럼 보이게 하는 것이고, 현장성이란 독자가 소설을 읽는 순간에 사건들이 눈앞에 전개되는 듯한 환상을 갖게 하는 것이며, 사실성이란 편지 속의 내용이 사실을 전제로 한 이야기라고 믿게 하는 것을 의미한다. 따라서 서간체소설은 다른 소설 유형보다 의사소통의 기능과 의미가 중요하게 부각된 소설 유형이라 할 수 있다.[45] 그렇다면 이 단편소설 「뇌공」은 어떤 '사실'을 독자에게 부각하고 싶었던 것일까.

이 소설의 작자는 소설 속 편지에서 일러준 대로 '뇌공腦公'이라는 필명으로 글을 게재했다. 풍자나 동음이의어 활용 등의 수사를 통해 작중 대상을 재치 있게 묘사하고 있는 것이 이 글의 특징이다. 풍자의 대상은 표면적으로는 제목에서 앞세운 뇌공이나, 결국엔 뇌공이 비판해 왔던 정부 관리들이다. 글에서 밝힌 것처럼 『대한일보』에는 단편소설 「뇌공」이 게재되기 얼마 전부터 부패 관리를 고발하는 투서를 받겠다고 종용하는 광구투서라는 사고가 매일 실린다. 투서 목적과 요령, 그리고 투서가의 신변 보장까지 약속하고 있다. 그런데 이 '광구투서'가 처음으로 등장한 1904년 7월 31일 자 1면에는, 시정개선을 위해 일본 공사의 권고로 실시되는 정부 조직 개편에 대해 환영하는 뜻을 밝히는 내용의 논설이 '조직정부組織政府'라는 제목으로 발표된다. 이 글에서 기존의 한국 정부 조직은 비전문적이고 비효율적인 체계로 일대 개혁이 필요하다고 비판한다. 지면에서 광구투서는 이 논설 바로 다음으로 배치된다. 그리고 이 신문의 시사만평 역할을 하는 시사엽엽란에 며칠

---

44 프란츠 K. 슈탄젤, 안삼환 역, 『소설형식의 기본유형』, 탐구당, 1982, 75쪽.
45 우정권, 『한국 근대 고백소설의 형성과 서사양식』, 소명출판, 2004, 165쪽.

후인 8월 3일부터 실제로 뇌공은 당시 대한제국 정치, 행정, 군사 조직, 지방 등 각 관리들의 실명을 들고 비판하면서 비꼬는 '벽성역향霹聲靂響'을 발표[46]하기 시작하는데, 횟수가 거듭되면서 조롱의 강도는 점점 심해진다. 형식은 다음과 같다.

· 可憫哉權重奭氏苟無實則无關이라 區區辨明焉用ᄒᆞᆯ까 言去話來張皇ᄒᆞᆯ 아니쌔인굴쑤에연긔날시

· 可痛哉李範晉氏 그 心事야 可痛ᄒᆞ디 巧口塞能爲ᄒᆞ나 賣國世評엇디ᄒᆞ리 하로긔아디 범무셔운줄 모르고

단편소설에서 언급하듯이 뇌공이 투서가의 투서로 인해 관리들을 비판하기 시작했다기보다는 시기상, 미리 계획한 비판글을 투서 광고 홍보 시기와 함께 지속적으로 발표하고 있다는 인상을 준다. 그리고 위의 문제적인 단편소설 「뇌공」을 발표하기 전인 8월 10일 자에서는 시사엽엽란에서 여느 때와 같이 관리들을 비판한 뒤에 마지막에 "절치부심하던 뇌공, 이렇게 망론을 거듭하니 처참히 죽인들 분이 풀릴까. 외나무다리에서 만나면 어떻게 될까"[47]라는 사족을 붙인다. 다음 호의 단편소설란을 통해 자신의 행위를 비난한 사람을 조롱한 뇌공은, 단편소설 발표 이후 날짜부터는 시사엽엽란 필자 이름을 기존의 뇌공雷公에서 뇌공腦空으로 바꾸는 퍼포먼스도 선보인다. 이런 정황들로 미루어

---

46 최영년은 아전으로 출발하여 1904년 7월 후릉참봉(厚陵參奉)에까지 제수되나 무슨 일인지 바로 8월 2일에 면직된다. 절치부심하는 뇌공(雷公)이 시사엽엽란의 벽성역향(霹聲靂響)과 단편소설을 발표한 시기와 면직된 최영년이 『대한일보』에서 기자로 활동한 것으로 생각되는 시기가 겹치는 점은 흥미로운 대목이라 하겠다.

47 원문은 다음과 같다. "切齒腐心哉雷公者 靑眸黃口一布衣로 鼎鉉得失忘論ᄒᆞ니 萬戮ᄒᆞᆫ들 少洩忿가 뎨공뎨공 외나무다리로 맛날시"

단편소설 「뇌공」은 단일성을 띠는 한 편의 온전한 허구 서사가 아니라, 『대한일보』 내부에서 당시의 실정失政을 폭로하는 정치적 목소리를 내기 위해 기획된 글임을 알 수 있다. 시사엽엽란을 통해 조롱의 대상이 된 이들은 '단편소설'에서는 자신들을 비판해 온 뇌공에게 인신공격성 항의 편지를 보낸 발신자로 희화화되어 전면 재등장하게 된다. 독자는 소설 속 발신자로 한 명의 실존인물을 궁금해 하기보다는 뇌공에게 실명공격을 받았던 당시 한말의 모든 관리들을 연상한다. 이 단편소설은 신문사 내부의 정치적 입장을 표명하는 시선 끌기, 선전 효과를 톡톡히 담당하고 있는 셈이다. 그리고 한국 관리들에 대해 강한 불만을 가진 뇌공의 이름으로 행해진 『대한일보』에 의한 실정의 폭로가 비판적 저널리즘 역할의 자임에서 비롯된 것이 아니라, 대한제국이 얼마나 무능하고 부패한지를 강렬한 방식으로 각인시킴으로써 신정으로의 전환 촉구가 시급하다는 인식을 '부지불식간에 퍼뜨리기 위함'에 있었음은 앞서 제시한 편집진의 발간 의도로 미루어 유추하기 어렵지 않다.

1904년 2월, 당시 일본공사 하야시는 한국정부를 무력으로 강압하여 외부대신 이지용과 전문 6조의 한일의정서를 체결함으로써 한국을 군사기지로 확보했고, 러시아와의 전쟁이 일본에 유리하게 기울자 한국의 재정과 외교 쇄신을 위한 외국 고문 초빙을 주장하는 협정체결을 강요했다. 결국 1904년 8월 22일 '한일 외국인 고문 용빙에 관한 협정서'가 맺어지는데, 그 주 내용은 외교·재정을 담당할 고문을 고빙한다는 것, 외교·재정에 관한 사항은 일체 이들의 의견을 물어 시행한다는 것이었다. 이에 따라 먼저 재정고문에 메가다 다네다로目賀田種大郞, 외교고문에 미국인 스티븐슨이 취임하고 이듬해에는 한국 정부 초청 형식으로 군사, 경찰, 교육 등 주요 기관에 일본인 고문이 파견되어 주요

정책을 장악하면서 1906년 통감부 설치로까지 이어진다. 1904년 8월 12일 자『대한일보』에 실린 단편소설 역시 발표 전후 상황의 추이로 미루어 보아 일제의 한국 보호국화를 추진하던 일련의 정치 선전과 관련을 맺고 있었음을 유추할 수 있다. 결국 이 단편소설은 단일 작품으로 지면에 게재된 것이 아니라 선전 수단이 된 미디어의 편집 체제가 만든 기획된 서사인 것이다.

1904년 7월부터 하야시 공사의 정부조직 개편 권고 기사 홍보

↓

1904년 7월 31일 논설「조직정부」에서 정부 개편의 당위성 강조
논설 아래에 사고「광구투서」를 배치하여 부패 관리 고발 독려

↓

1904년 8월 3일 시사엽엽에 뇌공(雷公)이「벽성력향」연재 시작

↓

1904년 8월 12일 단편소설「뇌공」게재

'외국인 고문 용빙에 관한 협정서'가 체결된 것은 이로부터 1달여 후인 8월 22일이고, 그와 동시에 시사엽엽란에서 한국 관리들을 날카롭게 비판, 조롱하던 뇌공의 '벽성역향'도, 부패 관리 고발 투서를 독려하던 '광구투서'도『대한일보』지면에서 조용히 사라지게 된다. 이 소설이 서간체 형식을 취한 것도 주목해 볼 필요가 있다. 발신자인 뇌공의 편지를 받은 수신자가 된 독자 사이에는 편지를 매개로 정서적 교감이 형성되고, 뇌공에게 협박 편지를 보낸 소설 속 편지의 발신자 나질자에게는 반감을 갖게 되는 구도가 설정된다.

일제는 한국을 식민지로 재편하는 작업을 추진하며 시정개선이라는 말을 앞세웠다. 이 말은 한국을 일제의 의도에 맞게 식민지로 개편하는 작업이 외형적으로는 한국인의 복리 증진을 위해 필요한 것이라고 포장할 수 있는 단어였다. 실제로 당시 무능하고 부패한 한국 관리들을 비판하는 것은 친일매체뿐만 아니라 『황성신문』이나 『대한매일신보』와 같은 민족지도 마찬가지였다. 이들 신문 논자들에게도 한국 관리는 완고한 구습을 가진 간사한 무리였고, 한국 정부는 역량 부족으로 백성을 도탄에 빠뜨린 무능한 조직이었다. 이들 신문에도 한국 관리들의 무능함을 탓하고 외국의 '고명한 선비'를 고빙하여 위태한 국세를 만회하리라는 기대감을 비친 논설이나 기사가 종종 등장한다. 이런 분위기 속에 『대한일보』에서 연재하는 시사만평식의 비판은 한국인 독자의 공감을 불러일으킬 만하고, 비판 역할을 다하던 뇌공이 어느 날 협박조의 편지를 받았다는 내용의 서사는 이를 접한 독자들로 하여금 그간 뇌공이 실명을 거론하며 비판했던 부정적 이미지의 한국 정부 관리들을 또 다시 강렬한 방식으로 환기시킨다.

일본인 발행인의 영향 아래 『대한일보』 편집진은 논설(사설)/사고/관보/기서/잡보 등의 게재란 분할과 해당란에 싣는 글의 성격의 구분을 명확히 했다. 이들이 생각하기에 신문에 실을 이야기는 아니라고 판단한 국문소설 「쌍봉기연」을 독자 대중을 고려하여 흥미본위로 3면의 잡보란의 실은 것이나 떠도는 민담, 야담류의 서사 역시 3면에 배치한 것은 신문 잡보란과 이야기에 대한 이들 편집진의 인식 때문이었다. 제1면에 단편소설란을 배치하고 서사작품이 싣는 것은 이 때 처음으로 확인되는 것이나, 『대한일보』 발행인이 이전부터 발간해온 일본어 신문 『조선신보』에는 소설이나 단편소설을 삽화와 함께 제1면에서 확인할 수 있다.[48] 즉, 『대한일보』에 실린 단편소설 「뇌공」은 발행편집진이 판단하기에 신문에 실을 만한 최초의 이야기였고, 이에 『조선신보』의 소설란 지면 배치를 비로소 실행하게 된 것이다. 신문의 문체 결정은 독자 계층과 연결되는 중요한 부분인 만큼 이 단편소설의 경우는 내용 특성상 잡보란의 한글기사를 읽는 일반 대중보다는 국한문에 익숙한 독자들에게 다가가고자 했을 수도 있다. 『대한일보』는 '국문쇼셜'투식 인 장편 연재 서사물과 구별되는 '단편소설'을 실은 최초의 매체이다. 『대한일보』를 발간하던 일본인 발행인들에게 당시 국문 장편소설은 대중의 기호에 맞춘 흥미 본위의 서사물에 불과하지만, '단편소설'은 뚜렷한 목적 의도를 갖고 지식인을 공략하여 창작하는 서사물이라는 인식이 있었던 것이다.

---

48 인천에서 발행된 『조선신보』는 국립중앙도서관에서 영인본으로 확인가능하다.

제2장

이언기담俚言奇談의 미디어 편입과 국문 단편소설

　신문과 각종 잡지에서 다른 난과 구별되어 본격적으로 소설란이 등장하는 시기는 1906년이다. 1906년 들어 각종 매체에서 소설을 지면에 수록하게 되면서, 신문 편집자들은 소설이라고 부를 만한 서사 작품을 찾기 시작한다. 『대한매일신보』 소설란에서 「청루의녀젼」을 수록하면서 등장한 이후 소설란을 두고 지속적으로 단편소설을 발표하는 신문은 『제국신문』과 『경향신문』이다. 대부분의 신문 발행인과 편집진들은 당대 국문소설의 폐해에 문제제기를 던졌지만, 그들이 수록한 작품은 10여 년 전 『한성신보』 기자들이 조선에서 유행하던 이야기를 찾아 헤매던 당시와 크게 달라진 것은 없다. 오히려 『한성신보』는 소설의 지면 수록에 대한 선행 작업의 표본이 되었을 수도 있다. 유가적 세계관과 전통적인 문文 관념이 해체되면서 지식 패러다임이 변주하던 시기라 하지만 당시 신문 필진은 신문에 게재할 만한 분량의 서사작품 창작에는 큰 관심을 두지 않았다. 당대 조선 지식인들의 실천은 조선 백성을 향해 문명개화와 계몽을 설파하는 데에 역점을 둔 것이었고, 1890년대 말에서 1900년대 초기에 신문 논설란에 지속적으로 발표된 '서사적 논설'은 그러한 노력의 표출이라 볼 수 있다. 그에 반해 소설을 창작하는 작가군이 형성되기 이전 단계에 공론장에 유행하는 소설은 부녀자를 비롯한 일반 백성의 흥미를 끄는 자극적인 동기에 머물고 있는 것이 사실이다.

1. 한글전용『제국신문』과『경향신문』의 발간 의의

『제국신문』(발간 초기의 이름은『뎨국신문』)은 1898년 8월 10일 창간되어 1910년 3월 31일까지 발행된 한글전용 신문이다. 창간 당시 사장은 이종일(1858~1925)이었고, 편집에는 유영석, 이승만이 함께 관여했다. 이종일은 충남 태안 출신으로, 온건개화파로 알려진 김윤식(1853~1922)에게 수학한 바 있고, 1895년에 내부주사內部主事를 역임한 전직 하급관리였다. 신문을 발간하던 즈음에는 이문사以文社라는 인쇄소에 관여하면서 독립협회에도 참여하였다.[1] 1898년 8월 3일에 농상공부로 제출한 신문발간의 청원서에 따르면 국가 개명을 도모하기 위해 발간하겠다는 포부가 드러난다. 신문의 제호에 대해서는 1898년 8월 10일 자「고빅」에 언급되고 있다.

대기 뎨국신문이라 ᄒᆞᄂᆞᆫ 쯧슨 곳 이 신문이 우리 대황뎨폐하의 당당ᄒᆞᆫ 대한국 빅셩의게 속ᄒᆞᆫ 신문이라 홈이니 쯧시 ᄯᅩ흔 즁대ᄒᆞ도다 본릭 우리나라

---

1 최기영,『대한제국시기 신문연구』, 일조각, 1991, 15쪽.

대한이 개국흔 수천여년 동안에 혹 남의게 죠공도 ㅎ고 자쥬도 ㅎ엿스나 실노 대한국이 되고 대황뎨 존호를 받으시기는 하늘 갓흐신 우리 황샹폐하 씌오셔 쳐음으로 창업ㅎ신 긔쵸라 우리 일쳔 이빅만 동포가 이갓치 경수로 은 긔회를 져음ㅎ여 나셔 당당흔 대한뎨국 빅셩이 되엿스니 동양 반도국 수쳔여년 수긔에 처음되는 경수라 우리가 이갓치 경축ㅎ는 뜻슬 쳔츄에 긔 렴ㅎ기를 위ㅎ야 특별히 뎨국 두 글주로 신문 제목을 숨아 황샹폐하의 지 극ㅎ신 공덕을 찬양ㅎ며 우리 신민의 무궁히 경축ㅎ는 뜻슬 낫하너노라[2]

이 글에서는 일천 이백만 동포를 모두 당당한 대한제국 백성이라고 호명하고 있다. 『제국신문』이 국문으로 간행하고 가격을 싸게 한 것도 상하 남녀 귀천을 막론하고 읽힐 수 있도록 하기 위함이었다. 국문 간 행은 독자층과 깊은 관련을 가진다. 실제『제국신문』의 주된 독자층은 하층민과 부녀자였다. 『제국신문』을 둘러싸고 동시대의 신문에서 반 복해서 언급하는 부분이 "부인과 한문 모르는 사람들"이 주된 독자층 이었다는 점이었다.

일젼에 일본군디에서 정지식힌 뎨국신문은 처음브터 슌국문으로 출간 ㅎ는 고로 부인들과 한문 모로는 사름들이 모다 보기를 됴와ㅎ야 기명샹에 그 효험이 젹지 안터니 근일 정보된 후로는 그 신문 보던 부인들과 한문 모 로는 사름들이 미우 각갑ㅎ고 의딻히 녁인다더라[3]

此帝國報는 光武二年八月에 創立흔 者인디 帝國 二字를 頭載ㅎ고 帝國國

2 『제국신문』, 1898.8.10.
3 『대한매일신보』, 1904.10.18, '잡보'.

家의 獨立基礎를 鞏固케 ᄒ며 帝國國民의 知識程度를 發展케 ᄒ야 目的地에 到達ᄒ기로 自擔自負ᄒ고 着着 進步ᄒᄂᄃ 四千載 禁錮ᄒᄃ 婦人社會와 五百年 壓迫ᄒᄃ 勞動社會를 刷振興起ᄒ야 國家思想을 培養ᄒ랴면 國文이 第一必要ᄒ다 ᄒ야 世界에 屹然 獨立ᄒ 帝國 國文으로 刊行ᄒ 것이라[4]

잡지 발간이 활발해진 1906년에는 논설을 통해 신문과 잡지에 대한 저널리즘적 견해를 명확히 밝히기도 한다. 『제국신문』 논자들에 따르면 신문은 신속한 정보를 전달해 주지만, 적당한 시간차를 두고 발간하는 잡지에 비하면 신빙성이 없고, 지속성이 없는 매체라는 것이다.

무릇 신문이나 잡지란거시 세상 사ᄅᆷ의 이목을 열니기는 일반이로ᄃ 신문은 당쟝에 보고 듯는 거슬 긔ᄌ기ᄒᄂ 거시오 잡지란 거슨 ᄆᆡ양 한달에 한번이라던지 한에달 두세번이라던지 여러날만에 발간ᄒᄂ 거신고로 확실ᄒ 일만 긔ᄌ기ᄒ고 ᄯᅩ 론셜갓흔 거슨 학문만 쥬쟝ᄒᄂᆫ고로 신문갓치 한번 보고만 바리는 거시 안이오 일후에 상고ᄒᆯ 일이 만은고로 신문갓치 죠희쟝이 안이오 췩으로 만들어 발힝ᄒ나니 그거시 가위 력ᄃᆞ사적도 될만ᄒ고 당세의 일을 갈아치는 션싱이 될만ᄒ 거시라[5]

이 같은 내용처럼 실제 『제국신문』 편집진들은 주목하며 읽었던 잡지 『조양보』에서 발표된 글을 재수록하기도 했는데, 여기에서도 『제국신문』 측의 독자층을 고려한 배려를 확인할 수 있다. 1906년 7월 24~25일 자에 실린 「아라스 혁명당의 공교한 계교」는 『조양보』 2호(1906.7)의

---

4   『황성신문』, 1907.9.14, '논설'.
5   『제국신문』, 1906.7.3, '논설'.

「파란혁명당波蘭革命黨의 기모궤계奇謀詭計」를, 1906년 11월 20∼21일 자 잡보란의 「동물론動物論」은 『조양보』 8호(1906.10)에서 발표된 양계초의 「동물담動物談」을 번역한 글이다. 같은 내용의 글을 번역하는 과정에서 독자층을 누구로 상정하는가에 따라 달라지는 표기와 서술방식의 차이를 볼 수 있다. 『조양보』에 발표된 두 편의 글은 지식인 독자층을 상대로 하는 서술 방식을 취하고 있지만, 『제국신문』에서는 국문으로 옮긴 것과 동시에 좀더 상세한 설명을 덧붙인다. 각각의 글 서두 부분만을 비교 대조해 보면 다음과 같다.

① 波蘭首府와루소ㅣㄴ 露國革命黨의 巢窟되ㄴ地라 同地監獄은 히항 國事犯者로써 塡充ᄒ더니 去四月二十三日에 또 革命黨十人을 押來ᄒ니라 元來監獄內에서 革命黨檢束홈이 普通囚人보담 大段히 嚴密鄭重히 ᄒㄴ故로 獄吏가 其煩勞홈을 難耐ᄒ야 ᄆᆡ양 革命黨員의 入監홈을 見ᄒᄆ면 悚然히 懼色이 有ᄒ더니[6]

㉠ 혁명당이란 거슨 곳 그 나라 정부를 뒤집고 ᄉᆡ정부를 조직ᄒ던지 졔졍치를 곳쳐 공화졍치나 립헌졍치를 만들쟈ᄂᆞᆫ 무리라 아라ᄉ에ᄂᆞᆫ 그 혁명당이 만은즁 더구나 이젼 파란국 셔울 와루노란 곳은 로국 혁명당의 와굴인고로 그곳 감옥셔ᄂᆞᆫ 그곳 국ᄉ범으로 치우더니 지나간 ᄉᆞ월 이십삼일에 또 혁명당 십명을 잡아왓ᄂᆞᆫᄃᆡ 원릭 감옥셔에서 혁명당 단속ᄒᄀᆡ가 달은 죄슈보다 대단이 엄밀히 ᄒ지 안을 슈 업ᄂᆞᆫ고로 감옥 관리가 그 괴로암을 견ᄃᆡ지 못ᄒ야 ᄆᆡ양 혁명당이 잡혀들어오ᄂᆞᆫ 거슬 보면 근심이 젹지 안터니[7]

---

6 「波蘭革命黨의 奇謀詭計」, 『조양보』 2호, 조양보사, 1906.7.
7 「아라ᄉ 혁명당의 공교한 계교」, 『제국신문』, 1906.7.24∼25, '이어기담(俚語奇談)'.

②梁啓超 一几에 依ᄒᆞ야 臥ᄒᆞ얏더니 甲乙丙丁 四人이 有ᄒᆞ야 喢喢히 動物談을 ᄒᆞ거늘 客이 耳를 傾ᄒᆞ고 聽ᄒᆞ니 甲이 曰[8]

ⓛ 쳥국 국ᄉ범으로 일본 가잇ᄂᆞᆫ 량계쵸씨가 동물론이라고 긔록ᄒᆞ얏ᄂᆞᄃᆡ 그말이 ᄆᆡ우 ᄌᆡ미잇기로 자에 긔젹ᄒᆞ노라 량씨가 일일은 셔안을 의지ᄒᆞ야 누엇더니 손임 네사름이 잇셔셔 둘둘 탄식ᄒᆞ고 즘싱 니익기를 ᄒᆞᄂᆞᄃᆡ 귀를 기우리고 들은즉 한ᄉᆞ름이 말ᄒᆞ기를[9]

게재 일자 순서상 『조양보』의 글을 먼저 살펴보고, 『제국신문』 글을 봤을 때, ㉠과 ㉡은 각각 ①과 ②를 번역한 글임을 알 수 있다. 뚜렷한 차이점은 표기뿐만 아니라 『제국신문』의 글은 도입부에서 국문신문을 보는 독자대중의 눈높이를 맞추기 위한 설명적 진술을 펼치고 있다는 점이다. ㉠에서는 ①에서는 바로 서사에 들어가는 것과 달리 제목에서 언급한 혁명당이라는 말의 의미가 무엇인지를, ㉡에서는 이 글의 원기록자인 양계초가 어떤 인물인지를 알려주는 식이다.

부녀자와 하층민의 독자층이 주를 이루었던 만큼 1907년 초에 전개한 국체보상운동의 의연금 수집에 있어서도 제국신문사에는 하층민의 의연이 많았다. 그 해 2월 18일 자부터 3월 말까지의 신문을 보면 상인, 군인을 비롯해 인력거꾼, 지게꾼, 의녀醫女, 기녀까지 포함된 명단을 발견할 수 있다.[10] 발행부수는 평균 2,300부 정도로 짐작되며 대부분의 수요가 서울을 중심으로 이루어졌을 것으로 본다.

---

8 「動物談」, 『조양보』8호, 조양보사, 1906.10.
9 「動物談」, 『제국신문』, 1906.11.20~21, '잡보'.
10 최기영, 앞의 책, 35쪽.

『경향신문』은 1906년 10월 19일 파리 외방선교회 소속 선교사 드망쥐[Florian Demange](한국명 안세화, 1875~1958)에 의해 창간되었다. 『경향신문』의 창간은 세계 천주교회의 방침과의 관련에서 출발했음을 다음 기사를 통해 확인할 수 있다.

크게 리롭기도 ᄒ고 해롭기도 ᄒ 신문·잡지가 온 셰상에 대힝ᄒᄂ 것을 통촉ᄒ시고 교황 레오 뎨십삼위와 비오 뎨십위씌셔 모든 쥬교신부와 교우들이 셩교회 신문들을 만히 ᄆ들며 잘 부지ᄒ여 외교인들ᄭ지 보게 ᄒ라고 명ᄒ셧ᄂ고로 대한셩교회에셔도 우리 공경ᄒ올 쥬교씌셔 잇힌 젼에 우리 경향신문을 셰우셧ᄂ니라[11]

즉 교황 레오 13세(1878~1903 재위)와 비오 10세(1903~1914 재위)가 천주교회에서도 신문과 잡지를 발간하여 운영하고, 나아가 비신자들까지 볼 수 있게 하라고 지시하였다는 것이다. 이는 『경향신문』의 발간이 세계 천주교회의 언론기관 창설의 움직임과 궤를 같이 하고 있었음을 의미한다. 천주교 신자들과 비신자들이 모두 사회현실을 이해하고 계몽되어야 한다는 입장에서 신문을 포교의 한 수단으로 이용하게 된 것이다. 그와 동시에 당시 교세가 크게 확장되어 가던 개신교를 의식했다는 점도 간과할 수는 없다. 19세기 말에 전래된 개신교는 1900년대 초기에 이미 교육사업과 의료사업을 비롯한 사회활동으로 한국 국민의 호응을 얻으며 급속히 신자들이 증가했다. 그리고 이미 1897년부터 감리교와 장로교 별도로 『죠선(대한)크리스도인회보』와 『그리스도신문』을 발간

---

11 「본 신문을 보ᄂ 교우들이 몃가지 싱각홀 일」, 『경향신문』, 1908.9.4.

하다가, 1905년 7월 1일 자로 연합하여 『그리스도 신문』이라는 제호의 주간신문을 발행하고 있었다. 『경향신문』이 개신교의 신문 간행을 의식하고 창간되었음은 다음의 글에서도 확인이 가능하다.

외교나 렬교들은 각각 본신문이 잇서 그 신문을 보는 이가 만흐나 우리 텬쥬교인은 그러치 아니ᄒ면 엇지 붓그럽다 아니 하겟스며······[12]

개신교에 대한 위와 같은 의식이 천주교 기관신문의 필요성을 촉발시켰을 것이다. 비신자를 독자층으로 흡수하고자 한 시도도 그러한 측면으로 이해할 수 있다. 『경향신문』이 국문으로 발간된 것도 독자층에 대한 고려이다. 『경향신문』은 창간호의 논설에서 국문전용의 이유를 다음과 같이 밝히고 있다.

유식ᄒ 사름과 무식ᄒ 사름과 남녀로쇼 빈부가 다 알아 듯기 쉬온 신문을 드러내고져 홈이니 소문과 소문의 대쇼를 판단ᄒᄂ 것과 요긴ᄒ 지식ᄀᆺ ᄒ 이 세가지ᄂ 알아야 모든 이의게 유익ᄒᆫ고로 다 밧아볼만ᄒ 신문을 내니 이 신문에ᄂ 진셔나 어려온 말을 쓰지 아니ᄒ고 슌언문으로 쉽게 알아듯도록 말ᄒ니 유식ᄒ 이도 쉽게 보고 무식ᄒ 이도 알아보기 쉽겟소 ᄯᅩ 신문갑시 뎨일 헐ᄒ니 지물 업ᄂ 쟈도 용이히 사볼만ᄒ오[13]

구독자의 대부분이 천주교인이었지만, 그중에서도 무식하고 가난한 계층의 독자도 읽을 수 있게 하여 독자층의 저변을 확대하기 위해

---

12 『경향신문』, 1910.12.30.
13 『경향신문』, 1906.10.1.

국문 전용으로 신문을 발간했음을 알 수 있다. 실제『대한매일신보』를 제외한 대부분의 신문들이 2,000~3,000부를 발행하던 당시,『경향신문』의 독자는 1907년부터 종간 때까지 평균 4,000명의 구독자를 가지고 있었다고 한다.[14]

사장인 안세화 신부가 편집 겸 발행을 맡고, 편집 실무는 김원영 신부가 담당하였다고 한다.[15] 안세화 신부가 사장직을 맡은 것은 당시 한국 천주교회를 프랑스 신부들이 주도한 까닭도 컸겠지만, 신문 발간의 편의를 위한 조치이기도 하였을 것이다. 한국인의 명의로 간행되던 신문들은 1904년 8월 이후 일본군 사령부에서, 1905년 2월 이후에는 경무고문부에서 사전검열을 받고 있었다.『경향신문』은『대한매일신보』와 마찬가지로 외국인 명의 발간으로 사전검열을 받지 않았다.

안세화 신부는 1898년에 사제 서품을 받고 조선교구 선교사로 임명되어 같은 해 10월 8일, 한국에 입국했다. 입국 후 한국어를 익히고 1899년 5월 부산본당 신부로 임명되어 사역했으며, 1900년 9월 용산 예수성심신학교에 부임한 그는 약 6년 동안 한국인 성직자를 양성하다가 뮈텔Gustave Mutel 주교의 비서로 일하던 중『경향신문』발간을 맡게 되었다. 뮈텔 주교는 한국의 문화에 관심이 많았던 인물로,『한국서지』를 쓴 주한 프랑스 대사관 서기관 모리스 쿠랑에게도 저술편찬과 관련하여 지대한 영향을 끼쳤다. 뮈텔 주교는『경향신문』발간에 대한 지원을 아끼지 않았고, 안세화 신부도 상당한 영향 관계 아래 있으면서 신문 발간 사업에 참여했을 것이다.

14　최기영, 앞의 책, 121쪽.
15　조광,「『경향신문』의 창간경위와 그 의의」,『경향신문』(영인본), LG상남언론재단, 2009.

2. 흥미 유발의 짧은 이야기 등장—『제국신문』단편소설

『한성신보』에서 1897년 1월에 소설란을 잡보란에서 분리하여 신설한 이후 몇 년간 조선인 발행 매체에서는 '소설'을 찾아보기 힘들다. 1906년이 되면 일종의 유행처럼 소설이 공론장에 등장하기 시작한다.[16] 1906년에 처음으로 소설란이 발견되는 것은 국한문판『대한매일신보』이다.『대한매일신보』는 한글로 된 작품「청루의녀전」[17]을 수록하면서 '소설'란을 두게 된다. 이 작품은 중국 명말소설집인『금고기관』에 수록된「두십랑노침백보상杜十娘怒沈百寶箱」의 번안작으로 조선 후기에 유행한 이야기이다. 원작인「두십랑노침백보상」의 내용은 다음과 같다. 유명한 명기인 두십랑이 기생생활을 정리하고 자기를 사랑하는 고위관리의 아들인 이갑에게 시집을 갔으나 이갑은 돈 때문에 그녀를 장사꾼인 송부에게 팔아넘기려고 했다. 이에 두십랑은 이갑과 송부가 보는 앞에서 기생 생활을 하며 모은 수천 금에 해당하는 보물들을 강물 속에 던지고 자기도 물속에 뛰어 들어 죽는다. 이 작품은 명나라의 문장가 풍몽룡의 단편소설집『삼언三言』[18]에서 가장 수작으로 꼽히

16　1906년 이후 소설이 공론장에서 부각될 수 있었던 이유에 대해 구장률은 ① 유가적 세계관과 전통적 文관념의 해체, ② 국민, 민족, 국가와 같은 개념의 정립, ③ 미디어의 발달과 확산, ④ 지식장의 구조변동 등의 외부적 요인 때문이라고 분석하고 있다. 구장률,「근대지식의 수용과 소설 인식의 재편」, 연세대 박사논문, 2009, 51~52쪽 참조.

17　『대한매일신보』, 1906.2.6~18,「小說」.

18　『삼언』은「유세명언(喩世明言)」,「경세통언(經世通言)」,「성세항언(醒世恒言)」으로 구성되어 있고, 각 편은 40편으로 모두 120편이 수록되어 있다.『삼언』은 특히 화본소설(話本小說)을 전파하고 의화본(擬話本)의 창작을 추진한 측면에서 중요한 의미를 갖는 단편소설집이다. 화본소설이란 송(宋), 원(元), 명(明) 삼조(三朝)를 거치면서 민간에 전해 내려온 민담이나 소설을 찻집이나 술집에서 설서인(說書人)이 청중에게 이야기를 들려줄 때 사용하던 구어체의 소설을 말한다. 의화본이란 문인들이 화본소설

는 작품이다. 이 소설은 앞서 『한성신보』에서도 「기연중절」이라는 제목으로 잡보란에 수록되었던 서사물이다. 『대한매일신보』 작품이 중국 배경을 동일하게 사용한 데 반해 『한성신보』에서는 배경을 조선으로 바꾸어 개작했다는 차이가 있다. 그만큼 원작의 모티브가 조선에서도 유행했던 이야기였음이 분명하지만 『대한매일신보』에서 최초로 만든 소설란에 이 작품을 게재한 것은 당대 신문을 발간하던 편집자들이 소설을 어떻게 인식했는가를 보여주는 증거가 되기도 한다.

1898년에 창간한 『제국신문』이 소설란을 두기 시작한 것은 1906년 9월 18일이다. 부녀자와 일반 대중의 계몽을 표방하며 발간된 『제국신문』 논자들의 당대 국문소설에 대한 인식은 어떠했을까. 1906년 10월 13일부터 17일까지 『제국신문』 잡보란에 4회에 걸쳐 연재된 「자강회건의自強會建議」는 우리나라가 문명 세계가 되지 못하는 가장 심한 폐단 4가지를 지술地術, 무당과 판수, 사주, 언문소설로 들고, 이를 제재할 정부 차원의 규칙을 정비해야 함을 주장하는 건의서이다. 당시 제국신문사에 관여하던 이종일, 장효근 등이 발기인으로 참여한 대한자강회의 입장을 밝힘으로써 동시에 『제국신문』 측의 소설관도 드러낸 셈이다. 이 글에서는 당시 유행하던 국문소설을 지술, 무당과 판수, 사주와 폐해적 측면에서 대등한 구도로 언급하는 것도 흥미롭지만, 다른 폐단에 비해 언문소설에 대한 비판이 글 전체 분량의 2/3에 해당할 정도로 상당한 분량을 차지한다. 다음의 인용문은 이 건의서에서 언급한 언문소설에 대한 부분이다.

을 정리 가공하여 편집하다가 그 형태를 본 따서 쓴 단편소설을 말한다. 120편 가운데 송(宋)과 원(元)의 화본이 약 1/3을, 명대의 의화본이 2/3를 차지하고 있으며, 편자인 풍몽룡의 작품도 일부 섞여 있다. 김영덕 외, 『중국문학사』, 청년사, 1991 참조.

넷지 언문소셜이니 그 폐단은 음란ᄒ고 비피ᄒ지라 비록 문명각국에도 소셜과 야ᄉ갓ᄒ거시 류힝ᄒ나 그 소셜은 졍리의 지극히 간결ᄒ믈 취ᄒ것 이면 졍부검열을 밧아 인허ᄒ 연후에야 발힝케ᄒ미니 이것은 다만 그 징계 ᄒᄂ 마음을 감발케ᄒᄂ 연고어늘 **우리나라ᄂ** ᄌ릭로 **소위 언문 이야기칙** 이라ᄂ 것은 젼슈히 비피ᄒ고 허황ᄒ일로 쇰인글이라 **그 죵류ᄂ** 흔이 대명 **셩화년간으로 편집ᄒ** 것이니 그 취지를 부쳐 부러ᄒᄂ바ᄂ 결단코 부귀쌍 젼ᄒ야 일싱안락으로 지닉ᄂ데 지나지 못ᄒ고 일호도 독립국의 크고 큰 ᄉ 샹과 ᄌ유활동의 졍신으로 국가진흥ᄒ일에 유익ᄒ 말은 업슨즉 우부우부 들의 편안ᄒ고 일업ᄂ쟈가 빈불니 먹고 짯듯ᄒ 방안 챵ᄋ릭에셔 맛을 드려 낭독ᄒᄂ즁에 일각이 쳔금갓ᄒ 셰월을 소견ᄒ야 그 지긔를 게울니ᄒ고 풍 화를 문란케 ᄒ니 금일 교육샹에 폐힉됨이 쏘ᄒ 젹지안은지라 그 허망ᄒ고 간ᄉ흠과 어리셕고 비피ᄒ 말은 결단코 킥명부강ᄒ 디경에 나간다 ᄒ슈 업 ᄂ지라 **현금 셰계렬국의 문명ᄒ다 칭ᄒᄂ 나라에 이러케 풍속을 더러이는 소셜이 잇스리오** 오즉 한청량국이 가쟝 음악부피ᄒ믄 이갓ᄒ 소셜보난 셩벽 이 잇슴이라 그갓ᄒ 소셜을 오히려 폐ᄒᆯ가 염려ᄒ니 이 엇지 현금에 확실 ᄒ 징거가 안이리오 그러ᄒ즉 이 소셜의 픽힉는 한갓 오늘날 나라를 쇠픽 케ᄒ믈 이루미라 ᄒᆯ 뿐만 안이라 쏘한 쟝릭에 나라명운을 회복ᄒᄂ데도 이 것을 졔거치 안이ᄒ면 가히 바람이 업스리니 그 셰도에 딕ᄒ야 인민의 죵 족을 보존ᄒ며 나라강토를 슈호ᄒ기에 고심렬셩으로 도모ᄒᄂ쟈ㅣ 잇스 면 엇지이 소셜로써 큰 원슈와 큰 도젹이 되지 안ᄂ다 ᄒ리오 **우리 정부 제 공이 금일 국가간 위ᄒ 씌를 당ᄒ야 쥬야로 심력을 비진ᄒᄂ바ᄂ 혁구유신 ᄒ랴ᄂ데 잇거늘** 이 구렴의 악폐를 졔거치 아니ᄒ며 신지식이 열니지 못ᄒ **며 교육이 진흥치 못ᄒ고 농공상업이 흥왕치 못ᄒ믄 결단코 이 소셜의 폐힉 로 인민이 뎡ᄒ 쯧이 업고 나라에 죠흔 풍속이 업ᄂ 연고라**[19]

위에서 언급한 대목에서 알 수 있듯이 당시 지식인들은 언문소설이 음란 비패하고 허황한 꾸민 글로 풍속을 더럽히는 것으로 보고 있다. 이 같은 소설을 보는 암악부패한 습관을 가진 나라는 세계에서 오직 한국과 청나라뿐이라는 주장도 한다. 잡보란의 지면에 할애하며 이 기사를 소개할 때에는 이 같은 건의서의 내용을 국가적 '혁구유신革舊維新'의 입장에서 실었다고 할 수 있다. 이 기사가 수록되던 1906년 10월 당시의 『제국신문』은 이미 소설란을 정착시켜 단편소설을 지속적으로 발표하고 있었다.[20]

그런데 이 소설란에 발표되는 단편소설들은 모두 조선 후기에 성행하던 야담이나 일화의 성격을 벗어나지 못한다. 또한 언문소설을 음란하고 비패하며 허황하다고 비판했던 편집진들이 선택하여 지면에 실은 단편서사물의 내용 대부분이 기담이나 회음소설류에 머물고 있다. 여기에서 당시 신문 편집진의 소설을 둘러싼 인식적 측면과 상업적 활용 사이의 괴리를 확인할 수 있다. 미모가 출중한 사당패 여인이 은혜를 갚기 위해 몸을 팔아 돈을 벌고 재산을 넘긴 후 원래의 사당패로 돌아간다는 내용이나, 어리석은 신랑이 혼인 첫날밤 남에게 속아 신방에서 똥을 싸고 현명한 신부가 뒷수습해 준다는 내용, 또는 남편을 죽게 한 관리를 죽여 배를 갈라 간을 씹어 먹고 열녀로 칭송받는 내용, 은혜

---

19 「自强會建議」, 『제국신문』, 1906.10.16~17, '잡보'.
20 『제국신문』은 이어기담(俚語奇談)과 소설란에 단편소설을 게재했다. 이어기담에는 총 5편의 단편소설이 수록되었다. 「제목없음」, 1906.7.12~16; 「제목없음」, 1906.7.17 ~23; 「아라스혁명당의공교흔계교」, 1906.7.24~25; 「제목없음」, 1906.7.28~8.7; 「제목없음」, 1906.8.9~11. 小說(쇼셜)에는 총 12편의 단편소설이 수록되었다. 「제목없음」, 1906.9.18; 「제목없음」, 1906.9.19~21; 「제목없음」, 1906.9.22~10.6; 「正己及人」, 1906.10.9~12; 「報應昭昭」, 1906.10.17~18; 「犬馬忠義」, 1906.10.19~20; 「殺身成仁」, 1906.10.22~11.3; 「智能保家」, 1906.11.17; 「許生傳」, 1907.3.20~4.19.

갚는 짐승 이야기 등이 실리는데, 이들 작품들은 모두 완전한 창작은 아니고 전승야담의 재화再話소설이다.

> 사룸이 다 셰샹에 별 사룸도 보깃고 별흔 일도 잇도다 ᄒ고 고담이 되얏더라[21]

위 인용문은 소설 작품 말미에 붙은 편집자 해설로서 수록된 소설들의 출처를 알려주고 있다. 『한성신보』도 대부분 고담과 야담을 발췌하여 신문소설로 변형시켰으며 내용면에서 선정적인 회음소설이 빈번히 게재되었다. 『제국신문』은 내용뿐만 아니라 소설란의 배치와 정착면에서도 『한성신보』의 직·간접적인 영향을 받은 것으로 보인다. 소설란은 잡보란에서 분화되었는데, 소설란이 등장하기 바로 전 과정에서 등장한 것이 '이어기담俚語奇談'이라는 란이다. 잡보란의 여타 사실적인 보도 기사와 다른 허구적 단편서사물을 싣고 있다. "금일은 비 축축오니 이젼 우수은 이야기나 좀 합셰다"로 시작하는 이어기담의 첫 번째 작품은 글방선생과 동네 과부를 연결시켜주는 글방 악동들의 이야기이다. 잡보란에 이어기담란이 생긴 것은 1906년 7월 12일부터이다. 『만세보』에 국초의 단편이 '소설'이라는 난에 발표된 것은 1906년 7월 3일이라는 점을 의식하면 『만세보』의 소설 지면이 『제국신문』의 독립된 서사물 게재란의 배치는 어느 정도 자극제의 역할을 한 것이라 추측해 볼 수도 있다.

총 5편의 서사물이 이어기담을 통해 발표된 이후, 이어기담란을 없

---

21 『제국신문』, 1906.10.6, '小說'.

애고 1906년 9월 18일부터 '소설小說'란을 신설한다. 그러나 신설된 소설란에 실린 단편서사물은 이어기담의 '우수은 이야기'와 별반 다르지 않다. 『제국신문』 편집자들은 소설을 항간에 떠도는 기이하고 재미있는 이야기 정도로 인식했기 때문이다. 또한 『제국신문』에는 당시로서는 창작소설의 게재를 책임질 수 있는 작가 확보가 이루어지지 못했고, 전문 작가가 새롭게 창작한 작품을 소설란에 실어야 한다는 인식이 여전히 부재한 상황에서 이미 떠돌던 항간의 서사물을 소설로 발표한 것이다.

또한 대부분의 작품 말미에는 편집자적 논평이 붙어 있어 형식 구성상 '야담—서사적 논설'로 이어지는 과도기적인 소설 양태를 선보인다. 본 서사는 독자 수준을 고려한 흥미본위로 전개하되 결론에서 편집자 해설로 마무리함으로써 이야기의 목적은 교훈을 주는 것이라는 관념을 강하게 표현하고 있다.

과부 되야 슈졀흔다는 스상을 그 뉘라셔 짐작흐리 과부된 자의 부형들이여 감히 싱각들 흘진뎌 흐고 봉인셜화흐얏다더라

셰상에 무삼 일이던지 힘이 비록 산을 쎄고 용밍이 비록 북히를 건너 쒸는 자가 잇더릭도 지식이 안이면 쓸뒤업는 줄을 가히 알니로다

우국즈 평론흐야 왈 사름에 힝셰흠이여 닉 일신의 고단흠을 싱각지 안이흐고 죽기를 겁닉지 안이흐고 일을 흐야가면 비록 나라 일이라도 셩공흐지 못홀 일이 업슬 줄을 가히 알깃도다

관광자 왈 처음에 만량 쌔아슨 거슨 그적 샨이오 세상에 무도흔 놈이란 칭호만 취홀 짜름이어니와 그 돈을 도로 주어 의리잇다는 칭찬 듯고 직물 싱기는 싱금혈을 작만ㅎ얏스니 나죵에 도로 주는 의견이 탁이흔 의견이라고들 ㅎ더라

평하는 사름이 갈ㅇ딕 계교도 신긔ㅎ거니와 삼 년 후에 가는 일이 더욱 이상ㅎ도다

후세사름이 평론ㅎ야 왈 사름의 텬성이 본릭 악흔 이가 업고 본딕 글은 쟈가 업는 거시오

이 일은 그 진경을 목도흔 친구가 잇셔 니야기ㅎ기로 대강 긔직ㅎ거니와 세상에 보복ㅎ는 리치가 분명이 잇는 쥴을 가히 알니로다 엇지 두렵지 안 이ㅎ리오

사름으로 싱겨나셔 쥬인의 은공을 몰으는 쟈는 개즘싱의 죄인이 안이리오

야담에서는 중심 서사와 함께 작가 해설이 들어 있는 경우, 작가 해설은 대부분 작품의 가장 마지막 부분에 들어 있다. 이러한 작가 해설에는 본문에서 전해준 이야기에 대한 후일담이나 본문의 이야기 즉 중심 서사가 지닌 가치에 대한 평가나 혹은 본문에서 전해준 사건을 보는 작가의 심정 토로 등이 들어있다. 본문의 중심 서사가 지닌 가치에 대한 평가나 본문의 사건에 대한 심정 토로 가운데는 그 이야기가 담고 있는 교훈을 재확인시켜 주는 경우가 많다. 『제국신문』의 소설에서도

끝부분에 중심 서사의 후일담이나 서사가 담고 있는 의미에 대한 재해석, 교훈에 대한 확인이 등장한다. 이는『제국신문』편집진이 가진 국문소설(이야기)에 대한 생각과 소설을 흥미 유발 수단으로 활용하고 있는 인식의 괴리가 빚어낸 당대 단편소설의 한 모습이라 하겠다.

『제국신문』에서 단편소설 게재를 중단한 것은 1907년 4월 19일이다. 이때까지 연재한 마지막 작품은 박지원의 「허생전」을 국문으로 번역한 것이다. 이 번역 「허생전」은『제국신문』논자들이 제시한 단편소설의 핵심적인 작품이었을 것으로 보인다. 이 작품을 통해『제국신문』은 소설란에 대해 이전까지의 잡보, 광고, 외보 등의 비율에 따라 게재 분량을 좌우하는 식에서 벗어나 제1면에 배치하는 시각적 효과를 도모한다. 소설을 논설과 공간적으로 대등한 위치에 둠으로써, 더 이상 소설이 다른 게재물이나 보완하는 저급한 글쓰기가 아님을 분명히 하려는 의도였다.

1907년 5월 17일부터『제국신문』은 지면을 4단에서 6단으로 바꾸고 발행 부수도 배로 늘였다. 신문 확장 과정에서 실무진이 대폭 교체되고, 편집체제 또한 달라진다. 여기서 주목할 것은 확장 계획 이전부터 소설을 일신할 계획이 있었고, 소설의 가치를 '사회의 정신을 대표'할 수 있도록 조정하는 데 신경을 쓰고 있다는 사실이다.

> 이달 십륙 일부터는 지면을 넓녀 신문면목을 일신케 ᄒ고 론셜과 소셜도 일층 쥬의ᄒ야 사회의 졍신을 ᄃᆡ표ᄒ려니와[22]

---

22 『제국신문』, 1907.5.4, '특별고빅'.

이전까지 연재하던 소설과는 다른 작품을 선보이겠다는 것인데, 이후 『제국신문』 편집진은 이어기담에서 이어지던 소설란을 구상했던 기존의 편집진과는 분명 다른 이데올로기를 가진 집단이었다. 이때부터 연재하는 신소설에서는 으레 이야기 끝에 붙던 논평이 사라지며, 인물의 대화가 화자의 목소리로부터 독립한다.

3. 고담古談과 우화의 재편─『경향신문』 단편소설

소설란이 부각되던 1906년에 창간한 『경향신문』은 시대적 조류에 맞게 1910년 12월 19일까지의 발간 기간 동안 지속적으로 소설을 발표했다.[23] 특히 1908년 7월 3일부터 연재되다가 1919년 1월 1일에 미완으로 중단된 「파션밀人破船密事」와 1910년 3월부터 10월까지 연재된 「히외고학」을 제외하면 발표된 모든 작품이 단편양식이라는 점에서 『경향신문』은 당시 신문 단편소설의 전개 과정을 살펴보기에 의미가 큰 자료이다.

『경향신문』에 '쇼셜'란이 처음으로 등장하는 것은 창간 시점에서 1달여 뒤인 1906년 11월 30일부터이다. 이때의 『경향신문』은 타블로이드판 4면 3단제의 지면구성을 취하고 있었다. 1면에는 논설과 관보가

---

23 『경향신문』 소설의 특징에 대한 연구는 류종렬, 「개화기 '경향신문'에 실린 '쇼셜(小說)' 연구」, 태야 최동원 선생 화갑기념 논총간행위원회 편, 『국문학논총』, 삼영사, 1983, 507~521쪽; 연세대 근대한국학연구소, 『근대계몽기 단형 서사문학 연구』, 소명출판, 2005, 234~246쪽 참조.

있었고, 2면에는 국내잡보, 3면에는 외국잡보와 소설이 실렸다. 1907
년 10월 18일부터는 소설란이 1면에 배치 고정된다. 소설란이 1면에
고정되기 시작한 것은 같은 해 3월 21일 자 『제국신문』의 「허생전」 연
재 2회분부터이다. 당시 신문 지면 구성이 대체로 논설, 관보, 외보, 잡
보, 소설, 광고란 등의 순서로 이루어지고 있었다는 사실과 비교해 본
다면 소설란의 1면 고정은 주목할 만한 특징이다. 고담이나 우화와 같
은 익숙한 이야기를 1면 소설란에 배치함으로써 독자들의 흥미를 자연
스럽게 유발하게 되었고, 이는 신문 발행진이 소설이 신문에서 더 이상
부수적인 위치가 아님을 인식하게 되었다는 뜻이기도 하다.

『경향신문』에는 56편의 단편소설이 발표되었다.[24] 소설에는 모두

---

24 「정소의 불긴」(고담), 1906.11.30~12.7; 「지물이 근심거리」, 1907.1.11; 「미얌이와 기
얌이라」(고담), 1907.2.1; 「밋은 나무에 곰이 퓌다」, 1907.10.18~11.1; 「님금의 ᄆᆞ음을
용케 돌님」, 1907.11.8; 「쇠가 무거우냐 새 깃이 무거우냐」, 1907.11.15; 「동젼 서 푼에
쇼쥬가 흔 통」, 1907.11.22~12.6; 「쇼년에 빅발」, 1907.12.13; 「친구 심방ᄒ다가 믈 을
일헛네」, 1907.12.20~1908.1.3; 「어려운 송ᄉᆞ를 결안홈」, 1908.1.10; 「법은 멀고 주먹
은 갓갑지」, 1908.1.17; 「지간 만흔 도적놈」, 1908.1.24~2.21; 「온 텬하에 무어시 데일
강ᄒ랴」, 1908.2.28~3.13; 「군ᄉᆞ련습시에 살인력력」, 1908.3.20~4.24; 「꿩과 톡기의
깃분 슈쟉」, 1908.5.1~8; 「퇴우근신(擇友謹愼)」, 1908.5.15; 「ᄆᆞ음을 곳게 가질 일」,
1908.5.22; 「쟝고통혈에 산소를 썼다」, 1908.5.29; 「ᄌᆞ긔의 덕힝을 시험ᄒ야 ᄂᆞᆷ을 ᄀᆞ르
침」, 1908.6.5~12; 「어려운 일을 공론ᄒ던 쟈는 만터니 셩ᄉᆞ홀 때에는 ᄒ나도 업다」,
1908.6.26; 「빈듸도 량반은 무셔워ᄒᆞ다닝」, 1909.1.8; 「무식ᄒ면 그러치」, 1909.1.15; 「분
수에 넘는 일을 말나」, 1909.1.22; 「이인 ᄉᆞ외를 엇어」, 1909.1.29; 「죠션은 량반이 됴
하」, 1909.2.5; 「술에 미쳤고나」, 1909.2.12; 「드람쥐와 호랑이」, 1909.2.19; 「게우가 죽엇
나 살앗나」, 1909.2.26~3.12; 「곤쟝 맛고 벼슬 떠러졋닉」, 1909.3.19~26; 「녀즁군ᄌᆞ」,
1909.4.2~9; 「쟝관의 놀음 끗헤 큰 젹션이 싱겨」, 1909.4.16~23; 「금의환향」, 1909.4.30
~5.7; 「용밍흔 쟝ᄉᆞ 김쟝군」, 1909.5.14; 「뛰는 즁에 ᄂᆞ는 이도 잇다」, 1909.5.21; 「우는
눈물은 죄악을 씻는다」, 1909.5.28~6.11; 「사룸은 몬져 그 눈을 볼 것이라」, 1909.6.18;
「담대한 이 츔 호반」, 1909.6.25; 「휘황찬란흔 일」, 1909.7.2~9; 「젹은 나라헤는 이인
이나 명쟝이 업나」, 1909.7.16~23; 「의긔남ᄌᆞ」, 1909.7.30~8.6; 「밍랑흔 말」,
1909.8.13; 「규즁호걸」, 1909.8.20~9.3; 「젹션지가에 필유여경」, 1909.9.10~17; 「샹쾌
흔 일」, 1909.9.24; 「졀개잇는 녀인」, 1909.10.1~15; 「굴을 츳자 드러가다가 난감흔 일
을 당홈」, 1909.10.22~29; 「도량 넓은 쳐녀」, 1909.11.5~19; 「쟝흔 일」, 1909.11.26~

제목이 붙어있다. 『제국신문』의 경우에도 소설란을 배치한 초기에는 제목을 달지 않았지만 1906년 10월 9일 자부터는 '정기급인正己及人, 보응소소報應昭昭, 견마충의犬馬忠義, 살신성인殺身成仁, 지능보가智能保家'식의 주제나 내용을 짐작할 수 있는 제목을 붙이고 있다. 이즈음 창간한 『경향신문』에서도 제목을 통해 작품의 내용이나 주제를 파악할 수 있는 방식으로 소설작품에 제목을 붙였다. 한편 여전히 작가 표기는 되어 있지 않다. 이는 소설 개념에 대한 편집진의 인식이 반영됨과 동시에 수록한 소설들이 순수 창작 서사물이 아니었기 때문이다.

『경향신문』의 소설 대부분도 고담, 야담, 우화를 재편한 것이다. 야담, 민담을 기반으로 쓰인 소설은 독자들이 접근하기 용이하다는 장점이 있었고, 작가들 역시 별다른 창작의 어려움 없이 쉽게 신문의 소설란에 게재할 원고를 확보할 수 있다는 특성도 있었다. 『경향신문』은 근대계몽기 신문들 중에서 가장 많은 재화소설을 실었다. 「동전서푼에 쇼쥬가 혼통」, 「쇼년에 빅발」, 「이인스외를 엇어」, 「녀중군ᄌ」 등 모두 20여편이 넘는 야담을 소설란에 게재했다.

「동전서푼에 쇼쥬가 혼통」은 술꾼들이 술장사를 한다고 나섰다가 어이없는 계산 방식으로 서로가 서로에게 값을 치르고 술을 나눠마신 이야기로, 『파수록破睡錄』에 「삼엽전三葉錢」이라는 제목으로 실린 글[25]을 차용한 것이다. 「곤쟝맛고 벼살떠러졋늬」는 호랑이를 맨손으로 잡는 우장군이 기생을 가까이 하려다가 아내에게 들통이 나는 바람에 매

12.24; 「어리셕은 쟈의 락」, 1909.12.31; 「모로는 것이 곳 소경」, 1910.1.7~2.25; 「묘흔 계교」, 1910.3.4~18; 「춤 유정흥군」, 1910.10.28~11.11; 「악한 셔모」, 1910.11.18~25; 「십구형제 도적 회기」, 1910.12.2~16; 「몽중형(夢中刑)」, 1910.12.23; 「게와 원숭이」, 1910.12.30.

25 이우성·임형택 역편, 『이조한문단편집』 하, 일조각, 1978, 238쪽.

를 맞고 수염도 깎인 이야기이다. 우상중이 장사부인에게 수염을 깎인 삽화는『천예록』에 실려 있다.「녀중군ᄌᆞ」는 판서댁 첩의 신분을 거부하고 당당히 본부인의 자리를 요구한 뒤 그에 걸맞은 내조를 했던 현명한 여인의 이야기인데 이 작품 역시『동야휘집』의「채교거랑책기자採轎據廊責貴子」가 원전이며『동패낙송』에도 비슷한 내용의 이야기가 실려 있다.「장관의 놀음 곳에 큰젹션이싱겨」역시 전승야담을 각색한 소설이다. 이 소설의 원전은『동패낙송』에 수록되어 있으며,『청구야담』의「작선사수의계홍승作善事繡衣繫紅繩」과『동야휘집』의「오녀가인태수희五女嫁因太守戲」도 대동소이한 이야기이다.[26]

영웅이나 맹장들의 삽화를 발췌하여 재창조하거나 약간의 변형을 거쳐 소설란에 연재한 작품도 다수 있었다.「용밍ᄒᆞ장ᄉᆞ김쟝군」은 김덕령 장군의 삽화를 소설화한 것이며「뛰ᄂᆞ즁에ᄂᆞᆫ이도잇다」는『어우야담』에서 발췌한 내용에 수정을 가한 것이다. 악한에 대한 복수를 다룬「우ᄂᆞ눈물은 죄악을 씻ᄂᆞᆫ다」역시『동패낙송』에 실려 있던 야담이 변형된 경우이며「사름은 몬져 그눈을 볼것이라」는 재상가의 횡포에 당당히 맞서고 오히려 눈빛만으로 굴복시킨 임경업 관련 민담이 그 원전이다. 신선의 사위가 되어 국난을 무사히 피하였다는 내용의「휘황찬란ᄒᆞᆫ일」은『천예록』에서 발췌한 것이고,「격은나라혜는 이인이나 명쟝이 업ᄂᆞ」는 당나라의 장군 이여송이 오만한 마음을 품었다가 조선의 일개 촌로에게 혼이 난다는 이야기인데『청구야담』에 전해지는「노옹범제독기우老翁犯提督騎牛」[27]가 원작이다. 담력 시험을 하기 위해 전염병에 걸려 죽은 일가족의 시체를 치우는 일을 시키는「담대ᄒᆞᆫ 이춤호

---

26 위의 책, 247~251쪽.
27 위의 책, 84~86쪽.

반」이나 불손한 하인을 해치우고 정절녀를 구하는 「의기남ᄌ」 역시 야담에서 차용한 것으로 억눌린 민족적 자존심을 회복시켜 줄 만한 작품들이다.

또한 『경향신문』 소설란에는 우화의 방식을 취한 작품도 여러 편 등장한다. 첫 작품인 「졍소의 불긴」부터 「미얌이와 기얌이라」, 「법은 멀고 주먹은 갓갑지」, 「꿩과 톡기의 깃분 슈쟉」, 「퇴우근신」, 「ᄌ긔의 덕힝을 시험ᄒ야 ᄂᆷ을 ᄀ르침」, 「분수에 넘ᄂᆫ 일을 말나」, 「ᄃ람쥐와 호랑이」, 「게와 원슝이」 등이다. 이들 다수의 작품은 이솝우화나 라퐁텐 우화집의 작품을 그대로 번역한 것이거나 각색한 것으로 보인다.[28]

우화는 특히 동물에 의탁하여 인간의 성격이나 약점을 풍자하는 식이 많다. 우화는 여우, 이리, 양과 같이 현저한 성질을 가진 것으로 알려진 동물을 통해 캐릭터의 성격을 명료화하고 도덕률을 전파하므로 동서고금으로 설교 목적을 위해 크게 유행하던 문예형식이었다. 기본적으로 우화는 짧은 이야기short tale 형식을 통해 명료한 주제 전달을 하는 데에 효과적인 단편양식이다. 이 같은 우화를 당대 단편소설의 한 유형으로 보는 예는 여러 군데에서 확인된다. 일제하 유일한 지방지로 알려진 『경남일보』에는 단편소설로 「수사水蛇와 봉蜂의 동맹同盟」이 발표되었는데,[29] 물뱀과 벌을 의인화한 단순한 이 우화가 당대 소설관습에 따르면 단편소설로 인식되었다는 방증이다. 그 외에도 동시대의 잡지에서도 우화 형식의 단편소설을 발견하는 것은 어렵지 않다.

『경향신문』 단편소설의 중요한 특징 중 하나는 『제국신문』의 경우와 유사하게 편집자 주 혹은 해설이 붙어있다는 점이다.

---

28 박수미, 「개화기 신문소설 연구」, 성균관대 박사논문, 2005, 214~229쪽 참조.
29 『경남일보』, 1913.2.4; 이재선, 『한국개화기소설연구』, 일조각, 1972, 255쪽 참조.

우습다 이량반이 ᄉ방에로 슈쇼문ᄒ여 이인사외를 엇어 무슨 후덕을 보려고 경영ᄒ다가 도로혀 반편 슉믹을 쳔빅번이나 간쳥ᄒ여 ᄃ릴사외를 흔지라 긔가 막혀 ᄒᄂ 말이 잘 되엿다 이인이라던 것이 옴쟝이로고나 ᄂᆞᆷ의 덕을 몹시 ᄇ라다가 알이냐 금이냐 ᄒ던 ᄶᆯ의 신셰ᄭ지 못쳣스니 이 일을 쟝차 엇지ᄒ리오 ᄒ니 근린 ᄂᆞᆷ의 덕을 보려다가 도로혀 망신을 ᄌᆞ취ᄒᄂ 쟈ㅣ 젹지 아닌뎌

이 셰상에셔 ᄌᆡ물을 ᄇ림과 몸을 이긔ᄂ 일이 션공이 아님이 아니오 ᄯᅩ ᄉ디에셔 사름이 능히 ᄒᄂ 이가 대개 잇ᄉ디 원슈를 죽ᄂ ᄶᅡ혜셔 구ᄒ야 살녀냄은 아모나 ᄎᆷ ᄒ기 어려운 일이니라

참혹ᄒ도다 이 강ᄋ지의 일과 말이 ᄉ리에 당연ᄒ건마ᄂ 강약이 부동ᄒ야 필경 원통히 싱명을 일ᄂ 디경ᄭ지 되엿고 요ᄉᆞ 셰샹 일도 이와 ᄀᆞᆺᄒ야 잔약ᄒ 사름은 일이 올코 말이 당연ᄒ되 권셰잇고 쥬먹 힘이 닝닝ᄒ면 무경위ᄒ게 덥허 누르고 ᄂᆞᆷ의 토디 가옥을 ᄲᅢ앗고 싱명ᄭ지 죽이니 한심ᄒ 시ᄃ로다

이런 일을 볼진대 셰샹 사름이 졔게 직분이 되지 아닌 일로 악ᄒ 무리에 가지 아닐 거시오 례아닌 곳을 보지도 말고 넓지도 말 거시오 이런 무리와 ᄀᆞᆺ히 놀지도 말 거시오 ᄀᆞᆺ히 ᄃ니도 말 거시며 칙임잇ᄂ 쟈라도 ᄌᆞ긔를 몬져 시험ᄒ야 휘둘닐 위험을 면홀만ᄒ 후에야 ᄂᆞᆷ을 긔과 시기기를 힘쓸지니 이 고담을 보시ᄂ 이들은 션ᄒᆡᆼ을 권면ᄒ랴이면 부경ᄒ 곳을 피ᄒ야 삼가 ᄒᆡᆼ홀지어다

이처럼 편집자의 입을 빌어 교훈을 설파하고 주제를 드러내고 있다는 것은 비록 소설이라는 표기를 하고 있지만, 이전 '서사적 논설'의 단계를 벗어나지 못하고 있음을 나타내는 방증이다. 서사적 논설에서 서사를 활용한 근본적인 목적은 서사 자체에 있는 것이 아니라 현실과 관련된 글쓴이의 주장과 견해를 구독자들로 하여금 쉽게 받아들이도록 하는 데에 있다. 이 같은 양태는 『제국신문』의 경우처럼 소설에 대한 신문 발행 편집진의 인식에서 비롯된 것이다.

소설을 "여항인민의 풍속습관에 의하여 천근淺近한 언사"로 이해하고, 고담 언문책의 폐해를 누차 강조하던 당대 지식인들이 단편소설을 인식하는 관습은 중국 명대明代 화본 단편소설의 영향이 지대한 듯하다. 명대는 중국소설사상 백화소설이 가장 성행한 시대로서, 4대 기서 등의 장편 못지않게 단편 역시 내용, 형식면에서 많은 영향을 끼쳤다. 중국 근세소설의 직접적인 모태가 된 것은 북송 이래 거리의 번화한 곳에서 야담가(설화인)가 청중에게 말로 들려준 강담의 텍스트 '화본話本'이었다. 송대 이래 연속장편인 강사講史와는 별도로, 야담가들에 의해 그 이름도 바로 '소설'이라는 일회 완결의 단발물이 이야기되면서 그 텍스트인 화본이 만들어지게 되었다. 이렇게 해서 이야기로 들려주는 예능에서 파생한 단편 '화본소설'의 테마는 연애 등을 다룬 통속물, 범죄나 재판을 다룬 공안물, 유령담이나 요괴담, 입신전과 무용담 등 다채롭게 전개되었다.[30] 명대 백화단편소설의 책명은 『삼언三言』과 『이박二拍』을 위시하여 『금고기관今古奇觀』, 『각세아언覺世雅言』, 『이기합전二奇合傳』, 『속금고기관續今古奇觀』, 『석점두石點頭』, 『서호이집西湖二集』, 『서호

---

30 이나미 리츠코, 허명복 역, 『유쾌한 에피큐리언들의 즐거운 우행』, 가람기획, 2006, 219~226쪽 참조

가화西湖佳話』, 『서호습유西湖拾遺』, 『취성석醉醒石』, 『유영幼影』, 『이각성세
항언二刻惺世恒言』, 『무성희無聲戲』, 『두붕한화豆棚閒話』, 『환희기관歡喜奇觀』,
『조세배照世杯』, 『오목성심편娛目醒心編』 등이 있다.[31] 이들 작품집은 조
선에 수입되어 극히 성행했고, 영·정조 대에는 중국소설을 모방한 무
명씨의 작품이 많이 창작되었다. 당시 전통적인 유교사회에서의 소설
에 대한 태도는 비도덕적이고 비사실적이란 이유로 유해하는 견해가
지배적이었지만, 배격하던 주체들이 실제 애독자이거나 모방 창작을
한 이들이었다는 사실도 잘 알려져 있다.

1907년 5월 17일 「혈의 누」 하편을 연재하기 전『제국신문』의 '소설'
과『경향신문』의 '쇼셜'은 형식상으로는 명대 화본 단편소설의 영향을
받고, 내용상으로는 조선 후기의 가담항설街談巷說에서 벗어나지 않은
흥미 위주의 이야기들이다. 우선 당대 현실과 직접 접속하는 지점을
찾아보기 어렵다. 비록 자극적이고 선정적인 상황이나 묘사를 기술하
고 있다 해도 인仁, 충忠, 의義와 같은 전통적 윤리 규범을 옹호하는 내용
이 주를 이룬다. 또한 평자의 목소리를 직접 노출시키거나, 이야기를
전해들은 사람들의 반응을 '─더라'체를 사용해 간접적으로 제시함으
로써 논평을 남기고 독자에게 삶에 대한 조언을 함으로써 글을 끝맺는
다. 이와 같은 논평은 화자와 청자가 삶에 대한 경험을 공유하며 발화
자의 지혜를 다른 사람에게 직접 조언할 수 있다는 전제가 성립해야 가
치를 가질 수 있다.[32] 그러나 당대는 이야기꾼과 청자 사이의 조화로운

---

31 손병국, 「한국고전소설에 미친 명대화본소설의 영향」, 동국대 박사논문, 1989, 56쪽.
32 "이야기꾼이란 이야기를 듣는 사람에게 조언을 해줄 줄 아는 사람이다. 그러나 오늘
   날에 와서는 조언을 해주는 일은 바야흐로 케케묵은 것이 되기 시작하였다. 이렇게
   된 근본 이유는 경험과 의사소통의 직접성이 점차 감소하고 있기 때문이다. 이야기를
   쓰는 사람은 그가 이야기하는 내용을 경험 ─ 그것이 자기 자신의 경험이든 남이 보
   고하는 이야기든 간에 ─ 에서 얻고 있다. 그리고 난후 그는 또다시 그 내용을 이야기

관계를 용인하지 않는 방식으로 구축되고 있었다. 이러한 논평을 통해 직접 전해지는 목소리는 화자의 상像을 저자가 아닌 옛이야기꾼으로 환기하는 표상장치로 작동할 따름이며, 소설란의 글들이 상상을 통해 재현되는 독립된 문자 텍스트로 읽히는 것을 방해한다.

고담, 민담, 야담을 매체 지면에 배치하여 '소설'이라는 이름을 부여한 일인지 『한성신보』 발간 이래 국문전용 『제국신문』과 『경향신문』과 같은 신문에서 하층민, 부녀자를 고정 독자층으로 확보하기 위한 일련의 노력으로서의 짧은 이야기인 소설을 둘러싼 담론은 당대 지식인들이 가진 단편소설에 대한 이해도를 측정할 수 있는 좋은 실례가 된다.

를 듣는 사람들의 경험이 되도록 만들어내는 것이다. 반면 소설가는 자신을 남으로부터 고립시켰다." 발터 벤야민, 반성완 역, 「이야기꾼과 소설가」, 『발터 벤야민의 문예이론』, 민음사, 1983, 169~170쪽.

제3장

단편소설란의 정착과 서사기법의 결합

    1904년 일인지 『대한일보』 제1면에서 단편소설이라는 표제를 사용하여 발표한 이래 한일병탄 이전 신문에서 단편 또는 단편소설이라고 명명하며 단편소설란을 둔 것은 『만세보』와 『대한민보』이다. 『만세보』와 『대한민보』는 단편소설 외에도 당대의 대표적인 신소설 서사작품도 연재했던, 소설사에서 유의미한 신문 자료이다. 이 두 신문은 장편으로 연재하던 다른 소설과 구별되는 개념으로 단편, 단편소설이라는 표제어를 활용했다. 또한 소설이 전문적인 작가에 의해 창작되는 것이라는 것, 그리고 '단편소설'은 '소설'과 분명 구별된다는 개념임을 표명했다는 점에서도 특별한 의미를 가진다. 『만세보』 이후에 창간한 『대한민보』는 『만세보』의 편집 방침을 적지 않게 참조한 신문이다. 또한 이는 1910년대 『매일신보』의 소설작품 수록 방식으로까지 이어진다. '서사적 논설'과 같은 단형 서사양식과 짧은 고담이나 우화를 재편하여 싣던 '소설'·'쇼셜'에서 벗어나 비록 필명을 사용했지만 작가의 창작품인 단편소설란을 정착하고, 장편 연재물과 구별되는 단편서사 기법을 제시한 신문이 바로 1900년대 후반기 『만세보』와 『대한민보』이다.

1. 『만세보』 발간과 '문학文學' 항목의 등장

『만세보』는 1906년 6월 17일 천도교 기관지로 창간되었다. 천도교 기관신문 발간을 추진한 중심인물은 동학의 3대 교주이고, 천도교의 대도주大道主인 손병희이다. 1904년 러일전쟁 이후 공론장에 등장한 여러 그룹 가운데 빼놓을 수 없는 것이 동학 세력이다. 손병희는 정부의 탄압을 넘어설 방법을 찾지 못하고 1901년 일본으로 일종의 정치적 망명을 시도한다. 일본에 머무는 동안 박영효, 조의연, 권동진, 오세창 등의 망명객과 교류하며 동학의 변화를 모색했다. 손병희는 시세가 변하면 망명객들의 힘이 필요할 것이라 생각했고, 박영효 등은 동학의 자금력과 민회 세력을 활용할 의도가 있었을 것이다. 실제 손병희는 러일전쟁이 시작되자 황인종을 도와 백인종을 배척하는 뜻을 표하기 위해 일본 정부에 1만 원을 기부하기도 했다. 또한 망명객들과 협의하여 국내 동학 세력의 관리를 맡고 있던 이용구에게 진보회를 조직할 것을 지시하는 등, 러일전쟁의 파장을 틈타 동학이 공인될 수 있는 길을 여러 가지로 타진하고 있었다.

광무 정권이 전복되지 않는 이상 동학이 살아남을 수 없다는 이와 같은 판단은 결국 진보회와 일진회의 결합을 낳았다. 동학은 일진회와 공조함으로써 공인된 형식은 아니었으나 정부의 탄압에서 벗어날 수 있었다. 물론 국내 여론은 이를 좋게 여길 리가 없었다. 『황성신문』은 동학의 민회 활동뿐만 아니라 동학 자체에 대해 부정적인 여론을 조성했고, 유림의 시선은 더욱 곱지 않았다.[1] 특히 을사늑약을 앞두고 일진회가 보호청원선언을 발표하자 손병희는 난처한 처지에 몰린다. 이 같은 사정 아래 대중을 떠나 존립할 수 없는 동학으로서는 일진회와 결별하는 한편, 정교 분리를 단행하여 근대적 종교로 전환하기 위해서 천도교로 개편할 것을 시도한다. 손병희가 국내에 없는 동안 커진 이용구와 송병준의 세력을 무력화하고 교권을 장악할 필요도 있었다.[2] 일진회에서는 1906년 1월 6일 자로『국민신보』를 창간하여 이용구가 사장으로 취임하였다.[3] 따라서 천도교의『만세보』간행은『국민신보』가 간행되고 있던 현실과 무관하지 않은 것으로 보인다. 천도교가 일진회와의 제휴를 청산하기 위한 선행 작업으로 신문 발간을 계획했던 것 같다.[4]

그러나『만세보』창간과정에서 표면에 나타난 인물들은 모두 국민신보사에서 근무하고 있었다. 즉『국민신보』를 견제하기 위하여『만세보』의 발간을 추진했지만, 현실적으로는 신문 발간에 경험이 있고 제휴관계에 있던 일진회의 지원을 필요로 할 수밖에 없었던 것이다. 그중 대표적인 인물이 1906년 2월부터 6월까지『국민신보』의 주필로 있었던 이인직이다. 이인직은 1896년 을미사변 관계로 조중응과 일본으로 정치적인 망명을 했다가 1900~1903년에 관비유학생으로 동경정치학교에서 수학했고, 1904년 러일전쟁 발발과 함께 일본군 통역관 신분으로 귀국한 인물이다.[5] 러일전쟁 개전 전부터 일본 내에서는 정우회를 중심으로 조선 보호론과 합병론 등이 제기되고 있었다. 통역관으

---

1   『황성신문』, 1904.7.28 · 9.19, '논설'.
2   최기영, 앞의 책, 71~72쪽 참조.
3   『대한매일신보』, 1905.12.30, '광고';『제국신문』, 1906.1.6,. '잡보'.
4   최기영, 앞의 책, 75쪽.
5   이인직의 행적에 대한 연구는 고재석,「이인직의 죽음, 그 보이지 않는 유산」,『한국어문학연구』 42, 한국어문학연구학회, 2004; 구장률,「신소설 출현의 역사적 배경」, 문학과사상연구회,『근대계몽기문학의 재인식』, 소명출판, 2007; 함태영,「이인직의 현실인식과 그 모순」, 문학과사상연구회,『근대계몽기문학의 재인식』, 소명출판, 2007 참조.

로 임명된 지 3개월이 못되어 그만 두고 이인직은 계획했던 신문 사업을 추진한다. 1904년 9월에 서병길, 이윤종과 함께『국민신문』간행을 시도하다가 실패한 그는 일진회 기관지『국민신보』의 주필을 역임하고 있었다. 그는 일본 유학시『미야코신문都新聞』의 견습생으로 일하며 신문 발간의 관한 실제 경험을 쌓기도 했다.

발간 광고에 따르면 사장은 박문국 주사로『한성순보』발간에 관여한 경험이 있는 천도교 지도층인 오세창이고 총무 겸 주필은 이인직이다. 발간하기 이전 신광희의 명의로 통감부 통신국장에게 제출한 제3종 우편물인가 청원서를 살펴보면『만세보』의 기본적인 체제도 알 수 있다.

第三種 郵便物 認可 請願
一 題目 萬歲報
一 記事事項의 種類 政治・經濟・文學・宗敎・商事・農事・時事 其他 社會雜事
一 發行定期 月曜及大祭日・節日을 除흔 外에 每日 發刊홈
一 發行人 申光熙 居京城 北署 順化坊司宰監契 梅洞 憲橋 四統 四戶
右新聞紙 第三種 郵便物 認可흐심을 望홈
光武十年 五月 十一日
發行人 申光熙印
統監府 通信局長 池田十三郞 殿 [6]

---

6   『만세보』상, 아세아문화사, 1985.

위의 청원서에 따르면 『만세보』는 정치, 경제, 문학, 종교, 상업, 농업, 시사, 기타 사회잡사를 다룬 일반 시사신문임을 알 수 있다. 특히 개명, 개화만을 앞세우며 논설, 관보, 잡보란으로 국한하여 신문 기사를 설정하던 앞 시기의 신문과 달리 기사항목의 종류를 설정하여 분류했다는 점, 그리고 그중 '문학'이라는 분과를 포함시켰다는 점은 주목할 만하다.

2. 마쓰모토 쿤페이松本君平의 '단편소화작법'과 이인직의 '단편'

도일을 전후한 행적을 살펴보면 이인직의 지적 기반이나 현실 이해는 개화파 지식인들과 친연성이 크다. 이인직 역시 대한제국의 미래를 경쟁과 진화의 기운 속에서 정체와 제도를 개혁하여 인물과 경제가 날로 진보할 문명사회로 그리고 있으며, 그 모델은 메이지유신 후의 일본과 같은 입헌군주제였다.[7] 재일 망명객들과 긴밀한 관계를 맺고, 정치적 입장을 공유했던 이인직은 관비유학생으로 1900년에 동경정치학교에 입학한다.[8] 동경정치학교 학제 일람의 강령에 따르면, 이 학교는 프랑스 파리에 있는 유명한 정치학교의 제도와 미국 필라델피아대학, 재

---

7 구장률, 앞의 글, 182~183쪽.
8 이인직이 관비유학생으로 선출된 데에는 친일 정객의 후원을 받았기 때문이었을 것이라고 본 연구는 김영민, 「이인직과 안국선의 생애와 문학」, 『동방학지』 70, 연세대 국학연구원, 1991 참조

정경제학교의 제도를 따라 1898년 10월에 창립했으며 교육의 목적은 능력 있는 청년들이 정치적 학술과 지식을 익혀 정부 관리, 대의원, 외교관, 신문기자 및 기타 산업을 관리 경영할 자격을 갖추도록 하는 데에 있었다. 특히 내외 신문 사업에 종사하기를 희망하는 청년을 위해 일본 및 구미 제국에서의 신문 사업을 설명하여 당대 발달하는 신문학의 학리를 가르치기 위해 신문기자에게 필요한 경제, 정치, 재정, 법률, 역사 등의 충분한 수양을 쌓게 하고 신속하고 정확하게 당대의 문제를 해석 논평할 수 있는 응용적 지식을 양성함을 강조하고 있다.[9]

동경정치학교의 설립자는 마쓰모토 쿤페이이다. 마쓰모토는 1870년 유복한 집안에서 태어나 16세에 선교사의 전도로 크리스챤이 되고, 교회에서 설교와 찬송가 번역을 하다가 18세에 최초 저작인 『영웅전(시저전)』을 저술하고, 19세에 미국으로 유학을 떠나 브라운대학에서 철학사, 문학박사 학위를 받고 돌아온 인물이었다. 그가 간다神田 청년회관에서 열린 개교식 강연에서 언급한 바에 따르면 자신이 이 학교에서 의도한 정치학과 국가학은 다름 아닌, 폭넓은 의미의 일반 정치에 과학이고, 법률학, 경제학, 신문학, 웅변학까지를 포함하는 포괄적인 것으로, 국민의 정치상의 지식을 양성하기 위한 학문이었다. 그는 전문적 지식에 치우치는 것을 비판하고, 학교에서는 실지實地문제의 연구에 매진하며 또한 교사와 학생의 친밀한 관계를 갖가지의 회합 등을 통해 구축하려는 포부를 밝히며 "내 생명과 재산을 다하여 이 사업에 전력을 다하겠다"라고 결의를 다졌다.

마쓰모토가 저술한 『신문학新聞學』(1899)으로 인해 일본 신문 역사에

9　마쓰모토 쿤페이(松本君平), 『신문학(新聞學)』, 博文館, 1899, 부록 10쪽.

서 '신문학'이라는 말이 탄생하게 된다. 이 책은 정치학의 일부로서 동경정치학교 강좌 교재로 사용되었다. 미국에서 귀국한 마쓰모토가 전 재산을 들여 동경정치학교를 설립하고 여기에서 신문학을 강의한 이유는 마쓰모토가 귀국 즉시 1898년 10월에 창간한 잡지『대일본大日本』3권(1898.3)의「신문덕의新聞德義, Journalistic ethics」라는 글에서 확인할 수 있다. 이 글에서 그는 당대 일본의 개인적인 공격을 일삼기에 바쁜 신문·잡지를 비판한다. 신문기자도 때로는 감정적일 수 있지만, "기자는 항상 냉정한 판단력과 정확한 이론"을 잊지 않아야 하고, 혹시 감정적인 채로 붓을 놀려 사람에게 상처를 준다면 "의사가 독약을 처방하는 것과 동일"하고 "고결한 신문기자의 자세"를 논한다. 그는 유럽과 달리 신문사업이 수십 년에 불과한 일본 신문의 유치함을 한탄하고 신문의 발달에는 저널리즘 윤리 육성이 필수적임을 주장했다. 그는 미숙한 일본의 신문을 개량하고 바로잡기 위해 구미 신문에 관한 과학적 연구, 즉 신문학을 도입하고 선진적인 신문기자를 육성하겠다는 포부를 갖게 된다.[10]

마쓰모토의 추진계획에 따라 개설된 신문학新聞學 강좌는 이인직 개인에게 특히 큰 영향을 미쳤다. 신문사 운영과 신문 편집 방법 등을 체계적으로 학습할 수 있도록 도와준 강좌였던 한편, 이인직에게 '소설'에 대한 새로운 안목을 열어주었기 때문이다. 마쓰모토는 서두에서 기자의 역할을 강조하고 이어서 구미 문명 제국에서 그렇듯이 당대 문단의 제왕은 신문문학임을 환기시킨다. 마쓰모토는 소설이 신문을 구성하는 중요한 글쓰기 가운데 하나라고 여겼다. 마쓰모토는 신문 기사의

---

10 山本武利 責任編集,『「帝國」日本の學知,第4卷－メディアのなかの「帝國」』, 岩波書店, 2006, 37~45쪽 참조.

유형과 작성법을 논하는 과정에서 특별 기사 다음으로 「잡지 및 신문문학자의 주의雜誌及新聞文學者の注意」에서 신문문학을 자세하게 다룬다. 마쓰모토는 신문이 사회의 거울이 되어야 한다는 규정으로부터 사회를 반영하는 신문의 글쓰기 가운데 하나로 소설을 배치한다.[11] 그리고 신문문학에 대한 논의 또한 서구 이론에 대한 소개와 번역에서 시작된다. 그중 단편소설 작법의 핵심적인 논리를 전달하기 위해 마쓰모토는 단편소설, 단편소화短篇小話를 숏스토리Short-story의 번역어로 사용하며[12] 미국의 소설가 에드가 알렌 포우Edga Allan Poe를 끌어들인다.

이 「알렌 씨의 단편소설작법アレン氏の短篇小說作法」은 포우가 호손의 소설을 평하면서 1842년 5월 *Graham's Magazine*에 발표한 "Review of Twice-Told Tales"와 1846년 4월 같은 잡지에 발표한 "The Philosophy of composition"을 바탕으로 한 에세이이다. 이 에세이는 이후 숏스토리로서의 서구 단편소설 개념과 작법의 핵심이 되는 중요한 글이다. 이 글들을 마쓰모토의 글과 비교해서 글을 읽어보면 마쓰모토가 포우의 글을 직역하기보다는 마쓰모토 본인이 중요하다고 생각하는 주제를 중심으로 내용을 편집하여 전달하고 있음을 알 수 있다. 책 페이지 상단에는 작은 소제목이 붙어 있어 내용 전개를 알려주는데, 그중 「알렌 씨의 단편소화 작법」 부분을 살펴보겠다.

① 단편소화가의 첩경은 먼저 그 특정한 사회를 연구 주체로 하고 그 사회의 생활에서 성격의 특정한 모형, 역사적 구비, 풍속 습관 등을 포괄 수집

11　마쓰모토 쿤페이, 앞의 책, 12쪽.
12　『신문학』의 목차에서는 '短篇小說'과 'アレン氏の短篇小說作法'으로, 본문에서는 '短篇小話'와 'アレン氏の短篇小話作法'이라고 기술하고 있다. '短篇小話'에는 'ショルトストーリー(short story)'라는 루비자가 병기되어 있다.

하여 이들 재료를 고찰하여 그 정신을 소화하고 그 사회에서 가장 중요한 제목을 포착하여 그 사회 고유의 기질로써 상상적으로 이것을 꾸미는 것에 있다. 이렇게 만드는 한 편의 小話에는 그 사회의 정신과 특색을 묘사할 수 있고, 보통 일반의 소설보다도 오히려 한 지방, 한 사회, 특정한 경우의 기이한 인정세태를 잘 묘사하기에 세속의 주의를 환기하기 쉽다. 그렇지만 기묘하게 그리든지 혁신 기발하게 묘사하든지 보통 일반의 인정, 도리에서 배치되어서는 안 된다. 대개 인정, 도리는 어떠한 경우에서도 달라지지 않으므로 비록 옛 형태에 새로운 외면의 장식을 입힌다 해도 지나친 것은 아니다.

② 작자란 항상 미를 모으는 생각을 해야 하고 열심히 미술(美術)을 배우고 끊임없이 단편소화 및 소설의 걸작을 연구해야 한다. 이 교훈이 유일한 길이다.

③ 소설작가가 노력해야 하는 중요한 중심은 성격을 잘 묘사함에 있고 어떠한 소설에 있어서도 그 안에 반드시 특질로 해야 할 것들이 있어야만 한다. 특히 작가가 가장 주의해야 할 점은 성격을 있는 그대로 그려내는 것이다. 독자가 가장 흥미를 느끼는 지점이 바로 이것이다. 물론 소설은 음모, 책략, 골계, 비애, 애정, 교훈 등 기타 수만 개의 각색이 작자가 그려내는 데로 존재하지만 소설가는 항상 눈앞에서 중요한 목적을 망각하지 않고 중심을 가져야 한다. 즉, 성격을 잘 그리고, 하나의 성격과 다른 성격 사이에 생겨날 작용을 묘사하는 데에 있다. 따라서 소설작자는 언제나 성격의 주체인 人民을 연구하지 않으면 안 된다. 보통 사람은 사람을 통해 만나고 보고 들어도 치밀한 관찰을 하지 못하고 가볍게 지나치기 마련이지만, 소설작자라면 사람을 정밀하게 관찰함으로써 자연스럽게 명민하고 예리한 관찰력을 지니게 된다.

④ 소설을 만드는 데에 작자는 항상 충분히 그 쓰려고 하는 사항을 터득해야만 한다. 글을 쓰기 전에 이미 그 쓰려고 하는 소설 각색의 전체, 즉 서두에서 결미에 이르기까지를 예정하고 있어야만 한다.

⑤ 작자는 그 소설의 바깥에 있는 존재지만 그 안에 앉아있는 것처럼 되어야 한다. 작자의 가슴 속에 하나의 인물을 묘사하려면, 그 인물과 친해지고, 사귀고 그 인물이 되어서 말을 해야만 독자가 그 인물을 통해 감동을 느낄 수 있다. 소위 소설적 감정(romantic sentiment)이란 소설작자에게 가장 귀중한 것이다. 대체로 진솔한 문학이란 이 감정의 생산물이다. 소설적 감정이 없이 소설작자라 할 수 없다. 이것은 신문사업에 종사하는 사람에게는 결점이 된다. 신문사업에서 중요한 사실은 재료를 수집하고 신속하게 분량을 채우는 것이 중심이 되기 때문에 사상의 원만한 발달과 상상적, 희곡적인 것이 발휘되기가 어렵다. 소설가는 간단히 관찰하고 사고하기 어렵다. 그 사람의 성격에 대해 느끼고 외부에서도 들을 수 있어야 추상적이고 상상적이 된다. 이에 신문기자와는 전혀 반대의 경향을 보인다. 그러나 신문기자가 배워야 할 가장 귀중한 것도 사람의 성격을 잘 인지할 수 있는 힘이고, 이것은 소설작자에게 결여되어서는 안 되는 기능이다.

⑥ 소설작가가 게을리해서는 안 되는 것은 풍부한 독서, 여한 넘치는 재료 수집, 기타 문학 전반의 풍조를 통찰하고 시세에 뒤떨어지지 않도록 주의하고 또한 각 잡지의 특성을 명료하게 습득해 놓는 한편 소설가라면 항상 일종의 관찰안을 지니고 묘사적 수완, 생략 선택의 기량이 없어지지 않도록 하여 명쾌하게 성격을 그려내야만 한다.

⑦ 스타일(문체) 연마에 苦心하지 않으면 안 된다. 『평론의 평론』 주필 스티드가 앞서 말하길 문체의 정화에 달하지 못하면 결코 명성을 높일 수 없다. 심사숙고와 고심없이 문체의 정화를 발휘할 수 없다는 것은 당연한

말이다. 스티븐슨도 일찍이 "문학으로 명성을 올리려는 자는 극도의 연마를 요한다. 갈고 닦은 문사(文辭)는 일언일구라 해도 멋이 있고, 한번 읽고도 그 노력의 흔적을 발견할 수 있게 된다. 가령 머콜레이[13]의 글도 그의 고심의 노력이 없었다면 큰 명성을 천하에 날릴 수 있었을까"라고 말했다.[14] (인용문 번호는 인용자)

이 글에서 마쓰모토는 '단편소화작법'으로 총 7가지를 언급하고 있다. 각 내용의 핵심은 ① 단편소화는 특정한 사회의 역사, 풍속, 습관, 기질을 재료로 포착하여 상상을 더해 꾸민 것이다. 일반 소설보다 특정한 지방, 사회, 인정세태를 묘사하며 주의를 환기하기 쉽다. ② 단편작가는 항상 '미'를 동경해야 한다. ③ 작중 인물은 실재감을 주도록 묘사되어야 한다. ④ 완결성, 단일성, 집약성의 강조. ⑤ 진실 추구 의식은 독자에게 감동을 준다. ⑥ 소설 소재의 중요성, 단편작가의 수완. ⑦ 문체, 어조, 스타일의 중요성 이다.

여기에서 마쓰모토가 숏스토리를 일반 소설과 구분하면서 '단편소화'로 번역하는 이유는 포우의 원문에서 단편소설을 '테일tale'로 지칭하고 있기 때문이다. 7가지 내용 중에서 ①의 내용은 포우 글의 번역이기보다는 마쓰모토가 이해한 '테일'로서의 단편소설의 의미를 설명하는 대목이다. 이 같은 번역과정에서 단편소설은 단지 길이가 짧은 서사물을 지칭하는 것에서 벗어나 역사성의 외피를 입게 된 것이다. 나머지 6개의 내용은 표현만 달라졌을 뿐, 포우가 서술한 핵심 주제와 비슷하다.

---

13 Thomas Babington Macaulay(1800~1859). 영국 역사가. 그의 저작은 명문(名文)의 모범으로 손꼽힌다.
14 마쓰모토 쿤페이, 앞의 책, 160~164쪽.

포우에 따르면 단편소설이라는 형식은 분석 능력과 의식적인 심사 숙고에 뛰어난 정신이 합쳐져서 완성된 것이다. 그는 돈을 벌어야 할 필요성에 쫓기는 작가가 작업하기에 가장 적절한 형식이었음도 알고 있었다. 이 형식을 성공하려면 그 속에 하나의 중심, 초점을 두고 작품 내의 모든 것을 그 초점을 향하게 하여 독자가 받는 충격을 증대시켜야 하는 필요성에 착안하였다. 포우는 소설 소재로 관찰한 것뿐만 아니라 주위 환경, 독서 등 직간접 경험에서 얻은 자료들을 상상력과 결합시켰을 때 작품 속에서 효과적으로 재생된다고 생각했다. 작중인물은 실재 감을 주도록 묘사되어야 하고, 진실이 효과의 기반이 되어야 함도 강조했다. 또한 작가의 의도를 독자에게 전달하는 효과를 높이기 위해서는 문체가 중요하다는 것도 주장했다.[15]

마쓰모토가 미국 유학 시 접한 것으로 보이는 포우의 글에서는 단편이 가진 단일한 효과를 위한 완결성, 함축성을 강조하면서 결국 문학의 목적은 미美를 창조하여 인간의 감정에 무한한 만족을 준다는 측면을 중시하고 있다. 이 점은 마쓰모토도 신문 기사와 다른 점임을 인정하고 있다. 이에 마쓰모토는 인간 실제의 성격과 정신을 제대로 '사寫하고 묘描하는' 것으로 그 간극을 채우려고 했다. 결국 『신문학新聞學』에서 신문소설의 가치를 언급하며 제시한 단편소설 작법은 당대 유명한 미국의 작가 '알렌의 작법'이라기보다는 포우의 권위에 기대어 정리한 '마쓰모토의 작법'이라고 보는 것이 타당할 것이다.

신문학 강좌에 강하게 매료되었을 이인직이 신문소설의 가치를 몸소 체험해 본 것은 『미야코신문』의 견습 생활 시절이다. 이인직은 동

15　Edga Allan Poe, "Review of Twice-Told Tales", *Graham's Magazine*, 1842; Edga Allan Poe, "The Philosophy of composition", *Graham's Magazine*, 1846 참조.

경정치학교에서 수학 중이던 1901년 11월부터 1903년 5월까지 약 1년 6개월가량 견습 생활을 하며 여러 편의 글을 발표하기도 했다. 그중에는 1902년 1월 28일, 29일에 걸쳐 게재한 일본어 단편소설 「과부의 꿈寡婦の夢」도 있다. 이 작품에는 조선문학朝鮮文學이라는 표제가 붙어 있다. 이 소설의 내용은 남편과 사별한 지 13년이 지났지만 여전히 남편의 죽음을 슬퍼하는 30대 초반의 한 조선인 과부의 모습을 묘사한 것이다.[16] 앞에서 소개한 마쓰모토의 책에서 제시한 「단편소화 작법」의 기술을 충분히 견지하고 활용하고 있음을 확인할 만한 대목들이 많은 작품이다. 비록 한인이라는 특수성으로 일본에 조선을 소개한다는 취지로 계획되었을 수도 있지만, 소재와 주제면에서 이 작품은 '조선적 한恨'이라는 것을 한국적 풍습, 기질과 관련하여 서술하고 있으며, 구성면에서도 독자들에게 강한 호기심을 유발시키는 효과를 거두고 있다. 소설의 말미는 꿈에 나타난 남편에게 말을 붙이려던 과부가 이웃집 노파의 부르는 소리에 깨어 허망해하는 장면 제시로 끝맺는데, 이 같은 장면 처리는 전대소설에서 볼 수 없었던 새로운 방식이다. 이인직은 일본에서의 수학과 신문 견습 체험을 통해 신문의 사회적 영향력에 대한 인식과 신문소설의 작법뿐만 아니라, '현실적 인생 단면을 극적으로 제시'한다는 서구식 단편소설의 핵심적 개념까지 인지하게 된 셈이다.

---

16 「과부의 꿈」의 번역본은 다지리 히로유키, 「이인직 연구」, 고려대 박사논문, 2000, 133~134쪽 참조.

3.『만세보』단편소설의 독창성

『만세보』는 1906년 6월 17일에 창간되어 1907년 6월에 재정난으로 폐간되기까지 길지 않은 발간기간동안 지속적으로 소설이 발표되었고, 그중에는 2편의 단편소설도 포함된다.[17] 단편소설 「백옥신년」을 제외한 나머지 3편의 작품에는 모두 '국초菊初'라는 이인직의 호가 제목과 함께 밝혀져 있어 작가의 창작물임을 명확히 하고 있다.

『신문학』을 통해 이인직이 수용한 서구식 단편소설의 특징은 실재감, 단일성, 집약성을 통한 사회적 파급력이었다. 「과부의 꿈」을 통해 단편작법의 습작을 거친 그는『만세보』에 첫 단편소설을 발표한다. 내용을 예상할 만한 구체화된 제목 없이 '단편'을 강조한 일명 「소설 단편」이다. 작품의 표제에는 '국초'라는 작가의 호를 병기하여 전문적인 작가의 작품임을 명시하고 있다. 이 작품은 이인직이 '쇼트Short'로서의 단편소설에 대한 인식을 갖고 창작한 것으로, 그가『만세보』에서 「혈의 누」를 본격적으로 연재하기 전에 발표하는 시발적 위치에 놓여있다. 이인직이 이 소설에 내용과 관련된 제목을 붙이지 않고, '단편'만을 강조한 이유는 '숏스토리' 단편 작법을 통해 만들어진 단편소설의 전범을 소개하기 위함으로 보여진다. 처음으로 소설란을 개시한『한성신보』나 1906년 처음으로 소설란을 둔『대한매일신보』에 실린 소설은 모두 길이가 짧은 단편서사물이었다. 한정된 지면을 채우는 고담이나 야담들의 재화再話 단편소설은 당시 대중 독자에게 익숙한 서사양식이었

---

17 菊初, 「小說 短篇」, 1906.7.4; 「白屋新年」, 1907.1.1.

다. 이인직은 「소설 단편」에서 '단편'의 부각을 통해 기존과는 다른 새로운 단편을 선보이고 있다는 자신의 인식을 피력한 듯하다.

1906년 7월 3일부터 4일까지 연재된[18] 「소설 단편」은 '쥬인공'인 퇴락한 양반이 첩의 집에 방문하는 장면을 묘사한 소설이다. 마쓰모토가 「단편소화작법」에서 강조한 신문기자의 단편 작법, 즉 인간 실제의 성격과 정신을 제대로 '사하고 묘하는' 것이 충실하게 적용된 작품이라고 할 수 있다. 연재분 중 1회는 공간과 분위기 묘사에 집중하고, 2회는 인물 묘사에 집중하고 있다. 연재가 이어졌다면, 내용상 인물간 갈등과 사건이 제시되었을 것이다. 이 소설은 시작부터 기존의 단편소설과 다르다. 서울 묘동廟洞의 쓸쓸한 분위기 묘사로 시작되는 서두와 그 길을 따라 걷는 주인공과 상노床奴 아이의 모습은 직접적인 언술이 들어가지 않아도 이 소설에서 전개될 전체적인 느낌을 독자에게 전달하기에 충분하다.

　汗(땀)을 쌕려 雨(비)가 되고 氣(긔운)을 吐(토)ᄒ야 雲(구름)이 되도록 人(ᄉ람) 만혼 곳은 長安路(서울길)이라 廟洞(묘동)도 都城(서울)이언마ᄂ 何其(엇지 그리) 쓸쓸ᄒ던지

　廟洞(묘동)으로 드러가자 ᄒ면 何如(읏디)흔 夾路(좁은 길)이 此曲(이리 쇼부러)지고 彼曲(저리 쑤부러)져셔 行間則窮路(가다 보면 막다른 길이) 오가셔 보면 쏘 通路(쑬닌 길)이라 其路(그 길)에ᄂ 晝(디낫)에 사름이 잇스락업스락 흔 故(고)로 狗(기)가 人(ᄉ름)을 보면 짓거ᄂ 走(다)라ᄂ거ᄂ ᄒᄂ 寂寂(적적)흔 處(곳)이라

18　현재 『만세보』 1906년 7월 5일 자(9호)는 확인되지 않으므로 「小說 短篇」이 1906년 7월 4일 자로 완결되는지의 여부는 확실하지 않지만, 내용상으로는 미완이다.

其路(그 길)에 엇더혼 人(스룸)이 드러가는딕 年(나)혼 五十餘歲(오십여세)씀 되고 風采俊秀(풍채준수)ᄒ고 耳後(귀 뒤)에 玉圈子(옥관즈) 부치고 倨慢(거만)혼 步(거름)거리가 아모리 보아도 食貧宰相(빈곱혼 직상)갓더라 前(압)헤는 苧周衣(모시 두루마기) 입은 床奴(상노) 아히가 烟臺(담빅딕) 들고 가다가 何小屋(왼 오막스리) 긔와집 平大門(평딕문) 압호로 가더니 閉門(다친 문)을 推(미러)보다가 獨語(혼ᄌ말)로 此門(이 문)이 걸넛네 하면셔 聲(소리)을 질러셔 여보 門(문) 여러주 門(문) 여러쥬 三次(셰 번)을 하도록 아무 聲(소리) 업거늘[19]

1회 연재분에서 작가가 중점을 두는 부분은 기존의 단편소설과 같은 이야기의 전달이 아니라, 시선의 이동에 따른 포착된 대상물의 묘사이다. 서울길이라는 넓은 범주의 시야에서 묘동, 좁은 길, 소옥小屋 대문, 소옥 내부의 미시적인 범주로 좁혀진다. 그 시선이 이동하는 과정에 놓여있는 사물과 인물은 묘사의 대상이 된다. 그리고 그 시선의 마지막 종착지는 '쓸쓸한 부인', 즉 허물어져 가는 소옥의 안주인이자 주인공의 첩이다.

怪異(괴이)혼 일이로고 大門(대문)이 안으로 걸넛스니 家(집)에 分明(분명)히 人(스룸)잇는 터인딕, 문을 깃터리고 드러오도록 아무 聲(소리)도 업스니 假令行廊(가령 행낭)에 사룸이 업드라도 內房(안방)에는 人(스룸)이 잇슬 터이니 손째닥만혼 庭(마당)에 內房(안방)과 大門(딕문)이 그러케, 멀지도 아니ᄒ니, 晝眠(낮잠)이 드럿드린도, 못 드를 리 업고, 듯고 아니 딕답

19 「小說 短篇」, 『만세보』, 1906.7.3.

흥기는 怪常怪常(괴상 괴상)흔 일이라, 결문 계집이라, 무슨 事(일)이 잇는 것이라, 그러면 此房(이 방)에 丁寧(정녕) 웃더흔 놈이 잇셔셔, 겁이 느셔, 못 느오고 잇는 것이라고 싱각이 느면셔 별안간에 熱(열)긔가 버럭 느셔, 신을 신은 치로 軒(마루)으로, 올나가셔, 지계문을 왈칵 開着(여러끼찌리)니, 아루목 미다지 압헤 그림 갓치 안저는 一婦人(한 부인)이 年(나)이 二十四五歲(이십 스오 세)되고, 얼골은 일쇽은 아니느 態度(티도)는 아무가 보던지, 얌전흔 층찬, 아니 할 수 업실만, 흔 쓸쓸흔 婦人(부인)이라 [20]

결국 독자는 시선의 끝에 와서 1회 내내 지속된 황량한 분위기의 묘사가 무엇 때문인지 알게 되는 것이다. 이는 주인공의 등장에도 미동도 없이 '그림같이' 앉아있는 젊은 부인의 심정과 다르지 않기 때문이다. 1906년 7월 3일 자에서는 부인의 등장으로 끝내면서 주인공과 얽힌 부인의 사연이 무엇인지 호기심을 자아낸다. 2회 연재분에는 주인공이 어떤 인물인지를 상세히 서술하는 데에 대부분의 지면을 할애한다. 이 서술과정에는 인물 성격 묘사를 위해 과거의 이야기가 압축적으로 제시된다.

主人公(쥬인공)은 前(전)에 文科及第(문관 급제)흔 사람인디 兩班(양반)은 푸르고, 紅(홍)픠는 불고, 속은 검고, 言(말)은 까치 빗쌔닥갓치 힛쩌운디, 人(남)의게 쫙 밉게 뵈이느, 얼렁 얼렁흐고 人(남)을 사귀기도, 잘흐더라
堂上守令(당상 수령)에 좃타 흐는 것도, 두엇 지니는 디 民(빅셩)의 돈도, 만히 글거 먹엇더라

20 菊初, 「小說 短篇」, 『만세보』, 1906. 7. 3.

其(그) 돈 글겅이질ᄒ여 먹을 ᄵᆡ에ᄂ, 其妾(그 첩)도 호강 낫치나 ᄒᆞᆫ 터이라

갈키로 긁고, 찬빗으로 긁다가, 불갓튼 慾(욕심)이 치밧칠 젹에ᄂ 十指

(열 손가락)으로, 사뭇 허븨여파셔,˙득득 긁거 드렷스니 其(그) 긁키고, ᄵᆡ

ᄵᆡ던 民(빅셩)의 마음에ᄂ, 저 돈을 다 어ᄃᆡ 갓다가 積置(싸노)코 쓰려노,

ᄒ엿지만은, 그것은 너무 人(남)의 사졍 모로고, ᄒᄂᆞᆫ 말이라 其人(그 사름)

이 其(그) 돈을 글거다가, 勢(셰)도 직상의 턱下(밋)으로, 다 드러갓다

원을 갈리든 날에 田답(젼답) 一(ᄒᆞᆫ)마지기도 못 사고, 如干(여간) 돈 냥

잇ᄂ 것은, 눈 녹듯 ᄒ여 업셔졋스ᄂ

泰山(틱산)갓치 밋ᄂ 것은 勢(셰)도 직상을, 빅가 터지도록 먹엿스니, 이

싯혜 監司(감ᄉᆞ)를 어더ᄒ려니 自期(자긔)ᄒ고 잇셧더라

宦海(환ᄒᆡ)에 常風波(항상 풍파)라 그 勢(셰)도가, 박귀니 監司(감ᄉᆞ)ᄒ

기 바라든 眼(눈)은 鷄(닥)ᄍᆞᆺᄯᆞᆫ 기 울 쳐다 보듯 ᄒ다[21]

주인공은 과거 급제 후 벼슬을 거치며 호강했던 때도 있었지만, 과욕으로 세도가에게 전재산을 날리고 이제는 무력한 처지가 된 인물이다. 첩과의 갈등도 가난으로 인한 것이었다. 2회에서 작가가 주력하는 부분은 인물의 됨됨이를 묘사하기 위해 제시하는 생동감 넘치는 구어적 표현이다. "말은 ᄭᅡ치 빗ᄊᆞ닥갓치 힛ᄶᅥ운ᄃᆡ", "남의게 쏵 밉게 븨이ᄂ 얼렁얼렁ᄒ고", "갈키로 긁고, 찬빗으로 긁다가, 불갓튼 욕심이 치밧칠 젹에ᄂ 열손가락으로, 사뭇 허븨여파셔, 득득 긁거 드렷스니" 등의 표현은 주인공의 과거 역사를 이해하는 데에 핵심적인 분위기를 설파한다. 이러한 현장감이 살아있는 국문체 서술은 이 소설의 시작에서

---

21 菊初, 「小說 短篇」, 『만세보』, 1906.7.4. 부속국문은 괄호로 처리.

작가가 강조한 "이 소설은 국문으로만 보고 한문음으로는 보지 말으시오"라고 했던 의도와 연결되는 부분이다. 이 점들을 미루어 보아 이 소설에서 보이는 부속국문 활자 표기는 독자층의 배려에서 비롯된 것이라고 할 수 있지만, 독자뿐만 아니라 작가 이인직의 입장에서도 세밀하고 날카로운 묘사 기법을 선보이기 위해서 필요한 주된 수단이었던 것이다.[22] 『만세보』 단편소설이 동시대의 단편소설에서 보이는 차별점은 작가 이인직의 산물이다. 『만세보』에서 발표된 단편소설은 이인직의 일본 유학 체험의 산물이라 할 수 있는 서구의 숏스토리로서의 단편소설 인식에 이인직의 국문체 서술 문장에 대한 작가적 역량이 만들어낸 합작품이라 할 수 있다.

『만세보』에 발표된 이인직의 두 번째 단편소설은 1907년 1월 1일의 「백옥신년白屋新年」이다. 「백옥신년」에는 '단편소설'이라는 표제어가 붙은 대신 작가 표시가 되어 있지 않다. 하지만 서술 기법상 주필이면서 소설 연재를 담당하고 있던 이인직의 작품임을 유추하기란 어렵지는 않다. 이인직은 「소설 단편」 발표 이후 「혈의 누」의 연재로 당대 명성을 날리는 소설 작가가 되었고, 「백옥신년」이 발표되던 때에는 두 번째 장편 「귀의 성」을 연재하던 중이었다. 따라서 「백옥신년」의 작가명을 명기하지 않은 이유는 이 소설이 신년 특집호를 장식하는 의도로 발표된 측면이 컸기 때문이고, 「귀의 성」을 '국초'라는 이름으로 연재하던

---

22 『만세보』의 부속국문체가 일본의 루비활자와 활용면에서 차이점이 있음을 밝힌 연구로는 사에구사 도시카쓰, 「이중표기와 근대적 문체 형성」, 『현대문학의 연구』 15집, 한국문학연구학회, 2000; 노혜경, 「「血の淚」に見られる '日本語表記' についての硏究」, 朝鮮學會 제52회 발표자료, 2001; 김영민, 『한국 근대소설의 형성과정』, 소명출판, 2005, 82~109쪽 참조. 이 중에서 김영민의 연구는 『만세보』의 부속국문체가 한글체 소설의 정착 과정에서 어떤 의미가 있는지를 상세하게 논증하고 있다.

중이었기 때문으로 보인다. 「백옥신년」은 새해 아침을 배경으로 한 단편소설이다. 이 소설에서는 새로운 단편의 효시라 할 「소설 단편」보다 정경과 인물에 대해 훨씬 더욱 집약되고 세밀한 묘사를 선보인다. 「백옥신년」은 구성상 크게 두 부분으로 나눌 수 있다.

① 장안성 중에 과셰ᄒᆞᄂᆞ 홍황을 도흐려고 이삼일 전부터 ᄒᆞᄂᆞᆯ이 셰찬으로 눈비를 내리더니 남순 북악은 은으로 장식하고 장안디로ᄂᆞ 유리로 장판을 ᄒᆞ엿ᄂᆞ디 오늘 ᄒᆞ로 내로 고 장판이 다 써러지도록 사름이 당기더라

디궐에셔 진ᄒᆞ를 파ᄒᆞ고 ᄂᆞ오는 사람

남북촌 지상 집에 인사치루러 당기ᄂᆞ 사람

일가친척을 보러 당기ᄂᆞ 사람

교제ᄂᆞ ᄒᆞ고 뒤길이ᄂᆞ 파려고 남순 밋혜 가셔 뎡[명]흠 써니ᄂᆞ 사람

그 외에ᄂᆞ 아히들 쳔지라

큰질에셔 어름지치ᄂᆞ 아히

팽이 돌리ᄂᆞ 아히

연ᄂᆞ리ᄂᆞ 아히

셰빈 당기ᄂᆞ 아히들이라

사름마다 몸단속은 쯧쯧하게 ᄒᆞ고 ᄂᆞ셧스ᄂᆞ 일긔가 디단이 치운 날이라 남녀노소 업시 호초가루 님식가 모락모락 ᄂᆞᄂᆞ 입에셔 김이 무럭무럭 ᄂᆞᄂᆞ 거시 엇그젹게 십만 장안 부억 속에셔 혼쎡시루 김 오르듯 한다

삼순구식ᄒᆞ던 ᄉᆞ름도 이 ᄂᆞᆯ은 빅부르고

헌 누뎍이를 용문산 안기 두르듯 ᄒᆞ던 사름도 이ᄂᆞᆯ은 식물맛본 옷을 입엇고

이마에셔 쌈이 바작바작 나도록 빗 졸리던 사름도 이날붓터 몃칠 동안은

눈쑬을 퍼히고 지닐 터이오 방정무진 쇼리 줄 ᄒ던 사름도 이늘 ᄒ로는 유

복ᄒ 덕담믄 ᄒᄂ 늘이오

남편을 쳐어다 보며 쌍알쌍알 ᄒ기 조와ᄒ던 녀편네도 이날 ᄒ로는 희히

웃고 죠흔 소리만 하는 늘이라

②남슨굴 사는 鄭(정)서방은 지체가 썩 좃던 사름이라 나히 사십이ᄂ 되

도록 그 흔한 차흠탕건 ᄒᄂ도 치례에 못갓던지 고츄상투에 먼지가 보얏케

무든 관을 쓰고 은방 구석 드러은젓ᄂᄃ 셰시인사 치루러 갈믄흔 곳도 업

고 사랑 업는 집이라 올 사름도 업는 모량이라 그 엽헤셔 두 무릅을 세우고

화로를 끼고 옹고리고 은졋는 거슨 부인이라[23]

내용 구성상 앞부분에 해당하는 ①은 신년 아침의 활기차고 신나는

정경 묘사가 주를 이루고, ②부터는 뒷부분으로 남산에 사는 정 서방네

가족의 처지가 대화를 통해 전개된다. 「소설 단편」과 마찬가지로 전체

적인 조망에서 구체화된 대상으로의 시선 이동이 반복적으로 사용되

고 있다.

새해 첫 날 실린 소설인 이 작품은 눈 내린 새해 아침 서울길의 역동

적인 모습을 영상 장면처럼 열거하다가 시선을 작품의 주인공들에게

클로즈업하는 식으로 서술하고 있다. 서사 전체 분량의 반이 넘는 묘

사를 통해 서술자가 직접적으로 이야기를 들려주는 식이 아니라 장면

과 묘사를 통해 독자가 작품을 보는(읽는) 방식으로 전환되는 것이다.

이 작품에 등장하는 남산골의 정 서방은 한때는 지체도 높은 사람이었

---

23 「白屋新年」, 『만세보』, 1907.1.1.

지만, 이제는 신년 새해를 맞이하여 부인과 아들 갑돌에게 아무 것도 해줄 수 없는 처지의 가장이다. 남편에게 괜히 심통을 부리는 부인은 아들의 졸라댐 때문이라고 그 탓을 미루고, 남편은 음력설을 잘 지내면 된다고 양력설에 대한 의미 부여를 회피한다. 그러나 이 소설은 그 서두부터 분주하고 풍성하게 새해를 맞이하는 사람들의 묘사에 지면의 상당부분을 할애한다. "삼순구식하던 사람도 배부르고, 헌 누더기 입던 아이도 새 옷을 입고, 남편에게 짱알짱알 하던 여편네도 웃고 좋은 소리만" 하는 날, 정 서방의 가족은 "안방 구석에 들어앉아 인사갈 집도 없고, 올 사람도 없이" 새해를 보내는 중인 것이다. 우리가 언제부터 양력설을 쇘느냐고 핀잔주는 엄마 말에 아들은 떡국을 안 주면 여섯 살 그대로 있겠다고 떼를 쓴다. 그런데 그런 아들을 보고 나가 놀라는 아빠 말에 엄마는 "너 혼자 새까만 옷을 입고 남부끄럽다"라는 말로 아이를 말린다. 이 소설은 "그 집에 새해 정황은 이러하더라"라는 말로 끝을 맺는다. 「백옥신년」은 새해 아침, 그 특별함의 의미 때문에 더욱 소외된 한 가정의 정황을, 가장과 부인과 아들의 입장에서 서로 주고받는 몇 마디의 대사와 집안 분위기의 묘사, 그리고 그 집의 외부 풍경을 대조시킴으로써 보여주는 작품이다.

또한 단편소설 「백옥신년」은 1907년 1월 1일 신년 특집호의 부록면에 게재된다. 「백옥신년」이 발표되기 전후 연재되는 소설은 「귀의 성」이다. 『만세보』는 1906년 7월 3일부터 제1면에 소설 작품을 지속적으로 연재하는데, 1907년 새해 특집호(156호)부터 1907년 1월 6일 자(157호) 1면은 기존의 소설란에 '관보초록官報抄錄'이 실리게 된다. 즉 「귀의 성」은 1906년 12월 29일 자(155호)까지 발표되다가 1907년 1월 8일 자(158호) 1면에서 다시 연재를 시작한다. 부록을 포함해 8면에 걸쳐 제작된 신년 특집호에 실린 단편소설 「백옥신년」은 독자에게 집약적이고 강렬한 방식으로 신년의 분위기를 전달하기 위해 의도적으로 배치된 작품이라 할 수 있다. 「백옥신년」은 새해 아침의 느낌을 서사를 통해 효과적으로 전달함과 동시에, 신년을 전후로 장편 연재소설의 휴지기를 보완하는 역할까지 하는 셈이다. 특별한 날에 신문 편집 주체에 의해 단편소설 양식이 활용되는 구체적인 실례가 되는 작품이다. 이 같은 단편소설의 활용 사례는 이후 『대한민보』와 1910년대 『매일신보』에서 더욱 구체화하게 된다.

4. 『대한민보』의 소설란 체재 정비

1909년 6월 2일, 대한협회 기관지로서 창간호를 낸 『대한민보』는 한일병탄 직후인 1910년 8월 31일까지 발행된 국한문 혼용의 일간신문이다. 1905년, 강제로 일제와 을사조약을 체결한 이후 민족주의적 계몽담론을 적극 유포하던 신문·잡지들의 논조는 1907년 신문지법, 1908년의 교과서 도서 검정 규정, 1909년 2월의 출판법 등을 거치며 그 수위를 낮출 수밖에 없게 된다. 한편 당시 통감부는 주요 민족지인 『대한매일신보』를 비롯하여 『황성신문』, 『제국신문』 등을 탄압하면서도 또 다른 회유책의 하나로 새 신문지법에 의한 민간신문을 다수 허가하는데, 『대한민보』는 그러한 시기에 최초의 지방신문인 『경남일보』와 친일지였던 『시사신문』, 『대한일일신문』 등과 함께 창간의 빛을 본 신문이다. 『대한민보』를 만든 대한협회는 1905년 보호조약 이후 일본의 내정간섭이라는 환경에 대응하기 위해 만들어진 여러 정치 단체들 중의 하나였다. 당시 『황성신문』이나 『대한매일신보』계열의 인사들이 보호조약을 제국주의적 침략의 비판적인 관점으로 대했던 것에 비해 대한협회의 인사들은 일본의 '보호'가 문명지도의 차원이라는 긍정적인 입장을 취하고 있었다.

이와 같이 검열 강화, 애국계몽 논조의 쇠퇴, 신문·잡지 출판의 감소, 일본 자본주의 유입이라는 1900년대 말의 격변과, 애국보다는 '계몽'이나 '문명'을 더 강조했던 대한협회의 성격은 실제 『대한민보』의 편집 체재에도 영향을 미쳤다. 대체로 논설·관보·외보·잡보·소설·광고란 등으로 이루어져 있던 당시 신문의 단순한 지면 구성과는 달리, 『대한민보』는 1면 중앙에 사회 문제를 신랄하게 풍자하는 삽화를 게재하고, 이를 중심으로 사론社論 종류의 글이나 당시 유행하는 용어와 각국의 명언 속담을 실은 난과, 소설 그리고 중요한 광고를 한꺼번에 배치해 시각적으로 독자의 이목을 집중시키는 효과를 노렸다.

『대한민보』 제1호에 실린 창간 축사를 살펴보면, 『대한민보』는 대한협회 회보였던 『대한협회월보』(1908.4~1909.3)가 일간지 형태로 바뀐 것이며, 대한협회 회원이면 규칙상 읽어야 할 기관지적 성격을 지닌 신문이었음을 알 수 있다. 그러나 편집 태도나 내용을 살펴보면 협회 회원만이 아닌 일반 대중을 염두에 두고 있었음을 확인할 수 있다. 『대한협회월보』를 일간지인 『대한민보』로 바꾸어 발행한 목적도 일반 대중에게 널리 읽히기 위한 것이라고 밝히고 있다.

民聲이 時代를 造ᄒ고 時代가 民聲을 造ᄒ니 是日 呱呱 一聲이 卽 我大韓

民報ㅣ라 本報의 目的은 時代의 要求에 依ㅎ야 仳離零落혼 國民의 思想을 統一ㅎ야 內로 氣魄을 祖國에 注ㅎ며 外로 智識을 世界에 求ㅎ야 一方으로 敎育實業을 奬勵ㅎ야 國家의 實力을 養成ㅎ며 一方으로 天下大勢를 周察ㅎ야 自國의 地位와 國是가 列國에 對ㅎ야 如何혼 關係가 有홈을 冷靜히 觀破ㅎ고 國民의 行動을 一致ㅎ야 國運의 發展을 是圖호딕 由來國民의 浮虛輕薄혼 思想을 打破ㅎ고 穩健確實혼 精神을 鼓吹ㅎ야 保守에도 不膠ㅎ며 急進에서 不偏ㅎ야 自强不息ㅎᄂ 信念으로써 一步에 一步를 更進ㅎ야 最後 目的地에 到達홈을 期홈에 在홈이라[24]

『대한민보』의 발행 의도를 알 수 있는 창간호 사설에서 우선 관심을 끄는 것은 국민의 소리가 시대를 만들 수 있다고 한 점이다. 시대가 민의를 만들기도 하지만 국민의 소리 하나 하나가 모여 시대를 만들 수 있다고 믿었던 것이다. 따라서 "비리영락仳離零落혼 국민의 사상을 통일"하는 것과 "국민의 행동을 일치"하는 것을 첫 번째 목적으로 내세운다. 이러한 목적을 이루기 위해 교육실업을 장려하고, 그를 통해 국가의 실력을 양성해야 한다고 역설하였다. 그 가운데 취하는 방향 노선은 보수도 급진도 아닌 "온건확실한 정신"이다. 이로써 국가의 실력을 키우고, 최후 목적지인 세계열강들과 어깨를 나란히 하는 국가를 꿈꾼 것이다.

『대한민보』 편집진은 1900년대 말의 당시를 '변천시대'로 읽고 있으며, '국민단결과 우주적 지식'이 필요한 시대로 이해하고 있었다. 열강의 각축장이 되었던 당시의 현실 상황과 일제의 군사·행정·경제적

---

24 『대한민보』, 1909.6.2, '社說'.

인 침략을 문명개화라는 대의적 명분 아래, 그들의 표현대로라면 '객관적'으로 읽어내고자 했다. 그리고 급변하는 현실에서 대한과 대한 국민이 갖추어야 할 것으로는 국민의 단결과 세계정세에 대한 지식과 정보라고 간파하고 있다. 즉 세계에 대한 지식과 정보 부족이 국가와 국민을 도탄 지경에 빠지게 했다고 본 것이다.

이와 같은 세상 읽기를 통해 국민의 단결과 행동 일치를 제시한『대한민보』는 이를 위해 어떠한 노력을 하였는가. 먼저,『대한민보』의 편집 구성을 살펴보면, 삽화·소설·가요(시조)·사조·보감란을 1면에 고정적으로 배치했다. 다른 신문들처럼 논설·사설이나 관보·외보란을 1면에 배치하지 않고 문예적 성격이 짙은 난들을 1면에 배치함으로써 문학과 문화를 통해 "아한我韓은 아한의 민족으로써 유지발전維持發展"할 수 있다고 여겼던 것이다. 삽화의 경우에는 우리나라 신문 최초의 시사만화라는 의의를 가진다. 일제 침략과 친일 매국노의 반민족적 행위를 신랄하게 비판하고 풍자하는 내용을 그림과 함께 글로 구성했다. 또한 1910년 6월 2일 이후부터는 최초로 신문소설의 삽화를 싣기 시작한다.[25]

또한『대한민보』는 근대계몽기를 조망하는 데에 있어 그 저널리즘적 특성뿐만 아니라, 문학사적으로도 상당한 의미를 가진 텍스트이다. 발행기간 동안『대한민보』는 다른 신문과는 달리 270수에 달하는 시조

---

25 한편, 일본에서는 1870년대부터 신문 잡보란에 삽화가 등장하기 시작했다. 이 삽화는 일본 에도시대의 쿠사조시(草双紙, 일명 그림책)의 그림풀이 문체의 전통이 일반 대중독자의 흥미를 유발하기 위해 소신문의 잡보 기사에 유입되면서 크게 유행하였다(本田康雄,『新聞小說の誕生』, 平凡社, 1998, 27쪽).『대한민보』의 삽화란 등장도 일본 문물에 영향을 받은 당시 편집인들에 의한 것으로 추정할 수 있을 것이다. 그러나『대한민보』의 삽화 성격이나 신문소설 삽화는 일본 소신문에서 보이는 성격과는 엄격히 다름을 알 수 있다.

작품을 실었고, 소설란에는 총 12편의 소설을 발표했다. 그리고 이들 작품은 『대한민보』가 시조나 소설에 남다른 관심과 장르적 인식을 갖고 있었음을 확인케 해 준다. 특히 소설란을 중심으로 살펴본다면, 이 소설들은 모두 형식에 따라 붙은 표제의 다양함과 내용과 주제에 의해 만들어진 듯한 작가의 필명, 그리고 발행기간 동안 주도면밀한 계획 아래 소설을 연재한 편집 의도의 측면에서 그 특징이 드러난다. 신문 편집 체재에서 소설란의 연재는 상당한 비중을 차지했다. 만약 소설이 게재되지 않는 날이면, "본일本日 소설은 동기자同記者가 미조고未操柧 ㅎ 얏기 휴게休揭 홈"이나 "소설은 본일 휴게홈"이라는 광고를 실었다.

각각의 작품은 소설란으로 구획된 일정한 틀 아래, 당시 가능했던 서사적 글쓰기 형식을 모두 끌어다 놓은 듯한 느낌을 준다. '단편소설' 과 함께 연재된 소설들에는 '소설'이나 '신소설'의 표제가 붙은 「현미 경」, 「만인산」, 「오경월」, 「소금강」, 「박정화」 등이 있고, 그 외에 단체의 회의 형식이 유입된 풍자소설諷刺小說 「병인간친회록」, 재판 형식이 유입된 신소설 「금수재판」, 대화 방식으로 진행되는 골계소설滑稽小說 「절영신화」 등이 있다. 그리고 실명은 아니지만, 소설 내용에서 도출해 낸 듯한 "도화통은桃花洞隱, 신안자神眼子, 굉소생轟笑生, 백치생白痴生, 무도생舞蹈生, 빙허자憑虛子, 수문생隨聞生, 흠흠자欽欽子"[26] 등의 작가 필명을 명시하여 소설 작가의 존재를 강조했다. 이 같은 '비실명 서명'은 글의 작자에 대한 의식에 있어 상당한 차이를 노정하는 것이라고 할 것이다.[27]

---

26 이 중에서 후에 실명이 구체적으로 밝혀진 작가는 神眼子, 隨聞生이다. 「만인산」의 작가인 神眼子는 동양서원을 설립한 민준호이며, 양반출신의 기독교 교인이었다. 『성경어휘사전』의 편집 등 근대 선교활동과 출판 사업에 관여한 인물이다. 「박정화」의 작가 隨聞生은 1911년, 신소설 「화의 혈」 서문을 통해 이해조임이 확인되었다.

27 김재영, 「근대계몽기 '소설' 인식의 한 양상－『대한민보』의 경우」, 『국어국문학』 143, 국어국문학회, 2006, 443쪽.

5. 『대한민보』 단편소설의 특징

『대한민보』에 실린 12편의 소설 중에서 단편소설 3편은 그 각각의 독자적인 특성으로 인해 단편소설을 둘러싼 당대적 인식을 정리해 볼 수 있는 작품들이다.[28] 『만세보』에서 숏스토리의 효시라 할 만한 단편소설들이 등장한 이후 1900년대 말의 『대한민보』에서는 단편소설의 각 기법이 돋보이는 작품들이 발표된다. 『만세보』의 소설 작가 이인직의 영향을 강하게 받은 서구식 숏스토리 개념이 충실히 구현된 단편소설부터 새해 아침이나 신문 창간일과 같은 특별한 날에 효과적으로 활용되는 단편소설들까지 접할 수 있다. 『대한민보』는 근대계몽기, 각종 국문 신문의 논설란이나 소설란에서 계몽적 글쓰기로 출현했던 '서사적 논설'이나 자사自社 신문의 홍보를 간접화하는 방식, 또한 근대적 장르로서의 단편소설 양식의 기교를 나름대로 살리는 단편서사 작품들을 단편소설란에 수록함으로써 1900년대 단편소설 전개 양상의 다양성을 엿볼 수 있게 하는 의미 있는 매체이다.

1) 인생 단면의 극적 제시 – 숏스토리Short-story의 구현

근대적 단편소설의 개념에서 단편은 삶의 다양성보다는 통찰의 순간에 주목할 것을 강조한다. "삶의 순간에서 전체를 포착한다"라는 모

28　桃花洞隱, 「花愁」, 1909.6.13; 舞蹈生, 「花世界」, 1910.1.1; 「祥麟瑞鳳」, 1909.6.13.

토를 구현하기 위해 단편양식은 하나의 장면 혹은 순간을 통해 그 인물의 전체, 혹은 삶의 본질을 포착해야 하며, 그 안에 작품 내 모든 요소의 의미가 실현되어야 한다. 이를 위해 작가는 삶을 단적으로 제시하는 형식을 창안하고, 자신의 의도에 따라 보여주는 장치, 즉 기교를 통해 단순한 사건 전달의 기능을 초월하는 서사의 새로운 영역을 개척하게 된다. 물론 1900년대 말은 아직 이상과 같은 단편소설에 대한 뚜렷한 의식이 표면화된 시기는 아니었다. 그러나 이미『만세보』에서 익히 체현한 작자는 이 같은 단편양식의 기교가 살아있는 단편소설을『대한민보』에 발표한다.

『대한민보』창간호와 2호에 걸쳐 게재된 단편소설 「화수」는 남편을 첩에게 빼앗기고 홀로 지내는 부인이 주인공이다. 부인이 앉아 있는 안마루 뒤편의 꽃나무에는 두 송이의 꽃이 피어있다. 한 송이는 시들고, 한 송이는 활짝 폈는데, 호랑나비가 처음엔 시든 꽃 위에 앉았다가 다시 활짝 핀 꽃으로 옮겨 앉는다. 그 풍경을 보던 부인은 한숨을 쉬며, 눈물을 글썽이고 자신의 몸종인 춘심이의 위로에 애써 자신을 위안한다. 그때 남편이 뒤뚱거리며 등장한다. 평생 안보고 살겠다고 맘먹었던 부인도 반가운 마음에 남편을 맞이하고, 속으로 갖가지 생각을 다한다.

이전에는 날을 보면 아니 나는 성도 잔뜩 내고 내게 할 말도 춘심의게 말흥고 내가 무슨 말을 흥면 뒤답도 아니흥고 나가더니 오날은 무슨 마음으로 허허 우스며 말을 흥누 올치 그 심술구진 함흥집 그 년이 령감을 넷쑤리로 알고 장도감을 치며 령감의 돈만 울거내힌다는 소문을 드럿더니 인제는 령감도 뒤집혓던 눈이 바루 씌여셔 그 년과 갈나 섯느 보다 달면 생키고 쓰면 빗는다더니 가ᄂ흔 살님사리 잘ᄒ던 안해 생각이 ᄂ던 거시로구 령감이 내게 무안을 좀 보아야 다시ᄂ 그런 못된 년의게 쌔지지를 아니하지……[29]

그때, 나타나는 사람이 집매매인이다. 집매매인은 집안을 둘러보고 매 간에 오십 원씩이라는 가격을 매긴다. 남편은 매매인과 집값을 다 투고, 영문을 모르는 부인에게 이 집은 팔렸으니 친정에 가 있으라고 말한 다음 훌쩍 나간다. 그리고는 갑작스럽게 일어난 사건 앞에서 얼 빠진 표정으로 마루 끝에 우뚝 서 있는 부인의 모습을 한 문장으로 묘 사하며 끝이 난다. 혹시나 이렇게 이야기가 끝났을까 의심스러워 할만 한 독자들도 소설 말미에 명시된 '완完'이라는 글자를 통해 더 이상의 내용은 없음을 알게 된다. 이 소설은 그 자체로 완결되며, 자족적인 또 하나의 세계를 이룬다. 그리고 이야기 전개 과정 안에서 반전을 수반 하여 독자의 허를 찌른다. 이렇듯 단편양식은 작가가 자신이 선택한 삶의 진실에 관심을 두며, 의도가 성취되었다면 삶과 상관없이 완결을 선언할 수 있다.

「화수」에서 작가가 주안을 둔 것은 남편에게 버림받은 부인을 둘러 싼 전후 사정이 아니라, 그 부인의 심정 그 자체이다. 이 소설에서는 부 인의 비참한 심정을 최대한 잘 드러내기 위해 부인의 집 마당의 꽃나무 풍경, 보조 인물의 역할, 부인의 속마음과 성격을 짧은 형식 안에서 섬 세하게 그려낸다. 먼저, 집 마당 꽃나무에 핀 시든 꽃은 부인의 처지이 다. 그리고 그런 장면 하나에도 부인은 자신의 신세를 이입하며 "두 날 개 축 처진 채" 슬퍼한다. 몸종인 춘심이는 세상에 "종부리는 법"이 사

---

29 「花愁」, 『대한민보』, 1909.6.13.

라졌지만 부인 곁에 머물겠다며 함께 울어주는 착한 심성의 소유자이다. 하지만 부인은 유순하되 자존심이 세다. "눈물이 가랑가랑 돌다가도 종 춘심이를 보자마자 얼굴을 수구리고 손톱으로 문찌방을 각작각작 하며" 딴청을 피운다. 남편을 잊고 살라는 춘심의 말에도 "영감 잊은지 오래니 먹을 것이나 대어주면 평생 안 와도 걱정 없다"라고 대답한다. 그러나 오랜만에 집에 온 남편의 웃음 앞에 기대를 걸었던 부인은 살던 집마저 빼앗기고는 할 말을 잃는다. 작가가 굳이 해석해 주지 않아도 제시된 상황만을 통해서 독자는 소설 속의 얼빠진 부인을 이해할 수 있다. 이 단편소설은 등장인물의 생의 한 단면을 작품 안에서 유일한 현실로 끌어올리는 단편양식의 묘미를 잘 살림으로써 그 특징을 드러낸 작품이다.

2) 계몽 의도의 효과적 제시 – 신년 특집 단편

『대한민보』의 두 번째 단편소설은 1910년 1월 1일 신년호에 게재한 무도생舞蹈生의 「화세계花世界」이다. 앞서 『만세보』에서 1907년 새해 아침에 「백옥신년」을 통해 신년의 정경과 한 가족의 모습을 대비적으로 묘사했던 것처럼, 이 소설도 신년 특집호에서 수록된 목표를 명확히 하는 작품이다. 『대한민보』 편집진은 1909년 11월 25일부터 연재되고 있던 「오경월」이라는 소설을 같은 해 12월 28일에 이르면서 중단하고, 신년호에 이 단편소설을 발표했다.

「오경월」은 '소설'이라는 표제 하에 실렸던 소설이다. 이 소설은 일본헌병과 의병의 수탈로 아수라장이 된 한 마을에서 갓 시집온 며느리가 행방불명되고, 그 며느리를 찾는 시아버지의 눈물겨운 여정이 기본 서사를 이룬다. 연재가 끝나는 22회분에서 시아버지와 며느리의 상봉으로 중심 사건은 해결된다. 하지만 당시로선 그 전례를 찾기 어려운 등장인물의 대사만으로 소설이 갑자기 끝났다는 점, 그리고 『대한민보』의 다른 연재소설들이 완결되는 경우, 대부분 '완'이나 '종終'이라는 말을 명시했다는 점을 미루어 볼 때, 「오경월」은 164호에 실릴 단편소설 「화세계」를 위해 163호를 끝으로 신문 편집진에 의해 의도적으로 중단되었다고 짐작된다. 그리고 165호인 1910년 1월 5일 자에 이르면, '신소설新小說'이라는 표제를 단 「소금강」을 새롭게 연재한다. 결국 1월 1일 자의 단편소설 「화세계」를 기점으로 해서 이후부터 연재되는 『대한민보』 장편 소설들은 모두 '신소설'이라는 표제를 달게 된다.[30]

그렇다면, 『대한민보』에서 1910년 새해 아침의 '단편소설'은 어떤 의미를 갖는 것일까. 단편소설 「화세계」는 한부홍 씨가 기울어진 집을 다시 일으켜 세운 뒤, 준공식을 거행하는 날, 내외국 초대 손님들에게 그간의 집안 사연을 일장 연설하며 성대한 축하연을 벌인다는 내용의 액자식 구성의 작품이다.

① 포진을 구름갓치 ᄒ고 오색 꽃문에 태극 팔괘장 국긔를 교차ᄒ야 바람

---

30 그간 기존 연구에서 『대한민보』 연재소설에 '小說'과 '新小說'의 표제를 붙였던 차이에 대해, 소설에서 다뤄지는 시대 배경의 신구(新舊) 구분(한원영), 등장인물 성격의 새로움과 근대적 문물의 제시(신지영) 등을 언급하고 있으나 이 같은 관계를 따져보면 단지 '소설(小說)'이라는 명사에 새롭다는 의미의 '신(新)'이라는 접두어가 접합된 용어(김영민)로 보는 것이 더 타당하다고 볼 수 있다. 『대한민보』의 '신소설(新小說)'이라는 용어는 특정한 문학양식을 지칭하는 고유한 의미를 확보했던 것이 아니라, 1910년 새해를 맞이하면서 예년에 대한 상대적인 새로움을 추구하고 싶은 기획 아래 명명된 것이라 할 수 있다.

결에 펄넝펄넝 ᄒᄂᆫ 곳은 한부흥(韓復興)씨가 자긔의 집을 즁슈ᄒᆞ고 내외 국 신사를 다슈히 쳥ᄒᆞ야 낙성식 ᄒᆞᄂᆫ 것이라―**한부흥 집의 낙성식 장면**

② 흔부흥씨의 집은 죠샹의 긔업으로 사천여 년을 젼ᄒᆞ야 오더니 여름 장마에 집웅이 새고 겨울 치위에 쥬초가 흔들녀 셕가래ᄂᆫ 썩어 내려 안고 기동은 쓸녀 넘어가니 어언간 장원과 창벽이 동퇴셔락 ᄒᆞ얏더라 집이 그 디경에 의식인들 엇지 죡죡ᄒᆞ리오 속담과 갓치 똥구멍이 씨어지게 된 가세 에 여러 자식 즁 몰지각ᄒᆞᆫ 놈이 만히 잇셔 쳐음에ᄂᆫ 져의 아비에게 감언리 셜로 남의 집 모양으로 세간을 작만ᄒᆞ쟈 남의 집 모양으로 영업ᄒᆞ야 보자 ᄒᆞ야 돈을 잇ᄂᆫ 대로 쎄아셔다가 쥬색에 다 내버리더니 그 다음에ᄂᆫ 문셔 를 위죠ᄒᆞ야 뎐답을 헐갑에 팔아 먹ᄂᆫ다 도장을 훔쳐 찍어 즁변을 내여 쓴 다 백에 ᄒᆞᆫ 가지 집안 늘어갈 일은 안이 ᄒᆞ고 망흘 짓만 쏘차 가며 ᄒᆞ다가 필경에ᄂᆫ 몃 놈이 이웃에 사ᄂᆫ 쥬먹이 등등ᄒᆞᆫ 사람을 가 보고 우리집을 통 으로 그대를 줄 것이니 의려 말고 차지ᄒᆞᆫ 후 전천식이나 먹ᄂᆫ 도장을 식여 달나 ᄒᆞ고 제 아비다려 치산 잘못ᄒᆞ야 패가를 ᄒᆞ얏스니 그대로 더 잇스면 이 집을 남에게 쎄앗길 터인즉 진작 인심 죳케 내여 쥬자 위협을 ᄒᆞ거날 그 즁에 지각잇ᄂᆫ 아달이 분흠을 익의지 못ᄒᆞ야 불가ᄒᆞᆫ 리유를 그 아비에게 지셩것 고ᄒᆞ고 정당ᄒᆞᆫ 사실로 그 아오를 엄졀히 물니친 뒤에 눈을 밝게 쓰 고 팔을 힘써 쏨내여 톱 자귀 ᄭᅳᆯ 대패를 손슈 들고 썩은 셕가래와 쓰러진 기 동을 차례로 갈아내며 쥬초를 다시 노코 살잡이를 ᄒᆞᆫ 후 담을 쌋ᄂᆫ다 벽을 친다 도배 장판을 일신히 ᄒᆞ고 각색 화초를 압뒤에 심으니 문어져 가든 개 쏭밧 옛 집이 완연ᄒᆞᆫ 새 집이 되엿도다―**한부흥 집안이 망한 내력과 지각 있는 아들의 보수작업**

③ 한부흥 씨가 깃븜을 익의지 못ᄒᆞ야 셩대히 낙성식을 열고 구름갓치 뫼힌 래빈을 대ᄒᆞ야 패악ᄒᆞᆫ 자식을 인ᄒᆞ야 집이 기우러졋다가 인효ᄒᆞᆫ 아달

을 인ᄒ야 집이 중흥ᄒᆫ 력사를 일장진슐ᄒ니 만좌ᄒ얏던 래빈들이 일제히 잔을 들어 만셰 만셰 만만셰―**집안 부흥의 축하 장면**[31]

(단락 구분·요약은 인용자)

원고지 분량으로 5장 정도인 위 인용문은 전문을 인용한 것이다. 위에서 구분했듯이 이 글은 크게 세 단락으로 나눌 수 있고, 서사 구조상 서술자가 낙성식이 거행되는 장면을 관찰하여 서술한 ①과 ③단락은 집주인 한부흥 씨가 진술하는 과거 내용의 ②단락을 안고 있다. '대한의 부흥을 다시 꿈꾼다'는 의미를 연상시키는 이름의 '한부흥' 씨 집은 단락 ②를 통해 자연스럽게 국가·나라의 개념으로 확장된다. "사천여년을 전ᄒ야 오던" 집(국가)은 모진 풍파 속에 "셕가래ᄂᆞᆫ 썩어 내려 안고 기동은 쓸녀 넘어가게"(국가의 위기) 되었는데, 많은 자식들은 오히려 앞다투어 집이 망하는 데에만 일조한다. 그러나 "인효ᄒᆫ 아달"의 지각 있는 행동으로 집안은 다시 새롭게 부흥한다.

이와 같이 집을 국가와 연결시키는 은유 방식은 이미 그 역사적 연원이 오래된 것이며, 근대계몽기 매체에서 국가의 성립과 개혁에 관련될 때, 필자의 계몽 의도를 효과적으로 구현할 수 있는 수사적 장치였다. 『독립신문』 1896년 5월 23일 자 논설에는 나라의 개혁을 목수가 헌 집 고치는 것으로 비유한 내용의 글이 실려 있다.

목슈가 헌 집을 고치랴면 셕은 기동과 셕가ᄅᆡ를 가라 내여야 홀 터인딕 그 기동과 셕가ᄅᆡ를 ᄲᅦ여 내기 전에 새 기동과 새 셕가ᄅᆡ를 쥰비ᄒ엿다가

---

31 「花世界」, 『대한민보』, 1910. 1. 1.

묵은 직목을 쎄여 내면셔 일변으로 새 직목을 듸신 집에 너야 그 집이 문어지지 안코 네 기동이 튼튼히 션 후에 도비와 쟝판과 류리챵도 ᄒ고 죠흔 물건도 방과 마로에 널녀 노와야 일이 셩실이 되고 다 된 후에 사름이 살게 되ᄂ 거시어늘 (…중략…) 나라를 기혁ᄒᄂ 것도 목슈가 헌집 고치ᄂ 것과 ᄀ치라³²

위 글에서의 "셕은 기동과 셕가릐"는 한 나라의 주추를 흔들리게 하며, 그것의 역할을 아는 유지각한 인사가 튼튼히 바탕을 다진 후에야 "도비와 쟝판과 류리챵도 ᄒ고 죠흔 물건도 방과 마로에 널녀" 놓음으로써 국가의 발전을 꾀하게 된다. 이런 의미에서 단편소설 「화세계」는 1900년대 말의 격변 속에서 한일 합방을 목전에 두고 새해의 희망을 다짐하는 마지막 투혼을 발한 글이다. 따라서 그 형식이 1900년 전후, 각종 국문 신문의 논설란에서 근대 계몽기, 새로운 형태의 계몽적 글쓰기로 출현했던 '서사적 논설'과 유사함은 의미심장하다. 무엇보다 1907년 신문지법과 1909년의 출판법 등을 거치며 민족적인 논조의 수위를 낮출 수밖에 없었던 상황에서 창간한 『대한민보』가 신문사의 정론 발표의 장인 논설란을 자주 생략했던 것과는 밀접한 관련이 있었다. 그리고 특별한 날, 신문 전체의 지면을 활용하여 독자 대중의 역량을 모두 밀집시키고 싶었던 편집진의 의도를 소설란의 '단편소설'이 대신했던 것이다.

「화세계」는 마치 『대한민보』 기자를 연상시키는 관찰자적 서술자가 한부홍 씨 집의 준공식을 취재하러 가서 그 집과 관련된 일화를 듣고

---

32 『독립신문』, 1896.5.23, '논설'.

쓴 듯한 서술 방식을 취한다. 이러한 형식의 단편소설은 1900년 이전, 신문 논설란을 통해 발표된 '서술체 방식'의 '서사적 논설'[33]이나 '우의체 단편',[34] '일화식 구성'의 논설[35]인 단형 서사물과 같은 선상에 놓이는 글이다. 특히 「화세계」와 같은 방식의 글은 1890년대 말, 1년 남짓 발행되었던 『매일신문』의 '서사적 논설'에서 자주 발견할 수 있다. 주색잡기에 빠진 다른 형제 대신 단정한 두 형제의 노력으로 집안을 일으킨다[36]거나 넉넉한 가산을 탕진하던 어떤 주인이 의기 있는 노복의 충고를 수용하여 다시 집안을 살린다[37]는 내용, 또한, 알고 지내던 노인에게 정월 첫날 세배를 간 어떤 사람이 그 노인의 집안 망한 내력을 듣고 타개책을 일러주는[38] 내용 등의 '서사적 논설'이 모두 이에 해당한다.[39] 한편, 『대한민보』는 1면의 단편소설 「화세계」 마지막 단락, "만좌ᄒ얏던 래빈들이 일졔히 잔을 들어 만셰 만셰 만만셰"의 의미를 2면 사설社說에서 친절하게 해설해 준다.

此日은 何日인고 卽 隆熙四年 一月一日이라 (…중략…) 此新朝를 是迎是迓하야 新日月의 光明홈과 新事業의 增進홈이 總히 此日此朝로 始하야 其因을 占하도다 是以로 東西大界의 萬有人衆이 新禧를 賀하며 新酒를 傾하

33 김영민, 「근대계몽기 단형(短型) 서사문학 자료 연구-자료의 정리작업 및 근대문학사적 특질 연구」, 『근대계몽기 단형 서사문학 자료전집』 상, 소명출판, 2003, 557쪽.
34 한기형, 『한국근대소설사의 시각』, 소명출판, 1999, 30~34쪽.
35 정선태, 『개화기 신문 논설의 서사 수용 양상』, 소명출판, 1999, 96쪽.
36 『매일신문』, 1898.7.27, '론셜'.
37 『매일신문』, 1898.8.31, '론셜'.
38 『매일신문』, 1899.2.21~25, '론셜'.
39 그러나 『독립신문』, 『매일신문』 등 앞 시기에 발간된 신문들에서 발견되는 단형서사물을 모두 '단편소설'로 묶을 수는 없다. 신문이나 잡지 발간 주체와 편집진, 필자가 '소설'을 어떠한 개념으로든지 의도적으로 인식했는가 인식하지 않았는가는 중요한 기준이기 때문이다.

야 陶陶自樂하는 好個此日 이라[40]

"햅쌀로 담근 술을 마시며 흐뭇하게 즐기는" 새해 아침, 『대한민보』에서 발표된 단편소설은 1906년부터 1910년 말까지 발행된 『경향신문』의 소설란에서 보이는 일련의 작품과도 그 성격을 같이 한다. 편집자의 해설은 글의 내용과 의미를 친절하고 확실하게 가르쳐주는 역할을 한다. 「화세계」의 경우는 이러한 직접적인 방식의 편집자 주를 사용하고 있지는 않지만, 그 글의 의도가 무엇인지를 명확하게 알게 해주는, 같은 날의 사설社說과 그 맥락을 함께 하면서 신문 편집진에 의해 효과적으로 활용된 단편소설이다. 신년 정월이라는 특별한 날, 신문 전체의 지면을 활용하여 독자 대중의 역량을 밀집시키고 싶었던 편집진의 기획의도를 담고 있는 것이라 하겠다.

3) 신문사 홍보의 우회적 제시―창간 기념 단편

『대한일보』창간 1주년인 1910년 6월 2일에는 세 번째 단편소설 「상린서봉祥麟瑞鳳」이 발표된다. 『대한민보』에 1909년 10월 14일부터 그 해 11월 23일까지 31회에 걸쳐 연재된 골계소설 「절영신화」는 장에 가던 양반 샌님이 상놈인 덤벙이를 만나면서 나누는 익살스런 대화만으로 이루어진 작품이다. 여기서는 체면치레, 서당 교육 등 전근대적 세계에 사는 샌님과 흥정, 시장, 학교교육 등 근대적 세계에 사는 덤벙이의

---

40 『대한민보』, 1910.1.1, '社說'.

수작을 통해 서로의 삶과 의식이 풍자된다. 그런데 마지막에 이르면 덤벙이가 잘 나가는 집의 양부로 가는 길이 출세하는 가장 빠른 길이라며 샌님을 꼬드기는데, 전근대적 세계의 풍자 대상인 샌님은 대뜸 다음과 같은 말을 한다.

> 이애 큰일날 훈슈도 흔다 너 대흔민보라 ᄒᄂᆞᆫ 신문 못보앗늬
>
> 웨요 대흔민보에 무슨 말이 잇기에 그리 ᄒᆞ심닛가
>
> 신문이라 ᄒᄂᆞᆫ 것은 사면 뎡탐을 느러 노아 션악간 남의 말을 일슈 잘 내ᄂᆞᆫ 것이라더라마는 압다 대한민보 무셥더라 ᄭᅡ댁 흔번만 잘못ᄒᆞ면 일호 사정 업시 사뭇 두들기ᄂᆞᆫ 통에 근일에 소위 대관 중에 아쳠ᄒᆞ고 탐오흔 갓들이 모죠리 박살 안이 당흔 쟈가 업다ᄂᆞᆫ대 잣칫 잘못ᄒᆞ다가 나도 그 공명ᄒᆞ게[41]

이 작품은 비판의 대상으로 설정된 등장인물의 입을 통해 자사自社 신문의 위력을 언급함으로써 우스꽝스럽게 나누던 대화의 막바지를 장식한다. 전근대적 세계와 근대적 세계가 충돌하여 생긴 갖가지 사회 병폐들은 등장인물 간의 장황한 대화 속에서 풍자적으로 드러난다. 그러나 그러한 사회 현실은『대한민보』라는 신문을 통해 "일호 사정없이 사뭇 두들김"을 당하고야 만다는 것이다. 이는 1905년『대한매일신보』의「소경과 안즘방이 문답」과 같은 글에서부터 엿볼 수 있는 대화체 단형 서사물이 가지는 특징에서 가능한 수사 방식이기도 하다. 위 인용문에서 보이는 언급이 당대에서 실제 적용된 현상인지는 정확하게 알 수 없지만, 중요한 것은 신문, 특히 자사 신문의 역할과 성격을

---

41 「絶纓新話」,『대한민보』, 1909. 11. 23.

소설이라는 서사물 안에서 강조했으며, 홍보의 전략으로 최대한 사용하고자 했다는 점이다. 그리고 이러한 방식은 다른 신문의 단형 서사물에서도 엿볼 수 있다. 『경향신문』에 1908년 5월 1일부터 8일까지 연재된 「꿩과 톡기의 깃분 슈쟉」은 꿩과 토끼의 대화를 통해 의병, 일병의 출몰이 잦았던 당시 상황을 보여주는 단형 서사물이다. 그런데 대화 도중, 토끼는 변화된 분위기에 둔감한 꿩에게 『경향신문』을 보지 않았느냐고 묻는다.

> **톡기)** ᄌᆞ늬 그 웬일인지 모로나
> **꿩)** 몰나
> **톡기)** ᄌᆞ늬 경향신문 아니 보앗나
> **꿩)** 나는 무식ᄒᆞ야 못 보앗늬 [42]

이와 같이 서사가 진행되는 도중, 자사自社 신문의 이름을 직접 언급하는 것은 신문의 위상을 높이는 전략으로서 중요한 작용을 했다.

『대한민보』 1면을 살펴보면, 신문의 지면 중에서 가장 눈에 잘 띄는 2단에는 주로 외보外報가 실렸다. 그런데 1910년 1월 5일부터 그 자리는 간간이 '형제자매兄弟姉妹'란이 차지하게 된다. '형제자매'란은 일종의 사고社告 성격을 갖는 편지글과 같은 형식으로 신문 편집진이 독자에게 직접적으로 하고 싶은 말을 알리는 글이다. 특히 이 난은 국문으로 씌어진 연재소설 이외에는 국한문체로 이루어진 『대한민보』에서 이례적으로 '부속국문체'[43]를 사용했다는 점에서도 중요하다. 이는 각 계층과

---

42 「꿩과 톡기의 깃분 슈쟉」,『경향신문』, 1908.5.1.
43 '부속국문체'는 1906년에 발행된 『만세보』에서 다양한 계층의 독자를 끌어들이기 위

성별 모두를 아우른 독자 대중에게 신문사의 의견을 피력하고자 한 의
도에서 비롯된 것이다. 이 난은 매일 실리지는 않았지만, 사용한 문체
나 명료하고 직설적인 어법으로 인해 게재가 될 때마다 독자에게 강렬
한 인식을 심어주었을 것이다. 그런데 이 난을 정리해보면 대부분이
『대한민보』 자사를 홍보하는 내용으로 이루어져 있음을 확인할 수 있
다. 그 글의 일부를 소개하면 다음과 같다.

아ㅡ 오날이, 벌셔 隆융熙희四사年년ㅡ一일月월五오日일이오, 元원朝조
에 發발行행흔 本본報보는 新신年년歲셰拜배와 갓치, 흔 張장 發발行행ᄒ
얏고 今금日일브터 繼계續속 發발行행ᄒ압나이다 우리 兄형弟뎨姉자妹매
에게, 新신奇긔흔 智지識식을 紹소介개ᄒ야, 큰 利리益익이 생기는 것은,
光광明명ᄒ고 正뎡大대흔 大대韓한民민報보이오니, 어셔어셔, 이 新신聞
문들을 보시오, 次차次차 말이 만습니다 [44]

우리 民민報보는 萬만國국의 時시勢셰와, 京경鄕향의 事사情경에 對대
ᄒ야 勝승ᄒ고 敗패ᄒ며, 善선코 惡악흠을, 確확實실히 記긔錄록ᄒ야, 每
매日일 아참에 우리 兄형弟제姉자妹매게 드리와, 여러분으로 ᄒ야곰, 堂
당上상에 便편히 안져 아시도록, 準준備비흠이오니 우리 兄형弟제姉자妹
매여 [45]

1890년대 말, 새로운 매체인 '신문'이 발행된 이래, 신문이라는 매체

해 사용했던 문체로서, 한자로 된 본문에 루비활자로 한글을 병기하는 표기체를 일컫
는 말이다. 김영민, 『한국 근대소설의 형성과정』, 소명출판, 2005, 67~107쪽 참조.
44 『대한민보』, 1910.1.5, '兄弟姉妹'.
45 『대한민보』, 1910.1.9, '兄弟姉妹'.

제3장 | 단편소설란의 정착과 서사기법의 결합 137

의 역할과 기능은 이미 오랫동안 강조되어 왔다. 1900년대 말의 『대한민보』 논자에 이르면, 이제 더 이상 신문 일반의 의미를 역설하는 것에 그치는 선이 아니라, 자사 신문의 독자성을 피력하는 데 중점을 두기 시작한다. "교제하는 동물인 사람이 신문을 읽지 않으면 미개하고 천대를 받을 뿐만 아니라, 국가가 위태하고 민족이 견디지 못하는 슬픔을 당하게 되는데",[46] "갓흔 문자와 갓흔 사실도 기록함에 따라 다르니 신문을 애독하려면 신문의 성질을 스스로 선택"[47]해야 하는 시대가 된 것이다.

또한 이렇게 자사 신문의 홍보에 힘을 쏟았던 『대한민보』는 신문이 영리기관임을 인식하고 있었으며, 이는 대한민보를 발행한 '대한협회' 주도층의 경제 발전에 대한 인식과도 어느 정도 관계가 있다. 대한협회 지도부는 당시 대한의 경제문제의 핵심은 일제의 침략이 아니라 내적 실력의 부족에 있으며, 경제 발전을 위해 부르주아 세력들이 직접 참여하는 정치체제의 수립으로 자유경쟁체제를 마련해야 한다고 주장했다.[48] 이러한 의식의 반영으로 『대한민보』에는 수입 증대를 위한 구독료 납부 독촉 광고가 유독 많이 실리고, 1909년 11월 24일부터는 '보대할인권報代割引券'이라는 것을 발행하여 구독 기간에 따라 구독료를 할인해주는 제도를 도입하기도 했다. 실제로 구독료를 납부하는 지방 인사들의 금액과 성명을 3면 상단에 게재하여 적극적으로 신문사의 영리를 꾀하는 방안을 모색했다.

이와 같이 신문 홍보에 주력했던 『대한민보』는 창간 1주년을 맞이

46　위의 책.
47　『대한민보』, 1910.1.13, '兄弟姉妹'.
48　이태훈, 「한말-일제초기 대한협회 주도층의 국가인식과 자본주의근대화론」, 연세대 석사논문, 1999, 1쪽.

한 1910년 6월 2일이 되면, 역시 '형제자매'란에 창간을 기념하며 노골적인 표현으로 자축하는 글을 싣는다.

今금日일은 매오 조흔 날이올시다 우리 大대韓한國국民민의 公공正정
忠충實실흔 大대韓한民민報보의 創창刊간ㅎ든 第데一일週쥬年년 紀긔念
념日일이오 아— 우리 兄형弟뎨姉자妹매시여 반갑고 깃부시지오 創창立
립ㅎ든 때를 도로켜 싱각ㅎ니 風풍雨우가 晦회冥명ㅎ야 갈 바를 보를 때에
—일條조光광明명흔 빗흐로 正정路로에 빗쵀노라 万만端단困곤厄액과 四
사面면猜시忌긔를 바드면셔 泰태山산峻준嶺령의 압흘 막음과 長장江강大
대海해의 뒤에 잇슴과 毒독蛇사猛맹虎호의 左좌右우로 대듬과 모진 바람
급흔 비의 咫지尺쳑不불辨변함을 모다 헤치고 勇용猛맹코 正정大대흔 精
정神신으로 우리 兄형弟뎨姉자妹매의 幸행福복을 비지며 바른 길노 引인
導도ㅎ는 이 民민報보라 우리 兄형弟뎨姉자妹매는 必필然연코 感감動동
이 계실 터이지오 오날날 이 精정神신으로 우리 兄형弟뎨姉자妹매는 이 民
민報보 첫 돌에 同동情정을 表표ㅎ시지오 우리도 오날날 이 精정神신으로
永영遠원無무窮궁토록 —일層층 더욱 努노力력ㅎ야 우리 國국家가 우리
兄형弟뎨姉자妹매의 福복樂락을 아— 우리 兄형弟뎨姉자妹매시여 [49]

한 신문사의 창간을 대한 국민의 행복과 연결 짓고, 국민은 이 신문의 존재로 인해 "감동하니 신문 첫 돌에 동정을 표하라"라는 글이 게재된 1면을 넘기면, 3면 상단에 단편소설 「상린서봉」이라는 작품이 실려있다. 우선 시각적인 배치도 편집진의 의도 아래 정연하게 이루어졌거

---

49 『대한민보』, 1910.6.2.

니와, 게재된 소설란의 중앙에는 양손에 종과 도끼를 들고 있는 한 아이가 상 위에 앉아 있는 삽화가 자리 잡았다.

정경을 묘사하는 여유로운 필치로 서두를 시작하는 이 단편소설은 지나가던 객이 "기와 하나 없이 기둥만 남고, 남은 기둥도 거진 쓰러져"가는 집에서 흘러나오는 노랫소리를 들으며 본격적인 서사가 시작된다.

> 아가아가 울지 말고 이 젓 먹고 잘 자거라 네가 비록 돌쟁이나 너를 향해 바라기는 크고 넓기 흐량 업다 흐날 정긔 쌍긔운으로 네 흐몸이 생겻구나 네 흐몸이 중하도다 네의 압흘 싱각ㅎ니 만리장졍 씃치 업고 네 억개의 지인 짐이 쳔근 만근 무겁도다 이 길과 이 짐이 너 안이면 누가 메며 너 안이면 누가 갈고 오날 아참 잡은 것을 남은 비록 심상ㅎ나 나는 벌셔 알앗도다 네에 뜻을 가다듬어 차차 젼진 쉬지 말라 보배롭고 귀엽도다 네의 몸이 보빅롭다 금과 옥이 보중ㅎㄴ 네게 엇지 비흘소냐 이 보배가 자라나셔 어셔 어셔 내의 원을 아가아가 잘 자거라 밋고 밋는 우리 아가 [50]

노랫소리가 심상치 않게 들린 객은 집주인을 불러 그 곡절을 묻는다. 집주인은 돌을 맞은 아이가 돌잡이를 했는데, 한 손에는 쇠북(종)을 쥐고, 한 손에는 개산대부開山大斧(도끼)를 쥐었으니 아이의 밝은 장래를 보는 것 같아 대단히 기뻐하며 부른 노래라고 대답한다. 태어난 지 첫 돌을 맞은 아이는 한 손에 쥔 개산대부로 "우거진 풀과 쑥을 베고", 또 한 손에 든 쇠북을 울리며 "뜻을 가다듬어 전진"하는 사람이 될 것이다. 이런 생각을 했을 객은 주인에게 아이를 보여 달라고 부탁하게 된다.

---

50 「祥麟瑞鳳」, 『대한민보』, 1910.6.2.

흔 아해를 안고 나오는지라 람누한 포대기 속에 싸엿스나 영매한 골격과 화길한 긔상이 참 상린셔봉(祥麟瑞鳳)이라 그 소년이 공경ᄒ게 어루만지다가 이 아해의 감엇든 눈을 번쩍 쓰는 바람에 엇지 영채가 쏘이며 깜쌱 놀나 쳐다보니 대문 긔동에 문패가 걸엿는대 흔민보(韓民寶)[51]

객이 첫 돌을 맞은 아이 눈에서 나온 영채에 깜짝 놀라 쳐다본 대문 문패가 '한민보韓民寶'라는 것을 알리며 이 단편소설은 끝이 난다. 원고지 분량으로는 7장 정도에 해당되는 이 짤막한 서사물은 '쓰러져 가는 집—돌잡이한 종과 도끼—돌을 맞은 아이의 기상—한민보라는 집 문패'로 서술 대상이 진행되는 가운데 지나가는 객의 시선으로 이야기가 서술되고, 객과 집주인의 대화를 통해 글의 의도가 제시된다. 그러다가 '대한민보'에서 '대'가 빠지고 '보'의 한자 하나만 다른 '한민보'라는 문패를 바라보는 객의 시선은 신문을 읽고 있던 (또는 읽어주는 것을 듣고 있던) 독자의 시선과 중첩되면서 강렬한 여운을 남긴다. 결국 단편소설 「상린서봉」은 1면의 '형제자매'란에서 직접적인 언설로 자축한 신문 창간 1주년을 영웅의 도래라는 수사 방식을 차용하여 우회적으로 표현한 작품으로서, 하나의 사실적인 사건을 기술하는 방식이 정황을 묘사하는 간접화된 서사물로 변모되는 과정을 잘 보여주고 있다. 특히 서사 진행 과정의 강렬한 여운을 통해 사건을 집약적으로 제시하는 방식은 근대계몽기 신문 매체에서 독자 대중의 시선을 집중시키는 신문 지면의 활용과 밀접한 관련이 있음을 알 수 있다.

---

51 위의 글.

제4장

총독부 기관지의 식민 통치 담론 유포와
단편소설의 활용

일제의 통치 기간 동안 중단되지 않고 발간된 유일한 국문신문은 『매일신보』이다. 1904년 『대한일보』에서 게재란이 나타난 이후 『만세보』, 『대한민보』로 이어져 온 단편소설란은 1910년대 『매일신보』에서 확립되기에 이른다. 『매일신보』는 여러 편의 소설이 발표되는 동안 장편 연재물인 경우에는 '신소설'로, 하루 만에 단일하게 끝나는 작품은 '단편소설'이라는 표제어를 붙여 서로를 명확히 구분했는데, 『만세보』와 『대한민보』의 경우와는 달리 이 둘을 거의 같은 날에 함께 게재하기도 했다. 일본과 조선총독부의 후원 자본을 바탕으로 지속적인 '현상모집'을 통해 신문 독자들의 단편소설 창작을 독려하기도 하는 등 단편소설의 대중화를 통한 시스템적 확립을 이룬 것도 『매일신보』였다. 그러나 내용면에서 『매일신보』 단편소설은 당대의 잡지 단편소설에 비해 함량 미달이라는 평가를 받아왔고, 그 양적 비중에 비해 1910년대 단편소설 연구 대상에서 그 가치를 인정받지 못했다. 이는 1910년대의 『매일신보』 편집진이 단편소설을 하나의 문학 장르로서 발전시키기보다 식민 통치의 시스템 구축 방편으로 활용한 측면이 강하기 때문이다.

1. 1910년대『매일신보』의 위치

총독부 기관지『매일신보』는 한말 최대의 민족지인『대한매일신보』를 계승한 신문이다. 1910년 8월 29일 합병을 단행한 일제는『대한매일신보』의 '대한' 두 자를 떼어『매일신보』로 개제한 뒤 1910년 8월 30일 합방 후 첫 호를 발행했다. 초대 총독이었던 테라우치 마사타케寺內正毅는 강력한 권한으로 조선의 언론계를 식민지에 유리하도록 개편하는 '신문통일정책'을 감행한다. 이에 따라 조선인들이 발행하던 신문은『매일신보』하나만 남겨두고 모두 없애는 동시에 일본인들의 신문도『경성일보』에 통합한다는 방침을 세운다.

총독부의 언론정책은 당시 일본『국민신문』의 사장이었던 도쿠토미 소호德富蘇峰에 의해 시행된다. 테라우치 총독은 식민지 언론 정책에 대한 자문은 물론 기관지 운영을 도쿠토미에게 위탁한다. 도쿠토미는 잡지『국민지우』와『국민신문』의 창설자로 당시 일본의 거물 언론인이었다. 합병 후『매일신보』는 독립된 언론기관이 아닌 총독부 기관지로서『경성일보』편집국에 소속된 하나의 부서로 출발하였다.『경성일보』편집국 산하에서 편집만 따로 했을 뿐, 편집을 제외한 영업이나 광고 등『매일신보』의 모든 업무는『경성일보』가 담당하는 체제였다.『매일신보』는 당시 유일한 한국어 신문이었지만, 일본인 감독과 경영, 간부진 아래에서 한국인 사원들은 편집과 제작 실무에 불과했다.

1910년대『매일신보』사장이었던 요시노 타자에몬吉野太左衛門과 아베 미츠이에阿部充家는『국민신문』의 간부 출신으로 도쿠토미에 의해 직접 발탁된 인물들이다. 도쿠토미와『국민신문』진영이 물러나면서 취임하는 카토 후사조우加藤房藏는 『동경일일신문』 기자와 『산양신보』의 주필을 역임했다. 이들 일본인 사장들은 『경성일보』와 『매일신보』의 경영을 함께 책임졌다. 하지만 1910년대 『매일신보』의 편집과 제작에 실질적 권한을 행사한 사람은 나카무라 겐타로中村健太郎였다. 나카무라는 구마모토현이 조선에 파견한 조선어 유학생으로 『한성신보』 국문판을 담당했으며, 한말 경무고문의 번역관이 되어 조선어 신문의 검열을 맡았을 정도로 한국어에 능통했던 인물이다.[1] 나카무라는 1922년 총독부에 들어가기까지 『매일신보』 운영에 실질적 권한을 행사했다.[2]

도쿠토미가 『경성일보』와 『매일신보』 감독 취임 직후인 1910년 10월 『매일신보』에 내린 훈시에 보면 『매일신보』의 성격을 명확히 알 수 있다.

> 매일신보가 신문지로서 존재하는 이유는 우리 천황폐하의 지인지애(至人至愛)하심과 일선인(日鮮人)에 대한 일시동인(一視同仁)의 뜻을 받들어 모시고 그것을 조선인에게 선전하는 데 있다.[3]

도쿠토미는 일본 천황과 그의 '일시동인'을 선전하는 역할의 수행이 당시 유일한 한국어 신문의 가장 중요한 임무임을 강조하고 있다. 이러한 천황에의 복종과 일시동인의 논리가 조선총독부 통치 정책의 근간을 이루는 것임은 주지의 사실이다.

---

1   정진석, 『언론조선총독부』, 커뮤니케이션북스, 2005, 91~92쪽 참조.
2   함태영, 「1910년대 『매일신보』 소설 연구」, 연세대 박사논문, 2008, 18~19쪽 참조.
3   『京城日報社誌』, 경성일보사, 1920, 23쪽.

日韓併合 以後 總督府의 機關紙로 自擔ᄒ고 總督의 施政方針을 布告ᄒ
며 人民의 智識開發을 導誘ᄒᄂ 我報ᄂ (…중략…) 新政以後 本誌의 主義
綱領은 新政의 方針을 我朝鮮人民에게 紹介ᄒᄂ 者, 産業의 振興으로 我朝
鮮人民을 指導ᄒᄂ 者, 勸善懲惡ᄒᄂ 者, 斥邪扶正ᄒᄂ 者, 社會의 萬般事
를 無漏揭布ᄒᄂ 者, 世界의 出來事를 迅速報道ᄒᄂ 者이니 其任이 大ᄒ고
其責이 重ᄒ도다.[4]

결국 『매일신보』는 총독부 기관지로서 총독정치를 선전하고 그를
통해 조선의 인민, 즉 독자를 계몽하겠다는 것이 목적인 신문이었다.
이를 위해 조선 인민의 지도, 권선징악, 척사부정에 힘쓸 것과 산업 진
흥을 위해 노력할 것을 다짐한다. 총독정치의 취지 방침 하에서 민지
를 개발하고 풍속을 개량하는 등 사회교육 기관으로서의 역할에도 충
실할 것을 약속하고 있다.

1910년대는 일제가 조선을 항구적으로 지배하기 위해 여러 가지 기
초작업을 추진하며 식민지배정책의 방향을 구성하는 시기였다. 『매일
신보』는 이러한 일제의 정책에 부합하여 스스로 일제의 식민지배를 위
한 일종의 교육기관으로 자처하였다. 또한 사회정책으로 한국인의 정
신적 문명을 개혁한다는 명목으로 '민풍개선'이란 의식개혁 운동을 벌
인다. 민풍개선이란 일종의 정신적 문명을 개선하는 것으로 좋은 풍속
습관은 장려하고 나쁜 풍속은 금지하는 것이었고, 그 목적은 땅에 떨어
진 사회의 윤리도덕을 일으켜 세우고자 하는 것이었다.[5] 하지만 이 민
풍개선은 조선의 미개한 환경을 지적하면서 야만의 상태를 벗어나기

---

4 『매일신보』, 1912.6.18.
5 『매일신보』, 1916.6.20~8.12.

위해 일제의 강력한 정책이 필요함을 역설하는 장치로 작용했다. 1910
년대 『매일신보』에서는 조선총독부의 강력한 언론 통제 속에서 유일
한 국문신문으로 존재하면서 일제의 동화주의와 문명개화와 같은 식
민지 지배 담론을 적극적으로 유포시키는 역할을 충실히 수행하였음
을 확인할 수 있다.

합병 직후 『매일신보』는 국한문판, 국문판 두 종류의 신문을 발행
했다. 이는 『대한매일신보』의 국한문판과 국문판을 그대로 계승한 것
이다. 국문판 『매일신보』는 1912년 3월 1일부터 국한문판에 합병되어
폐지된다.[6] 1910년대 『매일신보』는 모두 4면으로 구성되어 있다. 1면
에는 사설, 칼럼, 소설, 한시와 각종 시찰기나 기행문 등이 게재되었고,
2면에는 외보, 정치경제 기사, 총독부 관리나 조선 귀족, 실업가의 동
정이 실렸다. 3면은 각종 사건, 사고가 게재되었고 4면에는 소설과 광
고, 지방 통신, 소설에 대한 독자 투고 등이 위치했다. 1면과 2면은 한
문체나 국한문체가 쓰였고, 3면은 제목을 제외한 전 기사가 한글로 기
재되었다. 4면의 경우 소설을 제외한 독자투고문이나 지방통신의 문
체는 국한문체였다.

1910년대 『매일신보』에 실린 서사 자료는 모두 141편이다. 이 141
편의 서사 자료에는 소설을 비롯하여 희곡, 동화, 고담 등 다양한 서사
장르를 포함한 것이다. 『매일신보』는 여러 편의 소설이 발표되는 동안
연재물인 경우에는 '신소설'로, 하루 만에 단일하게 끝나는 작품은 '단
편소설'이라는 표제를 붙여 서로를 명확히 구분했다. 『만세보』와 『대
한민보』에서 확립된 단편소설란은 1910년대 『매일신보』 발간 기간동

---

6   국문판 『매일신보』는 현재 그 실체를 확인할 수 없다. 국문판 『매일신보』 사진 자료
     는 한국신문연구소, 『한국신문백년 사료집』, 1975, 94~97쪽.

안 지속적으로 수록됨으로써 정착하기에 이른다. 1910년대 『매일신보』에서 '단편소설'은 '단편소설', '응모단편소설', '현상단편소설', '단편문예' 등의 다양한 표제어와 또는 표제어 없이 전체 64편이 발표되었다.[7] 주로 장편은 1면과 4면에, 단편은 주로 3면에 게재했는데, 신년 특집호의 경우에는 1면이나 특별면에 배치되기도 했다.

---

7   발표 일자별로 목록을 정리하면 다음과 같다. 舞踏生, 「短篇小說 再逢春」, 1911.1.1; 「短篇小說解夢先生」, 1912.1.1; 菊初生, 「短篇小說 貧鮮郞의 日美人」, 1912.3.1; 金宬鎭, 「應募短篇小說 破落戶(파락호)」, 1912.3.20; 金宬鎭, 「應募短篇小說 虛榮心(허영심)」, 1912.4.5; 金宬鎭, 「應募短篇小說 守錢奴(슈전로)」, 1912.4.14; 吳寅善, 「應募短篇小說 山人의 感秋」, 1912.4.27; 金鎭憲, 「應募短篇小說 허욕심(虛慾心)」, 1912.5.2; 金宬鎭, 「應募短篇小說 雜技者의 藥良」, 1912.5.3; 漱石靑年, 「應募短篇小說 乞食女의 自歎」, 1912.6.23; 「短篇小說 제목없음」, 1912.7.12~16; 趙相基, 「應募短篇小說 진남ㅇ(眞男兒)」, 1912.7.18; 李晳鐘, 「應募短篇小說 제목없음」, 1912.7.20; 金光淳, 「應募短篇小說 청년의 거울(靑年鑑)」, 1912.8.10~11; 千鍾煥, 「應募短篇小說 六盲悔改」, 1912.8.16~17; 李壽麟, 「應募短篇小說 제목없음」, 1912.8.18; 金秀坤, 「應募短篇小說 제목없음」, 1912.8.25; 朴容浹, 「應募短篇小說 섬진요마(殲盡妖魔)」, 1912.8.29; 金東薰, 「應募短篇小說 고학싱의 성공」, 1912.9.3~4; 「應募短篇小說 원혼(怨魂)」, 1912.9.5~7; 辛驥夏, 「應募短篇小說 픽ᄌ의 회감(悖子의 回感)」, 1912.9.25; 車元淳, 「應募短篇小說 제목없음」, 1912.10.1; 李鎭石, 「應募短篇小說 제목없음」, 1912.10.2~6; 崔鶴基, 「應募短篇小說 제목없음」, 1912.10.9; 李重燮, 「應募短篇小說 제목없음」, 1912.10.16; 金太熙, 「應募短篇小說 韓氏家餘慶」, 1912.10.24~27; 金鼎鎭, 「應募短篇小說 회기(悔改)」, 1912.10.29~30; 高辰昊, 「應募短篇小說 대몽각비(大夢覺非)」, 1912.10.31; 李興孫, 「應募短篇小說 제목없음」, 1912.11.1; 朴容원, 「應募短篇小說 손싸룻ᄒ다픠가망신을히」, 1912.11.2; 趙鏞國, 「應募短篇小說 제목없음」, 1912.11.3; 金秀坤, 「應募短篇小說 제목없음」, 1912.11.5; 「應募短篇小說 제목없음」, 1912.11.6; 朴致連, 「應募短篇小說 제목없음」, 1912.11.7~8; 李鎭石, 「應募短篇小說 제목없음」, 1912.11.9~10; 金鎭淑, 「應募短篇小說 련의 말로(戀의 末路)」, 1912.11.12~14; 쳐란, 「應募短篇小說 제목없음」, 1912.11.15~16; 金鼎鎭, 「應募短篇小說 고진감내(苦盡甘來)」, 1912.12.26~27; 李興孫, 「應募短篇小說 悔改(회기)」1912.12.28~29; 朴容奐, 「新年의 間數」, 1913.1.1; 徐圭鱗, 「短篇小說 아편장이에 말로(鴉引末路)」, 1913.1.7; 宋冀憲, 「短篇小說 壯元禮」, 1913.1.8; 桂東彬, 「應募短篇小說 제목없음」, 1913.1.9; 李常春, 「應募短篇小說 情(정)」, 1913.2.8~9; 崔亨植, 「短篇小說 허황흔 풍슈」, 1913.3.27; 「나ᄂ호랑이오」, 1914.1.1; 徐圭璘, 「短篇小說탕ᄌ의감츈(蕩子感春)」, 1914.2.7; 沈天風, 「酒(술)」, 1914.9.9~16; 朴靑農, 「春夢(봄꿈)」, 1914.9.17~23; 漱石靑年, 「短篇小說 後悔(후회)」, 1914.12.29; 初菊李人稙, 「月中兔」, 1915.1.1; 無名氏, 「短篇小說 苦樂」, 1915.1.14; 「龍夢」, 1916.1.1; 柳永模, 「懸賞短篇小說 貴男과 壽男」, 1917.1.23; 金永偶, 「懸賞短篇小說 神聖흔 犧牲」, 1917.1.24; KY生, 「短篇小說 墮落學生의 末路」, 1917.2.2; 何夢生 譯, 「陽報」,

2. 1910년대『매일신보』단편소설의 유형

『매일신보』는 1910년 10월 2일 신소설「화세계」를 연재한 이래 거의 하루도 빼놓지 않고 소설을 수록했다. 특히 1910년대『매일신보』에는 지속적으로 단편소설이 발표되지만, 소설사에서 의미 있는 단편소설 담론을 생산해 내지는 못했다. 차츰 근대적인 문학 장르에 대한 인식이 드러나기 시작하던 당대에,『매일신보』단편소설은 식민지 국민 양성을 위한 총독부 신정의 식민 통치 선전에 활용된 측면이 강하기 때문이다. 신문사 소속 문예 담당 기자들에게서 보이는 단편소설에 대한 인식도 이와 별반 다르지 않다.

하늘에는 측량치 못홀 풍우가 잇고 사름은 뜻안이흔 우환질고가 잇는 것이라. 그동안 여러 독쟈졔씨의 큰 환영을 밧던 쇼설 비봉담(飛鳳潭)을 짓는 죠일지군은 우연히 신병을 엇어 신음ᄒᆞᆫ바 의원의 권고로 대략 일쥬일 동안은 고요히 치료ᄒᆞ게 되어 비봉담은 부득이 일시 뎡지홈을 면치 못ᄒᆞ얏도다. 그러나 그 일쥬일동안을 계속ᄒᆞ야 아모 쇼설도 업스면 흥상 쇼설을 이독ᄒᆞ시는 독쟈 졔씨는 격이 셥셥ᄒᆞ실듯 이에 '술'(酒)이라는 글졔로 **단편소설**을 지어 비봉담 쥬인의 병인 쾌차ᄒᆞ기ᄭᅡ지 이걸노써 여러분을 위로코져 ᄒᆞ노라[8]

본지에 련직되여 독쟈 여러분의 호평을 듯던 비봉담(飛鳳潭) 쇼설은 중

1918.6.25; 李碩庭,「短篇文藝誘惑」, 1918.11.11; 尹白南,「夢金」, 1919.1.1.

8   심천풍,「술(酒)」,『매일신보』, 1914.9.9.

간에 불힝히 져작쟈 죠일직 씨의 병을 인ᄒᆞ야 잠시 뎡지된 후 심텬풍 씨의 걸작으로 슐(酒)이라ᄒᆞᄂᆞᆫ 쇼셜이 ᄌᆞ미진진ᄒᆞ게 긔록되여 독쟈 여러분의 호평을 역시 엇어 좀더 나기로 고되ᄒᆞ얏더니 작일에 완결되엿도다. 쇼셜을 이독ᄒᆞ시는 독쟈 여러분을 위ᄒᆞ야 이번은 본인이 지조의 로둔흠을 무릅쓰고 봄쑴(春夢)이라ᄒᆞᄂᆞᆫ 것을 **단편**으로 몃칠간 긔지코져 ᄒᆞ오니 독쟈 여러분이시여······[9]

몸이 셩치못ᄒᆞ야 자죠 「무궁화」를 궐ᄒᆞ야 이독자 여러분의 후ᄒᆞᆫ 듯을 져바리기 미안ᄒᆞ야 이젼에 번역ᄒᆞ얏던 **단편쇼셜** 한편으로 몃분이나 칙망을 막고져ᄒᆞ노라.[10]

이들 편집자 주에서 확인할 수 있는 단편소설은 당시 연재되던 장편소설의 결락을 메우기 위해 문예기자가 쉽게 쓸 수 있는 짧은 분량의 서사를 지칭하며, 이들 작품의 내용은 세태 비판을 통한 풍속 개량 등의 분명한 주제 전달을 목적으로 한 것이었다. 이처럼 1910년대에 발표된 『매일신보』의 단편소설은 식민 통치 담론과 주관 신문사의 기획 의도의 결합에 따라 크게 신년 특집 단편, 현상응모 단편, 독자 기고 단편으로 나누어 살펴볼 수 있다.

9 박청농, 「春夢봄쑴」, 『매일신보』, 1914.9.17.
10 하몽생, 「陽報」, 『매일신보』, 1918.6.25.

1) 신정新正과 총독부 신정新政의 연계 —신년 특집 단편

『매일신보』의 첫 단편소설은 신년 특별호의 신년 특집 단편으로 시작한다. 신년 특집호로 단편소설을 싣는 것은 『만세보』의 1907년 1월 1일의 단편 「백옥신년」에서부터이다. 이후 『대한민보』에서는 1910년 1월 1일 자에서 무도생舞蹈生의 「화세계」를 실었다. '대한의 부흥을 다시 꿈꾼다'는 의미를 연상시키는 이름의 '한부흥韓復興' 씨 집을 배경으로 신년 아침의 희망찬 기운을 느낄 수 있는 소설이었다. 이 같은 신년 특집 단편 게재의 전통은 병합 이후 『매일신보』에서도 그대로 이어진다. 『매일신보』는 1911년부터 1919년까지 7차례에 걸쳐 새해 아침 특별호에 특별한 의미를 부여하는 내용의 단편소설을 수록했다.[11] 새해 첫날 아침의 단편소설은 당시 『매일신보』 편집진에게는 독자들에게 강력한 주제를 표명할 수 있는 형식으로 이해되고 있었다.

1911년 1월 1일에 게재된 신년 특집 단편은 무도생舞蹈生의 「재봉춘」이다.[12] 「재봉춘」의 내용은 다음과 같다. 어렵지 않은 친정에서 곱게 자라서 역시 부자인 집으로 시집 온 라 씨 부인이 세상 힘든 줄 모르고 지내던 도중, 남편 신호군이 어느 때부턴가 주색잡기에 빠지면서 집안 살림은 바닥이 나기 시작한다. 남편의 유흥 밑천을 대다가 지친 라씨 부인은 결국 방에 드러눕게 되고, 신호군은 그런 부인의 모습을 보고 놀라 돌연 새 사람이 되어 집안을 일으킨다. 이 단편소설은 만면에 웃음이 가득한 라씨 부인이 "네모 번듯한 도마를 앞에 놓고 옥서슬같은

---

11 舞蹈生,「短篇小說再逢春」, 1911.1.1; 「短篇小說解夢先生」, 1912.1.1; 朴容奐,「新年의 問數」, 1913.1.1; 「나는호랑이오」, 1914.1.1; 初菊 李人稙,「月中兎」, 1915.1.1; 「龍夢」, 1916.1.1; 尹白南,「夢金」, 1919.1.1.

12 1910년 1월 1일 『대한민보』의 단편소설 「화세계」 작가의 필명과 동일하다.

흰 떡가래를 써는" 장면에서 시작한 뒤, 전지적 서술자가 라씨 부인이
지내온 과거의 사연을 기술한다. 그리고 마지막에 다시 떡을 써는 라
씨 부인의 기쁜 얼굴을 카메라가 클로즈업하는 듯한 방식으로 끝을 맺
는다.

원고지 8쪽 정도 분량인 이 작품에서 중점을 두고 서술하는 부분은
남편이 자신의 잘못을 각성하게 되는 날의 정황 묘사이다. 이 날에 대
한 서술은 라씨 부인의 고생스러운 지난날을 요약적으로 짧게 기술한
것과는 달리, 전체 이야기의 구성에서 긴 부분을 차지한다.

소위 남편은 싀량이 잇거니 업거니 의론 한마듸 업ᄂᆞᆫ듸 져녁도 못 짓고
방에 불도 못 켜고 라씨 홀로 동인 물 모양으로 쏩으리고 누어 잇스랴니 셜
샹에 모진 바름이 살만 남은 문구멍으로 우루루 드리쳐셔 갓득이나 뷘 속
에 오장에셔부터 늬썰녀 쓰눈으로 밤을 싀ᄂᆞᆫ듸 동이 틀냐 말냐 ᄒᆞ셔 누가
별안간에 일각문을 덜걱 덜걱 ᄒᆞ며

문 열어 줍사오 문 열어 줍시오

라씨가 깜짝 놀나 졍신을 ᄎᆞ려 듯다가

거 누구냐 여긔 누가 왓ᄂᆞᆫ냐

ᄒᆞ며 간신히 나가 문을 열고 보니 엇더ᄒᆞᆫ ᄋᆞ희가 조곰아ᄒᆞᆫ 편지 한 쟝을
주며

다방 얼풋 ᄒᆞ야 줍시오 쌸니 단여오라고 ᄒᆞ셧슴니다

라씨가 그 ᄋᆞ희 가지고 온 등불에 그 편지를 빗취어 보니 이는 곳 ᄌᆞ긔 남
편의 필젹인듸 이 말 뎌 말 업시 단거리 비녀를 마져 쎼여 보니라ᄂᆞᆫ ᄉᆞ연쌴
이러라 [13]

위 인용문에서 등장하는 다방 아이는 남편이 아내에게 비녀를 빼앗기 위해 보낸 심부름꾼이다. 집안 형편이 이미 기울어 밥도 못 먹고, 불도 못 켠 채 "말 모양으로 꾸부려 누운 채로 오장이 떨려 뜬눈으로 밤을 새던" 라씨 부인에게 이 아이의 등장과 말 몇 마디는 비녀마저 가져가는 남편에 대한 한스러움을 극대화시킨다. 이러한 라씨 부인은 『대한민보』의 단편소설 「화수」에서 첩으로 인해 남편과 살던 집마저 빼앗기는 부인을 연상시킨다. 그러나 새해 아침에 실린 「재봉춘」에서는 이렇게 비통한 처지의 라씨 부인을 그냥 버려두지 않는다. 집에 돌아온 남편은 기함한 아내의 모습에 놀라 "팔다리를 주무르고, 미음을 쑤고, 정성껏 간호한 이후 옛 버릇을 다 버리게" 된다.

이 작품은 시작과 엔딩 장면이 하나로 연결되어 있으며 페이드인 아웃 방식으로 과거 회상신이 삽입되어 있다. 회상신 중 다른 부분은 빠르게 전개되지만, 남편 신호군이 정신 차린 날 하루에 대한 서술은 대사까지 넣어 상세하게 다루고 있어 처음과 끝이 자연스럽게 연결되도록 했다. 근대 단편소설 기법에 대한 이해가 있는 작가의 작품으로 보인다.

한편, 『매일신보』의 「재봉춘」에 등장하는 집은 불과 1년 전에 『대한민보』의 「화세계」에서 보여주던 '국가―집'의 수사 방식과는 상통하지 않는다. '한부홍' 씨로 표상되던 대한 국민은 '라씨 부인'이라는 한 집안의 아낙으로, 튼튼한 기둥을 세운 새 집으로서의 국가는 떡국 먹을 준비를 하는 평화로운 한 가정으로 그려질 뿐이다.

1912년과 1913년 1월 1일에는 새해를 맞이할 때마다 신년 운수를 보

---

13 「再逢春」, 『매일신보』, 1911.1.1.

는 관습을 비판하는 내용의 소설이 발표되었다. 1912년 1월 1일 자에 수록된 「해몽선생」은 꿈을 풀어 신년의 길흉을 점치는 장님과 그 주변에 둘러앉은 사람들이 주고받은 이야기로만 이루어진 대화체의 단편소설이다. 사람들은 간밤에 꾼 꿈을 장님에게 들려주고, 장님은 꿈을 들으니 신년 운은 어떠하겠다고 일러주는 식이다. 이런 대화가 오가던 중 마지막에 어떤 사람이 큰 통에 물을 넘치게 받아 비누를 걸쭉하게 풀어 조선 13도 남녀노소 모두에게 한 그릇씩 먹이는 꿈을 꾸었다고 말한다. 그러자 장님은 몹시 난감해 하다가 다음과 같이 풀이한다.

飛陋라 ᄒᄂ는 것은 ᄶᆡ를 씻는 물건이라 여러 사름들이 外樣馳器만 ᄒ노라고 朝夕으로 것만 飛陋질을 부즈런히 ᄒᆯ ᄯᅡ름이지 속은 닥지 못햐야 無非暗昧함으로 萬事에 밝지 못햐얏ᄂᆡ 이졔 飛陋를 물에 풀어 모조리 먹엿스니 新年에는 여러 사름이 속에 싸혀 잇던 ᄶᆡ를 ᄶᅵᆺᄭᆺᄒᆞ게 닥가 文明ᄒ 上等 資格들이 되겟소[14]

이 꿈풀이를 들은 사람은 "그럼 장님도 눈뜬 놈 속이는 수작"을 그만두게 되겠다고 맞받아친다. 결국 이 마지막 꿈풀이 의뢰인은 신년 새해에 이루어지는 점치는 행위를 악습이라 간주하고, '문명'이라는 이름으로 처단하기 위해 설정된 인물이다. 이렇게 단편소설 「해몽선생」은 새해 아침, 소설 속에서 장님과 장님을 둘러싸고 앉아 점을 치는 사람들, 더 나아가 조선 13도의 악습에 찌든 남녀노소에게 일침을 놓는 역할을 하고 있다.

---

14 「解夢先生」, 『매일신보』, 1912.1.1.

1913년 1월 1일 자에 실린 「신년新年의 문수問數」는 『매일신보』 기자인 박용환朴容奐의 단편이다. 「해몽선생」처럼 신년마다 장님에게 문수하는 행위를 비판하는 내용인데, 이 소설에서는 '군맹무상群盲撫象'(장님 코끼리 만지기)을 차용하여 풍자하고 있다. 남대문에 어떤 사람이 코끼리를 끌고 나타나자 지나가던 6명의 맹인 점쟁이들은 만져보고 싶다고 요청한다. 안, 김, 이, 손, 신, 맹의 성을 가진 장님들은 각각 코끼리의 한 부위를 만져보고 그 형상을 묘사한다. 이에 코끼리를 끌고 가던 사람이 앞길 분간도 못하는 장님에게 문수하는 것이 얼마나 어리석은지 헛웃음을 치며 간다. 이 작품에서 작가는 맹인 점쟁이들을 '여섯 명의 도적'으로 규정한다.

> 히가거의 오졍은 되엿ᄂᆞ듸, 남대문안, 칠간안 모퉁이로브터 도젹놈 여섯 명이 쎄를 지여 나오ᄂᆞ듸 대체, 이 도젹들은 일월을 보지 못ᄒᆞᄂᆞ 병신으로 눈 쓴 사름의 ᄌᆡ물을, ᄆᆞᄋᆞᆷ듸로 속여 쎅아셔 먹ᄂᆞ 소경부란당이란 도젹이라, 목을 길게 쎅이고, 노ᄅᆡ도 안이오, 울음도 안인 긔묘ᄒᆞᆫ 곡됴로 무ᄂᆞᆫ수－에－ 이과 ᄀᆞᆺ치 한곡됴로 돌녀가며, 소리를 지르다가[15]

이런 맹인들에게 점을 보는 것은 물리쳐야 할 폐습이라는 주제를 새해 아침에 강력하게 전달하기 위해 코끼리를 남대문 복판에 등장시키고, 6명 맹인의 코끼리 만지는 행위를 반복 제시함으로써 독자를 설득하고 있다.

1914년부터 1916년까지 신년 특집호에는 각각의 해를 상징하는 십

---

15 「新年의 問數」, 『매일신보』, 1913.1.1.

이지의 띠동물을 소재로 한 단편소설이 발표되는 것이 특징이다. 『매일신보』 발간 이후 신년 폐습을 직설적으로 비판하는 방식에서 벗어나 동물에 친근한 이미지를 부여하여 독자들에게 다가가고 있다. 정초가 되면 누구나 올해는 무슨 띠의 해이며, 그 해의 수호 동물이라 할 수 있는 십이지의 띠동물이 지니고 있는 상징적인 의미가 무엇인가를 찾아서 새해 운수를 예점해 왔다. 새로운 띠동물을 대하면서 그 짐승의 외형, 성격, 습성 등에 나타난 상징적 의미를 통해 새해를 설계하고 나름대로 희망에 찬 꿈과 이상을 품는 것이다. 『매일신보』는 신년 아침마다 비판, 계몽하는 논조를 반복하기보다는 조선의 풍습을 인정하는 이미지를 독자에게 심어주고, 독자가 흥미를 느끼게 하는 방식으로 전환하고 있다.

1914년 1월 1일 자 신년 특집호는 호랑이의 해답게 호랑이에 관련된 기사를 특별면에 가득 싣고 있다. 호랑이가 포효하는 삽화와 함께 제목을 배치한 「나는 호랑이오」라는 단편소설은 호랑이를 의인화하여 조선에서 호랑이의 이미지가 어떻게 만들어졌는지를 "호랑이 담배피던 시절" 이야기부터 시작한다. 화자는 호랑이이고 인간에게 말을 건네는 식으로 서술되고 있다. 일화의 소개를 통해 호랑이가 인간에게 강인하고 믿음직스럽고 친근하면서 희생적인 동물임을 보여주고 있다.

> 누구던지 틔고젹 리약를 ᄒ면 호랑이 담비먹을 졔라 ᄒ고 무엇이던지, 무셔운 사름을 보면 '아이고 호랑틔갈'이라 ᄒᄂ 말로, 젼ᄒ며 나려옵니다. 그러나 다 리병이 잇스면, 호셩골 찻ᄂ틔ᄂ, 우리 가찰위통ᄒ며, 말ᄒ 슈 업소[16]

동물 의인화의 서사 전통은 오래된 것이지만, 제목 「나는 호랑이오」
나 호랑이가 인간을 향해 말을 하는 서술 방식이 나쓰메 소세키夏目漱石
의 1905년작 『나는 고양이로소이다吾輩は猫である』를 연상케 하는 단편소
설이다.

토끼해인 1915년 1월 1일 자 신년 특집호에는 이인직의 마지막 단편
소설인 「달속의 토끼月中兎」가 수록된다. 1915년 신년 특집호는 학생,
아이, 부인면을 제작했는데, 이 작품은 '부인의 친구'면 첫 장에 실렸다.
이태백이 「파주문월把酒問月」이라는 시에서 '가을 봄 여름 없이 옥토끼
는 약을 찧네白兎搗藥秋復春'라고 읊었듯이 보름달 속의 토끼가 방아를 찧
는다는 설화는 삼국시대 이전부터 향유되어 왔다. 이인직은 이태백 시
의 약을 찧는 옥토끼를 모티브로 삼아 '병많은 인간'에게 먹일 약을 만
드는 것으로 세태를 풍자한다. 이 소설에서 옥토끼가 진찰하는 대상은
새해에 배탈 나서 화장실가다 넘어져 다친 판수이다. 토끼는 판수의
눈이 멀고, 배탈이 나고, 다친 것은 모두 다른 사람을 속이고 빼앗은 데
에서 비롯된 것이라며 그에 맞는 약방문을 지어 계속해서 약을 찧는다.
신년에 판수에게 점을 보는 행위를 토끼의 시선으로 비판하는 것이다.

1916년 1월 1일 자 신년 특집호에는 몽외생夢外生의 「용몽龍夢」이 실
렸다. 용이 불꽃을 뿜으며 내려오는 삽화와 함께 실린 이 소설은 용을
보고 싶은 화자가 꿈속에서 청룡, 황룡을 본 남가일몽을 서술한 작품이
다. 꿈에서 깨어난 후 기운찬 새해 아침 분위기를 묘사하면서 신년 총
독부 정치의 신정을 찬양하는 것으로 소설을 마무리한다.

---

16 「나는 호랑이오」, 『매일신보』, 1914.1.1.

대정오년 일월 원죠일 ㅇ참이라 집집마다 굴둑에는 장국 슬이는 연긔와
님싀가 축비ᄒ고 양츈이 발싱ᄒ야 동텬에 욱일이 션명히 올으는 동시 가가
호호에 욱일긔는 바람에 혼날이고 물싁이 시로아 울긋붉긋 셰비군의 왕리
ᄒ는 광경이 참으로 신년 시히의 죠흔 긔샹을 보겟더라[17]

신년을 맞아 새로운 태양이 떠오르는 것을 집집마다 펄럭이는 욱일
기와 연결 지음으로써 일제 통치가 미시적으로 영향을 끼치고 있음을
보여주는 작품이다.

『매일신보』의 기획작인 이광수의 『무정』이 연재되던 1917년 1918
년 새해에는 신년맞이 단편소설이 실리지 않다가 1919년 1월 1일, 당시
『매일신보』 기자인 윤백남이 1915년에 발표된 안국선의 단편소설집
『공진회』 중 「인력거군」의 내용을 새해 아침에 맞춰 각색하여 「황금」
이라는 제목으로 발표한다.

이상의 신년 특집 단편소설은 작가 한 사람의 작품이라기보다는 신
문 발행 편집진의 기획물이라고 할 수 있다. 『매일신보』 신년 단편은
여전히 음력설을 지내는 대다수의 식민지 조선 국민에게 일본식의 신
정이 진정한 문명국의 새해임을 강조하기 위한 측면이 강하다. 지나간
해처럼 폐습이라 할 조선적인 것들은 그만 내버리고, 다가오는 새해처
럼 총독부 신정의 수혜를 받는 식민지 국민이 되어야 함을 역설한다.

---

17 『매일신보』, 1916.1.1.

2) 독자 참여 유도를 통한 식민 통치 선전－현상응모 단편

1910년대『매일신보』는 1912년 2월, 1914년 12월, 1916년 12월, 1919년 6월, 총 4차례의 현상문예를 실시했다. 첫 번째 1912년의 현상문예 모집은『매일신보』 지면 개편과 더불어 독자유치의 수단으로 기획되었고, 1914년과 1916년의 현상문예는 일본의 세계대전 참전소식이 주를 이루던 당시의 분위기 쇄신을 위한 '신년문예모집'으로 이루어졌다. 네 번째 1919년의 현상문예는 '문예페이지'를 개설하겠다는 홍보와 함께 '매신문단每申文壇'이라는 이름으로 응모작을 모집했다. 이 중 단편소설이 가장 집중적으로 발표되는 시기는 첫 현상문예모집 이후이다. 1912년 3월 20일「파락호」를 시작으로 1913년 2월 9일「정情」에 이르기까지 모두 37편의 응모단편소설이 게재된다.[18] 1910년대『매일신보』에 게

18 金宬鎭,「應募短篇小說 破落戶(파락호)」, 1912.3.20; 金宬鎭,「應募短篇小說 虛榮心(허영심)」, 1912.4.5; 金宬鎭,「應募短篇小說 守錢奴(슈젼로)」, 1912.4.14; 吳寅善,「應募短篇小說 山人의 感秋」, 1912.4.27; 金鎭憲,「應募短篇小說 허욕심(虛慾心)」, 1912.5.2; 金宬鎭,「應募短篇小說 雜技者의 藥良」, 1912.5.3; 漱石青年,「應募短篇小說 乞食女의 自歎」, 1912.6.23; 趙相基,「應募短篇小說 진남ᄋᆞ(眞男兒)」, 1912.7.18; 李晳鐘,「應募短篇小說 제목없음」, 1912.7.20; 金光淳,「應募短篇小說 청년의 거울(青年鑑)」, 1912.8.10~11; 千鍾換,「應募短篇小說 六盲悔改」, 1912.8.16~17; 李壽麟,「應募短篇小說 제목없음」, 1912.8.18; 金秀坤,「應募短篇小說 제목없음」, 1912.8.25; 朴容浹,「應募短篇小說 섬진요마(殲盡妖魔)」, 1912.8.29; 金東薰,「應募短篇小說 고학싱의 성공」, 1912.9.3~4;「應募短篇小說 원혼(怨魂)」, 1912.9.5~7; 辛驥夏,「應募短篇小說 픽ᄌᆞ의 회감(悖子의 回感)」, 1912.9.25; 車元淳,「應募短篇小說 제목없음」, 1912.10.1; 李鎭石,「應募短篇小說 제목없음」, 1912.10.2~6; 崔鶴基,「應募短篇小說 제목없음」, 1912.10.9; 李重燮,「應募短篇小說 제목없음」, 1912.10.16; 金太熙,「應募短篇小說 韓氏家餘慶」, 1912.10.24~27; 金鼎鎭,「應募短篇小說 회기(悔改)」, 1912.10.29~30; 高辰昊,「應募短篇小說대몽각비(大夢覺非)」, 1912.10.31; 李興孫,「應募短篇小說제목없음」, 1912.11.1; 朴容원,「應募短篇小說 손써릇ᄒᆞ다픽가망신을히」, 1912.11.2; 趙鏞國,「應募短篇小說 제목없음」, 1912.11.3; 金秀坤,「應募短篇小說 제목없음」, 1912.11.5.;「應募短篇小說 제목없음」, 1912.11.6; 朴致連,「應募短篇小說 제목없음」, 1912.11.7~8; 李鎭石,「應募短篇小說 제목없음」, 1912.11.9~10; 金鎭淑,「應募短篇小說 련의 말로(戀의 末路)」, 1912.11.12~14; 치란,「應募短篇小

재된 단편소설의 절반 이상이 이 현상문예를 통해서 당선된 작품이다.

本社에서 各地 奇聞을 揭載ᄒ야 讀者 眼前에 望遠鏡을 置ᄒ 듯이 坊坊曲
曲의 奇事美談을 昭然히 知케 ᄒ기 爲ᄒ야 左와 如ᄒ 記事 諸件을 募集ᄒ
오며 記事ᄒ야 보ᄂᆡ시ᄂᆞᆫ 諸氏의게 一二三等을 選擇ᄒ야 懸賞이 有ᄒ 同時
에 俗謠 詩 笑話 短篇小說 敍情敍事 等도 募集ᄒ오니 應募하실 이ᄂᆞᆫ 左開
諸項 中에셔 隨意 投稿ᄒ시읍

左開

一 各地奇聞

(1) 慈善家의 美擧가 有ᄒ 事

(2) 實業家의 成績이 有ᄒ 事

(3) 孝子의 出天의 誠이 有ᄒ 事

(4) 節婦의 秋霜갓ᄒ 節이 有ᄒ 事

(5) 忠僕의 主恩을 報하ᄂᆞᆫ 義理가 有ᄒ 事

(6) 妖怪의 怪怪罔測ᄒ 妖物이 人의 耳目을 迷眩케 하ᄂᆞᆫ 것이 有ᄒ 事

(7) 風俗習慣 美風善俗이 社會上에 表彰ᄒ 만ᄒ 事와 또 山野間에 質朴
　　ᄒ 習慣의 現狀ᄃᆡ로 記흠도 可흠

(8) 隱ᄒ 事蹟 此ᄂᆞᆫ 種種의 狀態가 有ᄒ니 事實에 無顧토록 記ᄒᆯ 事

一 俗謠 要 簡單

一 詩

一 笑話 要 簡單

說 제목없음」, 1912.11.15~16; 金鼎鎭, 「應募短篇小說 고진감내(苦盡甘來)」, 1912.12.26
~27; 李興孫, 「應募短篇小說 悔改(회ᄀᆡ)」, 1912.12.28~29; 桂東彬, 「應募短篇小說 제목
없음」, 1913.1.9; 李常春, 「應募短篇小說 情(졍)」, 1913.2.8~9.

- 短篇小說 一行은 十八字인듸 行數는 多不過 一百五十行을 要흠

　- 敍情敍事 隱意

　右의 記事에 對ᄒ야 揭載코 안이키는 被選與否에 在ᄒ오며 其被選됨에

對ᄒ야는 最優等 新聞 六個月分一等 仝 三個月分 二等 仝 二個月分 三等

仝 一個月分을 進呈

　毎日申報 編輯局 [19]

　각지기문奇聞, 속요, 시,.소화笑話, 단편소설, 서정서사 등을 주된 대
상으로 삼았는데, 특히 다른 종목과 달리 단편소설은 그 분량을 구체적
으로 명시하고 있다. 200자 원고지 13~14매의 2,700자 정도인데, 서사
전개 특성상 길이가 길어져 지면 배치에 제약이 생길 것을 염두에 둔
듯하다. 단편소설의 가장 큰 기준은 분량에 있다는 점을 명시하고 있
다. 당선작의 포상은 상금이 아니라 신문 정기구독 자격을 차등으로
지급하였다. 다시 말해서 당선작으로 선정되어 신문에 실린다 해도 신
문사 측에서 독자 이상의 의미를 부여하지는 않겠다는 뜻이기도 하다.
그만큼 첫 현상문예 기획은 독자 참여 유도를 통해 신문의 사세를 확장
함으로써 다수 독자층의 기반을 다지기 위한 작업의 일환이었다.

　당선자를 살펴보면 한 사람이 여러 편 당선된 경우도 있고, 작가명
이 표시되지 않은 작품도 있다.[20] 김성진金成鎭이 4편으로 가장 많고, 김
수곤金秀坤, 김정진金鼎鎭, 이진석李鎭石, 이홍손李興孫이 각각 2편씩 당선
되었다. 당선자 중에는 광무대 기생 신분의 채란의 작품도 있다. 가장
많은 작품이 당선된 김성진(1889~1917)은 당시 황실의 외척으로 한학적

---

19 『매일신보』, 1912. 2. 9, '현상모집공고'.
20 「원혼」, 1912. 9. 5~7; 「(제목 없는 작품)」, 1912. 11. 6.

소양을 가진 구지식인 계층에 속하는 인물이었다. 당시 황태자인 순종과 동문수학했으며, 영어, 일본어, 중국어 등의 외국어에도 능통했다고 한다.[21] 여러 편이 당선된 김성진은 응모단편소설 게재 이후 기성작가의 처우를 받게 된다.[22] 「정」의 작가 이상춘은『매일신보』에서 첫 작품을 발표 후, 1914년에는『청춘』현상문예에도 당선작을 발표했다.

두 번째 현상모집인 1914년 12월 10일의 '신년문예모집'은 다가오는 1915년 토끼해를 맞이하면서 새해의 동물인 토끼와 신년의 분위기를 중심으로 한 문예작을 기대한 만큼 내용면에서 세분화되어 실시된다.

種目 及 課題

△ 詩「屠蘇」韻 押蘇

△ 文「兎에 關亨 滑稽文及傳說」

△ 詩調「덧업는 셰월」(平調)

△ 언문줄글「過去一年間의 깃겁던 일 슯흐던 일」(女子에 限흠)

△ 언문풍월「달속에 옥토씨」운즈 아, 다, 가.

△ 우슘거리「신년에 관계잇는 것」

△ 歌(唱歌)「우리 靑春」

△ 언문편지「신년의 경셩에서 교향의 모친의게」(女子에 限흠)

△ 단편소설「新年의 家庭小說」

△ 畵「兎」(担任敎師의 證明印 잇는 普通程度 學校 男女生徒에 限흠)[23]

21 한진일,「근대 단편소설의 형성과정 연구」, 성균관대 박사논문, 2002, 66쪽.
22 1914년 12월 29일 자에 '수석청년(漱石靑年)'이라는 필명으로 「후회」를 발표하게 된다.
23 『매일신보』, 1914. 12. 10.

이 신년문예모집의 특징은 여자에 한해서만 모집을 한 '언문줄글'과 '언문편지' 항목을 둔 점인데, 여성 독자의 적극적인 참여를 유도하여 여성독자층을 확고히 하고자 한 것이다. 실제로 1915년 신년 특집호에는 '부인의 친구'라는 특별면을 제작하여 신년문예모집을 통해 모인 작품들을 실었다. 하지만 단편소설 당선작은 발표되지 않는다. 1914년 10월에 『청춘』이 창간되면서 문학 독자층이 이탈한 이유도 있을 것으로 생각된다.

1916년 12월 3일에 실린 세 번째 현상문예인 '신년문예모집' 광고에는 그 종목이 단편소설, 논설, 신조가사新調歌詞라는 세 가지로 대폭 축소되어 있다. 1915년 신년맞이 문예모집과는 달리 대중적 색채를 벗고 논설과 문학(단편소설, 시)으로 장르를 확립하여 공고를 했다. "응모應募 제언諸彦의 학술천재學術天才를 본지면本紙面으로 해결解決코져 홈이니"처럼 지식인 독자를 공략하고 있음을 알 수 있다. 또한 당선작의 포상도 신문 구독권이 아닌 상금을 지급하는 방식으로 전환하여 전문성을 살렸다. 상금을 지불하는 것은 당선자를 정식 작가로 인정하며, 그 작품의 특허권을 갖는다는 의미이다. 기존의 대중적인 현상문예모집 공고에서 벗어나 지식인 독자와 전문 작가 지망자를 위한 모집요강을 내세운 이유는 『매일신보』 측의 지식인 독자 유치 전략 때문이라고 할 수 있다. 『매일신보』는 이광수와 접촉하여 지식인 독자를 공략하기 위한 소설작품 연재를 기획하고 1917년 1월 1일부터 『무정』을 게재한다. 『무정』의 연재에 앞서 내보내는 광고에서도 "종래의 소설과 여如히 순언문純諺文을 용用치 아니하고 언한교용諺漢交用 서한문체書翰文體를 용하야 독자를 교육있는 청년계靑年界에 구求하는 소설"[24]이라고 했듯이 학생 청년 독자를 의식하고 있었다. 실제 『무정』은 순한글체로 연재되었지만, 애초 『매일신보』는 지식인을 대상으로 하겠다는 의도를 갖고 있었음은 분명하다. 이 같은 정책 변화는 제1차 세계대전 참전 이후 일본의 조선에 대한 지배정책이 변모했음을 보여준다. 식민지 조선의 영구화를 위해서는 일반 대중뿐만 아니라 지식인 포섭이 중요하다는 것을 알았고, 또한 당대의 유력한 잡지『청춘』에 대한 견제에서 비롯된 것이기도 하다.

新年文藝募集
一, 短篇小說(時代ᄂᆞᆫ 現在에 適ᄒᆞᆫ 者) 一行二十四字十行以內 賞金 參圓[25]

이 신년문예모집의 단편소설 항목 요건은 내용의 당대성, 그리고 분량이다. 분량상으로는 1차 현상문예의 2,700자 조건보다 더 줄어들었다. 모집 이후 현상문예단편은 2편이다.[26] 이는 작가를 지망하며 단편소설을 창작하는 일반 독자에게『매일신보』의 현상문예가『청춘』을 비롯한 다른 잡지들보다 매력적인 요소가 없었기 때문으로 보인다. 문예작품을 실었던 당대의 여타 잡지들은 나름의 전문성과 문예작품에 대한 인식을 기반으로 발간을 이어간 반면, 당시로선 유일한 신문이라 할 수 있는『매일신보』는 총독부 기관지답게 정치적이고 시류 흐름에 재빠르게 대응하는 매체였다.『매일신보』는 당시의 다수의 지식인 문예작가들을 기용하고 사회적 영향력을 행사하는 매체였으나 문예면을 독자 유치를 위한 수단 이상으로는 인식하지 않았다.

1919년의 현상모집은 기존의 현상모집에서 보이는 전략적 문예란

---

24 『매일신보』, 1916.12.26, '광고'.
25 『매일신보』, 1916.12.8.
26 柳永模, 「貴男과壽男」, 1917.1.23; 金永偶, 「神聖ᄒᆞᆫ 犧牲」, 1917.1.24.

활용 의도를 벗고 순문예적인 목적을 내걸었다는 이미지를 보여주고
자 했다. "반도半島 신문학新文學의 발달發達을 조장助長ᄒ며 문예文藝의
취미趣味를 일반一般에 보급普及케 ᄒ기 위ᄒ여"[27] 작품을 모집한 이 현
상문예를 통해 '매신문단每申文壇'이라는 지면이 만들어지기에 이른다.
이 때 발표된 단편소설은 5편이다.[28]

　　현상응모 단편소설로 발표된 작품의 내용은 학생독자들을 염두에
둔 기획답게 당대 청년을 등장인물로 설정하여 서사를 전개하는 경우
가 대부분이다. 인물 형상화에 따라 악습에 빠져 몰락하는 인물의 형
상화 유형, 몰락한 인물이 회개하고 새 사람으로 거듭난다는 유형, 고
난을 극복하고 성공하는 인물을 그린 유형, 이렇게 세 유형으로 나눌
수 있다.[29] 『매일신보』에서 인식한 현상응모 단편소설은 조선 풍속 개
량과 총독부 통치 이데올로기 추수를 위한 계몽적 선전 도구 정도였다
고 할 수 있다.

3) 식민지 문명화 담론의 체화—독자 기고 단편

　　1910년대 『매일신보』에는 현상응모 단편소설 외에 독자 기고 단편
소설이 존재한다. 응모나 현상, 선작選作이라는 표시 없이 그냥 단편소
설이라는 표제가 붙어있는 작품인데, 작가 이름 옆에는 작가의 거주지
역을 명기하거나 기고인이라는 소개를 통해, 『매일신보』 소속의 기자

27　『매일신보』, 1919.6.22.
28　崔亨烈, 「불힝흔 싱명」, 1919.7.7; 南泰熙, 「人情」, 1919.7.7; 張載文, 「綠陰이 무르녹을
　　제」, 1919.7.14; 李益相, 「落伍者」, 1919.7.14; 趙永萬, 「虛榮」, 1919.8.11.
29　한진일, 앞의 글, 28~81쪽 참조.

가 아님을 알려준다. 독자 기고 단편은 총 4편이다.

> 1913년 1월 7일, 徐圭鱗(白川郡), 「아편장이에 말로 鴉引末路」
>
> 1913년 1월 8일, 寄稿人 宋冀憲, 「壯元禮」
>
> 1913년 3월 27일, 崔亨植(경성), 「허황흔 풍슈」
>
> 1914년 2월 7일, 徐圭鱗(白川郡), 「탕즈의감츈」

총 2편의 단편 작품을 발표한 서규린은 당시 황해도 백천군白川郡 무구면無仇面의 서기였던 인물이다.[30] 황해도 지역의 청년회에서 활발히 활동했으며, 1921년에는 『동아일보』 황해도 해주지국 연안분국分局 기자로 일하다가 사임하기도 했다.[31] 황해도에서 『매일신보』를 구독하며 소설을 기고한 것으로 보인다. 한주국종의 국한문체 단편 「장원례」를 발표한 송익헌은 충청도 영동이 거주지이다. 1920년에는 『동아일보』 대전지국 영동분국分局의 분국장으로 임명되기도 한다.[32] 1913년 3월 27일에 「허황흔 풍슈」를 발표한 최형식은 경성 마포(京城府 麻浦町 181)에 거주하던 인물이다. 1936년에 발간된 일제 경성부 공직자 인명부인 『대경성공직자명감』에 따르면 약방을 경영하며 정총대町總代 외에 경성방면위원연합회京城方面委員聯合會 이사, 마포 보통학교 후원회 상무이사, 마포 양영학교養英學校 후원회 상무이사, 마포강습소장 등을 역임한 것으로 기록되어 있다. 1926년과 1928년에는 소방조두消防組頭 근속으로 표창장을 받기도 하는 등 일제 통치 시스템에 완벽히 적응한 친일

---

30 「面吏員選獎」, 『조선총독부관보』, 1913.11.10.
31 『동아일보』, 1921.8.13 · 12.20.
32 『동아일보』, 1920.9.1.

인사였음을 알 수 있다.[33]

　독자 기고 단편으로 발표되는 작품은 모두 문명과 야만의 이분법적인 담론을 이용하여 황국신민화를 위한 『매일신보』의 식민주의 문명화 담론을 그대로 표명하고 있다. 현상응모작이 아닌 이 단편들을 선정하여 게재한 이유는 식민주의 담론이 체화된 조선인 독자의 작품들이기 때문이다. 특히 기고 독자 중 대표적인 친일 인사로 활동한 최형식의 작품 「허황한 풍슈」와 같은 소설은 엉터리 문수를 본 주인공이 자기 아들에게 절약하라는 유언을 남기자 그 아들이 유지를 받들어 유수의 실업가가 되고 자선사업에 힘썼는데, 맹인들을 당시 새로 생긴 제생원에 보내 일을 배우게 했다는 내용이다. 그런데 제생원은 조선총독부에서 1911년 경성부령에 의거하여 설립한 사회사업기관이다. 결국 작품의 본래 주제가 조선총독부 구휼사업을 선전하고 찬양하는 데에 있다는 것을 직접적으로 노출한다. 일제의 문명화정책은 "舊를 거去ㅎ고 新新을 취取ㅎᄂ 것이 人의 상정常情"임을 기본 내용으로 하는 『매일신보』의 사설 '민풍개선民風改善'[34]에 잘 나타나 있다. 사회에 퍼져있는 사치, 나태, 방탕과 같은 풍조를 방지하고 전통미덕을 장려하여 신문명 풍조에 만연되어 있는 나쁜 습관을 금지하여 근면, 저축, 무실과 같은 건전한 사회풍토를 조성하자는 것이다. 그 과정에서 조선적인 것은 물리쳐야 하는 야만으로 규정하고, 일선동조가 시대의 조류임을 천명한다. 1910년대 『매일신보』 단편소설은 그 압도적인 게재 편수에도 불구하고 이와 같은 식민주의 담론 확산의 도구로 활용되었다는 양식에 머물렀다는 한계를 지니게 되었다.

33　대경성공직자명감간행회 편, 『대경성공직자명감』, 경성일보사, 1936.
34　『매일신보』, 1917.7.6~8・25, '社說'.

제5장

식민지 한국 정치소설의 모색과 단편소설

1. 미주美洲 발간 『신한민보』의 소설 개념과 가치

『신한민보』(영문명 : *The New Korea*)는, 미주 한인단체의 통합 추진과정에서 북미의 공립협회와 하와이의 합성협회가 합동하여 결성한 국민회 북미지방총회 기관 신문으로, 1909년 2월 10일부터 미국 샌프란시스코에서 발간되었다.[1] 미주 지역 교포를 주 대상으로 발행한 신문이기는 했지만, 1910년 한일병탄 이전 당시에는 국내에도 상당량이 유입되어 3,000부 이상이 국내에 발송되는 등 미주에서의 배부 숫자보다도 월등히 많았으며, 국내의 『대한매일신보』와도 밀접한 관련을 맺고 있었던 터라 국내에도 독자층이 형성되어 있었으리라 짐작한다.[2] 그리고 국내에서 유행하던 베스트셀러가 '신한민보사'의 출판을 통해 미국 한인들

---

1   더 정확히 밝히자면, 공립협회에서 발행하던 기존의 『공립신보』를 개제하여 발간하였다.

2   최기영, 「구한말 『공립신보』 『신한민보』에 관한 일고찰」, 『동아연구』 제17집, 서강대 동아연구소, 1989.2, 601~603쪽.

에게 공급되기도 했다.[3] 또한 한일병탄 이후까지 간행되고 있던 해외 한인 신문은 『신한민보』와 하와이의 『신한국보』뿐이었다.[4] 이 같은 사실들은 『신한민보』가 미디어 영향력을 행사하는 공간적인 면이나 식민지기를 증언할 수 있는 시간적인 면에서 단지 미국에서 발간된 교포신문에만 국한되는 매체가 아님을 알 수 있으며, 이는 다른 여타의 해외 발간 신문에 비해 많은 연구가 진행되어 온 이유이기도 했다.

그런데 『신한민보』 발간 초기 시기(1909~1911), 홍언이 등장하기 이전에 활동한 이항우라는 필자를 주목하게 되었다. 그는 『신한민보』 전신인 『공립신보』 1908년 10월에 공립협회 회원 청원서 제출로 이름이 등장한 이래 생을 마감한 1911년 12월 이후에도 미국 국민회 역사 회고 때마다 지속적으로 언급되는 주요 인물 중 한 명이다. 주간週間으로 발간된 『신한민보』에 1909년 3월부터 1911년 3월까지 2년간 논설, 기서, 소설, 시가, 잡보란의 필자로 거의 빠짐없이 등장하며, 그의 행적과 정황이 기사화되었던 『신한민보』의 '스타 라이터star writer'였다.[5] 이항우는 '소필오小必誤'라는 필명으로 소설 「만리경」을 연재했고, '철각생, 텰각생鐵脚生'이라는 필명으로도 기사, 시가 등을 발표했다.

---

3 김영란, 「미주초기이민의 출판활동에 관한 연구─1907~1919년까지 「공립신보」와 「신한민보」에 게재된 출판물을 중심으로」, 서강대 석사논문, 2011, 83쪽.

4 최기영, 앞의 글, 605~606쪽.

5 "온다온다─영국 런던에 체류하던 리항우씨는 누구인줄 우리동포 모두 짐작할 듯하거니와 작일에 그이의 서신을 본즉 3월 5일 선편으로 미국을 향해 떠나오겠다 하였으니 반가운 말은 어찌 본기자일뿐이오 본보의 애독 제씨가 한가지로 씨를 환영함이라"(『신한민보』, 1910.3.16). 일주일 뒤에는 다음의 기사와 사진이 함께 실리기도 한다. "리씨도미─영경 런던에 주류하던 리항우씨의 도미설은 전보에 기재하였거니와 제작 21일에 뉴욕항에 도박하여 장차 상항으로 향한다는 전보를 접하였으니 우리는 리씨의 안락함을 하례하는 동시에 본보의 지극한 친구를 조모로 상종케 되었으니 어찌 기쁘고 다행함을 이겨 말하리오"(『신한민보』, 1910.3.23, '잡보'. 기사원문은 인용자가 현대어 표기로 바꿈).

『신한민보』는 1909년 12월 22일 자 제3면 1단에 처음으로 소설란을 개설하여, '소설' 표제어와 함께 「쇠픠국인문답」이라는 작품을 발표한 이래 1910년대까지만 살펴봐도 총 30여 편이 넘는 창작·번역 서사 작품을 지면에 실었다. 『신한민보』가 주간 신문이었고, 경비 부족 등의 문제로 1달의 4회 발행을 지키지 못한 경우가 빈번했던 점을 감안해 볼 때 상당한 양에 해당한다. 번역소설의 경우는 신채호나 장지연의 인물 전기, 워싱턴 어빙의 작품 등 역사전기류가 다수를 차지하며, 창작소설의 경우는 문답체 유형의 서사적 논설부터 고담古談, 우언, 인물전, 희곡 등 다채로운 서사양식들이 등장한다. 그 과정에서 1910년 3월 9일 자 제4면 사설란에는 소설 개념에 대한 발간 주체의 소설관을 이해할 수 있는 2편의 글이 실린다.

「소필오 씨의 만리경」이라는 제목의 첫 번째 글은 당시 『신한민보』 주필을 역임하던 최정익[6]의 글로 추정된다. 부제로 붙은 "쇼필오 씨의 후의를 샤례홈"과 같이 금전적 보수 없이 소설을 써서 보내주는 작가

---

6 『고종실록』, 『황성신문』, 『공립신보』, 『신한민보』, 『매일신보』의 기록을 통해 확인한 바에 따르면, 최정익(崔正益)은 미국에 가기 전, 국내에서 1895년(고종32년)에 내부회계국장, 주임관 등을 역임하며 독립협회 회원으로 활동하였고, 1900년대 초에 여수와 순천 군수 등을 역임하다가 도미(渡美)하여 1906년 11월 22일에 도착한 인물이다. 1908년 3월, 친일 외교관 스티븐슨이 샌프란시스코항에 도착하여 장인환과 전명운에 의해 암살당하기 전, 당시 공립협회를 대표하여 정재관 등 4인과 함께 스티븐슨에게 항거를 표방한 시위를 했다. 국내에서 요직을 거친 지식인이었던 만큼 이후 미국 국민회에서도 주도적인 역할을 했고, 『신한민보』 발간 초기에 편집 및 발행, 사장 등을 역임하며 신문 발행에 깊은 관여를 했다. 1911년 3월, 국민회가 대동보국회까지 통합하면서 명실상부한 해외 한인 최대기관 '대한인국민회'라는 이름으로 중앙총회가 설립되었을 때, 초대 회장으로 선출되었다. 1916년에는 호주에 가서 활동하며 호주 교포사회에서 국외 독립운동을 이어가지만, 1940년대 『매일신보』에서는 '조선귀족회' 회원으로 등장하는 등 그 이력이 다채롭다. 작가 이항우가 『신한민보』에 글을 게재하는 과정에 밀접한 연관 관계를 맺고 있었던 것으로 보인다. 필명은 대시생(大視生). 추후 지속될 『신한민보』 관련 연구에서 자세하게 다룰 만한 중요한 인물 중 한 사람이다.

소필오에게 감사를 표하는 내용으로 이루어져 있다. 「만리경」은 『신한민보』에 1910년 '신년新年 초호初號'부터 게재된 소설로, 이 사설이 실린 때에는 총 8회까지 연재되고 있었다. 그런데 글의 의도 못지않게 소설에 대한 견해를 피력하는 몇 가지 언급들이 눈에 띈다. ① 소필오의 작품이 "그 이상적 비유와 반복 억양하는 배포가 국민의 감정을 인도하는 **정치소설**이라 하기에 족하여 독자들의 박수갈채를 많이 받는 본보의 특색이 되었다"든가, ② "한 달에 네 번씩 만나는 우리 기천명 친구의 피를 더욱 뜨겁게 만들어 주는 것"에 감사를 표한다거나, ③ "사람의 감정을 억양하며 풍운을 반복하는 만복 이상이 있어" 소설의 세력은 대단한 것이라고 평가하는 대목들이다. 소설의 가치 평가를 표함에 가장 두드러지는 표현이 '국민(사람)의 감정'을 '인도(억양)'함으로써 '피를 뜨겁게 하는' 것이며, 이런 작품을 '정치소설'이라고 명명하고 있다.

이 사설에 이어지는 두 번째 글은 당시 연재소설 작가 당사자인 소필오가 1909년 11월, 창간기념일에 맞춰 보냈다[7]는 편지 형식의 「우리의 친구생일」이다. 『신한민보』를 수신자인 친구로 설정하여 표면적으로는 신문의 무궁한 발전을 기약하고 있지만, 실제 주된 내용은 소설의 가치와 특징, 위상을 피력하는 일종의 소설론에 해당하는 글이다. 소필오에 의하면 소설은 ① 여러 동포의 수심을 위로하고 내지의 우리 부모 형제에게 낙樂이 되는 것일 뿐만 아니라 사회, 종교, 정치, 개인을 화락적 peaceful으로 변화하게 하는 것이다. 그리고 ② 소설을 허황한 것이라 평론하는 자는 읽기 전부터 업신여기나 이는 무식한 것이니 잘 설명해 주어야 하며, 따라서 ③ 동서양 문학가들이 소설쓰기에 힘을 다함으로, 그 결

---

7   이는 『신한민보』 전신인 『공립신보』 발간 시기부터 산정한 기념일로 보인다.

과의 가치는 대단하다고 강조한다. 소설은 즐거움을 주는 것에 그치는 것이 아니라 사회, 개인 등을 변하게 한다는 것에서 그 가치를 찾고 있으며, 허구성이라는 장르상 특징도 이해하고 있고, 그만큼 동서양 문학사에서의 위상이 높을 수밖에 없음을 서술하고 있다. 이러한 인식을 갖고 있던 소필오가 바라본 당시 국내의 소설계는 다음과 같은 정형이다.

우리나라 사람들을 보아라. 공자왈 맹자왈 하던 자는 한문에 병이 들어서 흐느적 흐느적하고, 대명성화연간이라 각설이라 멱설이라 하던 자는 춘향전 구운몽에 못된 것만 펴 주지 않느냐. 이것을 보면서 신식으로 소설을 저술한 자 또한 개혁주의를 힘쓰지 않고 옛 습관을 항상 끼고 다니니 참 한심하더라[8] (인용자가 현대어 표기로 바꿈)

소필오가 이상의 한학자漢學者, 활자본 고소설을 펴내는 자, 신소설 저술자 세 주체를 한심해 하는 가장 큰 이유는 이전의 모습에서 변하지 않고 있기 때문이다. 소설의 가장 큰 가치는 읽는 이로 하여금 변화하게 만드는 역동성에 있는데, 심지어 '신식'으로 저술하는 이의 소설마저도 그 역할을 못하고 있음을 개탄하는 것이다. 소필오의 안목으로 본 국내의 '신식소설'은 고소설의 폐습이 지속되는 것으로 진정한 의미의 소설의 개념과 가치에 미치지 못한다고 보았으며, 이에 따라 우리나라 사람들은 유약하거나 정체되어 있다고 평가한다.

위의 사설과 기서, 2편의 글은 결국 연재소설의 홍보가 목적이었지만, 소설이라는 장르가 대중에게 미치는 영향력, 파급적 측면을 중시

---

8 소필오, 「우리의 친구 싱일」, 『신한민보』, 1910. 3. 9.

하며, 읽는 이의 정情을 감발시켜 동動하게 하는 결과론적 효용에 소설의 진정한 가치를 부여하는 견해를 공통적으로 보인다. 특히 소필오가 언급한 소설의 '개혁주의'는 이 글의 문맥상 소설 작품 자체 형식의 새로움이라기보다 내용과 주제적 차원의 혁신을 강조한 것이었다. 이에 자신은 "귀한 시간을 내어" 동서양 문학가들에 뒤지지 않도록 소설 쓰기에 노력을 기울이고 있음을 강조한다. 또한 소필오의 그러한 저술 작업 결과물에 대해 『신한민보』 주필은 가히 '정치소설'이라 하기에 충분하다고 극찬한다.

그렇다면 이들이 인식하고 있는 '개혁주의' 소설, '정치소설'은 무엇인가. 이는 1907년 '대한매일신보사'에서 간행한 박은식의 『서사건국지』 서문과 『대한매일신보』 1908년 7월 8일 자에 실린 신채호의 「근금국문소설저자近今國文小說著者의 주의注意」 등에서 보이는 일련의 애국계몽소설론과 그 궤를 같이 한다. 정치소설이라는 표제를 달고 출간된 『서사건국지』 서문에서 박은식은 조선인이 애국심이 없고 노예사상에 깊이 빠져 국권을 상실할 위기에 처한 것은 전적으로 읽을 만한 좋은 소설이 없음에 그 책임이 있다고 언급했으며, 신채호는 소설이 국민대중에 미치는 영향력이 대단하므로 국문소설 저자들이 좋은 소설로 국민을 올바른 길로 이끌어야 함을 강조했다. 소필오가 비판한 국내 소설계에 관한 논조는 신채호가 언급한 "최근의 신소설이라고 하는 것이 실상은 신사상을 담지하고 있지 못하며 그런 점에서 구소설舊小說과 오십보 백보"[9]라고 말한 부분과도 거의 유사하다.

그리고 이러한 애국계몽소설론은 1900년대 초반 중국 양계초의 '소

---

9   신채호, 「近今國文小說著者의 注意」, 『대한매일신보』, 1908.7.8.

설계혁명론'의 영향관계에 있다. 이들 소설론의 중요 논제는 소설의 정치·사회적 기능에 대한 강조, 구소설 비판, 소설의 대중 흡인력 등이다.[10] 실제로『신한민보』전신『공립신보』에는 양계초의『중국혼』이 1년여에 걸쳐 연재(1907.12.20~1908.11.18)되었고, 연재가 끝난 뒤에는 '신한민보사'에서 단행본으로 출간되어 미국 교포 독자들과 만났다. 양계초 소설론의 핵심은 "한 나라의 백성을 새로이 하려면 먼저 그 나라의 소설을 새롭게 하지 않으면 안 된다. 마찬가지로 도덕을 새로이 하려면 소설을 새롭게 해야 하고, 종교를 새로이 하려면 소설을 새롭게 해야 하며, 정치를 새로이 하려면 소설을 새롭게 해야 하고, 풍속을 새로이 하려면 소설을 새롭게 해야 하며, 학예學藝를 새로이 하려면 소설을 새롭게 해야 하고, 민심을 새로이 하고 인격을 새로이 함에 있어서도 소설을 먼저 새롭게 해야 한다"[11]라는 구절 속에 잘 나타나 있다. 양계초가 주창한 소설계혁명은 일본 메이지기 민권파 정치소설의 영향에 의한 것이지만, 국내에서 정치소설의 등장을 알린 박은식의『서사건국지』에서 사용하는 표제로서의 '정치소설'이나『신한민보』주필이 논하는 '정치소설'은 일본의 메이지기 문학양식으로서의 정치소설이 아니라 작품 속에 정치적인 색채나 지향이 강하게 들어있다는 의미이며, 당시로서 정치적이라는 말은 '항일, 민족적, 독립'이라는 말과 상통한다. 즉,『신한민보』소필오가 주창한 '개혁주의'의 개념은 양계초의 '소설계혁명'과 국내의 박은식, 신채호 등의 애국계몽소설론의 자장 안에 있었음을 알 수 있다.

---

10 심형철,「19세기말 20세기초 한중일 3국의 소설관념 변화양상에 관한 비교연구」,『중국현대문학』23, 2002, 364~365쪽.

11 양계초, 최완식·이병완 역,「論小說與郡治之關係」,『중국사상대계』9, 신화사, 1983, 312~313쪽.

2. 식민지 디아스포라 지식인의 한 유형

—소필오小必誤 이항우

'소필오'가 쓴 기서 후반부에서 글의 필자는 자신의 필명 소필오가 에스페란토어에서 비롯되었고, "너의 부모국을 사랑하여라" 하는 마음에서 만든 '사랑 애愛' 자의 파자破字임을 밝히며, "내가 나의 동포를 얼마나 소필오하는지"라고 토로한다. 당시 국내 『대한매일신보』를 중심으로 한 애국계몽소설론의 동향도 파악하면서, 서양의 어문학에도 일가견이 있고, 그런 한편 고국과 동포에 대한 사랑과 그리움을 가득 품고 있는 이 소필오라는 필명의 인물이 이항우임은, 연재되던 소설 「만리경」 5회차 말미에 "영경英京 런던 리항우"[12]라는 부기附記를 통해 밝혀진다.

이항우는 그의 활약에도 불구하고 기존 연구에서 언급된 적인 거의 전무하다.[13] 본 연구자가 『공립신보』, 『신한민보』, 『신한국보』, 『국민보』 등의 미주 발간 신문을 중심으로 이항우의 내력과 행적을 쫓아 파악하며 어렴풋하게나마 정리해 본 결과, 그의 삶은 식민지기 한국의 디아스포라diaspora와 노마드nomad의 압축판이라 할 만하다. 『신한민보』 발간 초기, 런던에서 머물며 특파원 이상의 역할로 『신한민보』 지면에 지속적으로 등장하는 대표적인 필자였지만, 그에 대한 역사적인 기록이 없어, 실제 이력에 접근하는 것이 쉬운 작업은 아니었다. 오랜 시간 동안 여러 시행착오를 거치며, 여기저기 흩어진 그의 행적과 그에 대한

---

12 『신한민보』, 1910.2.2.

13 조규익, 『해방전 재미한인 이민문학』1, 월인, 1999, 139쪽; 박영호, 「미주한인 소설의 태동과 삼일운동 이전의 소설」, 『미주문학』, 미주한국문인협회, 2004, 210쪽에서 짤막하게 다루어졌지만, 표면적인 언급에 그치거나 사실 관계가 정확하지 않다.

증언 기록들을 정리하고 퍼즐을 맞추듯 기록끼리의 사실 관계를 대조해 보는 과정을 통해, 본 연구자가 확인한 이항우의 생애를 정리해 보면 다음과 같다.

이항우의 본명은 이종운이다. 1880년대에 출생한 것으로 추정되며, 고종의 황실 비자금을 담당하던 이상궁의 조카로 양반 집안 출신은 아니었다. 조선에서 영어학교를 졸업했고, 어학에 특별한 재능을 보였다고 한다. 신학문 공부를 위해 상하이로 떠났으나, 학비를 후원하던 고모 이상궁을 따라 다시 블라디보스토크로 건너갔다. 1908년 2월 블라디보스토크 한인사회에서 발간한 『해조신문』의 일본어와 영어 번역 관련 업무를 담당했다.

1910년 이항우

당시 러시아 블라디보스토크는 만주지역과 함께 국내와의 지리적 인접성, 역사적 연고성, 광범한 동포사회의 존재로 인해 독립운동 근거지로서 유리한 조건을 구비한 지역이었다.[14] 1908년 3월 안중근이 일제 척결을 위한 무력투쟁을 위해 '동의회同義會'를 조직한 곳도 그곳이다. 이후 이항우는 안중근의 이토 저격 사건을 영웅적이라 칭송하고, 블라디보스토크에 있는 동안 자신이 안중근을 "장군이라 이름 부르던 자"[15]라며 그와의 인맥을 기술하기도 하는데 이로 볼 때 의병 조직에 직간접적 형태로 관여했던 것 같다. 또한 의병대를 통한 무력 투쟁은 이항우가 발표한 『신한민보』의 여러 글에서 독립운동의 구체적인 방

---

14 임경석, 「한말노령의 애국계몽운동과 블라디보스톡 한인거류지」, 『성대사림』 12 · 13합집, 수선사학회, 1997, 305~306쪽.
15 『신한민보』, 1910.1.12.

향론으로 줄기차게 제기하는 주제이다. 블라디보스토크에 머물며 활동하던 이항우는 1908년 즈음 러시아의 아나키스트 색출 사건에 연루되어 폴란드 바르샤바로 도피하고, 국권 상실의 아픔을 공감하던 한 폴란드 부인의 도움으로 그 해 11월, 영국 유학길에 오른다.

영국 런던 체류 중, 이항우에게 실질적인 도움을 주고 정서적으로도 강한 교감을 나눈 인물은 런던 *Daily Mail* 기자인 프레데릭 A. 매킨지Frederick A. Mckenzie(1869~1931)이다. 매킨지는 스코틀랜드계 캐나다인으로 영국 언론 활동 당시 1900년대 조선에 2차례 특파원으로 파견되어, 한국 사정에 밝았다. 특히 1907년 정미의병 때에는 의병활동을 따라 종군기자로 활동하며 조선 의병대에 대한 사진도 많이 남겼다. 그는 러일전쟁을 취재하며 일본의 침탈상을 목격하고 『대한제국의 비극The tragedy of Korea』(1908)을 저술하여 한국의 독립을 지지했고, 3 · 1운동에 관한 저술인 『자유를 위한 한국의 투쟁Korea's fight for freedom』(1920)을 통해 한국인의 독립운동을 세계에 알리고자 했던 인물이다.[16]

영어에 능통했던 이항우는 매킨지가 한국 특파원으로 활동하던 당시 이미 국내에서 그와 친분관계를 맺었고, 매킨지는 이항우가 영국에 머물자 *Daily Mail*에 동양 담당기사 집필 업무를 주선하며 생활상 금전적인 부분에도 도움을 주었다. 이항우가 『신한민보』에 보낸 여러 글들에는 매킨지와의 일화가 자주 등장한다. 1년 넘게 영국에 머물던 이항우에 대해 미국 국민회 관계자들은 지속적인 관심을 표명하며 미국으로 오기를 청했으나 경비 부족으로 미국행이 지연되다가 미국 네브라스카 주립대학에서 공부하던 박용만[17]이 나서서 교포들의 후원금을

---

16 박수영, 「구한말 조선을 바라본 긍정의 눈」, 『동아일보』, 2011.8.13.
17 박용만(1881~1928)은 한국 독립운동사에서 무장투쟁의 대표적인 리더였다. 강원도

모아 보내줌으로써 1910년 3월 미국으로 가게 된다.

1910년 4월에 샌프란시스코에 도착한 이항우는 『신한민보』의 영문판 발간을 맡고, 5~6월에는 주필을 역임했다. 그러다가 주필을 맡은 지 1달 만에 "붓대를 사양하고 주판을 잡아 문부를 정돈하는"[18] 일을 맡았다는 기록 등의 정황을 미뤄 보아 자의적인 선택으로 전직을 한 듯하다. 아마도 『신한민보』에서의 주필 활동이 뜻대로 진행되지는 못했던 것 같다. 실명 혹은 필명으로 발표하는 글도 런던에 있을 때에 비해 현저히 줄어든다. 1911년 3월에는 하와이에서 발간하던 『신한국보』 주필을 의뢰받아 하와이로 떠나게 되며, 그 해 12월 27일 하와이 호놀룰루 카피올라니 공원에서 권총 자살로 생을 마감한다. 유서에 영어로 "나쁜 고기가 맑은 물로 들어간다"라는 글을 남겼다고 한다. 국민회에서는 그가 자살한 주된 이유로 당시 멕시코 동포의 하와이 이민을 추진하던 과정에서 불거진 커미션 사건에 연루되었기 때문이라고 보았으며, 그가 자결로서 억울한 심정을 항변한 것이라고 추측했다. 죽음 후 얼마 뒤 일련의 사건 조사 과정에서 이항우를 둘러싼 의혹이 조작에 의

철원 출생으로 서울에서 관립일본어학교를 다닌 후 일본으로 유학하였다. 귀국 후 정치혁신 활동으로 1904년 한성감옥에 투옥되었다가 이승만, 정순만과 옥중동지가 된다. 1905년에 도미(渡美)하여 1908년 네브라스카 주립대학에서 정치학과 군사학을 전공하고 1912년에 졸업했다. 1909년 네브라스카주 헤이스팅스에 일종의 사관학교인 '소년병학교'를 설립하여 독립전쟁의 지휘관 양성을 도모했으며 1911년 3월~10월에는 『신한민보』 주필을 역임했다. 『아메리카혁명』(1911), 『국민개병설』(1911), 『군인수지』(1912)를 저술했다. 미국 독립운동의 방향에서 무력투쟁에 반대하던 이승만과 대립구도에 놓인 후 러시아, 중국 등지에서 흩어진 독립군을 모아 무력투쟁을 이어가다가 뜻이 좌절되면서 당면 과제를 일본에서 소련 공산주의로 방향을 선회하게 되고, 그 과정에서 변절자로 지목되어 47세에 암살당했다. 김도훈, 『(미대륙의 항일무장투쟁론자) 박용만』, 역사공간, 2010; 안형주, 『박용만과 한인소년병학교』, 지식산업사, 2007.

18 최정익, 「옛붓을 다시 잡노라」, 『신한민보』, 1910.6.15.

한 것임이 밝혀졌다.

　이항우의 생애에서 그가 보여주는 이력상의 두드러진 특징들을 추출해 낸다면, 이항우는 ① 외국어 능력이 뛰어났고, 특히 (죽음 직전에도 유서를 영어로 쓸 만큼)영어가 익숙했으며, ② 행적에서 표면적으로만 드러나는 세계 도시의 여정을 정리해도 '서울－상하이－블라디보스토크－바르샤바－런던－뉴욕－샌프란시스코－하와이'에 이를 정도로, 다양한 해외 체류 경험을 가졌다. 그리고 이항우를 둘러싼 기록에 등장하는 밀접한 관계를 맺은 인물들인 프레데릭 매킨지, 안중근, 최정익, 박용만과의 공통분모로 파악 가능한 그의 삶에서의 ③ 주된 관심은 의병대, 독립군, 무장투쟁 활동을 통한 나라의 독립에 있었지만, 그의 ④ (어학)능력을 높이 평가한 조직의 요구에 의해 무력항쟁을 (신문 발간 과정에서) 독려하는 역할을 했다는 점이다. 이러한 특징들은 이항우가 『신한민보』에서 영향력을 행사하던 시기에 발표된 단편소설들을 분석하는 데에 주요한 모티브로 작동하게 된다.

3. 『신한민보』 발간 초기(1909~1911) 단편소설의 의미

　이항우가 '재영국런던 리항우'라는 이름으로 『신한민보』에 처음 글을 발표한 것은 1909년 3월 3일 자 기서란을 통해서이다. 이 글에서 그는 "시베리아철도로 유럽을 횡단하며 런던에 이를 때까지 각 나라 사람을 접하며 사람 연구에 전력을 기울이고", "한국을 잘 아는 영국의 유명한 기자이자 저술가와 담화를 나누며" 고심한 결과, 당시 현재 한국인에게 필요한 것은 '에너지energy' 증진임을 강조한다. 힘을 키우면 "원숭이의 종자"에게서 우리가 살던 동산을 되찾고, "야만놈의 등살"에서 우리 부모형제를 구할 수 있다는 것이다. 짧지 않은 이 글에서 이항우는 능력을 기르기 위한 일종의 10가지 마인드컨트롤 방법까지 소개한다. 키워드를 간추려 보면 '나는 영혼을 가진 인간이자 대한 자손으로, 대한 역사상 가장 힘 있는 사람이 되어 저놈을 내 노예로 만들고 호령하리라는 결심을 하루에 몇 번씩 되뇌어' 보라는 식이다. 그리고 이 내용은 그가 이후 2년여 동안 『신한민보』에서 발표하는 논설 및 기사, 기서, 소설 등에서 변주되어 반복되는 핵심 주제가 된다. 이항우가 인식한 문제의 출발점은 일본 제국, 무능한 왕, 부패한 정부 관리, 무력한 백성으로부터 비롯되고, 문제를 타개할 당대적 현실의 구체적인 방법론은 의병대 및 독립군 활동을 통한 무장투쟁이며, 그렇게 해서 만들 미래의 독립국은 백성이 나라의 주인이 되는 '신대한자유국'이었다.

이러한 이항우의 시대인식은 '국민회'에서 주창하는 독립운동의 기치와 같은 맥락을 형성했다. 1909년 초부터 국내의 한일병합의 움직임이 본격화되자, 국민회는 설립 취지가 "자유와 평등을 제창하여 동포의 영예를 증진하며 조국의 독립을 광복케 함"[19]에 있음을 천명함으로써 대한제국과 황실을 부정했다. 국민회의 권력 구상은, 무능하여 쇠락한 대한제국을 대신하여 국권을 회복하고, '국민주의'에 바탕한 근대 국가를 수립한다는 것이었다. 미국에서 만나 본 적도 없이 유럽에서 보내오는 서신으로만 접하는 이항우의 필력을 높이 평가하고 그에게

---

19 「국민회 쟝뎡」, 『신한민보』, 1909.3.24.

주필직까지 의뢰하며 미국행을 권장한 이는 당시 국민회 부회장이자 총회장 대리인인 최정익이었다.[20] 그는 『신한민보』 발간 초기부터 발행 편집을 맡으며 이항우의 글을 접했으며 런던에 머물던 이항우의 미국행을 적극적으로 주선, 지지했다. 그리고 이항우가 미국으로 올 수 있도록 금전 문제를 해결해 주었던 박용만은 그와 독립 방법론의 구체적 지향을 공유했던 인물로, 1909년, 해외 최초로 한인 군사학교를 설립하여 운영하고, 1914년에는 하와이에서 대조선국민군단을 조직한 미국 내 무장독립투쟁 계열의 리더였다.

이처럼 이항우는 최정익과 박용만과의 관계로 미국 국민회와 인연을 맺게 되며, 그가 『신한민보』에 영향력을 행사하던 기간인 1911년 2월까지 소설란에 발표된 소설은 총 8편에 이른다. 이 중 이대위가 B.C. 3~2년 포에니전쟁 시기 로마의 애국정신을 소재로 17회에 걸쳐 연재한 「애국자성공」을 제외하면, 나머지 소설은 한국의 식민지 현실을 소재로 하여 창작한 단편들이다. 이 단편소설들은 식민지기에 발표된 그 여타 소설보다 정치색을 가장 노골적으로 드러내고, 현실 문제를 적시하는 비판 수위도 상당히 강렬한데, 이러한 작품들이 이 시기에 집중적으로 창작되어 지면에 계속 발표되었다는 점은 『신한민보』 소설 연구에서 간과할 수 없는 대목이라고 판단된다. 이 소설들에 관한 서지 정보를 대략적으로 정리하면 다음과 같다.

---

20 "본기자 둔한 붓과 고루한 식견이 족히 여론을 환기할 수 없음으로 능한 이에게 맡기고자 하여 이군 항우를 청빙함일너니"(『신한민보』, 1910.6.15. 원문은 인용자가 현대어로 표기). 이 기록에서 보듯이 최정익은 이항우에 대한 기대가 남달랐던 것 같다.

제목	표제어	작가	발표기간
	내용		
쇠픽국인문답	小說	무서명	1909.12.22
	쇠패국(衰敗國) 3인이 모여 부강국을 만들자고 결의하는 대화체 소설		
萬里鏡 만리경	小說	小必誤	1910.1.5~4.13
	일인으로 인해 붕괴된 가족의 비극사와 항일투쟁을 통한 극복의 결의		
사천삼빅년	싸른쇼셜	마팅씨	1910.5.18
	1967년을 '신한국'을 배경으로 한 미래소설. '한국정신'의 강조		
애국쟈성공	퓨닉젼징쇼셜	리대위	1910.7.6~12.21
	B.C. 3~2년 포에니전쟁 시기 로마의 애국정신을 드러내는 소설		
참쟝부뎐	단편쇼셜	검영싱	1911.1.11~25
	하와이 농장에서 일하던 '잡놈'이 독립군 대장 '참쟝부'로 변신		
난쳐난쳐	단편쇼셜	남궁시예라	1911.2.8
	강원도 양양의 한 집안에서 일병에게 포박된 여인의 판단과 선택		
夢遊白頭山	단편소셜	롬폭 菁林園 秋江生	1911.2.22~3.1
	꿈에서 양계초를 만나 국가의 흥망사를 담론하는 몽유록체 소설		
밍마리아	단편쇼셜	孤雲處士	1911.2.22~3.22
	애국자의 딸과 대한독립군 의용대원이었던 남자의 연애스토리		

이항우와 이대위[21]의 작품으로 밝혀진 2편 외에는 무서명이거나 필명으로 발표되어 작품의 정확한 작가를 알 수 없다. 「몽유백두산」의 작가인 '추강생秋江生'은 작가명에서도 밝혔듯이 캘리포니아 롬폭ompoc에 있는 인물인 듯하다. 이 중에서 「사천삼빅년」, 「참쟝부뎐」, 「난쳐난쳐」, 「밍마리아」는 비록 다른 필명 작가의 작품들이지만, 내용적 모티브와 형식상 구성의 연관성을 유추해 볼 때 이항우의 작가적 세계관과

---

21 이대위(1879~1928)는 「애국쟈성공」을 연재하던 1910년 7~12월 당시 UC 버클리 대학에서 역사학을 공부하고 있었고, 국민회 학무원을 역임하며 『신한민보』 편집에 참여했다. 서양 역사를 통해 애국심을 강조한 이대위는 홍언과 더불어 기존의 『신한민보』 문학 연구사에서도 비교적 알려진 필자 중 한 사람이면서, 1910년대 한인사회의 대표적인 지도자였다. 그와 동시에 목사인 그에게 기독교 복음의 전파와 진리 추구는 민족독립운동과 별개가 아니었다. 따라서 이 시기 발표된 다른 단편소설들의 정치적 내용과는 지향점이 달랐다고 볼 수 있다.

이력이 밀접하게 영향력을 미친 것으로 보인다.

　우선, 소필오(이항우)의 「만리경」을 살펴보면, 이 소설은 철도 건설 일로 마을에 나타난 일본인 노동자들의 패악으로 아내를 잃은 뒤, 울분을 삭이던 아들이 항일투쟁을 위해 가출을 감행하자 마음으로 전폭적인 지지를 하게 되는 신첨지의 가족 스토리가 중심이다. 이 작품에서 작가는 실제 발생했던 일본인 철도노동자들의 행패 사건[22]을 중심 소재로 하여 한 가족의 비극사를 민족적 불행으로 치환하고, 의식의 전환을 통한 혁명적인 변화만이 일본을 물리치는 대책임을 역설한다. 이 과정에서 보이는 인물의 탁월한 심리 묘사, 과거 회상의 매끄러운 역전 구성, 사건 정황의 구체적인 서술 방식은 이 소설에서 돋보이는 서사적 특징들이다. 이 과정에서 일본인에 대한 적대감을 적나라하게 노골적으로 표출하고, 무능한 임금과 정부 관리의 부패를 눈감아 온 백성의 무조건적인 복종을 신랄하게 비판하는 작가 의식을 직접적으로 서술하는 것도 『신한민보』 지면이기에 가능했다고 볼 수 있다.

　「만리경」의 이러한 서사적 특징을 재차 발견할 수 있는 소설이 바로 「난쳐난쳐」이다. 이 작품은 한 회 분량에서 펼칠 수 있는 압축적인 서사 짜임새를 긴밀한 방식으로 보여주는, 내용과 형식면에서 수준 높은 작가적 역량이 발휘된 소설이다. 작가 필명 '남궁시예라'는 작중 주인공의 남편 성이 '남궁' 씨인 것에서 착안하여 지은 것으로 보인다. 이 소설은 구성상 서술자가 의병 출신의 남궁총각과 결혼하기 전까지의 자신의 가족사를 회상 서술하는 부분과 갑작스레 들이닥친 일병日兵이 남편을 결박하고 24시간 후 처형하겠다고 포고하면서 사건이 발생하는

22　1903년 경북 청도에서 발생한 경부철도 선로공사에 동원된 일본인 노동자들의 만행이 그 대표적인 사건이다. 『대한매일신보』, 1906.5.15.

부분으로 이루어진다. 전자의 '나'의 이력을 둘러싼 가족사는 을미사변, 러일전쟁과 맞물려 민족적 비극을 압축적으로 제시하는 역할을 하고, 후자의 긴박한 상황 서술은 설사 '난처한' 상황에 놓였을지라도 명확히 판단하고 올바른 선택을 하는 것이 중요함을 강조하는 주제 의식으로 연결된다. 그 과정에서 보이는 서술자의 심리와 사건 정황의 뛰어난 묘사, 사건을 둘러싼 전개와 해결 과정의 치밀한 구성 방식이 단연 돋보인다. 특히 소설의 제목으로까지 이어지는, 주인공이 직면한 상황의 난처함은 이미 전에 발표된 「만리경」의 한 대목에서도 같은 방식으로 구사된 적이 있다.

> 사람마다 난처한 사정은 다 있을 터인데 난처한 것을 다 생각하면 팔 걷고 나설 놈이 어떤 놈인가. 이것 저것 너무 잘게 생각하면 할 만한 일은 하나도 없다. 전좌우 상하에 앞만 보고 내다르리라.[23]

「난처난쳐」의 서술자인 '나'는 남편을 살리기 위해 기지를 발휘하지만, 결국 일본군에게 부여받은 시간동안 남편과 아버지 중 누구를 살려야 할지 선택해야 하는 상황에 놓인다. 그러나 소설 속 부부는 눈앞의 회유에 흔들려 상황을 타개하기보다 원래의 올곧은 주관대로 당당한 길을 선택함으로써 최후의 승자가 된다. 그리고 소설에서 이 상황을 종결해 주는 외부적 해결책은 '대한 의용병'의 등장이다.

'의병대', '대한독립군'의 소재 활용이나 활약상의 구체적인 서술은 『신한민보』 소설란에 이항우가 관여하던 시기에 발표된 단편소설들에

---

23 소필오, 「만리경」, 『신한민보』, 1910. 1. 19.

서 공통적으로 발견되는 서사적 모티브이다. 「만리경」의 신첨지 아들 경만이 항일 독립의 의지를 다지며 남긴 가출 편지에서 드러낸 투쟁 방법의 선택지는 "어느 지경 어떤 탄환에 죽게 될는지 알 수 없는" 무력 항쟁의 길이었다. 「난쳐난쳐」의 남궁씨도 의병으로 활동하던 중 총에 맞아서 죽다 살아난 인물이었으며, 혼인 후에도 의병을 계속 지원하는 인물이다. 또한 주인공 가족을 살리는 것도 '대한 의용병'이다. 소설 「밍마리아」에서 마리아를 연모하는 민정위는 '대한독립군 의용대'의 대원이었으며, 마리아가 민정위와의 만남을 기다리는 이유도 민정위가 들려주는 독립군 의용대의 전투 이야기 때문이다. 실제로 전체 5회 연재 분량의 이 소설에서 4~5회차는, 마치 영화 장면scene을 보는 것 같은 서술 전개로 독립군의 전투현장을 재현하는 것에 할애한다. 「참쟝부뎐」은 하와이 사탕수수 농장에서 일하던 '잡놈'이 신문을 보다 각성한 뒤 하와이 한인학교, 미국 대학에서 공부하며 '참쟝부'로 거듭나, 군인이 되어 무장투쟁을 이끌어 대한 독립국을 건설한다는 내용의 소설이다.

소설 창작이나 게재 과정에 이항우가 깊숙이 관여했다고 추정할 수 있는 특징적인 요소 중 또 하나는 세계를 누비는 작중 인물의 글로벌한 공간 스케일이다. '시베리아 횡단 열차를 타고 유럽을 거쳤던' 그가 구상했음직한 '참쟝부'(「참쟝부뎐」)의 각국(하와이-미주 본토-유럽 전역-독일-블라디보스토크-중국-한국)에서의 여정과 체험은 주인공의 독립 의지와 염원을 더욱 굳건히 다지고 실천하게 만든다. 이 같은 공간적 구상의 특징이 집약적으로 그려진 소설은 「사쳔삼빅년」이다.

이 작품의 필자 '마팅씨'는 소설 작중 인물의 이름이다. 소설 속 '마팅씨'는 한국인 아버지와 프랑스인 어머니에게서 태어난 혼혈인으로, '평생 가 보기를 소원하던' 한국에 다녀와서 지인에게 벅찬 감회를 전하는

데 그 과정에서 마팅 자신과 아내의 가계도를 소개한다. 마팅의 아버지는 하와이로 이민한 한국인이며 일본의 속국이 된 나라보다는 내 한 몸 사는 게 우선이었던 인물로, 합방 이후에는 프랑스로 건너가고 그곳에서 프랑스 여자를 만나 결혼하여 마팅을 낳았다. 마팅의 아내는 어머니가 한국인이다. 마팅의 장모는 어린 시절 함경도에서 흉년을 만나 부모와 함께 간도로 이주하고 다시 러시아 첼랴빈스크 근방까지 갔다가 그곳에서 러시아인과 결혼하여 마팅의 아내를 낳았다. 마팅의 아내는 모스크바에서 공부하다가 파리로 유학했고, 그곳에서 마팅을 만났다. 마팅과 그의 아내는 부모 한 쪽이 한국인일 뿐, 성장과정에서 한국에는 가 본 적도 없고, 한국말도 개인의 의지로 "힘써" 배워 익혔지만, 그들에게는 외국어일 뿐이다. 그럼에도 두 사람은 한국을 "평생 가 보길 소원했고", 그곳에서 "눈물을 흘렸으며", "한국 정신을 가진 한국 사람"임을 자청한다. 그리고 그 이유는 과거 나라의 고난 역사에 동참하지 않고 개인의 안위만 추구하며 살았던 자신들의 "부모의 죄를 씻기 위함"이다. 이 소설에서 서사를 이끄는 강력한 핵심 키워드는 '한국 정신'이다. 중요한 것은 혈통의 순수함이 아니라, '내 자신이 한국인임을 인식하느냐'에 달려있다는 것, 즉 이 같은 '한국 정신'은 이항우가 발표한 여타 논설과 기서에서 빈번하게 등장하던 핵심적인 주제이기도 했다.

이인직의 「혈의 누」부터 이해조의 「목단병牧丹屏」, 최찬식의 「추월색」, 이상협의 「눈물」 등에 이르기까지 당대 무수한 신소설 작품에서 신교육을 위한 해외 유학 소재는 주인공의 중요한 덕목으로 활용되었지만, 해외의 경험이 작중 인물들의 삶과 실질적으로 연계되어 재현되기보다는 삶과 괴리되는 관념적인 이미지에 머물렀던 반면, 이 시기 『신한민보』 단편소설에서 보이는 글로벌한 인물들의 정형은 실질적인 체험 서사가 기반이 되어 작품의 주제의식과 밀접하게 결합되는 방식으로 구현되었다는 점에서 그 차별점을 보인다.

그런데, 「사천삼빅년」의 시대적 배경은 단기 4300년, 즉 1967년이다. 그 때의 미래 한국은 이미 일본에게서 독립했을 뿐만 아니라, "강한 해륙군을 두고 일본을 한국 토지로 삼아 주변국을 보호하며 아시아를 평정하고, 과거(1910년대)에 막강하던 구미열강을 무릎 꿇게 하는" 나라이다. 이러한 미래 한국의 묘사가 더욱 구체적으로 그려진 소설은 「빙마리아」이다. 마리아가 꿈꾸는 미래 대한반도의 모습에는 독립영웅의 동상이 즐비한 거리의 풍경, 각종 현대적인 제반시설, 인구수, 각국의 혼혈인으로 이루어진 한국 국민의 계통 분포도까지 국가 구성 기반의 다채로운 항목들이 열거된다. 소설 「참쟝부뎐」에도 일본에 대한 무장투쟁 끝에 결국 주변국의 외교적 승인에 의해 독립의 정당성을 부여받는 미래 한국의 모습이 펼쳐진다.

이러한 '신대한'의 이상적 미래에 대한 구상은 당대의 다른 한국 소설들에서는 그 유례를 찾아보기 어렵다. 미래소설적 측면에서 강한 영향을 받은 것은 양계초의 「신新중국미래기」(1902)인 것으로 보인다. 양계초의 이 소설은 미래 중국의 60년 후인 1962년을 배경으로 하여 부국강병으로 세계의 중심이 된 중국이 상하이에서 열린 만국평화회의를 통해 세계 대동大同을 기획한다는 내용이다.[24] 하지만 양계초의 일련의 소설이 미래기의 틀을 빈 환상적 서사의 측면이 강하다면, 이 시기 『신한민보』 단편소설의 작가는 훨씬 현실적인 문제에 당면한 입장에서 미래 한국을 계획하고 구국의 방법을 제시했다. 그 시기 국내 다른 몽자

---

24 양계초, 이종민 역주, 「신중국미래기 역주」, 『중국현대문학』 제68·69호, 한국중국현대문학학회, 2014.3~6.

류 소설에서도 그 이상적 세계가 재현되기도 했지만 대부분이 현실 세계의 도피와 같은 폐쇄적인 시공간 영역이었던 반면에,『신한민보』의 미래소설은 현실 투쟁의 구체성을 담보로 구상되고 그와 연계된 주제의식이 표출됨으로써 독자의 각성, 실천으로까지 이어지는, 동시대의 다른 소설과 구별된 서사적 특성을 지니게 된다.

1910년대 『신한민보』 발간 초기, 이항우가 영향력을 행사하던 시기에 발표된 단편소설 작품들에서 확인할 수 있었던 내용상 특징들을 정리하자면, 첫째, 당대 식민지 현실의 원인에 대한 냉철한 비판의식이 작품 전면에 직접적으로 표출된다. 비판의 대상은 "악독한 종자"의 나라, 일본만이 아니라 "백성을 종 부리듯 하는 것으로 자기의 지위를 유지하는 허수아비" 임금과 "부패와 협잡"으로 점철된 정부관리, 그리고 "옳든 그르든 상전에는 머리 굽히고 자기들끼리는 서로 시기하는" 백성이었다. 둘째, 한국의 현실을 타개하기 위한 구체적인 대안으로 무장독립 투쟁을 지지하고, 한국 독립군 양성의 의미와 필요성을 청년 독자들에게 주지시킨다. 셋째, 국외를 떠돌지만 '한국 정신'을 잃지 않고 고국으로의 귀환을 실행하는 작중 인물들의 분투를 통해 당시 해외 교포 독자들의 애국심과 민족의식을 고취하고자 했다. 넷째, 미래 한국 사회의 유토피아적 형상화를 통해 독립운동의 궁극적인 목표가 기존 국가 체제의 복권이 아닌 국민 개개인의 행복과 안위에 있음을 보여준다.

1911년 2~3월에 발표된 단편소설 「밍마리아」 이후에도 『신한민보』 소설란에는 계속해서 작품들이 발표되지만, 위에서 언급된 소설들처럼 한국 식민지 현실을 중심으로 독립을 향한 변혁의 직접적이고 구체적인 주제의식을 표출하는 소설은 발견하기가 어렵다. 단편소설은 고담이나 외국기사를 번역한 짧은 콩트, 역사적인 인물을 기리는 인물전 등으로 그 자리를 대체하고, 외국 전쟁사를 배경으로 하거나 기독교 사상에 입각한 창작 및 번역 장편들도 함께 등장하게 된다. 그리고 '개혁주의' 소설을 쓰기 위해 "하루 20분씩 일주일에 2시간을 허비하며 없는 지식을 소리가 나도록 긁어 저술했다는"[25] 이항우도 『신한민보』 지면에서 서서히 사라진다.[26]

근대 시기 일본과 중국에 비해 한국의 정치소설은 역사적으로도 형식적으로도 뚜렷한 범주로 정립되지 못했다고 평가된다. 근대계몽기 당대에도 정치소설이 하나의 뚜렷한 범주로 개념화되지 못했고, 이는 후대의 연구에서 '정치소설의 결여'라는 평가로 이어지기도 했다.[27] 이러한 이유를 식민지화로 인해 정치소설이 가능한 '정치' 공간이 일찌감치 닫혀버렸기 때문이라고 보는 견해도 있다.[28] 만약 정치 공간의 부재로 한국의 정치소설이 정립되지 못했다는 전제가 성립된다면, 1910년대 초반, 미주의 『신한민보』는 국내의 결여된 정치 공간을 문학적 서사로 재현해 내는 역할과 임무를 당대로선 거의 유일무이하게 수행했다고 할 수 있겠다.

25 소필오, 「우리의 친구싱일」, 『신한민보』, 1910.3.9.
26 이항우가 퇴장한 이후 달라진 『신한민보』 소설란 변모의 특징과 양상이 구체적으로 어떠한지, 또 왜 달라지게 되었는지에 대한 비교 분석은 신중하고 면밀한 연구가 요구되는 부분으로, 추후 연구과제로 다뤄보고자 한다.
27 김윤식, 『한국근대소설사연구』, 을유문화사, 1986.
28 윤영실, 「근대계몽기 역사적 서사(역사/소설)의 사실, 허구, 진리」, 『한국현대문학연구』 34, 한국현대문학회, 2011, 86쪽.

제3부

잡지 단편소설의
전개 양상과 제도화

제1장

계몽의 수사학과 잡저雜著로서의 단편서사

　1900년대 한국 지식인들은 일본의 침략으로부터 국가와 민족을 수호하고 근대적인 국가를 수립해야 하는 역사적인 과제에 당면했다. 그들은 당시 세계질서인 제국주의의 대두와 약소민족의 위기 상황을 올바로 인식해야 했다. 1905년, 일본은 러일전쟁의 승세를 몰아 영국·미국 등의 양해 아래 한국을 보호국으로 만들었다. 대한제국이 일본의 '보호국' 처지로 전락한 현실 앞에서 지식인들은 어떻게 하면 국권을 회복할 수 있을 것인가 하는 고뇌에 싸이지 않을 수 없었다.

　한국 지식인들의 실천 방향은 두 가지로 나뉘어 나타났다. 하나는 보호국으로의 전락을 현실로 받아들이고, 그러한 현실이 초래된 근본적인 이유가 대한제국의 무력함에서 비롯된 것이므로 먼저 실력을 길러 장차 국권을 회복해야 한다는 주장이었다. 반면에 다른 하나는 대한제국의 보호국화라는 현실 자체를 받아들일 수 없다는 입장에서 일본에 대해 즉각적인 무력항쟁을 전개하여 침략세력을 물리쳐야 한다는 주장이었다. 전자의 자강운동 계열은 이전의 독립협회 혹은 『황성신문』 등을 통해 지속적으로 국민계몽에 앞장 서왔던 인물들과 국내외에서 신교육을 받은 이들로 구성된다. 이들은 당시의 국제사회를 사회진화론에 입각해서 약육강식·생존경쟁의 법칙이 지배하는 사회로 파악하고, 한국이 보호국으로 전락한 것은 그러한 국제사회에서 실력을 갖추지 못했기 때문이라고 생각했다. 이로써 국권 회복을 위한 방안으로 각종 정치단체, 학회 등을 결성하고 신문과 잡지를 발간했으며 연설회를 통해 '교육주의'를 설파했다. 본 장에서는 이 같은 자강운동의 일환으로 발행된 1900년대 국내 잡지를 중심으로 지식인들의 현실인식 태도와 단편소설의 상관관계를 규명해보고자 한다.

1. 최초 종합지『조양보』의 발간

문명 담론을 언급한 최초의 근대적 신문『한성순보/주보』이래, 문명은 '개화'와 함께 각각의 언론 매체에서 국민 계몽이라는 엄청난 사명을 띠고 당대를 풍미했다. 1900년대 초반까지, 신문 매체는 문명과 야만이 표상하는 내용, 혹은 그 구체적인 의미들을 보여줌으로써 사람들에게 문명화된 의식과 행위를 내면화시키려는 논설, 기사, 서사물 게재에 많은 지면을 할애했다. 유럽, 미국 그리고 서구화된 일본은, 아직도 야만 상태에 있는 한국이 수치심을 느끼며 부지런히 뒤쫓아 가야 할 문명의 모델이었다. 문명은 서양의 모든 것과 동일시되는 담론이었고, '문명개화'와 '자주독립'은 문명국을 향해 매진하기 위한 반복되는 구호였다.

러일전쟁을 승리로 이끈 일본의 행보와 민영환의 자결이라는 강렬한 상징으로 대표되는 을사조약 등의 국가적 위기의식이 팽배한 1905년 이후, 한국의 언론 매체에서 보이는 문명담론은 좀더 정치하게 진행된다. 문명국을 향한 동경과 선망으로서의 문명담론은 이제 '국권회복'이라는 선명한 목적을 위해 '교육주의'와 결합한다. '우부우부와 ㅇ동주졸, 인민, 무식흔 로동쟈들, 심샹흔 부인녀즈와 시정무식비'까지도 계몽화하기 위해 주력했던 개화지식인들은 '자강'치 못해서 국권을 상실했다는 자가반성적인 입장에서 출발해 본격적으로 지식인 주축의 각종 학회를 설립하기 시작한다. 그리고 이 때 근대 잡지의 초기 형태로서의 각종 잡지, 학회지가 활발하게 발행된다.

그 가운데 1906년 6월 창간되어 1907년까지 통권 12호를 발행했던 『조양보』는 최초로 종합지적 성격을 띤 잡지이다. 『조양보』는 그 구성과 내용면에서 볼 때 한국 언론사에서 초창기 잡지 저널리즘을 형성시키는데 큰 기여를 했다.[1] 또한 이후 지식인들 사이에 지속적으로 영향을 끼치는 저명한 외국인사의 글들을 최초로 소개하는 창구역할을 함으로써 서구문명이 '보편적 지知'가 되는 기반을 마련했다는 의의를 지닌 잡지이다.

실제로 잡지 『조양보』에 대한 지대한 관심도는 『황성신문』과 『만세보』 등 당시의 각종 매체를 통해서도 확인할 수 있다.

朝陽雜誌ᄂ 紳士 沈宜性, 申德俊 諸氏之所發行者니 亦本月二十五日에 始刊 出第一號ᄒ야 事以開發國民之知識ᄒ며 導達上下之情志로 爲目的이

---

1   최서영, 『한국의 저널리즘』, 커뮤니케이션북스, 2002, 224~229쪽 참조.

라 其文章言論之宏博과 記事之精確이 足以裨補於國民之知見而資助於社
會之敎育ᄒ니 吾儕ᄂ 又得一良友之可賀也오 [2]

我國이 環球 列邦에處한 一讀 立國이언마ᄂ 新聞紙의 刊行ᄒ이 數區
에 不過ᄒ야 一條光線이 黑洞洞天地에 照함과 如홀 싸름이오 敎育主義
와 開進目的으로 刊行ᄒ고 雜誌書類ᄂ 一種도 不見홈을 十分慨歎ᄒᄂ
바이러니 (…중략…) 朝陽報와 少年韓半島의 趣旨와 性質이 皆是敎育主
義와 開進目的으로 編輯혼 者인디 朝陽報ᄂ 第八號刊出에 至ᄒ얏ᄂ디
文瀾이 汪洋ᄒ고 氣岸이 峻高ᄒ야 足히 一世의 萎靡혼 風氣를 奮發홀 만
ᄒ 一보囊이라 稱ᄒ깃고 (…중략…) 此等書類의 面目이 月增月加ᄒ야 全
國人民의 智識을 開牖ᄒ고 全國人民의 志氣를 鼓發ᄒ기를 攢手顒祝하
거니와 [3]

『황성신문』과 『만세보』에서 언급하는 잡지 『조양보』의 가치는 '그
문장의 굉박宏博과 기사의 정확성, 문란文欄의 왕양汪洋, 기안氣岸의 준고
峻高'에 있었는데, 즉 게재된 글의 '넓고, 깊고, 높음'을 높이 사고 있다고
말할 수 있겠다. 심지어 1906년 7월 27일 자『대한매일신보』의 경우에
는 제1면에 '독讀조양보'라는 제목의 논설을 발표한다. 이 논설을 쓴 기
자는 『조양보』라는 잡지를 접해 읽은 뒤 그 '취미심장趣味深長 홈을 잊을
수 없고, 언론의 고명高明과 문자의 정묘홈'을 계속 기다리게 되었다고
찬탄하며, '대한 인사들도 『조양보』를 읽고 자신과 같은 동정을 느끼기
를 바란다'라고 강조한다. 이 논설의 말미에서 기자는 세계정세, 내외

2   「賀각종잡지지간행」, 『황성신문』, 1906.6.29, '논설'.
3   「조양보와 소년한반도」, 『만세보』, 1906.11.28, '논설'.

시사, 교육, 실업, 가정교육을 알기 위해서는『조양보』를 꼭 읽어야 하며,『조양보』의 발달 정도가 '한국문화 진보의 정도'라고까지 역설하고 있다.

惟慈大韓人士는 大局의 情形을 知코자 ᄒᆞᄂᆞ 者ㅣ 不可不讀此報也요 內外時事에 緊要新聞을 知코ᄌ ᄒᆞᄂᆞ 者ㅣ 不可不讀此報也요 社會及國家의 關係를 知코ᄌ ᄒᆞᄂᆞ 者ㅣ 不可不讀此報也요 欲知敎育之必要者ㅣ 不可不讀此報也요 欲求實業之利益者ㅣ 不可不讀此報也요 注意於家庭敎育者ㅣ 亦不可不讀此報也니 故로 本記者는 此報의 發達如何로써 韓國文化進步의 如何를 卜之也ᄒᆞ노니[4]

국문전용 신문인『제국신문』도『조양보』의 발간을 주목했다. 당대 지식인들은 신문과 잡지의 매체적 특징을 명확히 구별하고 있었고, 잡지 발간의 필요성을 인식하고 있었다.

무릇 신문이나 잡지란거시 셰샹 사름의 이목을 열니기는 일반이로디 신문은 당쟝에 보고 듯는 거슬 긔직ᄒᆞ는 거시오 잡지란 거슨 미양 한달에 한번이라던지 한에달 두세번이라던지 여러날만에 발간ᄒᆞᄂᆞ 거신고로 확실흔 일만 긔직ᄒᆞ고 쏘 론셜갓흔 거슨 학문만 쥬쟝ᄒᆞᄂᆞ고로 신문갓치 한번 보고만 바리는 거시 안이오 일후에 샹고홀 일이 만은고로 신문갓치 죠희쟝이 안이오 칙으로 만들어 발힝ᄒᆞ나니 그거시 가위 력디ᄉᆞ젹도 될만ᄒᆞ고 당셰의 일을 갈아치는 션싱이 될만흔 거시라 그러ᄒᆞ나 우리나라에 약간 신문

은 잇스되 잡지란 거슨 년젼 독립협회회보가 잇다가 즉시 폐지ㅎ얏고 그 다음에 박영효씨의 은근ㅎ 쥬션으로 ᄌ본을 듸여 한성신문샤에서 한성월 보를 발ᄒᆡᆼ하다가 구람하ᄂᆞ쟈ㅣ 젹고 ᄌ본이 군졸ㅎ야 몃달후에 폐지될 짜 름이더니 지금 학부협판 민형식씨의 인국ᄉ상으로 ᄌ본을 듸여 죠양잡지 를 발간하ᄂᆞ 중이오[5]

신문은 "한번 보고 버리는 것"이지만, 책으로 발행하는 잡지는 "당 대의 일을 가르치는 선생이 될 만한 것"이라고 언급한 이 글처럼, 잡지 발간의 중요성이 강조되던 당시의 『조양보』 발간은 매체 발간에 관심 을 갖고 있거나, 몸을 담고 있던 지식인들의 시선을 사로잡았던 잡지였 던 것이다.

『조양보』 발간에 관여한 인물들은 1906년 3월 발기한 대한자강회 인사들이다. 대한자강회는 러일전쟁 발발 이후 이정, 양한묵, 윤효정 이 중심이 되어 조직했다가 1905년 을사늑약 이후 강제 해산당한 헌정 연구회를 계승한 애국계몽단체로서 자강운동을 통해 국권을 회복하고 부강한 미래를 꿈꾸자는 취지로 결성되었다. 대한자강회 인사들은 전 통적인 한학을 바탕으로 문명개화 신지식을 유입한 지식인들이었다. 사장인 장응량張應亮은 평안북도 관찰부 주사서판主事叙判 출신의 전통 지식인으로 이후에는 평안도, 황해도 출신 학회인 서우학회를 조직하 는 인물이고, 편집 겸 발행은 심의성沈宜性은 대한자강회 총대總代를 역 임하고 있었다. 윤효정과는 육촌지간이다. 주필인 장지연張志淵은 『황 성신문』 기자와 사장을 역임했고, 『조양보』를 발간할 당시 『문헌비

5   「잡지발간에 듸한 관계」, 『제국신문』, 1906.7.3, '론설'.

고』의 편집위원을 그만 두고 편집에 참여했다.[6] 찬성원인 윤효정尹孝定은 일본에서 귀국하여 1905년 헌정연구회를 조직했던 인물로 다시 대한자강회를 이끌었으며, 유근柳瑾도『황성신문』창간에 참여했고, 장지연 이후 사장을 역임하다가 대한자강회에 가입했다. 시재詩才로 호남지방에서 이름을 날렸던 이기李沂는 을사늑약 이후 일본에서 당시 망명 중인 박영효 등과 교류하며 신학문 교육과 식산흥업의 중요성을 인식하게 되었다. 귀국 후 한성사범학교 교관을 지내고, 대한자강회를 조직했고, 후에는 호남학회를 조직하게 된다. 이들은 모두 1840~1860년대에 출생하여 출신지역에서 한학을 수학하며 문재를 떨치며 한말 정부의 관리를 역임하다가 신학문을 접하고 자강운동의 필요성을 깨달은 인물들이었다.

『조양보』가 주요 독자로 삼은 대상은 시문詩文을 다룰 줄 알아도 신지식을 배우지 못해 귀머거리나 소경과 다를 바 없는 선비들이었다. 『조양보』는 그들이 "기성세대로서 가정에서 자녀들을 가르치고 학교 강단에서 제자를 가르치며 누를 끼치지 않도록 그들을 위한 사회 교육의 급무가 필요함"[7]을 강조했다. 따라서『조양보』에서 사용한 문체는 국한문 혼용이었고, 잡지의 배포도『황성신문』을 보는 독자들을 중심으로 이루어졌다. 1906년 6월 25일 자『황성신문』에는 다음과 같은 광고가 실린다.

朝陽褓誌를 今已第一号을 本月三十日에 發刊하야[8] 國內有志諸君子에

---

6   정진석,『역사와 언론인』, 커뮤니케이션북스, 2001, 144~146쪽 참조.
7   "彼旣不習於家庭又不習於學校非聾而不能聽非盲而不能見此眞語夫子所謂四十五十而無聞者也 以若人而居家庭則必誤其子姪居學校則必累其徒弟則不得不以社會敎育爲急務中之尤急務." 이기,「朝陽報 發刊序」,『조양보』1호, 조양보사, 1906.6.25.

게 供覽하기 爲하야 無代金으로 先此廣佈하오니 愛讀購覽하심을 切望홈
朝陽襍誌社 告白 南大門通公洞 電話二三○番[9]

『조양보』 2호부터는 무대금으로 배부된 『조양보』 1호를 받아 본
『황성신문』 독자들이 보내지 말라는 기별을 하지 않으면 잡지를 그대
로 보내겠다는 특별광고를 계속 게재한다. 『조양보』를 읽는 일반 독자
는 『황성신문』의 독자이기도 했다.

『조양보』는 1906년 6월, 창간되어 11호까지는 매달 10일과 25일에,
그리고 1907년 12호부터는 월간으로 바뀌어 발행되었다. 순간旬刊으로
발행된 11호까지는 표지가 따로 없는 신문 형태와 같은 모습이었고,[10]
12호로 바뀌면서 본격적인 책자형으로 발간되었다. 『조양보』은 기본
적으로 논설, 교육, 실업, 담총, 내지잡보, 해외잡보, 사조, 소설, 광고란
으로 이루어졌고, 독자의 투고로 이루어지는 기서나 '곽청란郭淸欄'이
실리기도 했다. 그 밖에 양계초와 일본 학자들의 저작, 일본과 세계열
강의 신문·통신의 자료들에서 글을 발췌하여 실었다.[11] 국외의 전거
나 자료 또는 저작들을 많이 싣고 있는 만큼, 『조양보』에는 당시 저명

---

8 첫 호 발간이 5일 연기되었음.
9 『황성신문』, 1906.6.25, '광고'.
10 신문 형태와 비슷한 모습 때문에 기존 연구자 중에는 『조양보』를 '신문'이라고 오해
   하는 논자들이 있지만, 당시에도 『조양보』는 엄연히 신문이 아닌 잡지로 인식되고 있
   었으니 이는 잘못된 견해이다. 기존 연구에서 『조양보』의 소설을 처음으로 언급했던
   이재선도 신문으로 소개하고 있다. 이재선, 『한국개화기소설연구』, 일조각, 1972, 78
   ~79쪽 참조.
11 "此朝陽報는 韓日兩國高明學士의 著述혼 비오 泰西諸國의 著名혼 學家의 言論을 蒐輯호
   거시니 其價格之可貴는 不俟再言어니와"(「讀조양보」, 『대한매일신보』, 1906.7.27). "大
   抵本社의 目的은 無他라 東西洋各國의 有名혼 學問家의 言論이며 內外國의 時局形便이
   며 學識에 有益혼 論述의 材料와 實業의 利点되는 智識意見을 廣蒐博採호야 我韓文明을
   啓發할 主意오"(『조양보』 2호, 조양보사, 1906.7.10).

한 외국인사의 글이나 기사가 최초로 번역·수록되는 예가 많았다. 이는 『조양보』가 "근대세계각국 신학문·신지식과 현세계의 신지식 소개"[12]의 매개체라는 사명을 자임한 데서 나온 결과이고, 신지식의 교육에 목말라하던 당시의 지식인들에게도 이 점은 강한 인상을 남겼던 것으로 보인다.

2. 세계기문世界奇聞의 번역―『조양보』 단편소설

『조양보』는 국한문혼용체를 사용하던 당시의 여러 매체 중, '소설의 자미滋味'를 강조하며, 유일하게 소설란을 지속적으로 두고 세계의 위인과 기이한 사건들을 '번역'하여 실었다.[13]

有志하신 僉君子씌셔 或本社로 奇書나 詞藻나 論述時事等類를 寄送하시면 本社主意에 違反치 아니할 境遇에난 ——히 揭記할 터이오니 愛讀諸君子난 照亮하시옵시고 或 小說갓튼 것도 滋味잇게 지여셔 寄送하시면 記載하깃나이다[14]

---

12 이기, 「조양보 발간 序」, 『조양보』 1, 조양보사, 1906.6.25; 윤효정, 「조양보 찬사」, 『조양보』 1호, 조양보사, 1906.6.25.

13 『조양보』에 수록된 서사작품은 총 10편이다. 「반도야화」, 1906.6~7; 「파란혁명당의 기모궤계」, 1906.7; 「비스마룩구清和」, 1906.7~(미상); 「야만인의 기술」, 1906.8; 「세계기문」, 1906.9; 「동물담」, 1906.10; 「갈소사전」, 1906.11~(미상); 「애국정신담」, 1906.11 ~(미상); 「세계저명한 암살기술」, 1907.1; 「외교시담」, 1907.1. 이 중 「반도야화」를 제외한 모든 작품이 소설란에 게재되었다.

또호 小說이나 叢談은 滋味가 無窮ㅎ오니 有志ㅎ신 諸君子는 每月二次
式購覽ㅎ시옵소셔 [15]

　1906년은 각종 언론 매체에 소설란이 고정적으로 배치되어 자리를
잡아가기 시작하던 때였다. 실제 소설을 '자미, 재미'와 연결 지어 본격
적인 광고를 하는 시기는 신소설과 단행본이 활발하게 출판되기 시작
한 1907년 중반 이후이다. 『조양보』 논자들은 소설을 재미있는 것으로
인식했다. 전통적인 한학이 지식의 바탕을 이루고 있던 『조양보』 편집
진에게 문학관의 기본은 주자의 도덕적 효용론이었고, 소설에 대한 평
가 역시 이 원칙에서 벗어나지 않았다. 그러나 소설이 심미적 측면에서
쾌락을 주고 감동과 재미를 주는 것이라는 점에 주목했다. 소설의 허탄
무거盧誕無據함을 비판하던 조선조 유자들이 소설을 읽는 솔직한 목적이
재미에 있음을 인정하게 된 것은 19세기 중반을 넘어선 시기이다.

　글자가 생긴 이래 패설가들이 많으니 (…중략…) 사적을 부회하고 혹은
우언을 써서 보는 사람으로 하여금 재미있어서 먹는 것을 잊게 하고 듣는
사람으로 하여금 즐거워서 웃음이 나오게 한다. 이럴 때에는 천하의 물건
을 들어도 그 즐거움을 비유하기에 부족하다. [16]

　『조양보』 필자들은 전통적인 한문 문체관에 입각하여 우언寓言이나
전傳, 설說, 기記, 화話, 담談과 같은 서사를 다루는 양식들을 '담총'과 '소설'

14　『조양보』 2~11호, 조양보사, 1906.7~12.
15　『조양보』 2~5호, 조양보사, 1906.7~8, '본사특별광고'.
16　박태석, 「한당유사서」, 『한당유사』, 1852; 김경미, 『소설의 매혹』, 월인, 2003, 279쪽
　　재인용.

란에 실었다. 하지만 이들은 소설의 '괴력난신怪力亂神, 환幻, 몽환夢幻, 가허착공架虛鑿空'등의 허구적 측면에 아니라, '인정물태人情物態'를 중심으로 한 현실반영적 측면에 주목했다. 그리고 새로운 문명을 교육하는 '책'의 소임을 다하기 위한 최초 잡지답게 세계의 기문奇聞에 눈을 돌렸다.

『조양보』 논자들에게 강력한 영향을 미친 양계초의 「동물담」이 『조양보』 소설란에 번역, 게재되는 것도 이와 같은 맥락으로 해석할 수 있다. 1896년 중국 신문 『시무보』에 발표되었던 이 글은, 한국에서는 『조양보』 8호(1906.10)에 처음으로 소개되었고, 바로 한 달 뒤 『제국신문』 잡보란에 순국문으로 번역되어 실렸다. 그리고 1907년에는 『서우』 3호 문원란에, 1908년에는 『대한협회회보』 1호 소설란에 실렸으며, 1910년에는 이해조의 신소설 「자유종」의 '설헌'의 대사에 내용 일부가 그대로 인용되기도 했다.[17] 그만큼 「동물담」은 당시 지식인들에게 많은 파급효과를 미쳤던 서사작품이다. 이 소설은 관찰자적 서술자가 네 사람의 경험담을 듣고 기록하는 방식으로 진행된다. 갑은 일본 북해도에서 덩치는 크지만 지각이 없어 자기 살점 떨어지는 줄 모르는 고래를 보았고, 을은 이태리에서 막힌 호수 안에서 살던 눈먼 고기가 그 경계가 열리면

---

17 "이태리국 역비다산에 올츠학이라는 구멍이 잇서 희슈로 통ᄒ얏더니 홀연 산이 문어져 구멍 어구가 막힌지라 그 속이 칠야갓치 캄캄ᄒ딕 본릭잇든 고기들이 나아오지 못ᄒ고 슈빅년을 싱장ᄒ야 눈이 잇느나 쓸 곳이 업더니 어구의 막혓든 흙이 히마다 바닷물에 픠여가며 일죠에 궁기 도로 열니믹 밧게 고기가 드러와 슈업시 잡아먹되 그 안에 잇든 고기는 눈을 멀둥멀둥 쓰고도 져히 ᄒ랴는 것을 전연히 모로고 절로 밀녀 어구 밧게를 혹 나아왓스나 못보든 눈이 쫄지에 틱양을 당ᄒ민 현긔가 나며 정신이 업셔 어릿어릿 ᄒ드라 ᄒ니 그와 갓치 딕문 중문 쫙쫙 닷고 밧게 눈이 오는지 비가 오는지 도모지 아지 못ᄒ고 사든 우리나라 이왕 교육은 올츠학 교육이라 홀만ᄒ니 그 교육밧은 남즛들이 무슨 정신으로 우리 정치를 싱각ᄒ겟쇼 우리 녀즛의 말이 쓸딕 업슬 듯 ᄒ나 즛국의 정신으로 ᄒᄂ는 말이니 오희려 만국공스의 헛담판보다 낫슴닌다 여러분 부인들은 대한녀 즛교육계에 별방침을 연구ᄒ시오." 이해조, 「자유종」, 『신소설 번안(역)소설』 4, 아세아문화사, 1979, 10~11쪽.

서 들어온 정상적인 고기들과의 생존경쟁에 져서 멸종위기인 것을 보았고, 병은 프랑스 파리에서 곧 죽는다는 것도 모른 채 전기기계로 줄지어 들어가는 양을 보았고, 정은 영국 런던 박물원에서 작동기계가 낡아 잠만 자고 있는 무서운 괴물 사자모형을 보았다. 작자인 양계초의 입장에서 묘사된 각각의 동물은, 서구 열강이 그 세력을 떨치는 세계정세를 파악하지 못한 채 둔감하게 대응하는 중국 정부와 국민을 풍자한 것이었다. 그리고 이 글을 읽고 번역해서 매체에 실었던 한국 지식인에게는 대한제국 정부와 국민이 바로 그 동물들의 모습으로 다가왔을 것이다. 바로 이렇게 현실을 빗대어 풍자적으로 그려내는 수사가 『조양보』 사고에서 강조했던 '소설의 자미'의 한 측면이었을 것이다.

『조양보』 12호에 실린 소설 「외교시담」도 이러한 '자미'를 느낄 수 있는 단형서사물이다. 이 글은 『조양보』의 소설란에 실린 서사물 중에서 유일하게 국내 필자의 창작물이다. 세계에 명성이 자자한 외교가가 있었는데 한 호걸이 찾아와 기질을 펼칠 수 있는 좋은 수단을 구한다. 이 외교가의 지도를 받고 활발한 기상과 품격을 얻은 호걸은 다음날, 학교 간다고 조반을 재촉하는 아이가 먹을 양식도 없는데 가장되는 사람이 누워만 있느냐는 부인의 핀잔을 듣는다. 호걸이 일어나 앉아 묵묵히 생각하다가 비로소 자기가 그 외교가의 수단에 넘어갔음을 깨닫고 다시는 그와의 교제를 거절하겠다고 다짐하는데, 그 외교가의 성은 '청淸'이고 이름은 '주酒'이다. 의인화를 통해 대상을 풍자했다는 점이 당대 독자들에게 재미를 사는 요소였을 수 있지만, '세계'나 '외교가'와 같은 단어를 쓰면서 현실감을 수반하는 이야기로 전개하다가 '이 외교가의 성은 청淸이고 이름은 주酒오 별호別號는 광약狂藥이라더라'와 같이 실소를 자아내는 결말의 마지막 문장은 독자의 허를 찌르는 듯하다.

이 소설에 등장하는 넋 나간 호걸의 모습은 주권을 상실하게 된 한국의 모습을, 호걸을 농락하는 외교가의 수단은 보호정치라는 미명으로 한국을 침략한 일본을 비유적으로 표현한 것이기도 하다.

1905년 을사늑약 이후 일본이라는 새로운 강자의 힘의 논리는 열악한 한국의 현실을 오히려 과장하였으며, 한국 민족에게 패배주의적인 인식을 심는 데도 일익을 담당했다. 그 가운데에서 결코 자유로울 수 없었던 지식인들은 근대 국가를 열망하면서 개인의 이중적이고 모순적인 갈등을 드러내기도 한다. '문명적인 것'에 대한 당시 지식인의 인식적 특징은 확실히 기존의 문명담론을 넘어서는 것이었다. 이는 『조양보』의 지면에서도 확인할 수 있다.

> 文明이란 것은 富强을 結託ᄒ야 貧弱을 凌侮홈을 謂홈인가 (…중략…) 英佛獨露와 如ᄒ 第一流文明强大國이라 推ᄒᄂ 者라도 今에 其施政을 觀컨딕 自國만 利케 함을 知ᄒ고 能히 他國을 利케 못ᄒ며 我의 人民만 保護홈을 知ᄒ고 能히 彼의 人民을 保護치 못ᄒ니 (…중략…) 或協商條約을 結ᄒ며 或同盟條約을 訂ᄒᄂ 것이 皆是强國與强國이 一朝利害의 見으로 相合ᄒ야 此主我的國利를 協力遂行코져 홈이 不過ᄒ지라 [18]

제일류 문명국이라는 서구 열강들의 협상과 동맹조약이 모두 강국 간의 이해관계에 불과하며, 부강함으로 빈약함을 누르는 것이 문명은 아니라고 역설하는 이 글의 필자는 당시의 세계정치 정세에 대해 명확한 인식을 하고 있었다. 그리고 이러한 행위는 '범과 이리가 이를 갈며

---

18 「망국지사의 동맹」, 『조양보』 12호, 조양보사, 1907.1, '논설'.

개와 양을 위협하는 것과 흡사하니 이는 야만적 현상'이라고까지 일침을 가한다. 하지만 결국 이 필자가 선택하는 문제의 해결책은 '망국인사'임을 인정하고, 동맹을 맺어 세계 평화협회에 참석하고, 문명국의 권위 있는 재판관의 조사하에 보호국과 피보호국 사이의 갈등문제를 세계 각국 신문지에 발표하는 것이었다. 그렇게 하면 비록 강자라 할지라도 그 사욕만을 내세울 수는 없을 것이라는 '소박한' 낙관론마저 피력한다. 이는 필자가 서구 과학 문명과 가치관을 수용하며 새로운 문명관을 형성해 가면서도 '문명'을 여전히 '문文'으로 인간 사회의 풍속을 밝게 하는, '위무威武'에 대립되는 말이라고 인식했던 유교적 지식인이었기 때문이다.

이와 같은 당시 지식인들의 모습은 『조양보』 소재 단편서사물인 「반도야화」에서도 만날 수 있다. 「반도야화」는 담총란에 실린 대화체 형식의 작품이다. 이 소설의 중심인물은 서양과 일본에서 각국의 제도문물과 국가 성쇠를 연구한 명망 높은 학자 '이사異士'이다. 하루는 '동양 근대위인 증국번의 제자이자, 이홍장과는 동학관계'인 '오씨吳氏'가 찾아와 시국을 논한다. 이들은 '태서 제국의 성쇠가 모두 신학 교육과 관련이 있고, 이를 통한 국민적 정신이 국가의 흥망을 결정짓는다'라는 결론에 도달한다. 그 후 러일전쟁이 발발하자 그 참상을 견디지 못한 '이사'는 미국으로 떠났다가 다시 돌아온다. 평양에 머물며 또 연구를 계속하던 어느 날, 유생들이 담화를 나누고자 '이사'를 방문한다. 나라를 되찾을 수 있는 방법으로 '이사'가 가장 긴요하게 내세우는 것은 '국민적 덕성', '개인의 정신'이다. 그리고 함께 모인 이들은 한국의 미래보다는 서양에 대한 동양의 운명을 걱정하며 청국과 일본, 한국의 협력이 시급한 때임을 확인한다. 글이 전개되는 동안 '이사'가 일본의 압박을 '터력

만큼도 두렵지 않다'고 장담하는 이유는 일본은 '병력兵力술책만 아름다운 줄 알고 인심을 살피는 정성이 없으니 제국주의라고 칭할 수도 없는' 나라이기 때문이다. 오히려 정말 두려운 대상은 '나파륜적 태서외교가의 압박'이다. 그리고 그러한 인식의 지반에는 '공맹의 도'가 있다.

> 泰西强國에는 孔孟의 書ㅣ 未有ㅎ나 孔孟의 道는 存ㅎ니 世上에 何人이 德義을 忘ㅎ고 能히 自立흔 者ㅣ 有ㅎ며 天下에 何國이 悖德不義흔 人民을 集ㅎ야 能히 强盛흔 者ㅣ 有ㅎ리오 泰西諸國을 熟視ㅎ건디 其民은 廉恥公直흔 視ㅣ 有ㅎ고 其士은 克己復禮흔 志ㅣ 有ㅎ야 然諾를 重히 ㅎ고 責任을 好尙ㅎ야 士ㅣ 다 君子로 自處ㅎ니 如斯ㅎ면 비록 孔孟의 書를 不讀ㅎ나 可히 이로디 能히 孔孟의 道을 守ㅎ는 者라 ㅎ리라 [19]

'서양 각국의 인민은 체면과 부끄러움을 알고, 그 선비는 극기복례하는 군자들이니 그들은 비록 공자와 맹자를 읽지는 않았지만 공맹의 도를 알고 지키는 이들'이라는 것이다. 이와 같은 지식인의 인식 저변에는 전통적인 문명 관념이 여전히 지배적이었음을 알 수 있고, 그러한 관념은 서구문명을 수용하는 방식에서도 대립이 아닌 봉합의 관계로 나아갈 수 있는 계기를 마련한다. 이러한 글의 연장선상에서, 『조양보』의 소설란에 꾸준히 번역, 연재된 「비스마룩구 청화」의 독일 비스마르크나 「갈소사전」,[20]의 헝가리 애국자 라요시 코슈트, 「애국정신담」,[21]의 프랑스 청년 보드리와 모리스 같은 서양 영웅의 모습은, 동양

---

19 「반도야화」, 『조양보』 1호, 조양보사, 1906.6.25.
20 양계초, 이보상 역, 『(흉아리애국자)갈소사전』, 중앙서관, 1908.
21 애미아랍(愛彌兒拉), 愛國逸人 역, 「애국정신담」, 광지서국, 1903.

의 그리고 한국 청년의 이상적인 모델로 제시되었고, 을지문덕, 이순신과 같은 한국 영웅 찾기로 연결된다. 국가 위기를 구하는 영웅적인 모습과 국가영역을 확대해 가는 역할 등의 기술을 통해 국민들의 애국심을 고취시키고자 한 것이다. 『조양보』에서 담총과 소설란을 통해 세계 문명을 소개하는 방법은 서구의 영웅 서사를 번역하여 싣는 것, 그리고 다음은 세계의 기이한 서사를 번역하여 싣는 것이었다.

'망국'을 실감으로 체현하던 『조양보』의 편집자들은 시야를 세계로 확장하여 서구 문명에서 보이는 '혁명'을 번역한다. 그들은 혁명과 암살을 기도하는 인물과 단체의 이야기를 소설란에 싣는 방식으로 일본에 대한 모반을 꿈꾸었다. 12호에 실린 「세계저명ᄒᆞᆫ 암살기술」은 그 대표적인 예에 속한다. 이 소설은 알렉산더왕의 아버지인 필립포스왕의 암살사건을 '약기略記'[22]한 번역물인데, 무엇보다도 내용의 전개과정에서 보이는 '편집자 주'가 관심을 끈다.

西曆紀元前後稗史中에 暗殺安으로 血史를 成ᄒᆞᆫ 者 ㅣ 頗多ᄒᆞ니 盖其事案은 國家的 思想으로 一代革命精神을 呈出ᄒᆞ고 其奇術은 暗殺的 機關으로 當時英雄手段을 奄護故로 特히 小說部에 編入ᄒᆞ야 我韓英雄豪傑之士의 參照를 供給코져 ᄒᆞ노라

이 글을 번역해서 싣게 된 편집자는 역사적인 암살 사건을 '국가적 사상·혁명 정신'의 발현이라 규정짓고, 이 서사물을 "특히 소설부에 편입하여 아한 영웅호걸이 참조"하게 하겠다는 의도를 밝힌다. '특히

---

22 '약기(略記)'했다는 말은 『조양보』 소재 소설에서 자주 보이는 표현이다. 소설을 '기(記)'한다고 인식한 당대의 소설관을 엿볼 수 있는 대목이다.

소설부에 편입'했다는 언급은 그만큼 독자들의 소설란에 대한 기대치가 높았다는 뜻이기도 하지만, 당시 정치 현실에서 가지고 있던 편집진의 의도를 '소설'이라는 영향력을 가진 장치를 빌어 우회적으로 드러냈다는 것과도 연결 지을 수 있다. 필립포스가 암살을 당하는 본격적인 서사가 시작되기 전, 편집자는 다시 개입하여 '암살하던 사실을 약기하여 그 기술정신을 참고'하게 하겠다는 의도를 명확히 한다. 그리고 암살 장면의 묘사 부분에 이르면 자객이 어떻게 왕을 칼로 찌르고, 어떻게 도망갔는가를 비교적 상세히 기술하고 있다. 『조양보』 2호 소설란에 실린 「파란혁명당 위모궤계」도 같은 맥락의 서사물이다. '혁명당'이라는 말마저 낯설었던 당시 한국에서, 바르샤바의 감옥에 수감된 당원을 구출해 내는 혁명당의 기교를 소개하는 내용은 분명 독자들에게 '자미'도 있었지만, '참고'해야 하는 사건이기도 했을 것이다. 이 소설은 바로 열흘쯤 뒤 『제국신문』의 '이어기담'란에 순국문으로 번역되어 실림으로써[23] 더 다양한 계층의 독자들과 만나게 된다.

외국 신문 기사 중 기이한 이야기를 '세계총화', '세계기문'식으로 묶어 담총/소설란에 싣기도 했다. '―다더라'식의 소문에 기반하여 실은 잡보식의 기사이면서 시야를 세계로 확장하여 이야기의 대상을 잡지 소설 지면에서 동시대적인 감각으로 접할 수 있게 했다는 특징이 있다. 유럽 모든 나라 황실을 살펴보니 황제가 대체로 황후보다 신장이 작다든가, 미국 캘리포니아의 외과의사가 교통사고를 당한 환자의 심장을 꺼내 모래를 씻고 원래 자리에 넣어 봉합하니 살아났다는 내용, 비스마르크와 친구의 일화 등 다양한 소재의 이야기들이 실린다.

---

23 「아라스 혁명당의 공교훈 계교」, 『제국신문』, 1906.7.24~25, '이어기담'.

1906년의 잡지 『조양보』는 한글보다 한문이 더 익숙했던 당시 지식인 계층을 독자로 삼았던 만큼 국문소설을 싣지는 않았지만, '소설'이라는 것이 '자미'를 통해 독자와 만나고, 독자에게 영향력을 행사하게 되리라는, 획기적인 의식의 전환으로 소설란을 고정했다. 하지만 『조양보』에서 강조하던 '소설의 자미'는 통속화된 재미가 아니라 대중적 흥미를 유도하여 교훈을 설파하기 위한 '수단적' 재미였다.[24] 그렇게 당시 독자들은 『조양보』에 게재된 소설란을 통해, 독일의 '비스마르크'와 헝가리 애국지사 '갈소사'를 만날 수 있었고, '국가적 사상', '혁명 정신'으로서의 암살사건도 경험할 수 있었던 것이다. 『조양보』에 실린 글들은 이후 발행되는 여러 매체에 지속적으로 소개되고, 단행본으로 출간되었다. 이는 『조양보』에 펼쳐진 현실인식이 몇몇 편집진의 주도하에 일회적으로 주창된 것이 아니라, 1900년대 지식인의 인식논리와 부합하고, 당대 지식인에게 강력한 영향력을 행사했다는 사실을 보여주는 것이다.

3. 잡저雜著 양식의 국내 학회지 단편서사

1906년은 각종 언론 매체에 소설란이 고정적으로 배치되어 자리를 잡아가던 때였다. 논설이나 잡보란에 실리던 이야기 문학 자료들이 새

---

24 김영민, 「근대적 문학제도의 탄생과 근대문학 지형도의 변화」, 『사이間SAI』 5호, 국제한국문학문화학회, 2008, 38쪽.

롭게 자리 잡은 소설란에 게재되고, 그와 함께 논설에서는 서사적 요소가 사라진다. 일반 대중을 독자로 한 『대한매일신보』 국문판과 『제국신문』 등의 신문소설란은 독자 확보라는 중요한 역할을 맡게 되었다. 한편, 잡지의 경우에도, "소설갓튼 것도 자미잇게 지여서 기송寄送하시면 기재記載"[25]하겠다는 광고를 통해 '소설'을 '재미'와 연결 지은 흔적을 엿볼 수 있다. 그러나 실제 그 게재 여부는 국가의 위기 앞에서 독자를 각성시킬 수 있는가에 달려 있었다. 따라서 1900년대 잡지 편집진에게 '재미'의 요소란 독자가 편집자의 직설적인 논조를 어떻게 이야기처럼 읽게 할 수 있는가 하는 점이었다. 특히 각종 자강운동 단체들인 대한자강회, 서북학회, 기호학회 등이 주요 회원의 기반과 활동공간에 따라 조금씩 차이를 보였다 해도[26] 공통적으로 주창하는 이념은 '교육주의'였다. 이들 단체에서 발간하던 잡지에서 "소설은 지식증진智識增進ᄒᆞᄂᆞᆫ 호재료好材料"[27]로서의 의미를 가졌다. 1900년대에 '소설'이라는 표제를 달고 행해진 글쓰기는 오늘날 소설로 지칭되는 글쓰기보다 그 폭이 훨씬 넓었다.

전통적인 한문 글쓰기 양식에서 중심적인 문체는 시詩, 기記, 서序, 발跋, 논論, 설說, 책策, 소疏, 표表, 지誌, 제문祭文, 행장行狀 등이었다. 그중에도 시서詩書가 가장 주를 이루었는데 이는 한문 문체의 가장 핵심이 시였기 때문이라는 것은 말할 것도 없지만 서 역시 기와 더불어 기록의

---

25 『조양보』 2~11호, 조양보사, 1906.7~12.
26 국내 자강단체 학회지의 발간 연도와 단체기반은 다음과 같다. 1906년 7월 『대한자강회월보』(대한자강회―전국), 1906년 12월 『서우』(서우학회―평안도・황해도), 1908년 4월 『대한협회회보』(대한협회―전국), 1908년 6월 『서북학회월보』(서북학회―평안도・황해도), 1908년 6월 『호남학보』(호남학회―전라도), 1908년 8월 『기호흥학회월보』(기호흥학회―경기도・충청도).
27 『대한자강회월보』, 1906, '특별광고'.

차원에서 실용적으로 많이 쓰였다. 그 외에 잡저雜著란 이름으로 분류된 글들이 있었다. 문의 체제보다는 내용이나 소재의 기이함, 주변성 때문에 다른 분류 속에 속하지 못하는 것들을 주로 묶었던 것이다. 우언寓言이나 전, 설이나 기, 문과 같이 서사를 다룰 수 있는 양식이나 어느 정도 자유롭게 기술할 수 있는 양식을 사용해서 쓰인 글들이 잡저란 제목 하에 분류되었다.[28] 근대계몽기 잡지에서 '소설'로 포섭되는 단편서사는 잡조雜俎, 문원文苑, 담총談叢, 가담街談, 항설巷說, 문예文藝와 같이 직설적인 논설과 배치되는 다양한 이름의 난에 배치되었다.[29]

『대한자강회월보』, 『서우』, 『서북학회월보』 등 일련의 자강운동 단체 발간 잡지들은 국민계몽을 그 목적으로 삼았지만, 주 독자층은 유학이나 한문에 익숙한 지식인 계층과 중등학교 이상의 교육을 받고 있는 학생들이었다.[30] 따라서 이런 잡지들에는 기존의 문학관습에 익숙한

---

28 김성진, 「稗史・小品의 성격과 실체」, 안대회 편, 『조선후기 小品文의 실체』, 태학사, 2003, 83쪽.

29 대상이 된 작품을 매체별로 정리하면 다음과 같다. 『대한자강회월보』: 李沂, 「小說제목없음」, 1906.7~1907.1; 洪弼周, 「小說 小說續」, 1906.11; 出燕巖集, 洪弼周述, 「文苑 虎叱」, 1907.2~4; 朴趾源撰, 李鍾濬・李晩茂譯, 「小說 許生傳」, 1907.2~4; 韓基準, 「小說 外交談」, 1907.5~(미완); 南嵩山人 張志淵, 「文藝 釜山狗」, 1907.7. 『西友』: 支那 哀時客稿, 「文苑 動物談」, 1907.2; 大痴子, 「夢拜乙支將軍記」, 1908.3. 『大同報』: 鶴山子 尹聖善, 「夢事 夢入蜂國說」, 1907.6; 索隱子, 「雜俎 滑稽談」, 1907.7. 『大韓協會報』: 梁啓超, 「小說 動物談」, 1908.4. 『西北學會月報』: 「雜著 蜂國의文明觀」, 1909.2; 滑稽生, 「文藝 狡猾흔 猿猩」, 1909.10; 耳長子, 「雜俎 談叢－甲乙問答」, 1909.10; 耳長子, 「談叢 街談」, 1909.11; 知言子, 「談叢 제목없음」, 1909.12; 「談叢 街談－인력거군 수작」, 1909.12; 耳長子, 「談叢 街談－甲乙問答」, 1910.1. 『기호흥학회월보』: 鳳所生 成樂允, 「雜俎 滑稽小說(短篇)」, 1908.12; 震庵山人述兼評, 「雜俎 小說壯元禮」, 1909.3. 『嶠南教育會雜誌』－北嶽山人, 「雜俎 小說春秋夢」, 1909.5.

30 다음의 인용을 통해 당시 중등학교 이상에 재학 중인 학생층의 한문 실력을 짐작할 수 있고, 각 잡지가 한문체보다 좀 더 대중적인 국한문체를 지향하고 있었음을 알 수 있다. "高等科에는 國漢文 算術 日語稍解者로 檢定許入호되 年齡十五歲 以上으로 二十歲된 者까지 許入홈." 「사립학교규칙」, 『기호흥학회월보』 7호, 기호흥학회, 1909.2.

집필자와 독자층의 성향에 따라 우언의 방식이 사용된 단편서사물이 많이 등장한다. 물론 근대 초기의 서사물에서 보이는 우언의 방식은 명확한 목적의식으로 인해 이전 시기 우언보다 직설적인 면이 강하지만, 여전히 글쓴이의 이념적 환상을 펼쳐내는 몽유나 동물 등의 보조장치를 통해 현실을 드러낸다.

정치문제를 직접적으로 언급하는 것이 불가능하고 간접 비유를 들거나 '소설적'으로 글을 써서 발표해야 했던 당시 지식인들에게 우언은 효과적인 글쓰기 전략이었다. 우언은 화자가 개인의 이야기보다 다른 사람, 다른 것을 끌어들여 자신의 이상을 설득시키는 수단으로 사용되었고, 전통적으로 동아시아의 한문 문명권에서 유력한 글쓰기 수사 방식이었다.[31] 우언은 변란과 동요가 극심한 난세인 춘추전국시대에 권세가의 비위를 거슬리게 하는 정언正言의 위험에서 이탈하려는 사회적 심리와, 불신시대의 청자·독자의 심리를 이용한 시대적 산물이었다. 우언의 성격은 고사故事의 체제를 써서 도덕적인 교훈이나 풍자, 이치를 암시하는 비유를 내포한다. 이러한 표현법은 직설적인 글보다 훨씬 감흥을 일으킬 뿐 아니라 우의하여 상대방이 깨닫도록 다른 이야기를 지어내어 직언처럼 화를 자초하는 강변이 아니었다. 따라서 우언은 난세의 글쓰기로 많이 쓰였다.[32] 당대 한국 상황을 춘추전국시대와 같은 양상으로 이해하고 있었던[33] 근대 초기 유교 지식인들에게 우언적 글

---

31 윤주필, 「우언 글쓰기의 원리와 적용 자료의 범위 연구」, 『한국한문학연구』 28집, 한국한문학회, 2001, 8쪽.

32 안병설, 「우언의 문학적 수용에 대하여」, 『논문집』 12, 국민대, 1978, 102~104쪽 참조.

33 박규수는 김윤식 등 자기 제자들에게 다음과 같이 탄식하며 말했다고 한다. "오늘의 세계정세가 날로 변하여 동서 열강들이 서로 맞서니 **지난날의 춘추열국의 때와 같이** 서로 회맹(會盟) 정벌하여 장차 크게 어지럽게 될 것이다. 우리나라가 비록 작으나 동양의 중심에 자리 잡고 있어 내치외교가 제대로 이루어진다면 나라를 보존할 수 있으

쓰기는 현실 모순을 비판하고 개조하려는 실천 의지의 산물이었다.

1900년대 집필진과 독자에게는 당시의 암울한 시기를 돌파할 출구가 필요했다. 모순된 현실 속에서 안주하지 못하는 인간은 새로운 세계의 체험을 기원한다. 그리고 그때의 필자들은 작중 인물들의 몽중체험을 통해 현실에서 할 수 없었던 것을 맘껏 향유하고자 했다. 이러한 몽중체험은 때로 몽유담 전체의 구조 속에서 그 자체가 목적이기 보다는 오히려 새롭게 각성된 의식에 도달하기 위한 하나의 과정과 단계로서 기능화 된다.[34] 전대의 몽유록 작가들과 마찬가지로 근대계몽기 지식인들 또한 현실의 암담함을 꿈이라는 화소를 중심으로 이 상황이 꿈만 같기를, 아니면 꿈에서와 같이 변하기를 기원한다. 1900년대 잡지에서 보이는 몽유우언[35]에서는 몽유자가 몽중인물을 만나 당면한 역사적 현실을 두고 벌이는 토론이 중요하게 다루어진다. 몽중인물은 주로 신선이나 '을지문덕' 같은 신령하거나 공을 세운 인물이 대부분이다. 『서우』 16호의 「몽배을지장군기夢拜乙支將軍記」(1908.3)에서 꿈속의 을지문덕은 '금일 대한민족에게 필요한 것은 교육이며 한 마음으로 단체를 양성하면 청년자제 중에 무수한 을지문덕이 나와 국권을 회복하리라' 하며 '국성국혈지강무적國性國血至强無敵'이라 적힌 종이를 준다.

나 그렇지 못한다면 나라를 보존키 어려울 것은 하늘의 이치이니 누구를 원망하랴." 박찬승, 「근대적 지식인의 출현과 민족사적 과제」, 『역사비평』 가을호, 역사문제연구소, 1992, 251쪽 재인용.

34 정학성, 「몽유담의 우의적 전통과 개화기 몽유록」, 『관악어문연구』 3집, 서울대, 1978, 433∼434쪽 참조.

35 몽유록을 우언으로 볼 것인가에 대해서는 몽유우언의 전통이 몽유기를 거쳐 몽유록으로 이루어진다고 보았던 윤주필의 견해를 따르기로 한다. 또한 원호의 『관란유고』를 보면, 「원생몽유록」을 이야기하면서 우언이라 말하고 있으며, 남효온의 『추강집』에서도 우언이라 말하고 있어서 전대부터 몽유록을 우언으로 인식하고 있었던 것 같다. 조상우, 「애국계몽기의 우언에 표출된 계몽의식」, 『동양학』 34집, 단국대 동양학연구원, 2003, 61∼62쪽 참조.

꿈은 허환虛幻과 실재가 교차하는 통로이다. 일상적 형태의 꿈은 깨어 있는 의식과 분명히 달라서, 지속적이고 조직적이며 일관성을 지닌 실재 세계가 아니다. 하지만 그것이 더 실제 세계의 모습을 반영할 수 있다는 데서 기몽記夢문학이 성립한다. 꿈은 전통 한문 단편서사에서 내면의 심리를 드러내거나 현실을 우회적으로 비판하는 미학적 기법으로 등장해 왔다. 조선 중기에 들어와 기몽문학은 몽유록계로 이어졌다. 이 몽유록계 단편서사는 '이문희학以文戲謔'하되, 우언을 통해 현실을 비판하려는 의도도 담았다. 임진왜란과 병자호란을 거치면서 몽유록은 정의를 재천명하여 뜻을 같이 하는 사람들의 결속을 다지고 정적政敵에 대한 정신적 우위를 확보하려는 의도를 담게 되었다. 허균에서부터는 꿈속에서 이인異人과 교류하며 현실의 질곡을 벗어나려는 유희의 욕망을 담기도 했다.[36] 근대계몽기 지식인들에게 꿈은 현실을 벗어나는 신기루로 존재하는 것이 아니라, 명징하지 않은 현실세계에서 충족되지 못한 욕망이 생생하게 반영되는 공간이었던 것이다.

한편, 동물 우언은 1900년대 잡지 문예면에 실린 단편서사 중에서도 많은 비중을 차지한다. 정치, 경제, 사회조직 등 전 분야에 걸쳐 심각한 동요가 있던 시기, 직설적이지 않은 가탁적 수법을 통해 사상이나 의도를 전달해 온 동물 우언은 특히 18, 19세기부터 집중적으로 문학사에 나타났다. 이 수사방식은 사회의 추이를 반영하며 배태되는 문제들을 풍자적, 비판적으로 일깨우는 역할을 수행하는 데에 활용되었다. 자강운동에 관여하던 당대 지식인들에게 양계초의 「동물담」 같은 작품은 우언 기법을 적절하게 사용하여 현실의 모순을 반영한 뛰어난 소

---

36 심경호, 『한문산문의 내면 풍경』, 소명출판, 2001, 216~218쪽 참조.

설의 전범이 되었다. 격변기였던 현실 분위기를 반영하듯 1900년대에 발행된 잡지에서도 동물 우언 단편서사가 유행한다.

『서북학회월보』 9호의 「봉국蜂國의 문명관」(1909.2)은 한 탐험객이 각종 동물 나라를 시찰하고 품평한 이야기를 기록한 글이다. 이 글은 동서양 각국의 문명을 직접 거론하지 않고 동물의 생태를 현실 세계에 끌어들여 논리를 전개시키고 있다. 수족獸族의 왕은 호랑이인데, 무력은 최강이나 약한 동물에게 해를 입히니 국운이 오래 가지 못할 것이고, 어족魚族의 왕은 용인데, 법률과 인의가 없는 야만국이며, 금족禽族의 왕은 기러기인데 그 생태가 유목시대의 부락 제도를 면하지 못했다. 그런데 충족蟲族의 왕은 벌로서, 군신 간에 질서가 있고 상벌에 믿음이 있으며, 단합성과 근면성은 인간 사회도 미치지 못할 정도니 문명한 나라라는 것이다. 미미한 곤충에 불과한 벌도 단합성과 근면성이 뛰어난데, 이는 다름 아닌 맹렬한 성질이 있기 때문이다. 작자는 문명이란 바로 단합성과 근면성을 바탕으로 이룩되는 것이며, 맹렬한 성질, 즉 진취적인 정신이 그 성패를 좌우한다고 본다. 이는 암울한 시대적 상황에 움츠려 들고 소극적인 국민들에게 적극적인 정신을 통해 혼란한 시국을 극복해야 함을 호소한 것이다.

『대한자강회월보』 13호에 실린 장지연의 「부산구釜山狗」(1907.7)도 이와 비슷한 맥락에서 국민의 단합을 강조하고 있는 작품이다. 필자는 부산에 갔다가 어떤 가게의 사나운 개를 둘러싼 사건을 접한다. 그 개는 너무 사나워 사람이건 같은 개이건 근접을 못할 정도인데 어느 날 '이복異服을 한 사람이 나막신을 신고' 개를 끌고 가게 앞을 지나다가 개끼리 싸움이 붙는다. 자기 개를 보호하려고 '이복인'이 몽둥이로 가게 개를 무참하게 때리는데 가게 주인을 비롯한 주변 사람들은 겁을 내며

지켜보기만 한다. 그때 평소에 가게 개에게 늘 당하기만 하던 동네의 다른 개가 합세하여 상대 개를 물어뜯어 죽인다. 그 광경을 본 사람들은 저 어리석은 동물도 개인적인 서운함을 잊고 동족의 위기에 목숨을 걸고 싸우는데, 우리는 동포·동족이 도탄에 빠져도 뒷걸음질치고 물러서기만 하니 창피하다며 통곡한다. 여기서 나막신을 신은 이복인은 일본인이고 싸움이 붙은 개들은 일본과 한국의 정세이며, 지켜보던 주변인들은 위기 앞에서 쭈뼛거리는 한국인들의 모습이다. 장지연은 현실의 위기 상황을 개들의 싸움에 빗댄 이 글에서 국권회복을 위해서 계층 간, 세대 간의 통합이 무엇보다 절실함을 역설하고 있다.

1900년대 국내 잡지에 게재된 몽유와 동물우언의 단편서사물은 표기상으로 대부분 한주국종漢主國從의 국한문체이다. 당시의 국한문체는 한문에 익숙한 지식인들이 일반 대중과 소통하기 위해 '한문체를 버리고, 한자만을 취함'으로써『황성신문』과 학회지를 비롯한 각종 잡지에서 가장 성행하던 문체였다. 그러나 "국한문을 작作흠에도 한문작법作法에 의하는"[37] 것이 현실이었다. 몽유와 동물우언은 이러한 기존의 문관념에 익숙했던 잡지 편집진과 주요 독자층의 성향에 가장 부합하면서도 국권 회복의 열망과 위기 극복의 의지를 표출할 수 있었던 글쓰기 방식이었다.

1900년대 국내 학회 발간 잡지에 실린 단편소설 중 자주 등장하는 또 하나의 기법이 대화, 문답이다. 이 유형은 '기자記者의 목소리'인가 '세인世人의 목소리'인가에 따라서 크게 두 가지로 나뉜다. 전자의 경우는 논자가 허구적인 인물을 내세워 현실 문제의 비판과 아울러 경세적

---

37 최재학,『실지응용작문법』, 휘문관, 1909, 1~2쪽 참조.

인 정론을 피력하는 글이다. 이는 단체의 유지와 확장을 위해 불가결한 요소였던, 연설이나 토론과 같은 말하기 방식이 녹아든 수사 방식으로, 당대의 공통 관심사인 교육의 필요성을 역설하는 내용이 다수를 이룬다.

'세인'의 목소리를 통해 현실 문제를 들려주는 가담, 항설 형식은 맞닥뜨린 현실 문제를 생활인의 눈으로 보고 그 느낌을 피력하므로 세상 사람들의 투박하면서도 생동감이 넘치는 어휘들이 자유자재로 구사된다. 가담과 항설은 '기자'가 술집에 가거나 길을 걷다가 그 곳에서 수작酬酌하는 사람들의 대화를 듣게 되고, 그 대화를 들은 기자의 평으로 마무리를 하는 서술 구조를 이룬다. 이 같은 글쓰기는 이미 1900년대 초반부터 『황성신문』 논설란에서 접할 수 있다. 1901년 4월 18일 자 『황성신문』 논설은 "내가 남교南郊를 걷다가 쉬려고 들른 야점野店에서 우연히 본 일이 가히 참조할 만하니 돌아와 기記하노라"[38]라는 서두로 시작하여 수삼인이 술집에서 수작하는 내용을 그대로 기록한 글이다. 이 글에서는 세인들이 개화에 대한 소박한 자신의 견해를 말하면서 개화의 문제점을 그들의 생활 속에서 날카롭게 포착하여 비판하고 있다. 그런데, 그들의 대화를 기재한 부분은 국한문 신문인 『황성신문』의 다른 논설들에 비해 순국문의 표현이 자주 쓰인다.

開明인지 大明인지 近十年을 目睹ᄒ되 한 일 ᄒ 거 무어신가 ᄉ벽달 보자고 初昏부터 기다림일세 孟浪ᄒ 일이 아닌가

西洋國法을 밤낮 模倣ᄒ다 ᄒ니 황ᄉ거름을 ᄯ르면 뱁ᄉ 다리가 ᄶ어지

---

38 원문은 다음과 같다. "余ㅣ 適出於南郊ᄒ야 歇脚于野店이러니 偶有所見이 可助一粲故로 歸而記之ᄒ노라"

느니 億年을 追逐ㅎ여도 어지간히야 무어슬 허지 한춤 쉬어라

大國所聞 들엇나 西洋國人이 開戶에 萬國公法을 前陪로 닉셰더니 一朝
에 암치쌕다귀 불기미 덤벼듯 혼다 ㅎ니 可謂信斧斫足 아닌가

그 말죠의 世上事가 제 쌤 제 치느니 昏迷흔 잠쇠듸와 搖亂흔 숨자리를 졔
먼저 覺得ㅎ얏스면 어늬 張飛 아들놈이 北京城中에 依幕帖을 부치리오.[39]

논자가 거닐었던 남교南郊는 남대문 밖을 가리킨다. 당시 성문 밖은
조선시대부터 상인과 천민 등 사회의 밑바닥에서 호구를 이어가던 하
층민의 집단 거주지였다.[40] 그곳에 있는 술집에 들어간 논자가 듣게 된
세상 사람들의 걸쭉한 입담은 당대 정세를 곱씹어보게 하는 내용들이
었다. 한문을 쓰는 지식인 필자는 자신과 관련된 부분은 국한문체를
쓰지만, 그들의 입담이 담긴 표현은 국문으로 쓸 수밖에 없었다. 위 인
용문 가운데 밑줄 친 부분은 '한마디로 믿는 도끼에 발등 찍힌 꼴 아닌
가'의 한문 표현이다. 원래 술자리에 있던 사람이 '신부작족信斧斫足'이
라고 하지는 않았을 것이다. 이는 필자 입장에서 세인들의 대화를 한
문으로 옮겨 적고자 했던 흔적이라고 할 수 있다.

세인들의 입담을 빌려 현실 모순을 고발하는 논자는 글의 서술 구
조 안에서 적당한 거리를 두고 방관자적 입장을 견지한다. 논자는 절
대로 그들의 대화에 관여하거나 대화 도중, 평가를 내리지 않는다. 대
화를 귀 기울여 들을 뿐이며, 판단은 마지막으로 유보한다. 세인들의
대화 공간에 틈입하지 않으면서 그들의 대화 내용은 논자와는 무관한
한 편의 이야기를 구성하며, 그들의 입담은 그대로 글의 문체가 되는

---

39 『황성신문』, 1901. 4. 18, '論說'.
40 서울시사편찬위원회, 『서울육백년사』(민속편), 서울특별시, 1990.

것이다.

국한문을 중심 표기문체로 사용했던 1900년대 잡지에서도 '가담항설'은 역시 국문으로 씌어졌다. 『서북학회월보』 19호의 「뒤장이 수작」(1910.1)은 매음을 주선하는 뚜쟁이들이 주고받는 말이 중심내용을 이루는 글이다. 필자는 잠이 오지 않아 뒤척이다가 새벽녘 장국집을 찾아간다. 거기에서 막걸리를 마시며 뚜쟁이 박가가 동료에게 들려주는 이야기를 듣게 된다.

> 요시 長安안 사름들이야 니남업시 동굴암이가 밧작 말나서 밋처 조석도 난게홀 지경인데 미음녀의 싱각날 결을 잇나 요시 시골서 시로은 작자들이 집에서 볏섬이나 팔아가지고 온 작자덜 더러 잇데 이 작자들이 상게 어리석어서 長安안 갈보 벗삭 말나죽기 된 줄 알고 솔기 어물전 엿보듯 흐는 자들 만테[41]

1900년대 말, 콜레라 창궐로 서울의 민심이 어지러운 가운데, 일본 측은 구 은화와 백동화白銅貨를 폐지하고 신화新貨 제조를 위해 구화舊貨를 거둬들이고 있었다.[42] 서울의 경제사정이 급격히 어려워지자 뚜쟁이인 박가에게 새로운 물주는 '상게('아직'의 평안도 방언) 어리석은' 시골 사람이다. 그는 그나마 돈을 적게 들이려고 박가에게 비밀 매음녀를 소개받았는데, 그 여자에게 혹해서 오히려 가산을 탕진하고 있다는 것이다. 매음을 하는 여자와 그 여자 집안에 대한 표현은 다음과 같다.

---

41 「뒤장이 수작」, 『서북학회월보』 19호, 1910.1, '담총'.
42 정교, 『대한계년사』 9, 소명출판, 2004, 23·43쪽; 황현, 『매천야록』 하, 문학과지성사, 2005, 478·618쪽 참조.

그 년이 본 남편 싱이별훈 후에도 발셔 몃놈을 쌔라 먹어 물인 놈은 가죽도 훌아 안남앗다네 훈놈(시골사람)이 아모 버어리도 업시 공식구(여자식구) 팔구명을 멱여 살니라니 석숭의 맛아들이면 견듸깃나 쏘 그 식구가 먹기 쓴인가 어미년은 뒤에 안자 축여서 의복차니 용차니 밤낫 청구훈네 거견될 수 잇나 그 놈 쎄쌔저 위션 죽을 걸[43] (괄호는 인용자)

걸쭉한 입담으로 매음과 관련된 사회 세태를 신랄하게 꼬집고 있는 박가의 말을 듣고 난 필자는 비통한 심정으로 다음과 같은 자신의 견해를 밝히고 글을 마무리한다.

本執筆人이 此言을 聞훔이 最是可痛훈도다. (…중략…) 財政困難훈 時代를 遭호야 同胞의 飢餓가 在在相續호거늘 此는 不求호고 如此훈 蕩費에 浪擲호니 寒心훈 바이며 (…중략…) 所謂葛甫의 母娚輩도 各其生活을 自圖홀지어늘 其女其妹를 買食코자 호니 如此훈 惡習이 世界에 豈有호리오 兩方이 各各 醒悔호야 恒産을 勿失호고 完全훈 人格을 準備홀지어다[44]

필자는 재정이 곤란한 시대에 방탕하게 돈을 낭비하는 것과 딸·누이의 몸을 팔아 무위도식하는 이들의 악습을 비판하며 '각각 각성하여 완전한 인격을 준비'하라고 다그친다. 하지만 필자의 국한문체로 씌어진 정론은 실제 생생한 생활언어로 세태를 고발하는 세인들의 말보다 힘을 갖지 못한다. 필자는 그 점을 알았고, 그들의 말을 국문으로 옮겨 적는데 서슴지 않았던 것이다.

43 「뒤장이 수작」, 앞의 책.
44 위의 글.

『서북학회월보』 18호의 가담 「인력거군 수작」(1909.12)은 인력거꾼들의 경험담을 통해 당시 서울의 세태를 고발하는 단편소설이다. "교동병문 좌편짝에 인력거군 삼삼오오 작대하여 지껄이는 수작 가관일세"라는 서두로 시작하여 세 명의 인력거꾼이 이야기를 들려준다.

> 돈두 요시에는 엇지도 밧삭 말ᄂ는지 량반인지 두돈 오푼여슷무진지 한
> 사람들도 인력거야 ᄒ는 소리 젼혀 업데 위선 녀편네보긔 붓그러워 들어갈
> 수도 업고 들어간들 무엇이라고 말ᄒ나[45]

첫 번째 인력거꾼은 돈을 벌지 못해 마누라 속곳을 전당 잡히고 끼니를 때웠다는 이야기를 들려주고, 두 번째 인력거꾼은 양반을 태우고 받은 오십 전을 술 마시는 데 다 날리고 빈손으로 돌아가 부인에게 핀잔을 들었다는 이야기를 한다.

> 오난 길에 종로 향랑 뒷골노 지나노ᄅ니 약주 닉님싀ᄂ 코를 찌으고 속에
> 서 회ᄂ 동ᄒ여 목젓이 질알질ᄒ데 참싀 방앗간으로 거져 지날 수 잇ᄂ[46]

세 번째 인력거꾼은 원래 시골서 서울 구경 왔다가 돌아갈 노자를 벌기 위해 인력거를 끌게 되었다. "운수좋은 날이면" 양반을 태우고, 그렇지 않으면 병문에서 낮잠이나 자곤 하는데, 어제 한 양반을 태워다 주고 나니 그 사람의 마누라가 밥발이를 전당 잡혀 훨씬 못 미치는 삯을 주며 적선한 셈 치라고 사정을 한다. 인정이 불쌍해 돌아선 인력거

---

45 「인력거군 수작」, 『서북학회월보』 18호, 1909.12, '담총'.
46 위의 글.

꾼은 다음과 같이 말하며 허세 부리는 양반을 비판한다.

> 허리 부러진 놈들은 서울에만 뫼여 잇데 밥발이 잡힐 형세에 허기지고
> 쫑쓸 놈의 인력거는 무슨 인력거야 별에 별놈들 다 보깃데 사람이 운수가
> 사나오니 잡바저도 코이상할 일이야[47]

편집자적 논평도 없이 세 번째 이야기로 마무리되는 이 글은 현진
건의 「운수좋은 날」의 몇몇 장면을 연상시키는 작품이다. 이와 같이
지식인 계층에서는 형성되기 어려웠던, 솔직하고 대담한 세인들의 담
화는 지식인들의 귀에 사회 세태를 고발할 수 있는 더할 나위 없는 글
쓰기 소재였다. 지식인 필자는 자신의 사회 악습을 비판하는 국한문체
의 정론이 생생한 생활 언어로 세태를 풍자하는 세인들의 말보다 힘을
갖지 못함을 자각했다. 따라서 한문에 익숙했던 필자는 그들의 말을
국문으로 옮겨 적었고, 세인들의 입담은 그대로 글의 문체가 되어 당대
현실 세태를 고발하는 역할을 할 수 있었다.

---

47 위의 글.

4. 『장학보』학생 현상단편소설

『장학보』는 1908년 1월 20일 장학월보사에서 창간한 학생잡지이다. 발간 목적은 "일반학원一般學員을 장려獎勵ᄒ야 자상진보自相進步케 ᄒ며 문학계文學界를 찬조贊助ᄒ야 사기士氣를 진흥발달振興發達케 홈"[48]에 있었다. 사장은 박태서朴太緖, 총무 겸 시상원施賞員은 이상민李相敏, 편집 겸 발행인은 이보상李輔相이다. 박태서는 1875년 한성출신으로 와세다 대학 정치과를 졸업하고 1906년에 귀국하여 계몽운동의 일환으로 설립된 근대적 발행인쇄소 보성관普成館에서 번역원과 교정원을 역임하고, 『장학보』사장을 하기 전에는 관립한성일어학교에서 부교관을 지낸 초기 유학 지식인이다. 『장학보』를 편집 발행한 중심인물인 이보상은 1906년에는 대한자강회에 참여했고, 1908년 8월에는 문관文官에 합격하여 경남에서 서기로 공직생활을 시작했다가 1920년대에는 남해군 군수를 역임한 이후 1930년대에는 『매일신보』에서 본격적인 문필활동을 한다. 그는 1900년대에 『갈소사전』, 『애국정신담』, 교육소설 『이태리소년』 등과 같은 역사전기물의 역술자로 이름을 날리던 인물이다. 이들은 모두 청년학생들의 교육이 나라를 부강하게 만드는 원천이 된다는 생각을 갖고 있었다. 1호의 발행취지서에서 박태서는 "저 구미열강의 문명부강도 학문을 장려하고 인재를 택함으로 이루어진 것"이라고 역설하며 "학생들은 이 월보月報로 기관機關을 삼아 기운을 떨치고 능력을 키워 나라를 일으킬 것"을 당부한다.[49]

---

48 「獎學報校正規則」, 『장학보』 5호, 1908.5.
49 박태서, 「發行趣旨書」, 『장학보』 1호, 1908.1.

학생잡지인『장학보』의 주 독자층은 서울과 지방 각지에 활발하게 설립되기 시작한 근대식 학교 학생들이었다. 각 학교는 대금을 납부하지 않아도『장학보』의 의무 구람購覽원이었다. 매호마다 각 학교의 교장이나 교사들의 축사를 실었다. 학생독자 유치와 학업 장려뿐만 아니라 학생연합 친목회를 조직하는 중심 역할을 하기도 했다. 또한 학생들의 원고를 수합하여 시상하는 제도로서 '현상모집懸賞募集'을 시행했다. 그리고 이 현상제도를 통해 뽑힌 학생들의 글로 지면의 대부분을 채우는 등 본격적인 학생 현상문예지를 표방했다.

第二章 懸賞募集

第十三條 一般學界를 獎勵홀 方針으로 左開科目을 懸賞募集홈

論述 小說 詞藻 作文 歷史 地理 筭術 書法 才談 謎語 國文 語學

第十五條 論說小說은 不爲 懸題홈

第十六條 詞藻 作文 歷史 地理 筭術 書法 才談 謎語 國文 外國語는 皆爲 懸題홈

第十七條 懸賞의 分等은 如左홈

一 論說小說은 一等各一人各十圜 二等 各一人各五圜 三等各一人各三圜

第十八條 每回懸賞人員은 二百三十四人에 勿越홈

第十九條 每回施賞金額은 無價進呈ᄒᆞᄂᆞᆫ 報價를 幷ᄒᆞ야 一百六十一圜에 勿越홈

第二十條 一回應募人이 五千人以上에 達홀 時에ᄂᆞᆫ 推選人員과 懸賞金額도 變更增加홈

第三章 應募人의 資格

第二十一條 應募人의 資格은 如左홈

一, 一個月以上 報價를 先納한 者

二, 學校生徒 三, 學業上에 有志한 者[50]

　'학보교정규칙學報校正規則'은 전체 18장으로 구성되어 있는데, 현상 모집과 응모방법 등에 대한 소개가 가장 길게 언급되어 있다. 그만큼 『장학보』의 현상모집은 잡지 내의 부속적인 행사가 아니라 중추적인 사안이었음을 알 수 있다. 일반 학계를 장려하기 위한 방침으로 현상 모집에는 논술, 소설, 사조, 작문, 역사, 지리, 산술, 서법, 재담, 수수께 끼, 어학 등을 세분화했으며, 수상자에게는 상금을 주었다. 대신 1개월 이상의 구독대금을 선납한 자나 학생에게만 응모자격을 부여했다. 일 등 수상자는 사진을 게재하고, 일등 수상자의 집에 사원을 파견하여 "부형父兄을 찬하讚賀"하겠다는 등의 시상과 포상에 대한 부분을 강조하 고 있다. 특히 1등들을 모아 매년 결선을 거쳐 3년간 해외유학경비를 지원하겠다는 상품을 걸었다.[51] '학보교정규칙'에는 해외유학과 관계 된 항목이 자세하게 제시되어 있다.

第10章 決選留學

－유학생 자격 조건

1. 刑事상 범죄가 없는 자

2. 惡疾이 없는 자

3. 장래 유망한 청년

4. 戸主가 아닌 자

---

50 「奬學報校正規則」, 앞의 책.
51 『대한매일신보』 국한문판, 1907. 12. 18～20, '광고'.

5. 신체 건강한 자

6. 연령 15~30세

—유학생은 다음 사항을 어기면 유학생 자격을 박탈함.

1. 질병 3개월 이상일 때

2. 本國과 本社 체면을 손상할 때

3. 낭비로 빚을 질 때

4. 3번 이상 낙제할 때

5. 유학한 나라의 國法을 위반할 때

—이와 같을 때 유학생 대우를 정지하고 학비를 보내지 않음.[52]

하지만 이 특전은 『장학보』가 5호로 종간되면서 실현되지는 못한
다. 국내외 여기저기서 '교육'을 주창하는 분위기에서 국내의 젊은 청
년과 학생들에게 외국 유학은 선망의 대상이기도 했다. 매달 300명 이
상의 학생들이 응모했으며, 응모원고를 싣기 위해 다른 난을 생략하는
경우도 있었다.[53]

『장학보』의 현상응모에서 주목할 만한 부분은 바로 소설 모집에 관
한 부분이다. 각 모집 분야마다 상세한 응모 기준과 방법을 제시하고
있기 때문에, 소설에 대한 응모기준도 상당히 구체적인 편이다. 소설
관련 응모기준에 대한 항목은 다음과 같다.

第二條 本報目次는 如左홈
一 社說 二 論說 三 小說 純國文短篇 四 學術

---

52 「奬學報校正規則」, 앞의 책. 인용문은 현대어로 수정.
53 『장학보』 1~5호, 1908.1~5, '社報'.

五 文藝 六 學海評論 七 雜報 八 社報

第五條 小說은 學術敎育에 關ᄒᆞ 事

第十五條 論說小說은 不爲 懸題홈

第三十八條 論說小說은 一行三十字 三十行以上五十行以內로 홈

第二十九條 小說은 人을 諷刺ᄒᆞ거나 事를 譬喩홈을 不得ᄒᆞ며 純國
文으로 홈[54]

이 기준에 따르면, 『장학보』에서 요구하는 소설은, 문체면에서 순
국문, 분량은 600자 이상 1,000자 이내의 단편, 제목은 없으나, 내용은
풍자나 비유를 쓰지 않은 학술교육에 관한 것이다. 전통 한학 지식에
기반한 당대 국내 논자들로서 소설을 정론적인 글인 논설과 함께 병기
하며 그 가치를 중시하고 있다는 측면에서 이례적이라 할 만하다. 1906
년 이후 각 매체에서 소설란이 부각되어 설치되었고, 서사 작품이 유행
처럼 수록되었지만, 이렇게 소설이 논설과 대등하게 배치되는 구도는
아니었다. 그만큼 근대교육을 받는 신지식인 청년 학생들에게 소설식
의 글쓰기가 '문학계'를 풍성하게 한다는 인식이 배태되기 시작한 것이
다. 또한 사장인 박태서가 개화 초기 일본 와세다대 유학생이었다는
점도 영향을 끼쳤을 것으로 보인다. 하지만 교육잡지를 표방했고, 고
시考試를 담당한 인물들이 전통 유가 지식인이었으므로 선정작들은 내
용면에서 제한적이고, 형식면에서는 고답적인 부분이 많았다.

『장학보』에 선정작으로 제목이 발표된 단편소설은 총 15편이다.[55]

---

54 「奬學報校正規則」, 앞의 책.
55 노인규, 「農家子」, 1908.1; 심상식, 『만오(晩悟)』, 1908.2; 육정수, 「혈의 영(血의 影)」,
  1908.2; 이규창, 「영웅의 혼」, 1908.2; 민천식, 「蠅笑蜜蜂」, 1908.2; 심우섭, 「枕上有覺」,
  1908.3; 유병휘, 「敎子說」, 1908.3; 차이석, 「夢中夢」, 1908.3; 이원백, 「見松悔悟」,

이 중 3편이 내용면에서 학술과 무관하다는 이유로 게재되지 않아,[56] 수록된 작품은 12편이다. 소설 고시考試는 이유형, 장지연, 남궁억이 보거나, 사측에서 직접 담당했다. 이들은 대부분의 작품 말미에 한문 문장으로 평문을 달았다. 1등 선정작은 1편이고, 나머지는 2, 3등, 또는 등외等外 작품이 실리기도 했다. 평문에는 "국문이 소설가에 미치지 못한다評日國文頗多違然製法得小說家手段", "자모음사용에 주의를 요한다評日文筆俱佳但子母反切宜加注意", "노자를 따르는 것이 소설체라고 오해한다評日縱有郎老子母之誤大得小說之體", "시작과 끝이 소설체에 미치지 못한다評日稍爲合格而頭尾有欠小說體"처럼 국문 사용의 미숙함을 지적하거나, '소설체小說體'에 부합 또는 부합되지 않는다는 표현이 자주 등장했다. 이는 당대 지식인 필진만큼이나 근대교육을 받던 지식인 청년독자들도 국문 글쓰기가 한문보다 익숙하지는 않았다는 점, 그리고 당대 지식인들 사이에는 '소설체'라는 말이 공유되고 있었다는 것을 보여준다.

발표된 단편소설에는 내용면에서는 모두 권학勸學과 계몽을 강조하고 있으며, 형식면에서는 꿈의 활용을 통한 액자식 구성이 가장 흔하고, 동물 우화도 자주 등장한다. 전체 현상단편소설 중에서 세 번이나 당선작으로 발표된 것은 육정수陸定洙의 소설들이다. 당선될 당시 23세였던 육정수는 배재학당 출신으로 신소설 『송뢰금』을 발표했고, 근대 한국 기독청년 운동에서 핵심적인 역할을 한 인물이다. 『장학보』에 당선작으로 뽑힌 육정수의 작품에 대해 고시를 본 『장학보』 편집진은 "가히 신인신수新人新手라 할 만한 신체新體를 펼치고 있다評日語新體新可謂

1908.3; 신태원, 「家道整齊」, 1908.4; 원용진, 「婦人權學」, 1908.4; 육정수, 「蝶嬴 과라의 子」, 1908.4; 이승환, 「夢의 刑」, 1908.4; 육정수, 「水輪의 聲」, 1908.5; 심우섭, 「夢覺」, 1908.5; 이원성, 「決斷巖」, 1908.5.

56 심우섭, 「枕上有覺」, 1908.3; 차이석, 「夢中夢」, 1908.3; 신태원, 「家道整齊」, 1908.4.

新人新手"는 높은 평가를 내린 평문을 실었다. 세 작품 모두 주제는 교육, 권학의 장려인데 형식면에서는 여타의 다른 선정작들과는 차별적인 모습을 보인다. 꿈을 활용한다거나 대화를 통해 직설적인 주제를 말하기 방식으로 보여주는 서술은 기존의 한문단편 기법을 답습하고 있지만, 순국문 표기를 충분히 활용한 의성어와 의태어의 참신한 사용, 역동적인 장면 제시, 생생한 묘사 등이 인상적이다.

> 긔격소릭는 밤중 젹막흔디 한양셩닉를 깨우는듯 삭풍에 소릭를 날니여 쒸쒸쒸 긋차는 정거장에 다다라 반가온 소식을 팔만이쳔방리에 젼흐는듯 김쌔지는 소릭는 쇄쇄쇄쇄 긋차문을 열고 나오는 남녀승긱은 졔졔이 오싴 옷을 닙고 팅극국긔를 손에 드러 두루며 '졔국만셰'를 셰계가 뒤집히는듯 소릭를 지르는디 도화동북 송이나무가지에 흰눈발은 써러져 츈싴이 빗췰드시 쑥쑥쑥 경운이는 반가온게 지치여 츔을 츄는듯 맨발로 쒸여나가 마지랴 흐면서 준을 드러보니 남녀승긱은 쎼를 지여 슝예문으로 향흐는디 총총이 슨 긔발은 '독립만셰' '자유만셰' '교휵만셰' '실업만셰' 바람에 펄펄 혼날니고[57]

위 작품은 2호에 실린 「혈血의 영影」의 한 부분이다. 이 소설의 주인공 경운은 "책상에 의지하여 잡지를 보다가" 요란한 소리에 창문을 연다. 위 인용은 한양의 밤잠을 깨우는 요란한 기적소리와 깃발을 들고 무리를 지어 가는 군중을 묘사한 부분이다. 높이 든 깃대엔 '대한혼'이라는 글자가 새겨져 있고, 이에 목이 찢어지도록 만세를 부르던 경운은

---

57   육정수, 「혈의 영(血의 影)」, 『장학보』 2호, 1908. 2.

깜짝 놀라 눈을 뜨니 꿈이었다. 그리고 잠들기 전 읽던 등불 아래 잡지는 '장학월보'였다. 『장학보』 편집진에게 높은 평가를 받은 작품 「수륜水輪의성聲」(5호)은 김한기와 리일청의 대화로 시작한다. 다리를 건너던 두 사람은 물방아 소리를 듣고, 덧없이 흘러가는 인간의 청년시절이 수륜水輪과 같다는 대화를 나누며 현재에 충실할 것을 다짐한다.

> 빅두산 나린믹은 용홍지긔 억만년 독립긔상을 그린듯 좌우산봉이 외외ᄒ고 시닉가에 한줄기 양유는 저녁연긔를 먹음듯 쉬지안코 씻는 물방아는 가는 셰월을 앗기여 나틔흔 누습을 씌우는듯 늘듯 쾅ー 담겼던 물쏘다지는 소리는 벽옥갓흔 흰물결로 비루흔 심장을 씻츨 다시 철ー썩 셕쇄ー[58]

육정수는 작품을 통해 "시틱는 동류슈와 ᄀ치 흐르는딕 지금 현상은 긔막힐 ᄲᆞᆫ"이라며 안타까워한다. 기막힌 현상을 타파하는 것은 교육을 통해 실력을 키우고 발휘하는 방법밖에 없음을 소설의 강력한 주제로 내세운다. 육정수의 소설이 반복되어 『장학보』 현상모집에서 선정된 것은, 잡지사에서 주창하던 주제를 순국문을 사용하여 효과적으로 전달하는 육정수의 창작 방식이 『장학보』 편집진에서 세운 당대의 단편소설 조건과 부합했기 때문이다.

『장학보』는 전통 유가적 세계관을 바탕으로 한 한계점을 내포하고 있었지만, 근대교육을 받기 시작한 청년 학생 독자들의 교육기관을 자처하며 학생 작가지망생의 꿈을 심어주고, 학업을 독려하는 방안으로 '현상모집'을 활용하여 1900년대 후반 국내 학생 문예잡지의 방향성을

---

58 육정수, 「水輪의聲」, 『장학보』 5호, 1908.5.

모색했다는 점에서 의미있는 잡지이며, 문文으로서의 소설의 위상을 세웠다는 특징을 지닌다. 그 가운데에서 지면 매체에 따른 분량, 주제의 효과적 제시, '소설체' 기법의 활용적 측면에서 단편에 대한 인식을 엿볼 수 있었다.

제2장

근대적 개인의 부상과 단편양식의 결합

1905년 을사늑약 체결 전후로 정부 파견 유학생 제도는 민간인 중심의 유학으로 양상이 변모된다. 일본 침투가 본격화되면서 민족적 위기 앞에 애국계몽운동의 일환으로 전국 곳곳에 사립학교가 세워지면서 교육열이 파급되고, 신학문에 대한 국민의 열의가 강해지면서, 여러 학회 단체와 학교에서 우수한 자질을 지닌 학생들에게 유학을 장려하게 되기 때문이다. 그 방안으로 일본 유학은 가장 현실적인 대안이었고, 다수의 일본 유학생이 위태로운 국가의 장래가 자신들의 노력 여하에 달려 있다는 강한 책임 의식을 지니고 있었다. 1900년대 중반 이후부터 유학생 단체가 조직되고, 통합되면서 발간되는 잡지들은 유학생들이 지닌 책임감의 실천 운동이었고, 이 잡지들에 실린 글들은 국내의 지식인 사회에도 지대한 영향을 끼쳤다. 이 같은 1900년대 후반부터 한일병합 이후 1910년대의 유학생 단체 발간 잡지에는 애국 계몽주의자들의 계몽기획이 반영된 양식의 글부터 개인의 주체적 의식, 불안심리가 반영되는 양태의 다양한 단편서사 작품이 수록된다.

1. 집단 계몽에서 개인 심리로의 이행
— 일본 유학생 잡지 단편소설

갑오개혁과 함께 근대교육으로의 전환이 이루어지던 시기, 근대학교의 설립과 함께 유학생 파견은 국가의 중요한 교육정책의 하나였다. 1895년부터 1896년에 걸쳐 약 200명의 유학생이 일본에 파견되었고, 1897년 이후에도 국내외 정세 변화에 따라 일시적으로 중지된 적이 있었지만 소수의 유학생이 지속적으로 파견되었다.[1] 갑오개혁 이후 개화 정부는 일본의 영향력 아래 놓여 있었기 때문에 정부의 유학정책도 일본의 조선 지배 목적을 달성시키는데 부합되는 시책의 하나로서 시행되었다. 당시 유학생은 관비유학생이 대부분이었다. 초기 유학생들에 대한 국내 지식인과 대중들의 기대는 높았다.

> 본국에 도라 오거드면 다만 ᄌ긔 몸들만 잘될 싱각을 말고 죠션 인민의 본보기가 되야 이 무식ᄒ고 불샹ᄒᆫ 인민들을 건지고 그 인민의 션싱이 모도 될 쥬의를 가지고 학문을 셩ᄎᆔᄒᆞ거드면 (…중략…) 죠션이 잘 되고 안 되기ᄂᆞᆫ 죠션 학도들 손에 달닌 줄노 밋고 잇스니[2]

초기 유학생은 귀국 후 정부의 각 기관과 언론, 교육, 경제 분야에서 지도적 역할을 맡아 개화에 적지 않은 공헌을 하기도 했지만, 그 성과

1　송병기, 「개화기 일본유학생 파견과 실태(1881~1903)」, 『동양학』 18집, 단국대 동양학연구원, 1988, 258~260쪽 참조.
2　『독립신문』, 1899.1.20, '논설'.

나 역할은 만족스럽지는 못했다. 이기가 "외국에 유학한 자들이 가세家
勢에 의존하여 관직을 얻으려고 엿보고만 있으니 이러한 학문과 교육
이라면 망국亡國에나 알맞지 흥국興國에는 맞지 않다"[3]라고 지적했듯이
관계 진출에만 눈이 어두운 경우도 많았다. 이 같은 분위기 속에서 초
창기의 유학생은 한국과 일본 양국 정부 간의 교섭 혹은 친일 관료의
주도하에 파견되었다. 친일정부의 주선으로 선발된 유학생들은 당시
조선이 안고 있는 시대적 난제를 깨달을 수 있는 인물로 성장하기는 어
려웠다.

을사늑약이 체결된 1905년 이후의 도일渡日 유학생은 이전과는 다른
양상을 보이기 시작한다. 정부 중심의 개화정책의 유학이 아닌 주로
자발적인 민간인 중심의 유학이 이루어지게 된 것이다. 일본 침투가
본격화되자 민족적 위기 앞에 애국계몽운동이 전개되고, 그 일환으로
전국 곳곳에 사립학교가 세워지면서 교육열이 크게 파급되었다. 새로
운 학문에 대한 국민의 열의가 맹렬해지면서 국내 지식인들은 선진 문
명을 빠르게 받아들이는 데에 일본이 가장 유리한 곳임을 알고, 여러
학회 단체와 각급 학교에서 우수한 자질을 지닌 학생들에게 유학을 장
려하게 된다.

〈표 2〉 1897~1910년 재일한국유학생 수[4] (『학지광』 6호 참조)

연도		1897	1898	1899	1900	1902	1903	1904	1905	1906	1907	1908	1909	1910
數	已在	150	161	152	141	140	148	102	197	430	554	702	739	595
	新渡	160	2	6	7	12	37	158	252	153	181	103	147	5

---

3   이기, 『海鶴遺書』, 국사편찬위원회, 1971, 72쪽.
4   1901년도 미상.

〈표 2〉에서 나타나듯이 1904년 이후 유학생 수는 급격히 증가된다. 유학생 수가 늘어나자 유학생은 상호 친목 도모와 국민계몽운동에 참여하기 위한 활동 단체를 조직하기에 이른다. 초창기의 재일한국유학생 단체인 '대조선일본유학생 친목회'와 그 뒤를 이은 '제국청년회'가 해산된 뒤로 한동안 유학생 단체가 없었다가 1905~1906년 사이에 10여 개 정도의 단체가 설립되었다. '유학생구락부', '태극학회', '공수학회', '한금漢錦청년회', '동인학회', '낙동친목회', '호남학회', '광무학회', '광무학우회', '대한유학생회' 등으로, 주로 출신지역이나 소속 학교에 따라 조직이 분립되었다. 그러나 분파된 유학생 단체가 대의적으로 단합을 저해하게 된다는 인식이 유학생들 사이에서 일면서 1907년부터는 단체의 통합운동이 전개되고, 상호 교섭이 진행된다. 1908년 1월에는 도쿄 간다의 청년회관에서 태극학회와 공수학회를 제외한 통합단체인 '대한학회'가 창립총회를 열기도 했다.[5] 이러한 부분적 통합단계를 거쳐 분립되어있던 도쿄의 유학생 단체는 1909년 1월 총회를 열고 '대한흥학회'를 발기한다.[6] 단체 통합의 논의가 일어난 1908년 당시 상황은 일제에 의해 한국군대가 해산되고 의병항쟁이 전민족적 항전으로 발전해 갔고, 각급 기관 단체의 애국지사들은 계몽운동을 통해 일제의 침략에 격렬히 반발하던 시기였다. 이에 일본은 '신문지법新聞紙法'을 공포하여 언론에 대한 검열과 통제를 가하고 '보안법保安法'을 공포하여 언론, 집회, 결사結社의 자유를 제한하였다. 또한 '학회령學會令'과 '사립학교령私立學校令'을 공포하여 학회활동과 민족교육에 대한 탄압을 가중시켰다. "학회는 정사政事에 관섭關涉함을 득得치 못함"[7]이라고 못 박아

---

5   『대한학회월보』1호, 1908.2, '會錄'.
6   『대한흥학보』1호, 1909.3, '雜說'.

학회의 정치문제 개입을 차단했다. 이러한 언론출판활동의 억제는 일본법의 통제 아래 있는 유학생 단체의 학회지에는 더욱 강하게 적용되었다. 1908년에 일본에서 발간된 『대한학회월보』는 월보 발행의 편집 원칙과 범위를 규정하고 있는데 그중 주목되는 항은 다음과 같다.

本報는 發行地 國法 勢力下에 在한 故로 間接 譬辭로나 혹 小說的으로 記載하기 외에는 直接으로 政治 또는 國際上 時事를 公揭하기란 到底히 不能에 屬함.[8]

1900년대 자강운동의 과정에서 선진사회의 문물과 제도를 직접 체험하고 수학한 유학생 집단의 역할은 엄청난 것이었다. 특히 일본에서 공부하던 유학생들은 위태로운 국가의 장래가 자신들의 노력여하에 달려있다는 강한 책임 의식을 지니고 있었다. 이 단체들 역시 국내 학회들과 마찬가지로 국민 교육을 목표로 강연과 토론회 개최, 학회지 발간 활동에 주력했다. 일본에서 발행된 유학생들의 잡지는 국내의 각 단체와 학교에 두루 배포되어 국내 지식인 사회에도 지대한 영향을 미쳤다.

잡지들의 체제는 대부분 논단論壇/연단演壇, 학해學海/학원學園, 문원文苑/문예文藝, 사전史傳, 잡찬雜纂, 휘보彙報, 회록會錄 등으로 구성되어 있고, 내용면에서는 논단에는 국민계몽에 관계된 의식 함양에 대한 글이 가장 많고, 학해는 위생, 물리학, 의학, 경제학, 각종 산업에 관련된 근대적 신학문을 소개하는 란이었다. 문예작품은 대부분 문원/문예이나 잡찬에 발표되었다. 단편 문예작품이 실린 잡지는 『태극학보』, 『대한

---

7   『舊韓國官報』19, 1994, 940~941쪽.
8   『대한학회월보』6호, 1908.7, '報說'.

〈표 3〉 1895~1910년도 유학생 단체의 발간 잡지

학회	잡지명	발행기간	발행호수	발행부수	발행구분
친목회	『친목회회보』	1895.10~?	6호	?	季刊
태극학회	『태극학보』	1906.8~1908.12	27호	1,000~2,000부	月刊
낙동친목회	『낙동친목회회보』	1907.10~1908.1	4호	1,000부	月刊
공수학회	『공수학보』	1907.1~1908	5호	1,000부	季刊
대한유학생회	『대한유학생회학보』	1907.3~1907.5	3호	1,000부	月刊
대한학회	『대한학회월보』	1908.2~1908.12	9호	1,000~1,500부	月刊
대한흥학회	『대한흥학보』	1909.3~1910.5	13호	2,000~2,500부	月刊

유학생회학보』,『대한학회월보』,『대한흥학보』 등이다.[9]

수록된 단편서사로 가장 많은 비중을 차지하는 것은 인물전이다. 인물전은 대부분 사전란에 게재하여, '소설'과 구별하고 있다.『태극학 보』에는 콜럼버스, 비스마르크, 케이사르, 크롬웰의 전이 실렸고,『대 한유학생학보』에는 미국 초대대통령 워싱턴의 전傳이 수록되며,『대한 학회월보』에는 콜럼버스, 러시아 표트르 대제, 아리스토텔레스, 뉴턴 에 대한 전과 조선시대 임진왜란 때 활약한 김덕령과 정문부의 전이 함 께 게재되었다.『대한흥학보』에는 페스탈로치, 마젤란의 전이 보인다.

9　대상 작품을 매체별로 정리한 목록은 다음과 같다.『太極學報』: 朴容喜,「學園 歷史譚
ー클럼버스傳」, 1906.10~11; 崔錫夏,「學園 無何鄕漫筆」, 1906.11; 朴容喜,「學園歷史譚
ー비스마ーㄱ(比斯麥)傳」, 1906.12~1907.5; 朴容喜,「學園歷史譚ー시싸ー(該撒)傳」,
1907.6~10; 崇古生・椒海,「歷史譚ー크롬웰傳」, 1907.11; 李奎澈,「文藝 無何鄕」,
1908.4; 抱宇生,「文藝 莊園訪靈」, 1908.5; 朴俠均,「文藝 俚語」, 1908.6; 金瓘永,「文藝 老
而不死」, 1908.7; 耳長子,「文藝 苞說」, 1908.7; 知言子,「文藝 談叢」, 1908.9.『大韓留學生
學報』: 崔生,「史傳 華盛頓傳」, 1907.3.『同寅學報』: 安暎洙,「雜纂 夢中의所聞」, 1907.7;
碧蘿生,「雜纂 勿貪小利」, 1907.7;「雜纂 蝙蝠의中立」, 1907.7.『大韓學會月報』: 鄭錫鎔,
「史傳 哥崙布傳」, 1908.2~3; 吒然子,「雜纂 擎山靈夢」, 1908.3; 金湖主人,「雜纂 正當防衛
의問答」, 1908.4; 玩市生,「史譚 彼得大帝傳」, 1908.5~7;「史譚 金將軍德齡小傳」, 1908.5
~6;「史譚 鄭評事文字小史」, 1908.6; 李哲載,「史傳 亞里斯多德」, 1908.7; 李哲載,「史傳
牛頓」, 1908.7.『大韓興學報』: 朴允喆,「文苑江之島玩景記」, 1909.3; 編輯人,「文苑寓言」,
1909.4; 一笑生,「史傳페수다롯지傳」, 1909.5; 岳裔,「史傳 마젤란傳」, 1909.6~7; 吳惠泳,
「傳記 大統領쩨아스氏의鐵血의生涯」, 1909.11~1910.1; 孤舟,「小說 無情」, 1910.3~4.

이 같은 인물전은 그 사람의 뜻과 업적이 길이 전해지기를 바라는 마음에 기반한 양식이다.[10] 특히 당대와 같은 국운이 위태로운 상황에서 위인들의 인물전은 애국 계몽주의자들에게 계몽기획을 실현시키기에 가장 전략적인 양식이었다. 유학생 잡지에서 나타나는 인물전의 특징은 대부분이 서양 인물이며, 구국 영웅이나 정치가에만 국한되지 않은 학자들이 그 대상이 되었다는 점이다. 한편, 『대한학회월보』의 경우처럼 국내 인물 중 김덕령이나 정문부와 같은 이들이 전의 주인공이 되었다는 점은 시사하는 바가 크다. 이 두 인물은 모두 문신 출신의 의병장이라는 공통점을 지닌다. 당시 잡지 편찬 관계자들이 지식인 청년에 대한 교육을 통해 위기의 상황에 있는 국가를 구해내는 역할을 할 수 있기를 염원했던 것으로 보인다.

이 같은 기획의 연장선상에서 발표된 비슷한 유형이 몽유담, 가담항설, 우언 양식을 차용한 서사적 논설식의 단편서사이다. 『태극학보』 21호에 수록된 포우생抱宇生의 「장원방령莊園訪靈」 같은 작품은 필자가 꿈속에서 만난 노인에게 한국의 위란을 구제할 방책의 지혜를 듣는 것이 주된 내용이다. 꿈속의 노인은 전국교육기관을 통일하고, 외국에서 공부하는 유지인사가 교사가 되어 기관과 연계할 것, 교육자의 자질 등 교육을 중심으로 구체적인 방안을 제시한다. 또한 「이어俚語」라는 제목을 붙인 작품에서는 부자가 개와 고양이를 정성껏 길렀지만, 도리어 주인의 곡식을 먹어 없애기만 하니, 주인이 일찍부터 사랑하는 마음으로 잘 가르치지 못한 탓이 크다며 조선의 이천만 인민에게 교육의 중요성을 당부하기도 한다. 이 유형의 서사들이 그렇듯이 작품 말미에는

---

10   김찬기, 『한국 근대소설의 형성과 전(傳)』, 소명출판, 2004, 40쪽.

"기자왈記者曰"로 시작하는 편집자적 논평이 첨부된다. 1900년대 유학생 발간 잡지에는 이처럼 국권 상실 위란 아래 조선의 우매한 인민을 각성시킬 지식인의 역할을 강조하는 글들이 잡지 논조의 대부분을 차지하며, 국내 독자들에게 강한 영향력을 미쳤다. 그만큼 일본 유학생들은 고국의 위기 상황에 대한 막강한 책임감을 느끼고 있었고, 이러한 의식들이 단편서사로 표출된 것이다. 신문물을 흡수하고 수학하는 근대 지식인 필자에게 계몽주의자로서의 의무는 여전히 강요되고 있었던 것이 현실이다.

한편, 유학생 잡지들을 동시대에 국내에서 발간되던 잡지들과 비교해 볼 때 '소설'이라는 용어를 부각시키거나 자주 등장시키지 않는다. 국내 잡지들에는 소설의 기준이 무엇인지 불명확할 정도로 수많은 글 앞에 소설이라는 표제어를 붙인 경우가 많은데, 유학생 잡지의 경우는 『대한흥학보』 외에는 소설란을 따로 두지 않았고, 문예/문원/잡찬과 같은 난에 서사작품을 산재해서 싣고 있다. 수록된 작품 중에 소설을 명기하는 경우는 3편(백악춘사의 「다정다한」, 몽몽의 「요죠오한」, 고주孤舟의 「무정無情」) 정도에 불과하다. 당시 국내에서 발간되던 각 매체에서 소설란이 유행처럼 배치되는 분위기에는 소설이 더 이상 이전과 같은 글의 품격상 미천한 위치가 아니라 정론적인 논설 못지않은 위상을 지니게 되었다는 것도 있지만, 역으로 편집 관계자들에게 소설은 독자 대중의 이목을 끌거나 흥미를 유발하는 도구로 활용하는 것이라는 인식도 지배적이었다. 일본에 유학하던 당시 청년들은 이미 광대한 출판물의 세계를 접했고, 소설이란 단순히 독자 흥미 유발 차원에 머무는 글이 아니라는 인식을 공유하고 있었던 것으로 보인다.

十五의 秋에 日本으로 건너가 본즉 놀납다 그 出版界의 우리나라보담 盛
大함이여 한번 발을 冊肆에 드러노흐면 定期刊行物 臨時刊行物 할 것 업시
아모 것도 본 것이 업고 坯 그 等物의 內容이나 外貌에 對하야 조곰도 批評
할 만한 知見업난 눈에 다만 多大하다, 宏壯하다, 璀璨하다, 芬馥하다, 一
言으로 가리면 엄청나다의 感이 날 쑨이라, 무엇에 對하야서던지, 무슨 구
경을 할 째에던지 우리나라 事物에 比較해 보아 무슨 한 생각을 엇은 뒤에
야 마난 이 사람이라, 이를 對할 째에도 그 압헤 한번 머리를 숙엿고, 숙엿
다가 한숨쉬고, 한숨쉬다가 주목쥐고, 주목 쥘 째에 곳 '이 다음 機會가 잇
슬 터이지'하난 밋지 못할 空望을 쪄안고 스스로 寬慰함이 잇섯노라.[11]

이 글은 최남선이 15세 때의 일본 유학시절을 회고하며 『소년』에
발표한 글이다. 이 글에서 최남선은 나라의 주권을 빼앗은 일본에서
근대문물의 위압에 경이감을 느끼는 한편 민족에 대한 심정적 차원의
문제로 갈등과 분열의 상황에 빠졌던 감정을 토로한다. 일본에서 공부
하던 학문이 달랐다 하더라도 문필 활동을 하던 일본 유학생 작가들은
독서 경험을 통해 근대적 문학literature 개념을 어느 정도 이해하고 있었
던 것으로 판단된다.

이광수가 처음으로 일본에 유학한 나이도 14세이다. 1905년 8월 일
본 유학길에 오른 이광수는 민감한 소년시절을 일본에서 보냈고, 자아
의 각성으로 문학에 경도되어 메이지 말기의 일본사회 영향을 강하게
흡수했다. 『대한흥학보』 11호(1910.3)에 실린 이광수의 「문학의 가치」
는 한국 근대문학 이론의 시초라 할 만한 글이다. 이 글에서 그는 문학

---

11   최남선, 「『소년』의 旣往과 밋 장래」, 『소년』 3년 6권, 1910.6.

의 유래와 개념, 그 가치를 서술한다. 문학은 독립 학문이며, 시가와 소설 등 '정'을 주로 하는 문장 양식으로 오늘에 이르렀음을 밝힌다. 동양의 문학과 서양의 리터러쳐literature를 나누고 있으며, 인간의 지智·정情·의意 가운데 문학이 '정'을 주로 하는 학문임에 반에 우리나라가 이 방면을 멸시하는 데서 서양과 같이 문학을 발전시키지 못했다고 역설한다.

하지만 이 글과 달리 이광수는 단편소설에 대한 인식은 분량면 그 이상까지 나아가지 못하고 있었다. 일본 유학생 잡지 편찬인들도 잡지에 실린 모든 소설을 기본적으로 단편소설로 인식했으며, 분량이 단편소설을 인식하는 가장 지배적인 기준이었다.

投書의 注意
本報는 帝國同胞의 學術과 知德을 發展ㅎ는 機關이온즉 惟我 僉位會員은 本報를 編纂ㅎ는디 十分方便의 另念을 特加ㅎ오셔 每月初五日以內 作文原稿를 編纂部로 送交ㅎ심을 敬要흠
·原稿料 論說, 學術, 文藝, 詞藻, 雜著
·用紙式樣 印刷十文紙, 縱行三十四字, 橫行十七字
·精寫免誤 楷書
·通信便利 姓名, 居住
·編輯權限
1. 投稿는 國漢文 楷書 해서 完結을 要흠
1. 投稿는 論說, 小說(短篇), 學藝 等
1. 學藝는 法, 政, 經, 哲, 倫, 心, 地, 曆과 及 博物, 理化, 醫, 農, 工, 商 等以內

1. 原稿蒐輯期限은 每月二十五日[12]

『대한흥학보』에서 밝힌 투고 규정을 보듯이 소설의 조건으로 내세운 단편은 잡지 지면의 제약에 따른 분량상 준거였다. 이 과정에서 생겨난 것이 장편 압축형 단편소설이다.

이광수는 이보경이라는 이름으로 「문학의 가치」를 발표한 『대한흥학보』 같은 호 소설란에 고주孤舟라는 필명으로 소설 「무정」을 발표한다.[13] 이 작품은 이광수가 국문으로 써서 발표한 최초의 단편소설이다. 이 소설은 6월 여름밤의 몽롱한 풍경 묘사로 시작한다. 술병을 들고 이성을 잃은 한 부인이 비통한 독백을 하다가 자살한다. 이 정황을 위해 부인의 사연을 소개한다. 이 부인은 홀어머니 밑에서 자라다가 16세 되던 해 12세 신랑과 결혼했지만, 신랑과 정을 나누지 못하고 고독한 세월 보내다가 첩을 얻겠다는 통보를 듣게 된다. 또한 7년 만의 동침으로 임신을 하지만, 뱃속의 아이가 여자라는 무당의 말에 상심한 부인은 자신이 외출한 사이 첩이 자리 잡고 앉아 있음을 목도한다.

이광수는 이 소설을 발표하기 전 바로 몇 달 전인 1909년 12월에 메이지학원 중학교 동학회지 『시로가네학보白金學報』에 일본어 단편 「사랑인가愛か」를 발표했다. 이 작품은 애정에 굶주린 소년이 동성同性을 향해 혈서를 쓰고 결국에는 자살하게 된다는 내용을 담고 있는데, 여기에서 보이는 '애정기갈증후군'이 단편 「무정」에도 이어지는 것이라 할 수 있다.[14] 현실 억압 앞에 대면하여 맞서지 못하고 죽음으로 회피하는

---

12 『대한흥학보』, '투고주의'.
13 『대한흥학보』11~12호, 1910.3~4.
14 하타노 세츠코, 최주한 역, 『「무정」을 읽는다 ─ 「무정」의 빛과 그림자』, 소명출판, 2008, 106쪽.

이 두 작품을 통해 당시 이광수가 경험하던 이향異鄕에서의 고독의 편린을 엿볼 수도 있겠다. 그런데 단편 「무정」에서 주목할 것은 작품 끝에 붙은 다음과 같은 작자 당부이다.

(作者曰) 此篇은 事實을 敷衍ᄒ 것이니 맛당히 長篇이 될 材料로딕 學報에 揭載키 爲ᄒ야 梗慨만 書ᄒ 것이니 讀者諸氏ᄂ 諒察하시요.[15]

"마땅히 장편이 될 재료"를 다만 "잡지에 게재하기 위해" 개요만 썼다는 언급은 이광수가 학보에서 규정한 소설의 조건에 부합하기 위한 방안으로 분량을 압축하여 발표했다는 것을 뜻한다. 다시 말해 1차 유학시절 당시의[16] 이광수는 '리터러처'로서의 문학 개념을 이해하고 '소설'을 쓰는 것은 의식하고 있었지만, '숏스토리'로서의 단편소설에 대해서는 의식하지 않았다고 할 수 있다.

일본에서 쓰보우치 쇼요坪內逍遙의 『쇼세쓰신즈이小說神髓』가 발표되어 근대소설의 개념과 방법을 제시한 것은 1885~1886년이지만, 그것은 어디까지나 '장편소설Novel'을 의미하는 것이었다. 마쓰모토 쿤페이가 『신문학』(1899)에서 「알렌 씨의 단편소설작법」을 통해 에드가 알렌 포우Edga Allan Poe의 숏스토리 개념을 언급하기도 했지만, 이 글은 신문기자를 육성하기 위해 사용된 강의록 측면이 강했고, 이 글 역시 '단편소설'을 언급하고 있지만, 여전히 장편소설로서의 소설 개념 자장 안에 머물고 있었다. 일본에서도 '숏스토리'로서 단편소설이 근대 소설의 주

15　孤舟, 「무정」, 『대한흥학보』 12호, 1910.4.
16　이광수는 일본에서 두 번 유학한다. 첫 번째 유학은 14세(1905년)부터 19세(1910년)까지의 메이지학원 중학 시절이고, 두 번째 유학은 1915년 가을부터 다시 시작되었다. 이 시기에는 와세다대학 고등예과와 문학부 철학과에서 수학했다.

역이 되는 것은 다이쇼기에 들어서고 나서이다.[17] 1890년 1월에 발표된 모리 오가이森鷗外의 「무희舞姬」도 시간이나 장면, 등장인물을 압축함으로써 단편화한 소설로 포우의 단편 담론과는 어긋난 작품이었다.

이광수는 단편 「무정」을 통해 인습적 결혼과 가정의 행복을 가로막는 유교 윤리를 비판하고 있다. 박천博川땅 송림松林이란 곳의 한명준韓明俊 집에서 벌어진 6월 17일의 일이라는 구체적인 표현을 통해 실제 일어난 일을 서사화한 듯한 느낌을 줌으로써 독자는 조선땅 어느 곳에서 일어났거나, 일어날 수 있는 스토리로 여기게 된다. 이 소설을 이끄는 서사의 동인은 인습적 결혼 제도에 정면으로 저항하는 것이 아니라, '정'의 발동 자체이다. 근대 단편소설 개념을 나름대로 인식하게 된 이광수의 단편 담론은 몇 년 뒤 『청춘』에서 접할 수 있다.[18]

2. 내면으로의 침잠과 근대적 자아의 발견

국가의 위란 앞에 문명개화와 사회발전이라는 시대적 사명을 띠고 일본에 유학 중이던 청년들에게 본국 동포들은 지대한 관심과 기대감을 갖고 있었다. 유학생들이 일본에서 발행하던 학보들은 단지 유학생의 화합 도모에만 그치지 않고, 조선의 각 학교·기관 지식인, 청년들

---

17 早稻田文學編, 『文藝百科全書』, 隆文館, 1909.12; 신보 쿠니히로, 「장르의 생성을 둘러싸고-근대단편소설의 경우」, 『연세대 근대한국학연구소 주최 제3회 국제심포지움 '韓日근대어문학연구의 쟁점(2)' 발표집』, 2008.10.
18 春園生, 「懸賞小說考選餘言」, 『청춘』 12호, 1918.3.

에게 배포되었으며 본국의 독자들은 유학생 단체의 활동을 지원하기 위한 성원과 격려를 아끼지 않았다. 이처럼 개인은 공동체 속에서 감정적 유대를 통해 집단과 일체감을 느끼고 그곳에 투영된 자신의 모습을 발견하면서 존재성을 확인하게 된다. 유학생들은 자신들에게 지워진 사명감과 책임감을 학보 발행이나 토론/연설회를 개최하며 구체적으로 행동하기도 했다. 그러나 현실이 자신을 억압하는 기제로 작용할 때, 인간은 현실 세계에서 자신의 존재성을 찾을 수 없게 되고, 자신 속에서 존재의 근거를 찾고자 한다.

『태극학보』 8호에 수록된 백악춘사白岳春士의 「춘몽」(1907.3)은 따뜻한 봄날, 춘기春期 시험에 지친 화자가 꿈속에서 자신의 심정을 토로하는 글이다. 이 글은 동시대에, 꿈속에서 신령스런 인물과 국가위기를 타개하는 방책을 논하며 현실적인 이상향을 모색하던 여타의 글과는 전혀 다른 방식으로 전개된다. 화자는 산을 넘고, 거대한 태평양의 파도에 몸을 맡기며 황홀한 자연의 절경 앞에 '우주적 신비감'까지 느끼지만, 함께 즐기고 토론할 사람 없이 철저히 혼자임을 경험한다.

아아, 이 美妙ᄒ 絶景을 誰와 ᄀᆺ치 討論ᄒ며, 이 天地間의 絶壯ᄒ 偉觀을 誰와 ᄀᆺ치 嘆賞홀고! 아아 人生!!! 싱각ᄒ면, 有限이 無限을 思慕ᄒ야, 中間에 渡航치 못홀 一大洋의 橫斷을 發見홀 時에, 아아 人生!!! (…중략…) 아아 寂寞ᄒ구나! 나—어듸로 向"홀고?[19]

갈 곳 몰라 방황하던 그는 쾌락을 추구하지 말고 생의 활동과 신앙

---

19 백악춘사, 「춘몽」, 『태극학보』 8호, 태극학회, 1907.3.

을 추구하라는, 또 다른 자신의 목소리를 듣는다. 어둠 속에서 이길 저 길 더듬다 낭떠러지로 추락한 화자는 눈을 떠보니 몸은 '동경 후미진 방구석에' 누워 있다. 화자가 누워 있는 동경의 구석진 방은 단순히 고향으로부터 떨어져 있을 뿐만 아니라 개인이라는 단위로 단절되어 있다. 더 넓은 세계로 나가 근대 학문을 공부하러 온 이들은 제한된 자신만의 공간을 경험하게 된다. 화자가 꿈속에서 경험한 황홀한 자연 풍경은 자신을 더욱 고독하게 만드는 현실의 일본 사회와도 같다.

백악춘사 장응진은 이처럼 1인칭 화자의 독백을 중심으로 서사가 전개되는 또 다른 작품인 「월하月下의 자백自白」과 실제 사실을 소설화한 「다정다한多情多恨」, 「마굴魔窟」의 작가이기도 하다. 모두 자신이 편집 겸 발행을 맡던 『태극학보』에 발표되었다. 장응진의 작품은 구소설적 요소와 신소설적 요소를 함께 지니고 있다고 평가되었다.[20] 관서지방의 기독교도인 장의택의 아들로 태어난 장응진은 1880년 황해도 장연 출신이다. 그의 회고에 따르면 16세까지 고향에서 한학을 수학했고, 이후 부친의 권유로 1897년에 서울 관립 영어학교에 입학한다. 독립협회가 주최한 만민공동회에 학교 대표로 참여하기도 했다. 그러나 이때 보부상과 연결된 황국협회와 독립협회와 충돌하면서 사회적으로 혼란이 야기되자 진고개로 피신하게 되고, 이때 일본 신문기자를 만나 일본 소식을 듣고 1899년, 일본 유학을 떠나게 된다.[21] 유학 초기에는 경제적으로 어려움을 많이 겪었으나, 관비 유학생이 되고, 1900년에 조선 사람으로는 처음으로 도쿄 내의 순천중학 2년에 편입하였다. 졸업 후

---

20 송민호, 『한국개화기소설의 사적연구』, 일지사, 1975, 131~146쪽.
21 장응진의 생애와 일본 유학에 관한 회고는 장응진의 다음 2편의 글에서 참조. 「二十年 前 韓國學界 이약이」, 『별건곤』 5호, 개벽사, 1927.3; 「나의 젊엇든 時節 第一痛快하엿 던 일」, 『별건곤』 21호, 1929.6.

동경고등공업학교에 잠시 적을 두었다가[22] 1904년에는 미국 로스앤젤레스에서 1년간 지내게 된다. 러일전쟁 발발 이후 1905년 다시 일본에 와서 동경고등사범학교 수리과에 조선 사람으로는 처음 입학, 졸업을 하게 된다. 또한 그는 관서지방 출신의 유학생이 중심이 되어 창립한 태극학회의 발기인이자 초대회장, 『태극학보』의 편집인으로 활동했다. 1909년 졸업과 함께 귀국한 그는 평양의 대성학교와 휘문의숙에서 교육자로서의 길을 걷는다.

　장응진의 단편소설에서 보이는 특징은 기독교 사상을 바탕으로 했다는 것과 성경에 기록된 사건을 모티프로 작품을 구성하였다는 데에 있다. 내면 서사의 초기 단계를 보여주는 「춘몽」과 「월하의 자백」은 작가 자신과 작중 인물의 심리, 근대적 주체의 '내면'을 글쓰기의 대상으로 삼고 있다.[23] 앞서 소개한 「춘몽」에 나타난 삶과 신앙에 대한 유혹, 혹은 문제를 제기하고 이에 대한 대답을 주고받는 식의 구성은 사탄이 광야에서 예수를 시험하던 장면[24]을 모티프로 한 것이다.

　『태극학보』 13호에 실린 「월하의 자백」은 한 노인이 달빛 비치는 바위 위에서 자신의 죄를 고백하다가 끝내는 자살하는 내용으로 이루어져 있다. 노인의 고백에 따르면 그는 본래 귀족 가문의 독자로 태어나 풍족한 환경에서 세속에 찌든 인물로 성장했다. 목민관에 자리에 있으면서 자신의 탐욕을 채우기 위해 근거 없는 죄명으로 부호들에게

22　독립운동사 편찬위원회, 『독립운동사』(제9권 : 학생독립운동사), 독립유공자사업기금운용위원회, 1971, 92쪽.
23　구장률은 장응진이 1900년대 소설에서 낯선 내면의 서사를 시도할 수 있었던 데에는 동경고등사범학교 교과과정에 필수과목이었던 심리학과 기독교가 중요한 역할을 했음에 주목했다. 구장률, 「근대지식의 수용과 소설 인식의 재편」, 연세대 박사논문, 2009, 175쪽.
24　신약성서 『마태복음』, 4장 1~11절 참조.

금전을 뜯고 간신히 끼니를 이어가는 백성들에게조차 강제로 재물을 빼앗았다. 그러다가 결국 민란에 의해 아내와 아들을 잃게 된다. 결국 노인은 자신이 세상을 어지럽히는 도적이며 간사한 역적임을 고백하며 회계의 기도를 한다. 마지막은 바다에서 나는 "덤―벙흔 소릭에 암하岩下 거울갓흔 수면상水面上에 월광月光을 씻치니 암하에 섯든 노인 홀연忽然이 간 곳 업다"라는 구절로 노인의 자살을 암시하며 끝맺는다. 죄를 회계하고 자살로 생을 마감하는 노인의 모습은 예수를 팔아넘긴 가롯 유다의 마지막 순간과 닮아 있다.

『태극학보』 16호에 실린 「마굴」은 단편으로서는 근대 최초의 추리소설이라고 할 수 있는 작품으로 13살 어린 신랑의 죽음과 사건해결 과정을 다루고 있다. 회장체 작법을 따르고, '각설却說'과 같은 서사문법을 통해서 이야기를 전개하는 점은 고전소설과 유사하나, 추리소설의 기법과 시간의 역전 등을 활용하고 있다는 점에서 새로운 면도 지닌다. 「마굴」에서 어린 신랑 이 서방은 처가에 왔다가 버드나무 가지에 목이 매달린 채 발견된다. 이에 군수는 마을에 와서 조사를 하고, 신랑의 처남과 그 가족을 구금하여 심문한다. 군수의 문초를 받은 처남 신장손은 자기 누이가 행실이 부정하여 시댁의 머슴과 사통했음을 진술하고, 아마도 그 머슴이 이 서방을 죽였을 것이라고 말한다. 그러나 신장손의 누이는 오빠의 진술을 부인하고 이 틈을 파헤친 군수는 신장손과 그의 일가가 모의하여 신랑 이 서방을 죽인 사실이 밝혀지게 된다. 이 같은 패륜과 악행이 자행되는 모습은 악마의 소굴魔窟이며, 성경에서 나오는 악명높은 도시 소돔과 고모라를 연상케 한다. 여호와는 죄악의 도시 소돔과 고모라에 천사를 시켜 얼마나 악한 곳인지 살펴보게 하고, 확인 뒤에 아브라함의 조카인 롯과 그의 일가를 이끌어 낸 뒤 그곳을 유황과 불로 멸망시킨다.[25] 실제 있을 수도 있었던 사건을 소설화함으로써 인간의 타락상을 보여주고, "외국 사정과 사리에 밝고 제반 행정을 일체 인민의 복리를 기준으로 수행하는" 군수를 통해 사건의 진상을 밝힘으로써 타락한 세계의 구원 가능성이 어디에 있는지를 시사한다.

사실소설寫實小說이라는 표제어가 붙은 「다정다한」은 조선협회사건으로 투옥되었다 출감한 후 황성기독교청년회 수석간사로 일한 삼성三醒 김정식[26]에 관한 행적을 소설화한 작품이다.[27] 『태극학보』6~7호에 연재된 수난 끝에 기독교로 귀의하는 과정을 통해 기독교적인 박애주의와 희생정신의 관점에서 근대 초기 기독교 문학의 대표작으로 꼽혀 왔다. 장응진은 삼성 선생의 행적을 그리면서 과거 예수가 세상 사람을 구원하기 위하여 자신을 희생한 사실을 은연중에 비치고 있다. 즉 삼성 선생의 고난은 개인적인 고난에서 그치는 것이 아니라 이 나라와 국민을 위한 희생이었으며, 그로 인해 이 나라와 국민이 삶에 대한 희망을 가질 수 있었음을 암시하고 있는 것이다.

장응진의 단편소설이 4편이 『태극학보』에 발표되는 1907년은 한국의 국운이 급속도로 쇠퇴한 시기이면서 반면에 기독교가 급속히 부흥한 시기이기도 하다. 1905년에서 1907년 사이, 교회수와 세례 교인 수는 무려 2배 가까이 증가했다. 1907년에는 한국 기독교의 역사를 장식한 '평양 대부흥'이라는 큰 부흥 운동이 일어났으며, 이 과정에서 기독교는 한국 사회에 뿌리를 내리게 된다.[28] 한국 지식인들에게 기독교는 약육강식의 제국주의 열강 속에서 생존하기 위해 받아들여야 하는 서

---

25 『창세기』19장 24~25절.
26 작품에서는 三醒선생으로 칭하고 있다.
27 김윤재, 「백악춘사 장응진 연구」, 『민족문학사연구』 12호, 민족문학사연구소, 1988.
28 민경배, 『한국기독교회사』, 연세대 출판부, 2007.

구 근대 문명의 기반이기도 했다. 가라타니 고진은 일본 메이지 20년대의 기독교를 논하면서 왜 그 시기에 기독교, 프로테스탄티즘이 사람들에게 영향력을 발휘했는지를 묻는다. 가라타니는 그 시기 기독교도들 중에는 특히 무사 계급의 교인들이 많음을 지적하고, 무사 계급의 특징을 통해 답을 내린다. 메이지 20년대의 무사들은 이미 무사일 수 없는 무사가 되어 버렸는데, 기독교는 바로 무력감과 한으로 가득 차 있는 그들의 마음속으로 파고 들어갔다는 것이다.[29]

일제의 압제 아래 한국의 기독교는 단지 한 계급의 정신 상태에만 파고 든 것은 아니었다. 메이지 시대의 일본과 달리, 한국은 나라의 기반이 모두 무너졌고 모든 사람의 마음속은 무력감과 한이 가득 차 있는 상태였다. 장응진의 단편에 등장하는 주인공들은 대부분이 현실의 완강한 폭력 앞에 속수무책으로 무너진 경험을 한 인물들이다. 이때 이들에게 닥친 시련은 개별적이며 우연적인 것이 아니었다. 그것은 당대 조선 민족 모두가 마주했던 엄혹한 시련으로 사회적인 것이었다. 기독교는 근대 문명의 기호로서 상실감을 경험한 조선의 근대 지식인들에게 구원의 서사로 다가왔다.

장응진과 함께 1900년대의 소설에서 내성 세계 혹은 내면의 발견을 찾은 것[30]으로 평가받는 작가는 몽몽夢夢 진학문이다. 진학문은 1894년 서울 출신으로 13세 나이에 동경으로 유학을 떠난다. 1908년에 게이오 의숙 보통부에 들어갔다가 학비 문제로 귀국하여 보성중학을 졸업한 뒤 경남 진주에서 교사생활을 하다가 20대에 다시 동경 유학을 떠나 와

29 가라타니 고진, 박유하 역, 『일본 근대문학의 기원』, 민음사, 1996, 113~114쪽.
30 양문규, 「1900년대 신문·잡지 미디어와 근대소설의 탄생」, 『한국 근대 서사양식의 발생 및 전개와 매체의 역할』, 소명출판, 2005, 58쪽.

세다대학 문과에서 러시아문학을 전공했다.[31] 역시 학비 문제로 곤란을 겪다가 최남선의 권유로 귀국하여 『경성일보』, 『아사히신문』 경성지국 특파원, 『동아일보』 정치부장, 『시대일보』 편집국장 등을 지내며 언론계에서 활약하다가 1930년대 중반 만주국 내무국 참사관을 시작으로 일본 국책기업의 간부로 활동한 인물이다.[32] 진학문은 일본 유학생 시절부터 문재文才로 이름을 날리며, '조선신흥문학'건설의 1세대로 평가받았다. 그가 브라질 외유와 일본의 낭인시절을 거친 후 경제계로 투신하며 문필활동을 접었을 때에는 아쉬워하는 이들도 많았다.[33]

이때의 東京留學生界의 문학청년으로는 崔承九, 崔斗善, 秦學文, 金麗濟 등이 잇섯다한다. 이때에 邊鳳鉉 及 金億등도 문학청년이엇스나 그들은 문제에 올르는 秀才가 안이엇섯다. 이네들은 생각하면 장차 오는 압날의 朝鮮의 새 문단을 건설하는 터잡이의 계몽운동에 출현되엿든 인물들이다. 필자는 이等 4인을 朝鮮新興文學 건설의 제1기 계몽시대의 선구자라고 한다. 玄相允, 李光洙가 사회평론 及 수필문 가튼것에 빼여난 두각을 나타낸 것은 제2기의 일이다. 이때에 잇서서는 유학생 문단은 평론에 의한 玄相允의 독무대이엿섯다. 李光洙는 그 문장적 실력보다 彼每申을 통한 5道踏破紀行文 及 無情, 開拓者 揭載에 의하여 그 일음이 玄相允보다 국내적으로 넓리 퍼저잇섯다는 것 뿐이엿다. 당시의 李光洙의 시는 金麗濟, 崔承九의 그것에게 數步 떠러지고 또 그 소설에 잇서서도 秦學文의 실력의 比가 아이엿다.[34]

31　진학문, 「나의 文化史的 交遊記」, 『世代』, 세대사, 1973. 5.
32　金東進, 「瞬星秦學文論」, 『삼천리』 제12권 제7호, 1940. 7.
33　草兵丁, 「文壇歸去來」, 『삼천리』 제6권 제8호, 1934. 8.
34　「半島에 幾多人材를 내인 英·美·露·日 留學史」, 『삼천리』 제5권 제1호, 1933. 1.

진학문이 맨 처음 발표한 소설은 『대한유학생학보』 3호(1907.5)의 「쓰러져가는 딥」이다. 이 작품은 국한문혼용체를 사용한 당시 잡지 단편소설에서는 보기 드물게 순국문으로 쓰여졌다. 이 작품을 발표할 당시 진학문의 나이는 불과 14세였다. 이 작품의 '쓰러져가는 집'은 노름에 빠진 남편이 가산을 탕진하고 부인을 폭행하는 가정을 가리킨다. 남편이 부인을 거칠게 구타하는 장면과 "다 쓰러져 가는 초가집", "떨어져 가는 문짝", 장마 피해까지 입어 무너져 가는 집의 묘사가 연결되면서 무너지는 부인의 마음을 보여준다. 이 소설은 진학문이 일본 유학을 하기 이전에 습작한 작품인 것으로 추측된다.

일본에 막 유학한 시기에 발표한 순국문체 소설 「쓰러져가는 딥」 이후 진학문의 변화는 2년 뒤인 1909년 12월, 『대한흥학보』에 발표한 「요죠오한四疊半」에서 확인할 수 있다. 「쓰러져가는 딥」이나 「요죠오한」 모두 중심을 이루는 에피소드와 후일담으로 이루어져 있고, 등장인물의 현실적 고뇌가 중요한 요소를 이룬다는 점에서는 서로 상통하나, 진학문은 그 사이에 흡수한 서구 문예 지식과 독서 이력을 국한문혼용체를 통해 뽐내듯이 노출하고 있다. 또한 진학문은 시마자키 도손島崎藤村의 「파계破戒」(1906), 다야마 가타이田山花袋의 「이불蒲團」(1907) 등이 출간되던 당시 자연주의 문학운동을 이끌던 시마무라 호게쓰島村抱月를 동경했다고 한다.[35]

二層위 南向한 '요죠오한'이 咸映湖의 寢房, 客室, 食堂, 書齋를 兼한 房이라. 長方形冊床위에는 算術敎科書라 修身敎科書라 中等外國地誌等 中

---

35 金東進, 「瞬星秦學文論」, 『삼천리』 제12권 제7호, 1940.7.

學校에 씨는 日課冊을 쏘진 冊架가 잇는데 그 녑흐로는 동써러진 大陸文士의 小說이라 詩集等의 譯本이 面積좁은게 恨이라고 늘어싸혓고 新舊刊의 純文藝雜誌도 두세種 노혓스며, 學校에 다니는 冊褓子는 열十字로 매인치 그밋헤 바렷스며, 壁에는 勞役服을 입은 쏘오리씨와 바른손으로 볼을 버틘 투우르궤네브의 小照가 걸녓더라.[36]

방주인 함영호는 일본에서 중학교에 다니는 유학생이고, 그는 대륙문사文士의 소설과 시집, 신구간의 '순문예잡지'도 구독하며, 벽에는 러시아 작가 고리키와 투르게네프의 사진을 걸어놓은 소위 문학청년이다. 투르게네프와 고리키, 모파상의 단편은 당시 일본의 단편소설계에 지대한 영향을 미쳤다. 또한 이들 단편집의 영역판英譯版에서는 단편소설집을 '스케치sketch'로 칭했는데, 이 말은 번역 과정에서 사실寫實 개념과 결부되면서 실제 있는 그대로 쓴다는 '사생문寫生文'과 연결되어 일본 자연주의 단편소설 생성의 기반이 된다.[37] 일본에서 메이지, 다이쇼기를 통틀어 근대문학의 주류가 된 것은 자연주의 소설이었다.[38] 이러한 당시의 문예사조의 흐름에 민감하던 진학문의 지적知的 욕구의 향연은 소설에서 그대로 펼쳐진다.

얼마잇다가 蔡의 煩惱懷舊談이 나오고 咸의 思想傾向談이 나와 여러 가지 學生界에셔 別노 쓰지아니하는 셧홀은 文藝上文字가 두사람의 닙살에셔 써러지는데 얼어가는 물과 풀녀가는 어름이 한아는 올나가기 爲하야 흔

---

36 夢夢, 「요죠오한(四疊半)」, 『대한흥학보』 8호, 1909.12.
37 新保邦寛, 앞의 글.
38 野口武彦, 『一語の辭典 小說』, 三省堂, 1996, 58쪽.

아는 나려가기 爲하야 氷點에셔 서로 못낫스나 그러나 兩邊의 귀는 各其對
手에게로 이우러젓더라.

마조막에 咸은 가장 熱心으로 '個性의 發揮는 지금 나의 希望欲求의 全體
인데 이 생각은 은졔까지도 變함이 업슬것갓소'하고 蔡는 虛無主義로셔 社
會主義로 돌아오든 말, 自然主義로셔 道德主義로 돌아오든 말과 밋 文藝上
으로셔는 寫實主義를 盲信하든일이 쑴갓다하고 로맨틱思想에도 取할것
곳 一理가 잇는것과 主義 그것이 매우 우수우나 그러나 아직까지 무엇이든
지 사람이 客氣를 가져야하겟단 말을 다한뒤에 '이것저것 다 쓸대잇소 술
이란 것이 長醉不醒은 못하는 것이고 또 물하면 實地를 잘으지 못하길네
理想이란 물이 存在하는 것이지마는 번연히 이런줄을 알고 잇다가도 참으
로 實世間에 接觸할 째에는 限量업는 哀感이 새삼스럽게 납듸다' 하면셔
무슨 意味가 잇는듯 포켓트에 손을 집어느면셔 이러나 '時代의 犧牲'이란
소리를 여러번 노랫調로 불으더라. (…중략…) 불쓰고 누은뒤에도 두 사람
의 이약이는 쓰니지 아니하는데 本國形便에 關하야는 여러번 물으나 蔡의
對答은 오직 '赤子匍匐入井'의 한마듸 쑨이요 그대로 '그저 堅忍하여 堅忍
하여야 하오 우리는 天生이 戀愛와 思想과 事爲의 自由公權을 剝奪當하얏
습녠다 그中 思想으로 물하면 것흐로 들어나지 아니하니깐 얼만콤 自由가
잇슬가' 하더라.[39]

본국으로 들어가 한동안 소식이 뜸했던 채蔡가 갑자기 방문하면서
두 사람은 대화를 나누게 된다. 둘의 대화는 불을 끄고 누운 뒤에도 계
속되는데, 이들 대화에는 당시를 풍미하던 사상과 주의主義들이 일상어

---

39 夢夢, 「요죠오한(四疊半)」, 『대한흥학보』 8호, 1909. 12.

와는 격이 다른 한자 조어造語로 표현되어 나열된다. 일본 메이지 시대에 접어들며 서구 문명을 번역하는 과정에서 한자숙어가 새롭게 만들어졌고, 이 한자숙어를 대량으로 사용한 문체를 '구문직역체歐文直譯體'로 불렀는데, 이러한 한자숙어 없이는 지식인들 사이에서 지적으로 의미 있는 의사소통이 불가능했다.[40] 일본에서 이러한 문명어를 수용하기에 급급했던 유학생들은 국한문혼용체의 선택이 당연했고,[41] 그들로서도 생소한 다수의 한자어들을 서사 작품에서도 사용한다. '본국형편'을 묻는 질문에는 『맹자孟子』「등문공공장滕文公章」에 나오는 문구인 "적자포복입정赤子匍匐入井" 한 마디로 답하며 현실의 답답함을 토로한다. 대화가 계속될수록 서로의 거리감은 더해간다. 함은 새로운 고민 하나를 더 안게 된다. 이들의 대화는 생각이 다른 두 사람이 문제를 해결하거나 갈등을 풀기 위한 행위라기보다는 '본국형편'과 '시대신조新調' 사이에서 갈등하는 식민지 지식인의 '자기 이중화'를 확인하는 수사 방식으로 존재한다. 이는 자신을 둘러싼 외부적 환경과 끊임없이 불화할 수밖에 없었던 일본 유학생의 시대적·공간적 산물이었다.

이 작품에서 주인공의 하숙방 벽에 걸려있었던 고리끼와 뚜르게네프는 진학문이 심취했던 작가들이다. 이 소설을 쓰던 1909년의 진학문은 게이오의숙의 보통부를 다니다가 가세가 기울어진 고국의 부모가 학비 지원을 끊어 유학을 중단해야 하던 상황이었다. 결국 귀국길에 오른 그는 1913년에 다시 2차 유학길에 오른다. 와세다 대학에서 수학하며 1차 유학시절부터 심취해 있던 러시아문학을 전공했다. 진학문은 동경 유학기간동안 『학지광』에 총 6편의 번역시와 총 4편의 번역 단

---

40 코모리 요이치, 정선태 역, 『일본어의 근대』, 소명출판, 2003, 140~141쪽 참조.
41 양문규, 앞의 글, 32쪽.

편소설[42]을 발표했다. 특히 단편소설은 모두 러시아 작품을 번역한 것이다. 러시아 문학은 일본의 자연주의 및 시라카바파의 사소설私小說 전통과 맞물리면서 대단한 인기를 끌어 다수 작품의 영역본英譯本이 일본 출판시장에 나와 있었지만, 진학문은 원문原文으로 이들 작품을 읽고 연구하기를 꿈꾸며 재차 동경 유학을 감행한 듯 보인다.

> 와세다에서도 도스토예프스키, 뚜르게네프, 고리키에 심취했던 터라 러시아문학을 하려면 본고장을 찾아 가야겠다는 내 나름대로의 결의는 대단하였다. 그래서 일본으로 건너가 상해로 떠났다. 거기서 다시 海蔘威를 거쳐 시베리아 철도로 모스코바에 간다는 긴 여행계획이었다. (…중략…) 모스코바가 눈 앞에 다가서듯 내 마음은 들떴다. 호주머니에 路資는 있겠다, 海蔘威에서 열차만 타면 모스코바, 그리고 러시아 文學硏究의 길도 탁 트이는 것 같았다. 하나 막상 海蔘威에 가보니 사정이 달라졌다. 省齋 李始榮 선생의 신세를 지게 되었다. 얼마간 쉰 뒤에 내 뜻을 말하고 떠날 차비를 했다. 省齋선생은 펄적 뛰면서 나를 말렸다. 홍마오賊이 길 옆에 있다가 불문곡직하고 잡아 죽인 다음에 돈과 옷을 뺏아 간다고 내 意慾을 꺽고 말았다. 나는 풀이 죽어 동경에 돌아와서는 어물어물 세월을 허송하게 되었다. 모스코바와 러시아 文學에의 큰 꿈이 허무하게 무너진 것이다.[43]

진학문은 일본에서의 학업을 중단하고 1918년 귀국한 후 언론계에 종사하다가 1920년에는 실제 러시아 유학을 꿈꾸고 감행하지만 결국

---

42 露안드레프, 夢夢 역, 「外國人」, 『학지광』 6호, 1915.7; 露싸이체프, 夢夢 역, 「狼」, 『학지광』 8호, 1916.2; 露체호프, 瞬星 역, 「寫眞帖」, 『학지광』 10호, 1916.9; 미하일 알치바셰프, 쥬요한 역, 「밤(一)」, 『학지광』 18호, 1919.1.
43 진학문, 앞의 글.

이루지는 못한다. 1900년대 말 1차 유학시절부터 품었던 러시아문학에 대한 열정이 계속되었을 만큼 여느 유학생 출신 지식인들과는 그 열정이 남달랐다. 한일병합 이후 동경 유학생 단체인 학우회의 기관지 『학지광』에서 외국 작품 번역은 진학문이 담당했고, 진학문이 귀국한 뒤에는 주요한이 담당한다. 진학문은 레오니드 안드레프Leonid Nikola evitch Andreev(1871~1919), 자이체프Zaitsev Boris Konstantinovich(1881~1972), 안톤 체호프Anton Pavlovich Chekhov(1860~1904) 등 모두 혁명 이후 러시아 현대문학을 이끌어가던 대표 작가들의 작품을 번역하여 실었다. 수록된 세 작품은 모두 부르주아 사회 환경 속에서의 인간 개인의 소외, 의사소통의 단절에 관한 주제를 담고 있다. 안드레프의 소설 「외국인外國人」은 타국에서 유학생활을 하는 치스찌아코프가 느끼는 고독, 단절감을 묘사하는 작품이다. 이 소설의 주인공이 느끼는 감정은 당시 일본에서 유학하던 식민지 청년들의 외로움과 상통한다.

實로, 그는 眞正한 朋友가 아니엿다. 그 理由는 學生間에서 重要한 問題라도, 그가 輕蔑하는것갓치, 介念치아니함을 보아도 알것이라. 如何히 重大한 事件이 이러낫든지, 六十四號室의 사람들이 如何한 精神狀態에 잇든지, 그는 恒常 沈默을 직히고, 심々푸리로 冊床을 쪽々 쑤드리고 잇섯다. 쏘 討論이 길게 끌재에는, 그는 함흠을 하기 始作하고, 佛蘭西말 工夫하기 爲하야 自己房으로 가버렷다. '나는 이곳 사람이 아니야!' 하고 그는 스스로 변명하는 것갓치, 퍽 眞實한, 골틀닐 弄談을 햇다. (…중략…) 눈자위는 붉엇섯다. 그가 生覺하고잇는 外國土地를 그의맘으로브터 끌어내는것갓치, 悲哀와 恐怖로 因하야 썰면서, 그는 의지업는것갓치, 걱정잇는 것갓치 입안으로 중얼거렷다. '나는 이나라에서 죽나보이다, 나는 죽나보이다.. 아,

엇더케하면 존가! 저곳에는 여러사람이잇고, 저곳에는 生活이 잇는데, 이곳에는……' 하고는 絶望의 態度를 햇다. (…중략…) 그는 熱烈히 노래하고 십헛섯다. 亦是 그 祖國을 노래하고 십헛섯다.[44]

'외국인', '귀족'과 같은 조롱의 시선을 받으며, 스스로 자신의 내면으로 침잠하는 주인공의 모습은 한참 민감한 나이에 타국에서 유학생활을 하던 조선 유학생들을 연상시킨다. 이 소설에 등장하는 유학생을 향한 시선은 야마자키 도시오山崎俊夫(1891~1981)가 이광수를 모델로 쓴 소설에서도 찾아볼 수 있다. 1차 유학시절의 이광수와 같은 메이지학원 중학 친구였던 야마자키는 '이보경'이라는 조선인 유학생이 등장하는 「성탄제 전야耶蘇降誕際前夜」를 1909년 12월, 학교 동창회지인 『시로가네白金학보』에 발표했다. 작품 속에서 이보경을 화제로 일본인 동급생들이 내뱉는 모멸적인 말투, 이보경을 러시아인과의 혼혈아로 취급하는 횡포들이 등장하는데, 당시 이광수가 느꼈을 굴욕감과 어두운 분위기, 고독의 깊이를 짐작할 수 있게 해 준다.[45] 이 같은 타지에서의 고독감에 자식의 '금의환향'을 고대하는 부모에 대한 부채의식까지 더해져 유학생 청년의 내면을 더욱 고립시켰다.

기울대로 기울어버린 家勢에 눌리면서도 兩親은 몇푼 돈을 꾸려 일본간 子息에게 부쳐 보내면서, 二三년이면 錦衣還鄕할 것으로 믿고 참고 견디었다. 그도 그럴 것이 그즈음 일본 가서 三년간 法律을 배우고 돌아온 장도

---

44 露안드레프, 夢夢 역, 「外國人」, 『학지광』 6호, 1915.7.
45 야마자키 도시오와 이광수의 관계에 대해서는 하타노 세츠코, 최주한 역, 『무정을 읽는다』, 소명출판, 2008, 104~105쪽 참조.

등의 辯護士가 長安을 쥐고 혼들다시피 氣勢등등하였기 때문이었다. 하나 그 사람들은 二十代에 가서 專門學校를 마쳤고 나는 그때 겨우 10代의 普通部學生이였으니 事情이 달랐다. 그럼에도 불구하고 事情을 모르시는 父母님들은 가난에다 失意마저 겹쳐 學費를 끊어버리고 말았다.[46]

진학문은 이처럼 자신의 처지, 비애감을 반추해 볼 수 있는 작품들을 선호하여 『학지광』에 번역게재하고 있었다. 자이체프의 「늑대」를 번역한 소설 「랑狼」도 자이체프 특유의 인간 숙명에 대한 염세가로서의 인생관, 비통함이 의인화 기법을 통해 상징적으로 그려진 작품이다. 단편작가로 명성을 날리던 체호프의 작품 「사진첩」도 현대사회의 인간 존재 상황을 풍자적으로 표현한 소설이다. 이 두 편의 작품 서두는 역자譯者 주로 시작한다. 이 서두 글을 통해 진학문은 자신의 번역 게재 선정 기준을 밝힌다.

이 「狼」의 一篇은 人生을 象徵化한 小說이라. 人生이 果然 이다지 暗黑하고 寂々하고 冷淡한가하고, 生覺할쌔에는 禁할수업는 눈물이 절로 나오고, 또 나는 이 暗黑과 無聊와 冷淡과 殘忍가운데에서 부비닥이 치면서라도 살지 아니하면 아니되겟다 生覺할쌔에는 더욱 한층 말할수업는 悲哀와 苦痛을 늣기노라. (譯者) [47]

이것은 露西亞 有名한 短篇作家 체－호프의 一篇이다. 作者의 人生觀은, 喜劇안에 悲劇이 잇고, 우슘속에 눈물이잇다 함이요, 또 사람이란 누구든

---

46   진학문, 앞의 글.
47   露싸이채프, 夢夢 역, 「狼」, 『학지광』 8호, 1916.2(?).

지 한번은 다 善人이나 日常生活에 썰녀, 不知不覺中에 검은 帳幕속으로 썰녀드러간다 함이니, 이 한篇속의 주인공 짐이호프를 보매, 웃지 이것이 全然 우리와 沒關係한 사람이라 하리요. 이것이 現代사람의 그림자요 우리의 그림자라. 지금 내가 이 寫眞帖을 우리 卒業生…… 多大한 抱負를 가지신 卒業生 여러분께 바치매 無意味한 일이 아니라 生覺합니다.[48]

인생의 고통을 담아내고, 작품 속 고독한 현대인의 모습을 묘사하는 것이 소설의 중요한 의의라고 생각하는 진학문은 그 통로를 당시 문단을 풍미하던 러시아 단편작가들의 작품에서 찾았던 것이다. 계속해서 번역 작품을 수록하던 진학문이 『학지광』에 처음 발표한 창작 단편소설은 「부르지짐cry」이다. 1909년의 「요죠오한」에서는 한말 유학생의 고뇌가 '고국(본국)'과 '시대'에 닿아있다면 1917년의 「부르지짐」에서는 식민지 유학생의 고뇌가 '실존'과 '운명'에 닿아있는 것처럼 위장된다.[49]

「부르지짐」의 주인공 장순범은 「요죠오한」의 함영호처럼 사첩반四疊半의 하숙방에 기거하는 인물이다. 장순범은 안개가 무겁게 깔린 도시의 밤중, 낡고 더러운 하숙집 방에서 복막염으로 6개월째 투병 중인 주인의 신음소리를 들으며 앉아 있다. 생사의 기로에 서 있는 한 인간에 대한 안타까움에 참혹한 심정을 느끼던 순범에게 친구 임군林君이 방문한다. 어색한 침묵 후 임은 자신과 P의 사랑이 깨어졌음을 고백하며, 가교역할을 하던 친구에게 배신당했음을 토로한다. 임이 간 뒤 죽마고우 안기섭의 죽음을 알리는 전보를 받은 순범은 22세 아까운 나이

---

48 露체호프, 瞬星 역, 「寫眞帖」, 『학지광』 10호, 1916.9.
49 김영민, 「근대적 유학제도의 확립과 해외 유학생의 문학·문화 활동 연구」, 『현대문학의 연구』 32호, 한국문학연구학회, 2007, 323쪽.

에 세상을 뜬 친구를 생각하며 인간의 운명을 향한 안타까움을 부르짖는다. 고뇌의 부르짖음 뒤에는 도둑맞은 여자의 날카로운 울부짖음과 죽어가는 주인의 헛소리로 이어지고, 주인공은 "이것이 그의 부르짖음인가? 이것이 사람의 부르지짐이로구나! 그의 지금까지 해 내려온 생활의 심볼이로구나!"라고 전율하며 뜨거운 눈물을 흘린다. 타국의 좁은 하숙방에서 삶과 죽음의 기로에 서서 인생의 번민과 허무를 느끼는 유학생 주인공의 내면을 고백한 이 소설은 계속해서 '부르짖지만' 더욱 깊은 허무의 늪으로 빠져드는 식민지 현실의 절망을 드러낸 작품이다.

『학지광』은 한일병합 이후 1910년대 일본 유학생 단체의 대표적인 잡지이다. 대한흥학회가 강제로 해산된 후 조선 유학생의 상설 총회 기관 설치는 철저히 금지되었다. 무슨 임시집회라도 하려면 반드시 허가를 받아야 했고, 이 허가제의 제한은 유학생에게 큰 고통이었다. 유학생의 정식 총회를 개설하기 위한 각고의 노력 끝에 1912년 10월 동경 조선유학생학우회가 창립되었다. 초기 학우회는 안재홍, 최한기, 서경묵, 신익희 등이 주도적인 역할을 하여 각 출신지역의 모임을 분회로 한 지방분회의 연합체로 출범했다.[50] 초대 회장에는 정세윤이 선임되고 연구발표를 통한 민족의식과 역량강화를 도모하기 위해 1년에 2번 잡지를 발간하기로 함으로써 송진우의 개인잡지였던『학지광』을 학우회 기관지로 만든다.[51] 『학지광』은 격월간(실제로는 연2~4회)의 잡지로서, 1914년 4월 2일에 창간되어 1930년 4월 5일에 통권 29호로 종간되었다. 16년이라는 긴 시간동안 29호밖에 간행되지 못했고, 압수와 유실된 결호본으로 인해 현재 확인 가능한 호수는 20호 정도이다.[52] 편집

---

50 『학지광』 5호, 1915.
51 「半島에 幾多人材를 내인 英·美·露·日 留學史」, 앞의 책.

과 발행, 인쇄에는 신익희, 최승구, 장덕수, 현상윤, 변봉현 등이 참여했다.[53]

일본은 지속적이고 조직적으로 유학생들을 관리감독하고 감시했다. 경무국 보안과의 「대정5년30일조大正五年三十日調 조선인개황朝鮮人槪況」은 대한흥학회의 후신인 조선유학생친목회의 뒤를 이어, 1912년 10월 27일에 학우회가 결성되었고, 안재홍(와세다대), 최한기(메이지대), 서경묵(메이지대) 등이 그 주창자임을 지적하고 있다. 또한 1916년 1월 23일에 열린 학우회 임시총회에서 그동안 분립해 왔던 분회의 해산을 의결한 사실 등도 기록하고 있다. 「대정5년30일조 조선인개황」은 1920년 6월 말 현재 일본에 재류하는 조선인 학생 총수가 828명이며, 이 중 682명이 동경에 있다는 것, 중요 요시찰인의 명부에 오른 학생은 151명으로, 요시찰인 총수 212명 중 대부분을 학생이 차지한다는 것을 보고하고 있다.[54] 이러한 동향 파악과 함께 경무국 보안과는 학생들의 언동을 기록하고 있는데, 그중 『학지광』 9호의 발매 분포 금지를 논의한 1916년 5월 13일의 회합에서 당시 편집 겸 발행인이었던 변봉현의 말을 다음과 같이 기록했다.

우리는 이번 회 『학지광』 발행에 관한 당면의 책임자로서 각 방면에서 모인 원고 중 특히 문학상의 언론 기타 극히 평화적인 것만을 선택해 소위 手段的으로 간행했으나, 이것 역시 발매 금지시키는 것은 그 이유가 어디

---

52 영인본 『학지광』 1, 2권(태학사, 1978)으로 이루어졌으며, 그동안 존재하지 않는 것으로 알려졌던 8호와 11호는 일본 와세다대학의 호테이 토시히로(包袋敏博)교수에 의해 미국 의회도서관에서 발굴되어 세상에 알려졌다.
53 학우회 조직과 『학지광』 서지사항에 대한 연구는 황지영, 「1910년대 잡지의 특성과 유학생 글쓰기 – 『학지광』을 중심으로」, 연세대 석사논문, 2010 참조.
54 宗高書房 編, 『조선통치사료』 7권, 혜성문화사, 1986, 633~678쪽.

에 있는지를 알기 어렵다. 따라서 우리는 이 무모한 일본 관헌의 방침에 대해 어디까지나 반항의 의사를 발표하지 않으면 안 된다.[55]

이 같은 철저한 감시로 인해『학지광』은 언론, 학술, 문예, 종교, 전기傳記 및 기타에 투고 범위를 한정하고, 시사정담時事政談은 받지 않는다는 원칙을 정할 수밖에 없었다.

　一. 投稿範圍. 言論, 學術, 文藝, 宗敎, 傳記及其他 (但時事政談은 不受)

　一. 用紙樣式. 橫十二行, 縱十十四字用紙

　一. 字數制限. 原稿紙로 十張以內

　一. 寫字注意. 楷正書, 諺文正音

　一. 期限. 定期가 無함

　一. 編輯權限. 停載, 添削

　一. 投稿處所. 學之光發行所

　一. 投稿는 一切還付치아니함 [56]

이전『대한흥학보』발간 때까지 유지되던 '국한문해서國漢文楷書'가 아닌 '언문 정음'과 '언문 용법의 가급적 정확'을 강조했다는 점도 큰 차이점이다. 투고를 장려하고 있었지만,『학지광』도 학우회 조직의 동인지 성격이 강한 편이었다.『학지광』편집위원이었던 김환이 교토의 중학교에 다니던 염상섭의 투고를 몰서沒書한 일은 문학비평가의 역할에 대한 최초의 논쟁을 낳기도 한다.

55　위의 책, 643쪽.
56　『학지광』15호, 1918.3, '투고주의'.

백악이『학지광』의 편집위원이 되었다. 그때 제월이『학지광』에 소설을 하나 투고하였다. 그것은 백악이 沒書하여 버렸다. (…중략…) 이 사건이 상섭에게는 원한으로 남았다. 더구나 불우의 상섭과 (상섭보다는 지극히 소양은 적으나마) 득의의 백악 — 이러한 두 사람의 환경은 상섭의 마음을 더욱 불평케 하였을 것이다.[57]

『학지광』 1호부터 18호까지 발행되던 1910년대 일본 다이쇼기는 "민중의 경향으로부터 데모크라시를 거쳐 개조, 해방으로 향하는 매력적인 표어의 전성기"였다.[58] 유학생들에게 일본은 식민지 지배 체제인 동시에 근대 학문과 사회를 학습하고 경험하는 장이었다. 유학생들은 일본 제국주의의 감시, 또는 독려를 받으며 식민지 조선의 민족 논리가 작용될 수 있도록 노력했다. 그 가운데 현실의 타개책으로 모색된 것이 '사회진화론'이었다. 유학생들은 현세계를 적자생존과 우승열패로 이해하고, 제국주의의 대열에 끼지 못한 조선이 제국의 지배를 받는 것은 당연하다는 처연한 정서를 품고 있었다. 따라서 일본이나 독일과 같은 나라는 선망의 대상이었다. 냉혹한 경쟁 사회 속에서 조선이 살아남기 위해서는 구관습을 타파하고, 교육과 산업의 진흥을 도모해야 한다는 논설들이『학지광』매호의 지면 대부분을 통해 발표된다. 이와 달리『학지광』의 문학론들은 기존의 문학에 대한 개념을 재편하여 한국 근대문학의 심미화를 가져왔다고 평가되고 있다.[59] 또한 작품 게재 편수는 적지만,『학지광』의 소설은 인간을 정적情的인 존재로 이해하면

---

57 김동인, 「문단회고」,『김동인전집』16, 조선일보사, 1988, 313쪽.
58 이경훈, 「『학지광』의 매체적 특성과 日本의 영향 1」,『대동문화연구』48집, 2004, 101쪽.
59 구인모, 「『학지광』 문학론의 미학주의」, 동국대 석사논문, 1999.

서 저마다의 개별성에 접근할 수 있는 통로로 자리매김할 수 있었다.[60]

1910년대 『학지광』에는 위의 「부르지짐」을 포함하여 총 3편의 창작 단편소설[61]이 수록되었다. 당시 국내에서 『청춘』을 발간하던 최남선과 함께 문단 혁명의 수령으로 평가받던[62] 이광수와 현상윤은 각각 1 편씩의 소설을 『학지광』에 발표했다. 1914년부터 『청춘』에 탁월한 묘사 문장이 돋보이는 단편소설을 발표해 온 현상윤의 작품인 「청류벽」은 내용면에서는 장편 압축형 단편 작품이다. 총 4장으로 구성되어 있는 이 소설은 각각의 장면 제시로 장章을 구별한다. 불행한 결혼 생활로 평양의 창기가 된 기구한 운명의 여인이 자신의 신세를 한탄하며 물에 빠져 자살한다는 줄거리이다. 주인공 영은의 인생 역정을 서술하는 부분은 전대 서사형식을 모방하고 축약하는 방식을 답습한 듯하지만, 돌연한 시작 장면을 혁신적으로 제시하는 방식이나 서술이 소급적으로 이루어진다는 점, 결말의 극적 사건에 대비되는 평양 모란봉 청류벽의 배경 묘사 등이 사실적으로 펼쳐진다는 점에서 의미 있는 소설이라고 할 수 있다.

> 푸르게맑은 밤하늘에 구석업시 홀너가는 初가을 달빗은 풀닙헤 맷칠 이슬을 빗쳐서 풀폭이 폭이마다 五色이 玲瓏하고, 소리업시 가부얍게 지나가는 서느러운 바람은 半남아누른 梧桐닙을 가만가만 흐늑여서 고요한 쓸압헤 活畵를 그리는데, 어듸션지 '쌩ㅡ'하고 새로 한나를 치는 卦鐘소리가 意味잇는듯이 울녀가쟈마쟈, 社會골 降仙館 뒷大門이 방싯 열니면서 모시치

---

60   권보드래, 『한국근대소설의 기원』, 소명출판, 2000, 264쪽.
61   거울, 「크리스마슷밤」, 『학지광』 8호, 1916; 小星, 「淸流壁」, 『학지광』 10호, 1916; 瞬星, 「부르지짐cry」, 『학지광』 12호, 1917.
62   『학지광』 14호, 1917.12.

마며 銀香羅 적삼니분 젊은 女子가 걸어나온다.[63]

『학지광』 창작 단편소설에는 이루어지지 못하는 비극적인 상황의 슬픈 사랑이 펼쳐진다. 「부르지짐」에는 친구의 배신으로 떠나버린 임 군의 사랑이, 「청류벽」에는 자신을 비참한 운명의 주인공으로 만든 남 편과의 엇갈린 사랑이 등장한다. 이광수의 「크리스마슷밤」도 역시 실 연失戀을 소재로 한 소설이다. 8호에 실린 소설 「크리스마슷밤」은 이광 수가 '거울'이라는 필명을 사용하여 발표하였다.[64] 「크리스마슷밤」은 일본 유학생 김경화의 이야기이다. 김경화는 친구 성순과 크리스마스 에 교회에 갔다가 7년 전 자신이 사랑을 고백했던 여인을 보게 되고, 이 를 계기로 과거를 회고한다. 기혼자였던 김경화는 7년 전 고백으로 유 학생 사회에서 곤경에 처해 귀국길에 올랐고, 다시 새로운 애인 '배달' 을 만나 그녀를 위해 헌신하기로 결심했지만, 얼마 뒤 '배달'은 죽고 그 는 다시 일본 동경으로 돌아왔던 것이다. 이 소설에서 '배달'은 조선을 상징하는 이름이다. 이 작품은 나라 잃은 시대의 유학생의 고민을 상징 적으로 드러낸 작품이다.[65] 1916년 2월에 제작이 완료되었을 것으로 추 정되는 『학지광』 8호에서 이광수는 3개의 필명과 본명으로 총 4편의 글 을 발표한다.[66] 이광수가 『매일신보』에 「대구에서」를 발표하며 필자로 서 적극적인 활동을 시작하는 것은 1916년 9월 22일이다. 이광수가 『매

---

63 小星, 「청류벽」, 『학지광』 10호, 1916.9.
64 거울이 이광수의 필명임을 증명한 연구는 김영민, 「이광수의 새 자료 「크리스마슷 밤」 연구」, 『현대문학의 연구』 36호, 한국문학연구학회, 2007 참조.
65 김영민의 위의 논문에서 이 소설의 상징적인 암시가 『학지광』 8호가 배포금지를 당 하는 일과도 관계가 되었을 것이라 추정하고 있다. 위의 글, 15쪽.
66 외배, 「어린벗에게」; 이광수, 「살아라」; 거울, 「크리스맛슷밤」; 흰옷, 「龍洞(農村問題 研究에 關한 實例)」, 『학지광』 8호, 1916.2(?).

일신보』발간 초기부터 실력자로 행세하던 나카무라 켄타로中村健太郎를 만나 감회와 존경의 마음으로 쓴 한시漢詩를 보낸 것[67]과『매일신보』사장인 아베 미쓰이에阿部充家를 만난 것은 1916년 여름방학을 마치고 동경으로 돌아가는 길이었다고 한다.[68] 다시 말해,『학지광』8호에 발표하던 글을 쓸 때의 이광수와 그 이후의 이광수가 지향하는 바가 다르다고 할 수 있다. 그리고 그 접점에 단편소설「크리스마슷밤」이 있다.[69]

단편소설을 발표한 이광수, 현상윤을 비롯한 대부분의『학지광』필자들의 정신세계를 지배한 것은 기독교 신앙 담론이었다. 학우회는 당시 동경조선기독교청년회와 상당수 중첩된 활동들을 전개한다.

　　△ 留學生 基督敎靑年會에서는 去二月三日에 法學博士 吉野作造氏를 請邀하야『朝鮮靑年과 基督敎』란 問題로 講演會를 開하얏는데 多數의 來聽이 有하얏다더라

　　△ 京城中央基督敎靑年會 工業部主任 루커스氏는 去二月上旬에 學事視察의 會務를 帶하고 東京에 來遊歸國하얏는데 當地靑年會에서 同會主催의 午餐會가 有하얏다더라 그런데 同氏는 特別히 朝鮮家屋改良에 關하야 多大의 硏究를 하야오는 사람이라더라

67　김영민, 「이광수 초기문학의 변모과정」,『현대문학의 연구』34호, 한국문학연구학회, 2008, 114쪽.
68　김원모·이경훈 편역,『동포에 고함-춘원 이광수 친일문학』, 철학과현실사, 1997, 245쪽 참조.
69　김영민은「크리스마슷밤」의 김경화의 일화가「어린벗에게」의 임보형의 일화로 변하는 사이, 이광수가 지녔던 '민족 갱생'의 의지는 '동족 교화'의 의지로 변화함에 주목한다. 민족의 갱생은『학지광』필자 이광수가 지닌 미래 구상이고, 동족의 교화는『매일신보』필자 이광수가 지니게 되는 미래 구상이라는 것이다. 이와 함께 이광수가『매일신보』에「대구에서」를 기고하면서 그간 애용하던 고주(孤舟)라는 필명 대신 춘원생(春園生)이라는 새로운 필명을 사용하게 되었음을 지적하며, 여기에도 이광수의 변화와 관계가 있을 것임을 유추하고 있다. 김영민, 앞의 글, 117~119쪽 참조.

△ 靑年會에서는 去二月二十七日에 宗敎講演會를 開하얏다는데 明治學院總理 井深梶之助氏의 '上帝를 敬畏함은 知識의 根本'이란 講演이 有하얏다더라

△ 東京에 在한 朝鮮基督敎會는 信徒가 日加月增하야 每主日出席自가 百餘名에 達하얏는데 李牧師의 熱性인가 하노라 [70]

이 인용문은『학지광』12호, 소식란에 실린 동경 유학생 동정보고 이다. 소식의 절반 이상이 기독교 청년회, 교회에 대한 것인데 이는 12호만의 특색이 아니라『학지광』전호에서 쉽게 찾아볼 수 있는 것들이 다. 비종교적인 글인 경우에 기도와 성경구절로 지면을 채우는 식이 자연스럽게 펼쳐지는『학지광』은 흡사 '기독잡지'를 방불케 한다.[71] 동 경 유학생들 대부분에게 당시의 기독교는 근대 지식, 문명 그 자체였 다. 애국계몽기 기독교가 국가부강을 모색한 민족주의적인 색채를 띠 었다면, 이 시기 유학생들의 기독교에는 메이지기 일본에 수용된 엄숙 한 정신주의, 관념적 신비주의자 에머슨Ralph Waldo Emerson과 혼합된 내면 지향의 성격이 대두한다. 그리고 여기에 다이쇼 데모크라시라는 정치 적 상황의 변화 속에서 자아 중시와 개체의 주관, 내면이 강조되는 시 라카바白樺파의 정신적 이상주의가 결합한다. 물질, 욕망을 거부하는 기독교의 세계나 시라카바파의 정신적 이상주의는 정치적으로 억압되 어 있고, 물질적으로 낙후된 식민지 지식인들에게 자신의 정체성을 부 여하기 위한 적절한 도피처로 기능한다. 그러나 한편 이들은 전혀 상

---

70 『학지광』12호, 1917.4.
71 『학지광』의 기독교 담론에 변화가 생기면서 동경 조선 기독교 청년회는 1917년 11월, 독자적으로『기독청년』을 발간하게 된다.『기독청년』에 대한 연구는 김민섭,「『기독 청년』연구」, 연세대 석사논문, 2010 참조.

반되는 약육강식, 실력양성, 서구의 물질문명에 대한 선망을 드러내기도 한다. 이 과정에서 정신과 내면에 안주하며 내면적 주체로서 초연함을 향유할 수 있는 공간이 문학예술의 장이었다. 지식인들의 지적 과시를 드러내는 수단이 되었던 추상적 어휘의 한자어로 조합된 국한문 혼용체와 내면 지향적 자기 고백체의 소설을 통해 문학의 길은 지식인의 자의식으로 향하게 된다.[72]

3. 근대적 여성 주체의 형성과 『여자계』 단편

한국 최초의 여성잡지 『가뎡잡지家庭雜誌』가 발간된 것은 1906년 6월이다. 그 이후 『여자지남女子指南』, 『자선부인회잡지』로 이어지며 여자를 독자로 한 잡지는 한일병합 이전까지 계속 발행되었다. 한일병합 이후 국내에는 다케우치 로쿠노스케竹內錄之助에 의해 1913년 12월에 창간된 『우리의 가뎡』이 유일한 여성잡지였다. 이 잡지들은 문명화의 일환으로 여자교육과 남녀동등론을 주창하며 국민으로서의 여성을 호명하고 있지만, 모두 발간 주체가 남자이다. 1910년대 유학생 잡지를 대표하는 잡지 중 하나인 『여자계女子界』는 최초로 여성지식인이 주체가 되어 만든 잡지이다.

대부분의 여성이 문맹이고 중등학교 진학률은 1912년 당시 전체 인

---

72 양문규, 「1910년대 유학생 잡지와 한국근대소설의 형성」, 『현대문학의 연구』 34호, 한국문학연구학회, 2008, 153쪽.

구에서 0.004%에 불과하던 때[73]에 유학의 기회는 극히 소수의 여성에게만 열려있었다. 일본 유학에 드는 학비도 문제였지만, 혼인기의 미혼여성이 가정을 떠나 해외 유학을 간다는 것이 사회적으로 쉽게 허용되는 일은 아니었다.[74] 당시 여자 일본 유학생은 중등교육기관을 졸업하고 곧바로 유학을 떠나거나 보통학교 교원생활을 몇 년 하다가 유학을 떠나는 경우가 많았는데, 연령은 대략 15세에서 25세에 걸쳐 있다. 『매일신보』 1914년 4월 9일 자 기사에서 "동경에 유학하는 조선의 여학생 수효가 30명"임을 밝혔듯이 1910년 유학생 중 남학생은 386명, 여학생은 34명으로 총 학생수의 8.1%에 불과했다.[75] 여성의 일본유학은 중류층이상 여성의 사회진출을 준비하는 과정이었다. 여자 일본 유학은 중등학교 교사나 의사 자격을 얻기 위한 고등직업교육을 중심으로 이루어졌고 그 밖의 '교양형' 여전女專 출신들도 교사나 예술가, 기자 등 전문직에 종사했다. 이들의 활동으로 중류층 이상 여성에게 제한되었던 사회진출 공간은 확대되었으며 여성의 입장에서 여성문제를 제기하게 되었다. 당시 일본 여자고등교육의 성격은 직업교육, 양처현모주의교육, '구미舊米형'교양교육이 혼재된 것이었다. 그 가운데 여자 일본 유학생들은 서구 부르주아적 가치관의 영향을 받는 가운데 여성의 사회적 자아실현에 가치를 두는 한편 여성의 가정 내 역할 또한 중요시하는 입장을 갖기도 하였다.

---

73 주요섭, 「조선여자교육사」, 『신가정』, 1934. 4.
74 1912년에서 1929년까지 혼인한 여성의 연령을 보면, 17세에서 20세 미만에 혼인한 여성은 55.1%, 20세에서 25세 미만에 혼인한 여성은 25%를 차지해, 결국 17세에서 25세 미만의 연령에 혼인하는 여성은 80.1%에 달했다. 강병식, 「일제하 한국에서의 결혼과 이혼및 출산 실태 연구」, 『史學志』, 제28집, 1995, 429쪽.
75 박선미, 「植民地時期における朝鮮人女子日本留學生の硏究」, 교토대 박사논문, 2004, 19쪽.

제2장 | 근대적 개인의 부상과 단편양식의 결합   269

이런 분위기 속에 여자 일본 유학생들은 1915년 동경여자유학생친목회를 조직했다. 동경여자친목회는 1915년 4월 3일 김필례, 나혜석 등 10여 명이 발기하여 결성[76]하였는데 설립목적은 "在京조선여자 상호간의 친목도모와 품성함양"[77]이었다. 이 친목회가 1917년 이후 전체 여자유학생의 대표단체로서 성격을 갖게 되면서 기관지『여자계』를 발간하게 된다. 1917년 10월 17일 임시총회에서 김마리아를 회장, 나혜석을 총무로 선출하고『여자계』의 편집부장은 김덕성, 편집부원 허영숙, 황애시덕, 나혜석, 찬조원에는 전영택, 이광수를 임명하여 편집부를 구성했다. 이 잡지는 현재 제2호부터 제6호까지 그리고 1927년 1월의 속간호가 전해질 뿐 창간호는 발견되지 않았다. 따라서 그 정확한 창간 시기에 대해서는 알 수가 없다.『여자계』의 창간호는 1915년 4월 초의 등사본과 1917년 6월 말의 활판본의 두 개의 판본이 있었던 것으로 추정되고 있다.[78] 창간호는『학지광』의 주요 필진 가운데 한 사람인 전영택의 도움을 받아 평양숭의여자중학교 동창회 잡지부의 구성들이 발간했다. 여자유학생들이 주도적인 자립체제로『여자계』를 만든 것은 4호부터라고 할 수 있다. 이때부터 실질적으로『학지광』의 그늘을 벗어나 독자적 발행 체계를 갖추어갔다고 볼 수 있다.

『여자계』가 여자유학생들만으로 독자적인 경영을 시도한 것은 당시 여성의 권리를 주장하던 사회적 움직임과 긴밀한 연관이 있다. 제4호에서는 그간『여자계』를 위해 힘써준 전영택을 포함한 남성들에게

---

76 『학지광』5호, 1915.5.
77 內務省警保局,「朝鮮人槪況 大正九年六月三十日」,『在日朝鮮人關係資料集成』1권, 한국학진흥원, 1987, 90쪽.
78 『여자계』서지관련 연구로는 이혜진,「『女子界』연구-여성필자의 근대적 글쓰기를 중심으로」, 연세대 석사논문, 2008, 11~37쪽 참조.

감사함을 표현하는 한편, 『여자계』가 왜 독립경영을 결심하게 되었는지 그 경위를 밝히고 있다.

우리 女子界를 爲하야 東西南北에 輿論을 求하며 멀니 祖國을 向하야 우리를 찾는 同胞들의게 손을 치고 부르지々면서 晝夜를 헤아리지 안코 無限한 애를 쓰신 洪基瑗, 田榮澤 其他 諸氏의게는 무어라고 감사할넌지 말할바를 쌔닷지 못하나이다. 더욱 한거름 나가서 本誌 三號까지 始終이 如一하게 全心竭力하여 주신 田榮澤氏의게는 다시금 허리를 굽혀 賀禮하나이다.(…중략…) 文明의 바람이 우리의 낫츨 슷침으로 비로소 눈을 써보니 벌서 남들은 쌔여서 同等權, 參政權을 찻노라고 애를 씁니다. 우리는 이러한 自覺과 自任을 가지고 우리의 남자社會에서 負擔할 우리의 重荷를 萬分之一이라도 난호야 되겟다는 決心으로 次序의 善不善과 作法의 好不好를 혜아릴 智力이 없는, 우리 女子들이지만은 힘없는 두 손을 붓그러운 맘으로 들고 一九一九年으로 紀元을 삼아 우리 『女子界』가 獨立的 新生活을 시작하려 하엿싸오나 그도 쏘한 우리 周圍의 急迫한 事情이 우리를 理想鄕으로 부르는 바람에 사랑하는 여러분도 우리의 사정을 짐작하실 줄 밋는 고로 不得已 停刊하엿섯다가 지금이야 겨우 發行하게 되엿나이다. 무론 不足함이 많은 것을 自認합니다만은 여러분! 첫술에 배부르겟습니까? 넓으신 사랑으로 용셔하여 주실줄 밋나이다.[79]

근대 문명은 일본에서 유학하던 여학생들에게 남성들로부터 독립하여 자신의 임무를 책임져야 한다는 인식을 갖게 했고, 그 변화 과정

---

79 「여러분의」, 『여자계』 4호, 1920.3.

에서 남성들로부터 독립된 잡지 경영이라는 결과를 낳았던 것이다. 『여자계』의 발간은 무엇보다도 여자유학생들이 여성으로서 자각을 가지고 자신의 의견을 집단적으로 드러낼 수 있는 공간을 확보했다는 점에서 의미가 있다.

> 「女子界」 제1호를 寄來하니 이는 동경에 유학하는 우리 여학생들이 새 소식을 고향제씨에게 전하기 위하여 합력간행하는 것이라. 대개 우리의 아낙네가 입있는 표를 담대하게 드러낸 효시라 할 것이러라[80]

『여자계』는 일 년에 평균 두 번 발행하기로 계획되었지만, 경영난이나 1919년의 급변하는 정세 속에서 지속적으로 발간되지는 못했다. 『학지광』과 『매일신보』 지면을 통해 7호를 끝으로 더 이상 발행되지 못했음을 알 수 있다.[81] 편집체제는 특별히 정해진 난의 구별 없이 편집인이 청탁한 원고를 싣는 편이지만, 대체로 논설은 앞쪽은 수필이나 소설은 뒤쪽에 싣는 기존의 다른 잡지의 체제를 따르고 있다. 『여자계』는 처음에는 여자유학생들 간의 간단한 소식지 형태였다가 유학생뿐만 아니라 본국의 여성들에게도 발언하는 여성잡지로서 위상을 높이게 된다. 『여자계』의 편집진은 독자가 여성들이었던 만큼 순언문으로 발간할 것을 공감하고 하고 있었지만, 필자와 주된 독자가 여성 지식인이었던 관계로 실제로는 한자가 많이 쓰인다. 하지만 일반 여성 독자를 고려한 순국문체에 대한 열망은 강했던 것으로 보인다.

---

80 최남선, 「여자계」, 『청춘』 10호, 1917.
81 『학지광』 22호, 1921.6, '광고'; 『매일신보』, 1923.4.10.

여러분께 이러한 말씀을 드럿삽니다. 이 女子界를 순언문으로 ᄒ엿스면 엇더하냐고 말슴하옵더이다. 事實 우리들도 그런 의론이 만핫섯습니다. 그러나 아직 實行치 못ᄒ엿스며 將次는 그러케ᄒ옵던지 或은 순언문 附錄을 늬도록 經營히볼가 ᄒ습니다. 그러고 次號붓허라도 할 수 잇ᄂ딕로 原稿를 쉬웁게 써주셧스면 돗겟습니다.[82]

여러 사람들이 순언문 발간을 권유했고, 편집진 역시 그런 의견을 놓고 고심한 적이 있으나 실행은 못했고, 장차 그렇게 하거나 혹은 순언문 부록이라도 만들어 보겠다는 것이 편집진의 생각이다. 편집진은 필자들을 향해 원고를 쉽게 써줄 것을 당부하기도 한다. 『여자계』는 가정개량과 아동교육을 위해 여자 유학생 지식인들뿐만 아니라 주부의 참여를 적극 권장한다. 한글체의 원고를 지향하는 편집진들의 의사는 "할 수 있는 딕로 언문諺文, 조선말을 쓰도록 하자"는 내용의 투고 규정에 반영되었다.

一, 本誌의 編輯上 關係로 本社에서 부탁드린 이의게 限하야 寄稿를 밧기로 합니다.(讀者欄은 此限에 不在홈)

一, 文體는, 할 수 잇ᄂ 딕로 漢文과 漢語를 쓰지 말고 諺文으로 조선말을 쓰도록 합니다.

一, 字體는, 결단코 草書나 亂書로 쓰지 말고 正字로 分明히 써쥬시오(諺文은 더욱 分明히)

一, 用紙는, 반다시 原稿用紙十二行二十四字 (原稿用紙에 아니 쓴 거는

---

82 「編輯室에셔」, 『여자계』 2호, 1918.3.

밧지 아니함)

一, 새로 一節을 始作할 찍마다 一字式 내려쓰고 말마대와 句節이 써러
질 째마다, ○을 너으시고, ○! 이것도 一字로 會計하야 써주시오.

一, 誌上에는 匿名變名하실지라도 原稿에는 本氏名을 써주시오.

一, 原稿材料는 言論, 修養, 學藝(가령, 理化學 動植物 農工學에서 日常生
活에 必要한 것, 其他 音樂 美術 等 科學上 常識) 家庭(衛生 育兒 敎育 經濟
家政) 文藝(詩, 小說, 感想) 傳記(치우婦人의)[83]

이 같은 한글 활성화에 대한 의지가 뚜렷했던 『여자계』에는 1910년
대 발간되던 지식인잡지로서는 드물게 순한글기사나 작품을 자주 실
었고, 근대지식인 소설에서 언문일치의 한글체 문장이 정착되는 과정
을 보여주는[84] 소설들도 발표했다. 『여자계』에 수록된 창작 단편소설
은 총 5편이다.[85] 이 중 1910년대에 발표된 소설 2편의 작가는 모두 나
혜석이다. 나혜석은 1896년 경기도 수원에서 출생하여 진명여자 고등
보통학교를 최우수로 졸업하고 1913년 18세에 동경 사립여자미술학교
서양화부에 입학하여 유학길에 올랐다. 한일병합 전후로 군수를 지낸
부친 나기정은 결혼을 강요하나 거부하고, 오빠 나경석의 친구인 게이
오대학의 최승구와 연애를 했다. 나혜석이 발표한 최초의 글은 1914년
12월, 『학지광』 3호에 실은 「이상적 부인」이다. 『여자계』 편집을 보면
서 단편소설을 발표하던 해인 1918년에는 3월에 도쿄사립여자미술학

---

83 「投稿에 對하야」, 『학지광』 2호, 1918.3.
84 김영민, 「근대 유학생 잡지의 문체와 한글체 소설의 형성-『여자계』를 중심으로」,
   『현대문학의 연구』 41호, 한국문학연구학회, 2010, 39~67쪽 참조.
85 晶月, 「경희」, 『여자계』 2호, 1918.3; 晶月, 「回生한 孫女에게」, 『여자계』 3호, 1918.9;
   望洋草, 「祖母의 墓前에」, 『여자계』 4호, 1920.3; 望洋草, 「英姬의 一生」, 『여자계』 5호,
   1920.6; 惟香, 「어린 英淳에게」, 『여자계』 6호, 1921.1.

교를 졸업하고, 4월에 귀국하여 모교인 진명여학교에서 교편을 잡았다가, 8월경 그만두고 집에서 그림공부를 했고, 9월에는 『여자계』 3호에 단편소설을 발표했다. 나혜석은 유학 시절, 여성 문예동인지 『세이토靑鞜』를 중심으로 여성해방론과 신여성운동이 활발하게 전개되고 있던 일본사회의 지적 분위기에 강한 영향을 받으며 문필활동을 시작했다. 『세이토』는 일본의 최초 여성문예지이다. 나혜석이 「이상적 부인」에서 이상적 부인상으로 꼽은 여성 중에 한 사람인 히라쓰가 라이초平塚雷鳥가 1911년 9월에는 "여자의 각성을 촉진하고 각자의 천부의 특성을 발휘케 하여 후일 여류천재를 탄생시킬 목적"으로 '세이토샤靑鞜社'를 조직하고 창간했다. '청탑'이란 문학에 취미를 가진 여성을 가리키는 '블루 스타킹blue stocking'의 번역어이다. 영국 런던에서 1750년 무렵 몬타규 부인을 중심으로 한 사교가들이 유흥적인 모임을 지적인 모임으로 만들려는 의도에서 초빙한 강사 스틀링플리트가 검은색 대신 푸른색 양말을 신고 파티에 출석한 데서 비롯되었다. 이것이 뒤에 와서는 여성의 지위향상과 참정권을 주장하는 지식계급의 여성을 가리키게 되었다.[86] '일본제 노라 양성소'라고 조롱받기도 했던 '세이토샤는 여성교육의 목적을 여성 개인의 인격이나 인간성의 향상보다는 현모賢母를 양성하는 데 두었던 메이지 시기의 국가주의적 '양처현모' 이데올로기를 비판하고, 여성 자아의 확립, 자아의 존엄을 주장하면서 성적인 자기 정체성을 수립하고자 했던 조직으로 남성 중심의 기존 사회세력의 반발을 불러일으키기도 했다.

단편소설 「경희」는 1910년대 소설 중에서 교육받은 지식인 여성이

---

86 이상경, 『나는 인간으로 살고 싶다 – 영원한 신여성 나혜석』, 한길사, 2009, 61쪽.

등장하여 현실에 고뇌하면서 내면의 갈등과 좌절, 진지한 자아실현의 모색과정을 보여주는 최초의 작품이다. 소설은 경희라는 신여성이 봉건적인 인습과 투쟁을 벌이는 과정을 경쾌하게 묘사했다. 여성의 적은 아버지로 대표되는 완고한 남성뿐만 아니라, 봉건적 관념에 찌든 여성들 속에도 있다. 그리고 소설은 섣불리 남성들에게 비난과 비판의 칼날을 들이대는 것이 아니라 구여성들의 신여성에 대한 적대감과 오해, 의식에서 앞서가는 신여성이 자칫 범하기 쉬운 관념적 선진성을 비판하는 데 힘을 기울이고 있다.

이런 관점에서 주목할 만한 부분은 결혼 문제를 놓고 경희가 아버지에게 대항하는 장면이다. 경희의 아버지는 "계집애라는 것이 시집가서 아들딸 낳고 시부모 섬기고 남편을 공경하면 그만이니라" 하며 결혼할 것을 요구한다. 이에 대해 경희는 "그것은 옛날 말이에요. 지금은 계집애도 사람이라 해요, 사람인 이상에는 못할 것이 없다고 해요, 사내와 같이 돈도 벌 수 있고 사내와 같이 벼슬도 할 수 있어요. 사내가 하는 것은 무엇이든지 하는 세상이에요"라고 거부한다. 아버지는 "네까짓 계집애가 하긴 무얼 해. 일본 가서 하라는 공부는 아니하고 귀한 돈 없애고 그까짓 엉뚱한 소리만 배워가지고 왔어?"라며 펄펄 뛴다. 다시 아버지는 문벌 좋고 재산 있는 집안과의 결혼을 강요하고, 경희는 평생 처음으로 공포를 느끼며 "먹고만 살다 죽으면 그것은 사람이 아니라 금수이지요. 보리밥이라도 제 노력으로 제 밥을 먹는 것이 사람인 줄 압니다. 조상이 벌어놓은 밥, 그것을 그대로 받은 남편의 그 밥을 또 그대로 얻어먹고 있는 것은 우리 집 개나 일반이지요"라며 자각한 신여성의 결혼관을 선언한다. 한편 뒤에 다시 진지한 내면의 갈등과 현실적 조건에 대한 회의가 이어지면서 이 선언은 무게를 지니게 된다. "편하게 전과 같이 살다가 죽읍시다"라는 안일한 생활에의 유혹과 "남들이 다 하는 것쯤의 학문으로 나 같은 것이 무얼 하나"라는 자기 성찰, "그리 많이 해 무엇 하니, 사내니 고을 간단 말이냐? 군주사라도 한단 말이냐? 지금 세상에 사내도 배워가지고 쓸 데가 없어서 쩔쩔매는데"라는 미래에 대한 불안감. 이것은 경희의 불안이자 작가 나혜석과 동시대 여자유학생 모두의 고뇌이다. 이 같은 깊은 회의 끝에, 경희가 "여자라는 것보다 먼저 사람"이며 "사람으로 보이지 않는 험한 길을 찾지 않으면 누구더러 찾으라 하리"라고 깨닫는 것은 진중한 성찰로 다가온다.

3호에 발표한 「회생한 손녀에게」는 약혼자였던 최승구를 제대로 간호하지 않아 죽음에 이르게 한 개인적인 회한을 나이팅게일 같은 수만 명을 보살펴주는 천사가 되는 방식으로 승화시키고 싶다던 자기 다짐을 보여주는 소설이다. 당시 나혜석 개인의 내면적 상처를 가늠해 볼 수 있는 작품이다. 『여자계』에 발표한 나혜석의 단편소설은 근대적 여성 주체를 향한 여정의 시작을 선포하는 출발점이 되었다.

제3장

무단통치기 잡지 발간의 향방과 단편소설의 역할

　　1910년대 무단통치기에는 강제병합과 함께 발행되던 여러 일간지들은 모두 폐간되고 조선총독부 기관지인 『매일신보』만이 유일한 한국어신문으로 존재했고, 일반 종합잡지의 발행이 제한되는 가운데 유학생 잡지나 종교잡지, 일본인 발행잡지 등 50여 종의 잡지들이 발간되었다. 한일병합 후 총독부에서는 식민통치를 항구화하기 위해 최우선의 정책으로 삼은 것이 '종교'와 '교육'이었다. 종교와 교육 분야는 세력 확장이 용이하고 이념을 재생산하는 공적 기능을 갖고 있기 때문이었다. 본 장에서는 1910년대에 지속적으로 발간된 천도교와 불교 단체의 잡지와 일본인 발행의 대표적인 잡지인 『신문계』와 『반도시론』을 살펴봄으로써 1910년대 식민지 현실이 인식되는 방식과 식민 통치 담론이 저변화되는 과정에서 단편소설의 역할이 무엇이었는지 고찰해 보고자 한다.

1. 가족 중심의 소공동체 추구
— 천도교/시천교 잡지 단편소설

한일병합 직후 모든 정치결사는 해산되었지만, 종교결사인 천도교는 명맥을 유지할 수 있었다. 갈 곳을 잃은 지식인과 민중들이 속속 천도교로 집결했다. 일본 유학생 출신으로 서북학회에서 활동하던 최린은 1910년 10월 손병희를 찾아왔다. 그는 후에 "소야교耶蘇教는 좋으나 서양인의 세력 밑이라 까닥 잘못하면 서양인의 노예생활을 하기 쉽기 때문에 기독교인이 되지 않고 조선인이 창설한 종교요 동학이래 빛나는 역사를 갖고 있으며 단순한 천당구가天堂謳歌나 극락행極樂行을 목적하는 집단이 아니라 불우不遇한 인물들이 많이 모인 단체이기에 천도교에 입교"했다고 회고했다.[1] 이처럼 정서적으로 박래품舶來品인 기독교를 수용하기 어려웠던 지식인과 민중에게 천도교는 '유일한' 위안과 희망의 전도사로 받아들여졌고, 그것은 폭발적인 천도교 입교 선풍을 몰고 왔다.

천도교의 모태는 1860년 최제우가 창도한 동학이다. 동학은 유랑지식인이었던 최제우가 민중과 더불어 개인적 좌절을 극복하고자 전개했던 근대적 수양도덕운동인 동시에 서세동점의 위기를 고유 신앙을 비롯한 오도吾道, 즉 자존의 동도주의東道主義로 맞서고자 했던 반외세 사상운동의 일환이었다. 동학으로 대표되는 19세기 민중의 근대적, 민족적 지향은 1900년대 국망國亡이라는 절체절명의 위기를 맞아 대략 4

---

1 최린, 「波瀾重疊 五十年間」, 『삼천리』, 1929.9.

가지 노선으로 분화했다. 첫째, 동학의 민중신앙적 요소를 계승한 것은 종교적 수련을 강조하면서 새로운 구세주 신앙을 설파한 강증산姜甑山 계통의 신앙운동이었다. 둘째, 삼일신앙三一信仰을 계승하면서 단군민족주의 단서를 제공하기도 했던 동학의 동도주의를 계승한 것은 대종교大倧敎였다. 셋째, 동학의 근대성을 계승하면서도 그 방향을 서구적 근대를 추종하는 문명개화노선으로 잡은 것은 동학의 적통을 자임한 천도교였다. 넷째, 천도교에 강한 불만을 품고 친일근대화에 매진했던 천도교내 일진회파가 분립하여 세운 것이 시천교侍天敎였다. 이중에서 1910년대 내내 꾸준히 신도가 배가되면서 교세가 확장된 것은 천도교이다. 시천교는 천도교와 대립각을 세우면서 교세를 유지해 갔다. 백대진이 동일한 교조敎祖, 교지敎旨, 계조戒條, 전례典禮를 가졌으면서도 분립 상태에 놓여있는 천도교와 시천교의 조직을 분석한 글에 따르면, 1916년 당시 두 교인의 수는 다음과 같다.

〈표 4〉 1916년 천도교/시천교인 수[2]

道別		경기	충남	충북	전남	전북	경남	경북	황해	평남
區數	천도교	23	11	9	23	18	8	5	18	20
	시천교	6	22	11	21	17	23	8	19	7
信徒數	천도교	47,507	16,219	12,238	55,925	68,905	7,714	3,603	65,113	215,451
	시천교	3,440	51,025	25,704	44,178	56,763	15,531	9,468	46,835	7,969
道別		평북	함남	함북	강원	서간도	臨江縣	北間島	和龍縣	延吉府	만주
區數	천도교	21	16	7	18	2	1	1	1	1	-
	시천교	4	7	4	7	—	—	—	—	—	
信徒數	천도교	341,139	118,149	29,358	47,173	16,520	426	13,638	4,682	9,648	
	시천교	5,258	7,969	5,258	8,562	—	—	—	—	—	1,5

2   백대진, 「天道侍天兩敎의 內部를 解剖ᄒ야 公評을 促홈」, 『반도시론』 2권 1호, 1918. 1.

1910년 8월 15일에 창간된 천도교 기관지 『천도교회월보』는 1910년 대 내내 결호 없이 발간된 거의 유일한 잡지이다.[3] 천도교 관련 종교의 다른 기관지는 시천교에서 1911년 2월에 창간하여 1913년 4월 종간하 며 통권 27호를 발간한 『시천교월보』와 그 뒤를 이어 1914년 6월 창간 하여 1916년 4월에 종간하며 통권 8호가 발간된 『구악종보』가 있다. 이들 잡지는 종교잡지임에도 불구하고 순한문 혹은 국한문 혼용의 논 설과 학술기사가 다수를 차지하는 등 체재와 내용에서 한말 계몽잡지 와 대동소이하다. 『천도교회월보』는 창간호에서 계몽의 소임을 다하 는 '영성지신광채靈性之新光彩, 학술지신지식學術之新知識, 제도지신의피制 度之新衣被가 되고자 한다'는 포부를 밝히기도 했다.[4] 그런데 점점 교세 가 확장되면서 일반교인에 대한 종교적, 근대적 계몽을 강화할 필요성 이 제기되었다. 잡지에 민중성을 강화하기 위한 방안의 일환으로 1911 년 6월부터는 순한글의 언문부가 신설되었고, 점차 그 지면을 넓혀 나 갔다.

　本報는 本校 敎理를 闡明하여 一般人智를 啓發하여 萬世의 幸福을 共享 하기로 目的이 온 바 普通程度가 漢文의 意義를 未解하는 遺憾이 不無함으 로 本號부터 朝鮮文 幾負를 編入하여 漢文을 未解하는 諸氏로 하여금 一見 瞭然케 하였다[5]

1910년대 천도교는 문명인을 양성하기 위한 문화계몽운동을 전개

3　1912년 6월, 11월, 1918년 5월호는 일제의 검열로 발매금지되거나 압수되었다. 김근 수 편저, 『한국잡지개관 및 호별목차집』, 한국학연구소, 1973, 113~115쪽.
4　나용환, 천도교회월보취지, 『천도교회월보』, 1910.8.
5　『천도교회월보』, 1911.6, '課告'.

했다. 천도교는 민중들에게 문명시대에 신학문과 도덕에 힘쓰기 위해서는 천도교에 입교하라고 선교했다.[6] 문명화의 담론은 마음과 정성을 강조할 때도 등장한다. '문명한 사람도 마음이 어두워지면 도로 야만한 사람이 되고 야만한 사람도 마음이 밝아지면 문명의 사람이 되나니 마음이 정성으로 세상을 통하게 하면 세상은 자연 문명된다'는 것이다.[7]

천도교인에게는 신앙심이 돈독한 종교인으로서의 품성은 물론이고, 도덕적·윤리적 결함이 없는 사회인으로서의 자격이 요구되었다. 천도교 간부에게는 사회문명이 주요 업무의 하나로 부여되었으며 천도교인에게는 계주戒酒, 계치戒侈, 계색戒色이 요구되었다.[8] 윤리덕목으로는 부모에게 효도하고 형제간에 우애 있고 부부간에 화순하며 친척간에 돈목하고 붕우간의 신의가 있어야 함을 강조했다.[9] 또한 천도교인은 국가의 법률을 받들고 국민으로서의 의무를 다해야 했다. 친일종교의 색이 짙은 시천교는 더욱 적극적인 태도로 국법준수와 국민 의무 이행을 강조하고 있었다. '국법과 종교는 간격間隔이 없으니 종교인들도 국가법률에 복종해야 하는데 국민이 국법을 어기는 것은 자제가 부형을 거스르고 교도가 사장師長을 거스르는 것과 마찬가지로 천심天心을 거역하는 것'이라며 친일을 천심을 따르는 행위로 합리화했다.[10]

천도교가 근대적 주체로 가장 먼저 주목한 계층은 청년이었다. 천도교는 1908년부터 천도교 청년세대의 문명화를 위한 실천의 장이라 할 수 있는 교리강습소를 각 지방교구에 설치했다. 1910년대 중반에

---

6 이종일, 「연원의 관계」, 『천도교회월보』, 1911.9.
7 이봉강, 「문명과 야만이 곧 사람의 마음」, 『천도교회월보』, 1915.1.
8 조기주 편저, 『天道教宗令集』, 1983, 33쪽.
9 오지영, 「포덕할 방침」, 『천도교회월보』, 1913.4.
10 『시천교월보』, 1911.4, '公示' 제7호.

이르면 전국적으로 745개가 설치될 만큼 성황을 이뤘다. 이 같은 청년 교육은 민족을 대상으로 한 학교교육으로 확대되었다. 가장 비중 있는 사립교육기관이었던 보성학원이 재정난으로 폐교위기에 처하자 1910 년 12월, 천도교가 인수하여 경영에 심혈을 기울였고, 서울과 지방의 여러 사립학교를 설립·운영하였다.[11]

　1910년대 천도교가 주목한 또 다른 계층은 여성이었다. 여성 천도 교인들에게 가정 내 종교 활동의 주역이 될 것을 요구하는 동시에 적극 적인 사회진출을 독려하면서 그들을 포덕布德을 담당하는 전교사에 임 명했다.[12] 언문부를 통한 여성계몽에도 앞장섰다. 우선 여성들이 미신 을 숭배하는 과거의 습속에서 벗어날 것을 요구했다. '우리 동덕 자매 들이 여자의 신분으로 정성된 마음으로 옛 습관을 개량하지 못하고 무 당이나 판수에게 문복하거나 우상이나 성황에게 복을 비는 것은 한울 의 죄인'이라는 것이다.[13] 여성 계몽이 필요한 이유로는 '집이 화순하 고 산업이 흥왕하고 자손이 출중한 집은 부녀가 유한정정하고 근간치 않는 자 없다'는 점을 내세웠다.[14] 문명국의 아이 낳고 기르는 법을 소 개한 것도 같은 맥락이다. 이러한 여성 계몽의 궁극적 지향점이 남녀 동등, 즉 평등의 실현에 있음을 강조하기도 한다.

　문명한 나라 사람은 남녀가 동등권이 있답니다. 여자의 지각이 남자와

　같고 학문이 남자와 같고 사람자격이 같은고로 우리 조선여자는 학문이 없

　고 마땅히 행할 의무를 알지 못하고 책임도 알지 못하여 사람 자격이 없는

11　一天道敎通, 現代朝鮮의 偉大한 宗敎의 勢力을 有한 天道敎,『반도시론』, 1918.10.
12　『천도교회월보』, 1910.8. '중앙총부휘보'.
13　홍순혜,「동덕부인께 경고」,『천도교회월보』, 1916.2.
14　然然子,「여자교육에 힘쓸 일」,『천도교회월보』, 1913.2.

고로 권리도 동등이 되지 못하였습니다. 여자의 의무는 의무대로 복종하고 여자의 책임은 책임대로 부담하여 자격있는 사람 권리 있는 사람이 되어 남녀동등의 대접을 받아 봅시다.[15]

이를 위해 언문부에는 '부인교리문답'등을 연재하여 여성들의 교리 공부를 도왔고, '부인의 정성과 권능', '부인언행록', '부인의 직업', '모범할 부인' 등의 난을 마련하여 지속적으로 여성 교양교재를 제공했다. 또한 1918년에는 용산 교구 내에 용산부인기업소를 설치하여 여성의 식산殖産을 유도했다.[16] 천도교의 여성계몽에 대한 여성 교인들의 호응은 상당했다. 1913년 4월 천산군 교구에서 개최한 강연회에는 백 여명의 남성이 참여했으나, 여성은 2, 3백 명이 참석해 성황을 이뤘고, 여자 강습소 설치를 위한 의연금 모집에도 적극 동참했다고 한다.[17] 철산에서는 1915년, '선천적 옛 습관을 타파하여 후천적 새 정신을 가다듬고 여자를 교육하여 문명의 신지식을 양성한다'라는 취지하에 부인강도회가 개최되기도 했다.[18]

이처럼 여성 계몽과 전도에 힘을 기울였던 천도교 발간 잡지에는 여성이나 언문을 사용하는 계층을 주 독자층으로 설정한 단편소설들이 수록되었다. 천도교 발간 잡지인 『천도교회월보』에는 총 20여 편의 서사 작품이,[19] 시천교 발간 잡지인 『시천교월보』와 『구악종보』에는

---

15 용산교구 어떤 부인, 「우리의 가정」, 『천도교회월보』, 1917.10.
16 「용산부인기업소」, 『천도교회월보』, 1918.8.
17 「地方敎事」, 『천도교회월보』, 1913.4.
18 정윤석, 「천도교철산구 부인강도회에 대하여」, 『천도교회월보』, 1916.9.
19 鳳凰山人, 「단편소설 모란봉」, 1910.8; 凰山子, 「短篇小說 海棠花下夢天翁」, 1910.9; 鳳凰山人, 「短篇小說 가련홍(可憐紅)」, 1910.11; 鳳凰山人, 「短篇小說 감츄풍별정우(感秋風別情友)」, 1910.12; 玉泉子, 「短篇小說제목없음」, 1911.2; 鳳凰人, 「단편소설일셩텬계

총 15편의 서사 작품이 게재되었다.[20] 1910년대 천도교 발간 잡지의 특징은 첫째, 소설 제목 앞에 '단편소설短篇小說이나 단편소설'이라는 표제어가 붙어있고, 국문으로 창작되었다는 점이다. 1911~1912년, 『천도교회월보』와 『시천교월보』에 언문부가 개설되기 이전에는 '단편소설短篇小說'을, 개설 이후에는 '단편소설'을 병기하고 있다. 그리고 1913년에서 1916년까지 발행된 『시천교월보』와 『구악종보』의 경우는 소설 작품은 모두 국문이고, 『천도교회월보』는 동경 유학생 출신인 김명호와 박달성이 소설을 발표하기 시작한 1919년 3월 이전까지는 모두 국문으로 쓰여졌다. 이처럼 '단편소설'이라는 표제어가 명확하게 밝혀져 있는 점, 소설 작품은 모두 국문으로 표기되어 있다는 점은 바로 이전에 발간되다가 한일병합으로 폐간된 『대한민보』의 편집 관습이 반영된 것으로 보인다. 『천도교회월보』는 종교잡지라는 이유로, 한일병합

(一聲天鷄)」, 1912.1; 樂天子, 「短篇小說玉洞春」, 1917.12~1918.3; 樂天子, 「단편쇼셜 농고자평(聾瞽自評)」, 1918.5; 信天翁, 「단편쇼셜 졔비」, 1918.7; 信天翁, 「단편쇼셜 감션록(感善錄)」, 1918.8; 信天翁, 「단편쇼셜 흔소리쇠북(一聲鍾)」, 1918.9; 韓炳淳, 「단편쇼셜 월ᄒᆞ에쳥슈(月下淸水)」, 1918.10~11; 信天翁, 「단편쇼셜 동텬명월(東天明月)」, 1918.12~1919.2; 韓炳淳, 「단편쇼셜 동원춘풍(東園春風)」, 1919.3~4; 朴達成, 「短篇小說 同情의淚」, 1919.3; 春坡生, 「小說 問題의몸」, 1919.5; 鬼谷子, 「枕碧亭」, 1919.6; 朴春坡, 「新家庭」, 1919.7; 김명호, 「讀者文壇落花의春」, 1919.9~10.

20 『시천교월보』: 傍觀者(엽헤셔본사름), 「短篇小說(단편소셜) 一聲鍾(흔소리쇠북)」, 1911.3; 鏡菴오응선, 「소셜 소원셩취」, 1911.6; 月要生, 「聾瞽自評」, 1911.9~10; 春陰生이영수, 「금낭몽(錦囊夢)」, 1911.10; 「단편소셜 경침문(警枕文)」, 1911.10; 月盧生, 「금슈문답」, 1911.12~1912.11; 츈음싱, 「단편소셜(지극흔 졍셩은하날이감동음흉흔 마음 이졔몸을 망히)」, 1912.2; 北岸生, 「단편소셜 속아(俗娥)」, 1912.7,10; 츈음싱, 「단편소셜 衛生諸君子愛用正氣茶 實農大方家善養一元果」, 1913.1~2; 무이싱, 「단편소셜 고락이유슈(苦樂有數)」, 1913.4. 『구악종보』: 「歸眞歷路 初發程 쳐음 써나는길」, 1914.6~7; 完史生, 「短篇小說 碧雲天(소셜 벽운텬)」, 1914.7; 玄子明, 「短篇小說 동물원구경긔」, 1915.2; 完史生, 「短篇小說 夢外夢」, 1915.7; 임원교, 「短篇小說 꿈가온딕꿈」, 1915.7~1916.3. 5호(1915.7)에 수록된 夫人최삼수, 「短篇小說 네몸에모셔스니 사근취원흔 단말가」와 8호(1916.4)에 수록된 漢菴황윤구, 「부인계에 아라힝홀일」은 단편소셜 표제어를 사용하고 있지만, 非서사이므로 제외한다.

이후에도 창간될 수 있었고, 이전까지 국내에서 발행되던 매체의 관행을 지면에서 지속할 수 있었던 것으로 보인다. 『대한민보』에서 『천도교회월보』로 이어지는 연결 고리는 이종린이다. 이종린(1885~1950)은 1910년 8월 『천도교회월보』 창간호에 단편소설을 발표한 이후 한일병합의 무산을 주장하는 투쟁을 벌이다가 투옥되기 전인 1912년 1월까지 '봉황산인鳳凰山人', '봉산자鳳山子'라는 필명으로 총 5편의 단편소설을 발표한다.[21] 이종린은 성균관 박사로 한문을 수학했고, 대한협회 회원으로 『대한협회회보』 편집을 맡다가 1909년 6월, 대한협회에서 발간한 신문 『대한민보』의 주필로 활동했다. 이종린은 1913년 8월에 『문장체법文章體法』이라는 문장론을 간행하며 1910년대 수사론 연구에도 기여하며, 1914년에는 단행본 한문소설 『만강홍』을 발간하기도 하는 등 이론과 실제를 겸비한 당대의 문사文士였다. 또한 단편소설을 장편소설과 구별하는 인식을 보여준 최초 국내 발행인 신문이 천도교 기관지인 『만세보』였고, 『만세보』의 성격을 이어받고 발간된 『대한민보』의 소설 관습이 『천도교회월보』로 이어진 점은 흥미로운 대목이다. 신문인 『만세보』와 『대한민보』에 등장한 장편소설과 대비되는 개념으로서의 단편소설은, 『천도교회월보』에서 잡지에 수록된 소설의 단편소설적 특징을 명징하게 표제화하는 방식으로 이어지게 된다. 『만세보』, 『대한민보』 사장을 역임한 오세창이나, 『대한민보』와 『천도교회월보』 초기의 주필과 편집을 맡은 이종린 등의 천도교 매체 관계인사들이 표명화한 단편소설은 천도교 잡지소설을 나타내는 용어로 자리잡았다.

---

21 「모란봉」, 1910.8; 「海棠花下夢天翁」, 1910.9; 「가련홍」, 1910.11; 「감츄풍별경우」, 1910.12; 「일성턴계」, 1912.1. 일쩍이 『천도교회월보』에 발표된 이종린의 단편소설을 주목하여 연구한 논문은 주종연, 「한국근대단편소설연구」, 형설출판사, 1979 참조.

천도교 잡지에 수록된 단편소설에서는 전대소설적 요소들이 여전히 발견되지만, 원고지 11~13장 정도의 지면 배치에 따른 분량상 인식, 일회적 완결에 대한 단면성, 장면적 제시를 통한 서사 전달 등의 조건을 충족하기 위한 노력의 흔적들이 보인다. 그 과정에서 가장 흔하게 사용되는 기법이 꿈 모티브 활용이다. 그리고 계몽과 개화를 주창하던 전대前代 단형서사 작품의 수사방식은 종교적 권선징악의 귀결을 표출하기 위한 방식으로 재전유된다.

둘째, 천도교 잡지에 수록된 단편소설은 내용면에서 포덕을 실천하는 여성을 주인공으로 한 가족 중심의 서사가 대부분이다. 천도교는 개인이 아닌 가부장家父長 중심의 가족을 기본 단위로 교단을 운영했다. 1910년 9월 1일 자로 반포한 「가정규칙」은 '가장家長은 가군家君이니 가솔家率들은 그에게 복종해야 하며 개인자격의 입교를 용납하지 않을 것이니 가족단위로 입교하고 또 포교하라'라는 내용을 담고 있었다.[22] 일찍이 동학 시절부터 동학 지도자들은 부화부순夫和婦順을 강조하며 가정의 소중함과 화목을 역설해왔다. 가家, 가정家政에 대한 유별난 강조는 조선 후기 이래 사회경제적 변동과정에서 형성된 역사적 산물이다. 이 시기에는 지주·대농경리와 문벌에 기반하여 균분상속제를 유지해가던 봉건적인 성격의 대가족제가 점차 해체되면서 소농경리의 확대와 상공업의 발달에 힘입어 부부가족을 주축으로 가호家戶를 구성하는 소가족제가 확산되어가고 있었다.[23] 동학의 가족 단위 포교 방식을 계승한 천도교와 시천교는 가정 내에서 시일식을 거행할 때 가장이 청수기淸水器를 받들고 주문을 외우고 교리를 해석하는 의례를 주관하도록

22 조기주 편, 앞의 책, 125~126쪽.
23 김정인, 「동학·동학농민전쟁과 여성」, 『동학연구』 11, 한국동학학회, 2002, 194~195쪽.

지시했다. 또한 '가족이 불화不和하여 온 식구가 믿지 않고 혼자만 믿는 경우 불완전한 교인으로 인정하여 교인명부인『천민보록天民寶錄』에서 삭제한다'며 가족단위의 포교를 더욱 강화하는 방침을 마련했다.[24]

천도교 잡지에 발표된 단편소설은 모두 포교를 목적으로 하고 있다. 작품에서 여성은 독실한 천도교 신자로서 가족을 구원시키는 전도사나, 천도교를 믿는 가장과 동반자 관계를 맺는 주체적인 모습으로 등장한다. 천도교를 믿는 집안의 마음 수양을 통한 화평, 화복이 믿지 않는 집안과 대별되는 방식의 서사가 흔하게 등장하고, 그 가운데에서 여성은 언제나 중심적인 역할을 한다. 청수를 올리기 위해 물을 뜨러 간 며느리가 실수로 물동이를 빠뜨리자 목숨을 걸고 뛰어들었다가 금을 발견하게 되었다거나, 가족을 팽개치고 집을 나간 남편을 묵묵히 기다리며 천도교 입교를 권고하여 새 사람을 만든 부인, 천도교를 믿는 부모 밑에서 자라 시집간 여자가 동학교도라는 이유로 박해를 받다가 시댁 사람들을 입교시켰다거나, 청상과부가 된 여인이 천도교를 믿으며 구원받게 되었다는 등의 줄거리는 빈번하게 활용된다. 정절을 지키는 여성 주인공의 모티브는 고전 소설에서도 자주 등장하던 익숙한 서사였다. 천도교 잡지 편집인들은 정절을 지키던 여성 주인공의 상을 포교를 하는 적극적인 전도사의 상으로 변모시킨다. 그리고 그 여성 주인공들은 남편과 자식을 매개하는 중간자적 위치에 놓여있다. 천도교 잡지 소설의 여성 주인공은 자기 자신의 주체적 의식을 획득하는 인물로 존재하는 것이 아니라, 가부家父의 권위를 바로 세우는 현모양처로서 존재 의미를 부여받는다. 하지만 근대교육의 혜택을 받을 수 없었

---

24 『천도교회월보』, 1915.3, '중앙총부휘보'.

던 대다수의 여성들에게는 소수의 상위계층 여성들만이 누리던 신여성新女性적 문제제기보다는 가정, 가장, 자식 가운데에 놓인 현모양처의 이미지에 더욱 강력히 매료되었을 것으로 보인다. 지식인 독자를 위한 국한문 단편소설이 발표되기 시작한 1919년에 『천도교회월보』에 수록된 「낙화落花의 춘春」,[25]에는 빼어난 용모에 근대교육을 받은 교육자 정희가 등장한다. "사상도 썩어진 문학가에게서 보지 못할 것이 많은" 신지식인 여성 정희는 미국 유학 중이던 남편의 부음소식에 대동강에 뛰어들려던 찰나 동료선생의 천도교 입교를 권유받고 '여자계'라는 잡지를 편찬하며 새 인생을 시작한다. 평범한 일반 부인이 아닌 근대교육을 받은 여성이 주인공으로 등장하지만, 기존의 천도교 잡지 소설에서 나타나는 서사와 달라진 것은 없다. 1910년대 천도교 잡지에서 한일병합 이전의 문명 국민, 독립, 계몽의 의지는 종교적 마음 수양과 화목한 가족 공동체 만들기로 치환되고, '국가 현모賢母' 담론은 '포교布敎 현모' 담론으로 대치된다.

2. 식민지 현실 문제의 사색화思索化 – 불교잡지 단편소설

일제는 배불정책으로 산중불교, 기복불교로 타락되었다는 비판을 받으면서도 오랜 세월 동안 민중에게 끊임없이 정신적 영향력을 행사

---

25 김명호, 「落花의 春」, 『천도교회월보』 109~110호, 1919.9~10.

하고 있던 불교계를 위무하며 한국인을 '순량한 인민으로 화성'하려는 식민정책을 관철하려고 했다. 그러나 급격한 사회적 변화와 신분 이동으로 혼돈에 빠졌던 승려들은 일본 불교에 대해 냉정한 시선을 확보하지 못하고 있었다. 한국 근대불교는 뒤늦게 일제라는 타자가 행하는 모든 간섭과 통제의 굴레 속에서 전통의 회복과 근대사회에의 적응이라는 상호 모순되는 과제를 실천하지 않으면 안 되었다. 한일병합 이후 식민체제로 편입되면서, 한국 불교는 외래종교인 기독교의 교세 확장과 일제 침략의 선봉을 자처했던 일본 불교의 침투에 맞서야 하는 절박한 현실에 놓인다. 곧 근대 초기 불교계는 기독교와는 다른 종교로서의 정체성과 일본 불교와 구별되는 조선 불교의 정체성을 정립해야 했다. 그리고 이를 바탕으로 불교대중화를 실현해야 하는 이중의 과제에 직면하게 된다. 이에 대한 불교계의 구체적인 대응으로는 교단의 쇄신, 근대적 교육기관 및 포교당의 설립, 유학승의 파견, 역경 및 출판사업, 불교잡지의 발간 등을 들 수 있다.

근대 불교잡지는 당시 불교계 대중들의 다양한 동향을 알 수 있는 많은 자료들이 들어 있다. 근대불교가 추구한 가장 중요한 목표가 불교의 대중화였다면 이를 구체적으로 실현하는 데 불교잡지는 매우 요긴한 수단의 하나였다. 실제로 근대불교운동의 중요한 주장과 행사들이 대부분 불교잡지를 통해서 알려졌다. 근대 불교잡지는 대중의 교화와 불교계의 여론을 형성하는 데에도 적지 않은 역할을 했다.

1910년대에 간행된 현전하는 불교잡지는 총 6종이다.[26] 이 중 한용

---

26 최초의 불교잡지는 1910년 원종종무원에서 발간한 『圓宗』이다. 이 잡지는 김지순의 주창으로 통권 2호까지 나왔으나 현전하지 않는다. 만해, 「불교속간에 대하여」, 『불교』 21집, 1940.2.

잡지명	발행기간	성격	발행자	편집체재
조선불교월보	1912.2~1913.8 (통권19호)	종단기관지 (불교종합잡지)	권상로	논설, 불교사, 고승전기, 연설, 문예, 언문, 번역, 관보
해동불보	1913.11~1914.6 (통권8호)	종단기관지 (조선불교월보후신)	박한영	논설, 고승전기, 사적, 비문, 문예, 교리문답
불교진흥회월보	1915.3~12 (통권9호)	종단기관지 (친일단체, 최초잡지회원제)	이능화 이회광 강대련	논설, 교리, 문예(소설), 학술, 사적, 비문, 관보, 휘보
조선불교계	1916.4~6 (통권3호)	종단기관지 (불교진흥회월보改題)	이능화	논설, 강연, 교리, 불교사, 禪論, 찬술, 교리, 문예(소설), 관보
조선불교총보	1917.3~1921.1 (통권22호)	종단기관지 (조선불교계의 속간)	이능화	고승전, 사적, 불교사, 교학, 포교, 문예, 비문, 기행문, 관보
유심(惟心)	1918.9~1918.12 (통권3호)	개인(계몽학술지)	한용운	논설, 잡문, 문예(현상문예)

운이 1918년에 발간한 『유심』을 제외한 5종의 잡지는 모두 조선 불교의 기관지 성격을 갖는다. 각 잡지의 편집 체재를 살펴보면, 먼저 『조선불교월보』는 '논설論說, 강단講壇, 문원文苑, 교사敎史, 전기傳記, 사림詞林, 잡저雜著, 언문란(3호부터 신설), 관보官報, 잡보雜報'로 구성되어 있다. 13호부터는 '광장설廣長舌, 사자후獅子吼, 무봉탑無縫塔, 대원경大圓鏡, 유성신流星身, 한갈등閑葛藤, 무공적無孔笛, 언문부, 관보초官報抄'로 변경되었는데, 명칭의 변경은 다른 종교잡지와의 차별성을 위한 시도로, 그 내용에 차이가 있는 것은 아니다. 논설과 광장설은 당시 불교계의 현안에 관한 논설, 강단과 사자후는 불교의 교리 소개, 교사와 무봉탑은 불교사와 불교학 관련 논문, 문원과 대원경은 역대 고승들의 비문과 전기등의 불교사 자료로 구성되어 있다. 그리고 잡저와 한갈등은 다양한 내용과 성격의 글들을 수록하고 있으며, 언문란과 언문부는 여성을 대상으로 한 교리 소개, 논설, 가사 작품 등을 싣고 있다. 또한 기서와 유성신은 기고문을, 사림과 무공적에는 한시 작품을 수록했다. 『해동불

보』는『조선불교월보』13호부터의 편집항목을 그대로 따르고 있는데, 내용의 비중에 있어 약간의 차이가 있다.『조선불교월보』의 무봉탑이 불교사와 근대불교학의 소개에 치중하고 있다면,[27]『해동불보』의 경우는 전통적인 교학을 불교학의 차원에서 다루고 있다.[28] 또한『해동불보』는 언문부의 내용이 보다 다양해지고, 한갈등에서도 교리 및 학술 관련 논문을 수록하고 있다.『불교진흥회월보』의 편집체재는 '논설論說, 교리敎理, 사전史傳, 학술學術, 문예文藝, 잡조雜俎, 소설小說, 회록會錄, 관보官報, 휘보彙報'로『조선불교월보』12호까지의 체재와 유사하다. 사림과 잡보가 문예, 휘보로 명칭이 바뀌고, 언문란이 없어진 대신 소설과 회록이 신설된 차이가 있다. 이 잡지는 앞의 두 잡지와 달리, 거사의 역할을 강조하는 논설[29]과 비교종교학적 논문[30] 등이 실려 있는 특징을 보인다. 또한 한국고승의 저술과 근대 불교학의 연구 성과를 소개하는 글의 비중이 보다 강화되었다.『조선불교계』는『불교진흥회월보』와 체재가 거의 같고, 내용적 특징 또한 같다.『조선불교총보』는 관보와 휘보만 남겨둔 채 여러 항목을 통괄하고 있다. 수록된 글의 주요 내용은 불교계 현안에 관한 개선책, 고승의 비문과 전기, 한국불교사의 서술, 근대불교학의 소개, 불교와 타종교의 비교 등으로, 이전의 잡지들과 큰 차이가 없다. 다만 경전에 대한 일련의 해제[31]와 세계종교에

---

27 권상로,「인도사 지나사 조선사 일본사 삼국사 고려사」, 1~18호; 권상로,「불교통일론」, 3~18호; 권상로,「仁學範本」12~19호 등.

28 박한영,「佛海의 易知한 學理」, 1~3호; 박한영,「金剛三關과 生育四喩」6호.

29 이능화,「論佛敎振興은 三十苦隆과 無數維摩居士」2호; 최동식,「佛敎振興에 諸大居士」3호; 권상로,「朝鮮佛敎와 諸大居士」5호.

30 이능화,「多神敎 一神敎 無神敎」4호; 이능화,「多妻數 一妻數 無妻數」5호.

31 이능화,「圓覺經에 就ᄒᆞ야」2호; 이능화,「法華經에 就ᄒᆞ야」5호; 이능화,「釋迦經에 就ᄒᆞ야」6호; 이능화,「布敎用에 適當흔 四十二章經」8호.

관한 관심[32]은 이 잡지만의 특징으로 들 수 있다. 1910년대의 중앙기관
지 불교잡지는 잡지에 따라 편집체재와 내용의 비중에 차이가 있기는
하지만, 근대불교학의 소개와 일반사로서의 한국불교사 정립 모색, 그
리고 비문, 승전僧傳 등의 발굴을 통한 한국 불교사의 복원 등의 공통된
특징을 지닌다. 이들 잡지의 편집 의도가 한국 불교의 정체성 정립에
있었음을 알 수 있다.

『유심』은『조선불교총보』가 발행되고 있던 1918년 9월에 한용운이
창간한 잡지이다. 다른 불교잡지들이 종단기관지로서 불교계 구성원
을 주요 독자층으로 설정했다면,『유심』은 일반 청년 학생을 독자층으
로 하여 발간했다. 불교잡지로서는 최초로 현상문예를 공모하여 3호
에서 당선작을 발표했다.『유심』1·2호에 실린 현상문예 공고는 다음
과 같다.

文藝懸賞

一, 普通文 一行二十四字四十行 內外 (鮮漢文體)

一, 短篇小說 一行二十四字 一百行 內外 (漢字 약간석근 時文體)

一, 新體詩歌 (長短格調隨意)

一, 漢詩 (卽景卽事)

一, 應募文藝는 每月一日內로 接受ᄒ야 當選ᄒ 者는 그 次月號에 發表홈

一, 懸賞應募는 本誌讀者에 限ᄒ니 本誌의 '惟心懸賞應募證'을 割取ᄒ야
原稿에 添附홀 事

一, 原稿는 精書ᄒ고 住所氏名을 明記ᄒ며 封皮에 '惟心懸賞文藝'라 特書

---

32 이지광,「英米의 宗教談」2호; 이능화,「蒙古喇嘛僧과 宗派의 來歷」9호; 本多日生,「日
本의 文明과 三教」17호.

혹 事

『유심』의 현상문예 공고는 1917년 6월부터 시작된 『청춘』의 현상
문예 광고를 모방한 것으로, 응모 조건이 흡사하다. 단편소설의 경우
『유심』의 현상문예 조건은 분량상 2,400자 정도, 즉 원고지 12매 내외
이고, 문체는 한자를 약간 섞은 '시문체時文體'인데, 『청춘』의 경우도 분
량상 2,300자 정도이고, 문체는 '한자漢字 약간 석근 시문체'이다. 『유
심』의 현상문예 공고가 행해진 1, 2호의 인쇄가 신문관에서 이루어졌
고, 최남선과 현상윤, 이광수가 주요 필진으로 참여한 것으로 볼 때,
『청춘』의 현상문예 형식을 그대로 차용한 것으로 보인다. 3호(1918.12)
에서 첫 당선작으로 발표된 단편소설은 방정환이 'ㅈㅎ생'이라는 이름
으로 응모한 「학생소설學生小說 고학생苦學生」으로, 이미 『청춘』 13호
(1918.4)에서 당선작으로 뽑힌 「우유배달부」와 거의 비슷한 내용의 작
품이다. 학생 독자를 독자층으로 설정하여 불교 자체의 선전보다는 불
교를 통한 청년 학생의 수양 강화에 그 주안점을 두었다.

1912년 2월에 발간된 최초 불교잡지 『조선불교월보』에는 총 3편의
소설이 수록되었는데, 그중 2편의 소설에는 '단편소설短篇小說'이라는
표제어를 붙였고, 나머지 한 편에는 '실지모사實地模寫 신소설'이라는 표
제어를 제목과 병기했다.[33] 하지만, 여기에서 단편소설과 신소설이라
는 말의 차이는 구분이 없다. 2회 연재한 두 편의 작품에 한 편에는 신
소설, 한 편에는 단편소설이라는 용어를 붙이고 있을 뿐이다. 1호에 발

---

33 無心道人, 「短篇小說 尋春」, 1912.2; 南史居士(허각), 「實地模寫 新小說 一宿覺」, 1912.3
~4; 無心道人, 「短篇小說 楊柳絲(양유사)」, 1912.5~7.

표된 단편소설 「심춘尋春」은 『조선불교월보』의 친일적 색채를 노골적으로 드러내는 가운데 잡지 홍보를 목적으로 한 기획 서사이다. 발행인 권상로의 작품으로 추정되는 이 소설은 새해 아침 집집마다 '욱일기가 펄럭이는' 거리를 나서서 봄기운을 찾는 '무심도인'과 뒤를 따르는 동자의 모습을 장면적 제시를 통해 시작한다. 각황사 교당에 들어가 배례하고 봄빛을 만나고 돌아서니 한 '개사个士'가 앉아 '조선불교월보'를 기초하고 있다. 술을 가득 부어 선비에게 주고, '천황폐하의 넓은 은택'과 함께 '조선불교만세, 조선불교월보 만세'를 부르며 춘흥을 즐긴다는 내용이다. 일제의 신정으로 생명이 꽃피우는 봄이 도래했으며, 천황의 은혜 아래 조선 불교와 조선불교월보의 무한한 발전을 기대한다는 일본을 향한 찬양은 당시의 조선 불교의 실상을 적나라하게 보여주는 작품이다.

「심춘」에 등장하는 각황사는 국권이 상실된 1910년, 종로구 수송동에 창건한 절로, 불교계가 근대적인 교단을 만들어 새롭게 출발하면서 처음으로 종무원을 도성 안에 상주시킨 기념비적인 건물이다. 1910년 10월 6일, 이회광이 72개 사찰의 위임장을 가지고 도일渡日하여 조계종 관장 이시카와 사쿠도우石川素童와 협의한 뒤 일본 조동종 대표인 히로츠 세츠조우弘津說三와 7개조의 굴욕적인 연합맹약을 체결하면서 조선 불교는 본격적인 친일의 길을 걷게 된다. 이에 한용운은 1911년 1월 15일, 박한영 등과 송광사에서 친체재적인 원종을 부정하고 임제종臨濟宗을 설립하며 훼손된 조선 불교의 정신사적 정통성의 회복을 도모하지만, 총독부에 의해 7조의 사찰령과 8조의 시행규칙이 발표되면서 한계에 부딪치게 된다. 총독부에서 인가를 받아야 하는 30본산 주지들과 임제종이 대립하면서 불교계의 개혁이 좌절된다. 30본산 주지로 대변되는 대다수의 주지들은 급진적인 개혁보다는 체재내적인 개혁을 통해서 당면한 문제를 해결하려는 소극적 방안을 택했고, 그 결과로 조선선교양종朝鮮禪教兩宗이라는 현실적 타협안을 만들어냈다. 결국 이회광은 임제종 문제로 대립했던 박한영과 화해하고 불교계의 갈등은 각황사라는 현실로 수렴되었다. 이처럼 각황사는 근대 불교의 중심이고 현실적인 공간이었다.[34] 「심춘」은 그러한 시기에 발간된 『조선불교월보』의 첫 단편소설 작품이다. 임제종파였던 박한영이 사장겸무 발행인으로 중책을 맡은 『해동불보』가 8호만에 중단한 것도 이회광 같은 이와의 현실적인 감각 차이 때문이었다. 그리고 1914년 8월 10일, 이상화의 집에서 장기림, 홍월초, 이회광, 윤태흥, 이능화, 최동식, 강대련, 김상숙 등이 모여서 불교진흥회 발기회를 개최하면서 불교계는 '거사居士불교운동'이라는 새로운 출구를 모색한다. 거사불교운동은 일본에 의해 발전된 불교학과 중국에서 전개된 거사불교운동에 자극을 받고 자국문화와 전통의 우월성을 불교에서 찾으려 했던 신전통주의적인 지식인들이 불교화의 근대화를 이루기 위해서 근대적 학습능력이 필요했던 불교계와 연합하여 일으킨 일종의 불교계몽운동이었다.[35] 양건식이 신우균, 장지연, 윤직구, 이명칠 등 문장가들과 함께 각황사에서 개최된 불교진흥회 발기총회에 새로 가입한 것은 11월 21일이다. 1915년 1월 9일, 불교진흥회의 설립총회가 개최되고 양건식은 임시서기로 임명된다. 그리고 다음날에는 불교중앙학림을 경성에 설립하기로 결의하는 한편, 『불교진흥회 월보』의 간행을 결정한다.[36]

---

34 김복순, 『1910년대 한국문학과 근대성』, 소명출판, 1999, 105~107쪽 참조.
35 고재석, 「백화 양건식문학 연구1」, 『한국문학연구』 12, 1989, 118쪽.
36 고재석, 「1910년대의 불교근대화운동과 그 문학사적 의의」, 『한국문학연구』 10, 동국대 한국문학연구소, 1987.

불교진흥회의 목적은 "사리事理를 쌍융雙融하고 도속道俗이 일치一致하여 불교진흥佛敎振興할 방법을 연구 실행"[37]하는 것이었다. 불교진흥회 사업은 크게 포교사 양성, 포교서 편찬, 포교당 설치, 회보 발행을 추진했다. 내분을 딛고 새롭게 종단을 구성한 불교계가 "시속상時俗上 부화낭탕浮華浪蕩의 습習을 참회하고 청정심清淨心을 발發하여 불교를 실심實心으로 신앙하는 자와 신심信心이 견고하고 원력이 광대廣大한 자는 재가在家 출가出家와 약남약녀若南若女를 불문하고" 회원으로 포용하면서 일으킨 자체 수정적인 사업이 거사불교운동의 취지였던 것이다. 그중 『불교진흥회월보』의 간행은 거사불교운동의 가장 중핵적인 사업이었다. 거사들이 불교 근대화에 동참함으로써 거둔 성과로『불교진흥회월보』는 그 이전의『조선불교월보』와『해동불보』와는 뚜렷한 차별점을 보인다.『불교진흥회월보』는 이전보다 문체의 개혁을 이루고, 소설란을 고정적으로 배치하며, 불교학연구를 시도한 근대적 잡지였다.

이렇게 출발한『불교진흥회월보』[38]와 그 이후의 속간인『조선불교계』,[39]『조선불교총보』[40]의 발행을 맡은 이능화는 거사불교운동의 중심인물이다. 이능화(1869~1945)는 충북 괴산 출생으로 어려서부터 한학을 수학했고, 1887년부터 영어학당, 한어漢語학교, 법어法語학교에서

---

37 『불교진흥회월보』1, 1915.3, '불교진흥회규칙'.
38 『불교진흥회월보』에 수록된 단편소설 목록은 다음과 같다. 菊如,「小說 石獅子像」, 1915.3; 菊如,「小說 迷의夢」, 1915.4~5; 梁菊如 譯演,「小說 講談續黃粱」, 1915.6~7; 菊如作,「小說 實地描寫 歸去來」, 1915.8; 今來(양건식),「小說破鏡歎」, 1915.9; 蘆下散人(양건식)譯演,「小說派新講談反乎爾」, 1915.10~11.
39 『조선불교계』에 수록된 단편소설 목록은 다음과 같다. 白華(양건식),「小說 閑日月」, 1916.4; 尙玄居士(이능화),「小說 水月緣」, 1916.5; 白華(양건식),「小說 我의 宗敎」, 1916.6; 耕花,「雜纂 엷고힘업고懇切흔同情」, 1916.6.
40 『조선불교총보』에는 이능화의 소설이 1편 게재되었다. 尙玄(이능화),「小說 牧牛歌」, 1917.3.

외국어를 공부했다. 1897년에 한성외국어학교 교관으로 취임하여 영어, 중국어, 프랑스어를 가르쳤다. 1905년에는 일어야학사日語夜學舍에서 일어를 공부했고, 1906년에는 관립 한성법어학교 교장이 되었다. 의정부 직속으로 1907년 3, 4월에 일본의 여러 관서를 시찰하고 귀국하여 국문연구소 연구위원을 역임했다. 1908년부터 관립 외국어학교 학감을 지내다가 한일병합 이후 폐교령으로 학감직을 그만 두었다. 1915년 무렵부터 불교진흥회 간사로 활동하면서 본격적인 불교계 활동을 시작했다. 원래 부친의 영향으로 천주교 신자였던 그는 한일병합 이후부터 1915년 사이에 불교에 귀의한 것으로 알려져 있다. 이 같은 이능화의 자전적 일대기는 『조선불교총보』 1호(1917.3)에 수록된 소설 「목우가牧牛歌」의 모티브가 되었다. 이 작품의 주인공 이름인 이무능李無能은 이능화의 호이다. 이 소설의 제목 '목우가牧牛歌'는 참마음을 길들이는 노래라는 의미로, 불교에서는 '소'를 참마음에 비유한다. 한학을 수학한 이무능은 농상공부주사로 일하다가 어느 날 밤 문득 "대장부가 세계도 한번 유람해 보고 학문도 한번 연구해 봐야 한다"라는 생각을 하고 사직서를 제출한다. 세계를 돌아다니려면 우선 어학을 배워야겠다는 생각에 일어, 한어漢語, 영어, 불어를 학습하기 시작한다. 동창생 임운이 중국에서 돌아와 선물로 준 당판唐板 『화엄경華嚴經』을 읽게 된 무능은 '유파리경有頗梨鏡 혼데 명왈능조名曰能照니 무량무변제국토중無量無邊諸國土中에 일절산천一切山川과 삼라만상森羅萬象이 실어중현悉於中現'이라는 법문을 본 뒤 불교연구에 종사하기로 결심하고 조선불교계에 몸을 바친다. 이능화는 관립 한성외국어학교 학감 시절 양건식을 만나고 거사불교운동에 그를 동참시킨다. 양건식은 1912년 1월 26일, 각황사 포교당에서 거행된 석가세존성도 기념식에서 이능화와 함께 찬조연설을 하는 것으로 불교계 활동을 시작했다.[41] 양건식은 거사 국여菊如로서 의욕적으로 활약한 1915년부터 1918년까지 『불교진흥회월보』와 『조선불교계』, 『유심』 등에 창작소설 7편과 번안 작품 2편을 발표한다.[42] 이 시기 발표된 양건식의 단편소설들은 그의 독실한 불교 이념이 작품의 정신적 지표로 작동하고 있다. 불교의 선禪은 '고요한 사유, 명상, 마음의 수행' 등의 의미를 지닌 말이다. 선禪은 번뇌를 다스리는 기술이지만 궁극적으로 '진여眞如의 깨달음, 해탈'을 위한 것이다. 철학으로서의 불교는 '연기緣起, 공성空性'을 강조하고 일체의 분별을 떠나 저마다의 깨달음과 해탈을 구하는 것이다.

나는 十五六年前에 佛敎를 한 美術로 보았었다. 그때 나는 內外 小說書類(特히 中國의 것)을 耽讀하다가 佛敎를 알아야 할 必要를 切實히 느꼈으니 그것은 信仰보다도 佛敎思想―無常觀, 더욱이 심오하고 微妙한 佛典의 文字를 알지 않고는 그 作品에 나오는 主人公의 人生觀이라든가 全篇의 作意를 잘 알 수가 없음이었다 (…중략…) 이때 마침 覺皇寺가 壽松洞에 創建되고 그러한지 얼마 아니되어 그안에 佛敎講習所가 開設되었다. 그때 나는 率先入學하여 當時 寧邊 釋王寺에서 새로 올라오신 徐月華師에게 능엄경의 講義를 듣고 얼마큼 感激하여 비로소 佛敎란 世界에 다시 없는 廣大無邊한 宗敎임을 알았었다. 그렇지만 아직까지도 佛敎에 歸依는 아니하고 다만 그 經典에 나오는 오묘한 비유라든가 含蓄있는 文字와 그 莊嚴한

---

41 『조선불교월보』 1호, 1912.2.
42 창작소설은 「小說 石獅子像」, 『불교진흥회월보』, 1915.3; 「小說 迷의夢」, 『불교진흥회월보』, 1915.4~5; 「小說 實地描寫 歸去來」, 『불교진흥회월보』, 1915.8; 「小說破鏡歎」, 『불교진흥회월보』, 1915.9; 「小說 閑日月」, 『조선불교계』, 1916.4; 「小說 我의 宗敎」, 『조선불교계』, 1916.6; 「小說 悟!」, 『유심』, 1918.9~10. 번안소설은 「小說 講談續黃粱」, 『불교진흥회월보』, 1915.6~7; 「小說派新講談反乎爾」, 『불교진흥회월보』, 1915.10~11.

表現에 많은 興味를 느끼고 또는 眩惑하여 이를 한 高級의 美術品으로 鑑
賞하였고 그후 維摩經을 봄에 미쳐 그 結構의 雄大함과 思想의 深遠함과
그 戲曲的 表現의 巧妙함에 경탄하여 佛教란 이 宇宙간에 한 至高至大한
文學이로구나 하였다. 그래서 더욱 佛教의 因緣이 깊게 되며 또 몇 해 동안
여러 스님과 여러 先生에게 講說 혹 敎誨를 받으며 들으며 또는 내가 內典
의 文字를 若干 解得하여 禪, 敎에 關한 書籍을 스스로 읽음에 미쳐 이때껏
佛教를 敎로 안보고 다른 것으로 본 것을 한 無知한 凡夫의 妄想으로 알았
다. 이에 나는 깊이 참회하고 부처님께 歸依하여 佛弟子가 되었다. 佛教는
人類를 救濟하는 宗教다. 어찌 조그만 美術로 볼 것이냐.[43]

양건식은 이 글에서 자신이 1912년경부터 불교사상을 연구하다가
독실한 불교 신자가 되었음을 술회하고 있다. 미술품처럼 불교를 완상
하던 그는 『화엄경』을 통해 "그 사상의 심원함과 희곡적 표현의 교묘
함"을 느끼며 '지고지대한 문학'으로 받아들이고, 실제 인연을 맺으면
서 종교로 믿게 되었다는 불교 귀의까지의 정신적 전이 과정을 자세하
게 밝히고 있다. 염상섭도 이러한 불교적 사유 체계가 문학에 미치는
영향에 주목하였다.

나는 文壇人의 한사람으로 종교에…… 特히 佛教에 期待가 不少하다. 佛
敎는 다른 宗教보담 特牲이 있다고 할 것은 單純히 宗教라고만 할 것이 아
니라 哲學이라고도 할 수 있으며 哲學인 同時에 또 宗教임으로 人生問題에
關하여서나 또는 모든 現實問題에 對하여서 좀더 사람을 思索的 方面으로

---

43 양건식, 「人類를 구제하는 宗教」, 『불교』 50 · 51합호, 1928.9.

끌어 引導하여 주는 만큼 文壇人이 佛敎에 造詣가 있게 된다 할진대 自然 그 作品에 深奧한 歡照가 들어있게 되리라고 생각한다. 그 點에 있어서 佛敎가 文學에 對한 關係가 不少하다고는 본다.[44]

불교는 종교이면서 철학이고, 철학이면서 종교임으로 인생과 현실 문제에 대해서 사람을 더욱 사색적으로 인도해 주며, 따라서 불교에 조예가 있는 작가(문단인)의 작품에는 심오한 깨달음이 들어있게 마련이라는 이 말은 1910년대 양건식의 작품에서도 확인이 가능하다.

『불교진흥회월보』 1호(1915.3)에 실린 양건식의 첫 단편소설 「석사자상石獅子像」은 이기주의자인 주인공 김재창이 불쌍한 걸인에게 무의식중에 은전을 던져주게 된다는 것이 주된 줄거리이다. 이기적, 고립적, 독선적이던 인물이 이타적, 시혜적, 보시적인 인물로 변모되는 것은 전자가 인성人性의 측면이라면, 후자는 불성佛性의 모습이기 때문이다. 주인공 김재창은 인성人性과 불성佛性을 동시에 간직하고 있다. 양건식은 인성에 의해 조종받던 이기적이고 야심에 찬 인간이 불성佛性을 발로시키는 과정을 통해 인성人性의 무력함을 보여준다. 『불교진흥회월보』 2~3호(1915.4~5)의 「미迷의 몽夢」도 도둑질이라는 악행을 저지른 악인이 불성佛性을 인식하는 내용이다. 『조선불교계』에서는 백화白華라는 필명을 사용하여 2편의 불교소설을 발표한다. 소설 「한일월閑日月」은 계산溪山의 영우靈祐(771~853)가 늙은 암소老婆牛라는 별병의 비구니 유철마劉鐵磨와 화창한 봄날 선문답을 나누는 장면을 짤막하게 묘사한 소품이고, 「아我의 종교宗敎」은 기이한 행각으로 유명했던 당나라의

---

44 염상섭, 「佛敎와 文學」, 『불교』, 1931.

선승禪僧 포대화상布袋和尙의 일화를 소재로 한 작품이다. '실지묘사實地描寫'라는 표제어로 수식하여 발표한 소설 「귀거래歸去來」는 소설의 창작과 잡지에서의 발표 과정을 작가, 편집장, 활판직공, 비평가의 입장에서 전개한 작품이다. 실제 생활상을 반영하고 있는 이 작품은 각 직업으로 규정된 위치에서 자신들의 주관적 판단과 당위성을 가감 없이 그려내고 있다.

一. 作者

"그러면 編輯長에게 뵈히지 안이ᄒᆞ면 判斷치 못ᄒᆞ신단 말슴이오"

"안이 그런것은 안이지만은 모다 보는 사람마다 너가지은 小說은 무슨 意味인지 알슈가업다 ᄒᆞ닛가그리 編輯長이ᄂᆞ 보고 잘되얏다 ᄒᆞ면 잘된줄 안다ᄒᆞᄂᆞ 말이오"

作者의 안히ᄂᆞ 男便을 爲ᄒᆞ야 憤然히 말을 혼다「朝鮮ㅅ람 程度에 무슨 文學을 알겟소 그져 쓸듸업는 이야기ᄂᆞ 느러노흐면 小說노 알지」

"그러기에 나도 이다음브터ᄂᆞ 不得已혼 境遇外에ᄂᆞ 짓지안이홀 作定이오 그러ᄂᆞ 이번것은 關係치 안케되얏지"

"네 잘되얏셰오 滋味잇셰오"

二. 編輯長

編輯長은 집어들고 보며 우스면서 "題目이 異常ᄒᆞ구려 그리 무슨 뜻이오 아모럿턴지 佛敎에 當혼 말이지"

作者ᄂᆞ 어름＜ᄒᆞᄂᆞ듯이 "네 佛敎理致에 當혼 말이이오"

編輯長은 內容이 엇더혼 것을 보지도안코 "그러면 잘되얏소 어셔 그러면 原稿를 整理ᄒᆞ야 오늘안으로 드려보닉게 ᄒᆞ시오"

三. 活版職工

"다른ㅅ룸들은 이 月報가 朝鮮에는 第一이라 ᄒ드라만은 어려온 글字만
키로는 第一되겟지 그 中에다 小說도 이럿케 어렵드라 에라 천ㅅ히 어셔
植字는 ᄒ자 催促은 쓸ㅅ히 ᄒ는데"

四, 批評家

月報를 發行ᄒ는날 批評兼新刊紹介ᄒ야달는고 一卷式을 먼져 各新聞社
로 보내엿다 各新聞社編輯局에셔는 月報는 等閒히 보는지 批評兼紹介는
文學의 素養이 잇는 批評家 (或批評家가 假定ᄒ고)의 손으로 넘기지안이
ᄒ고 거의 다 三面記者가 走馬看山으로 흔番보고 生覺나는되로 아모럿케
는 當座에 判斷ᄒ야 쎠놋는 故로 흔히 紹介便으로 쏠니고 批評은 업셔 그
中에 絶倒ᄒᆯ것도 만컨이와 모다 千篇一律이라 可觀의 일도 만흔것이라

…新刊紹介…

小說은 姑히 圓熟ᄒᆯ 境에는 到達치 못ᄒ얏스는 近來嘔吐噴飯ᄒᆯ 小說이
雜出ᄒ는 此時의 一頭地를 超出ᄒᆯ 作이라 可謂ᄒ겟더라 [45]

이 작품은 당시로서는 독특한 형식과 풍경을 '실지묘사'함으로써 당
대의 출판계의 일면을 풍자적인 수법으로 그린 소설이다. 작가가 작품
을 쓰는 과정에서 아내와 주고받는 대화나 편집장과의 대면, 활판인쇄
공의 작업, 비평가의 행위를 통해 인간 생활과 사회적 행위가 서로가
관계 짓고 인연의 법칙 속에 순행하고 있음을 상기시킨다. 양건식은

---

45 菊如作, 「小說 實地描寫 歸去來」, 『불교진흥회월보』 6호, 1915.8.

이러한 삶의 본질적 요소를 불교적인 '귀의歸依'의 방식으로 원용하고 있다.

한용운이 발간한 잡지『유심』에 발표한 「오悟!」는 위앙종潙仰宗 3대 법손인 향엄지한香嚴智閑의 격죽견성擊竹見性 모티브를 소재로 한 작품[46]으로 추운 겨울 경내를 청소하던 승려들의 낙엽 소각과 함께 시작된다. 낙엽 타는 불속에 지한香嚴禪師이 경전經典을 던져 넣으면서 긴장감은 고조된다. 여기에서 경전은 학문의 표상이며, 지한의 경전 소각은 학문이 인간을 오경悟境에 이르게 할 수 없음을 인식한 결과이다. 그가 오에 도달하기 위해 마련한 새로운 돌파구는 참선이다. 고민과 갈등 끝에 지한이 오에 도달하는 순간은, 그가 암자로 통하는 길에 무성히 자라고 있는 잡초를 뽑을 때이다. 학문과 참선이 정신적 수양을 위한 기재였다면, 지한은 지금까지 정신수양만을 추구해 온 것이다. 지한은 제초 작업을 통해 인간의 육체적 생활을 인식하고, 지금까지 쌓아온 정신수양을 통일시켜 오경悟境에 이르게 된다. 여기에서 오는 부처의 경지이고, 이상적인 인간상이고, 불교 이념이 구현된 모습이다.

---

46 고재석, 앞의 글, 184쪽.

3. 식민통치의 정치화精緻化 ─『신문계』 단편소설

1910년대 무단통치기에는 강제병합과 함께 발행되던 여러 일간지들은 모두 폐간되고 조선총독부 기관지인『매일신보』만이 유일한 한국어신문으로 존재했고, 일반 종합잡지의 발행이 제한되는 가운데 유학생 잡지나 종교잡지, 일본인 발행 잡지 등 50여종의 잡지들이 발간되었다. 그중『신문계』는 1913년 4월, 창간호를 시작으로 1917년 3월까지 발행되었으며, 일본인 다케우치 로쿠노스케竹內錄之助가 사장이자 발행겸 편집인이었고, 최찬식, 송순필, 백대진이 기자로 참여했던[47] 1910년대를 대표하는 잡지 중 하나이다. 일본인이 발행한 친일적 색채가 뚜렷한 잡지 정도로 인식되던『신문계』는 한기형에 의해 본격적인 분석이 시도되어 그 전반적인 성격 규명이 이루어졌으나 연구 가치의 면면에 비해 역사학이나 국문학계, 언론학계 등의 연구 성과가 많지 않다.[48]

잡지 운영은 크게 경영과 편집으로 나뉘어져 있는데, 사장에는 다케우치 로쿠노스케가 총괄적인 경영을 맡고 있었고, 이외에도 야스다安田溪山, 야마자키山崎東洲, 최찬식, 송순필, 백대진 등이 잡지 발행에 참

---

47 "爲先發行人으론, 竹內氏와 如혼 奮鬪家가잇고, 記者론 宋淳弼君과 如혼 文學家가잇고, 白大鎭君과 如혼 新文學思想家가 잇고, 崔瓚植君과 如혼 學術家가 잇는 外에, 屈指의 名流大家가 寄稿의 任을 當호 엿슨즉……"「本誌三週年에 對혼 諸名士의 評談」 중 私立進明女子高等普通學校 具滋鶴 氏談,『신문계』 4권 4호, 1916.4.

48 현재까지 잡지『신문계』의 전반적인 성격 규명에 관한 주요 연구는 한기형,「무단통치기 문화정책의 성격」,『한국근대소설사의 시각』, 소명출판, 1999, 253~286쪽; 한기형,「근대전환기 언어 질서의 변동과 근대적 매체 등장의 상관성 ; 근대잡지와 근대문학 형성의 제도적 연관─1910년대 최남선과 죽내록지조(竹內錄之助)의 활동을 중심으로」,『대동문화연구』 48집, 2004, 33~71쪽; 한진일,「근대 단편소설의 형성과정 연구─1910년대 단편소설을 중심으로」, 성균관대 박사논문, 2003.

여했다.[49] 『신문계』를 발간한 일본인 다케우치 역시 그의 왕성한 활동에 비해서는 당대의 관련 기록을 찾기가 쉽지 않다. 그가 발간한 잡지는 『신문계』 외에도 『우리의 가뎡』(1913.12~1914.12), 『반도시론』(1917.4~1919.4) 등이며, 정치잡지를 표방한 『반도시론』에서는 그가 쓴 다수의 글을 통해 생각의 일면을 엿볼 수 있다. 다케우치가 쓴 「오인吾人의 반도관半島觀」[50]이라는 글에 따르면, 자신이 현해탄을 건너 부산에 온 것이 1904년이고, 당시 약관의 나이였다고 하는 것으로 보아 그는 1884~1885년생인 듯하다. 그가 같은 호에 음월생吟月生이라는 필명[51]으로 쓴 글[52]에서는 "조선에 래來한 목적은 단언하면 실력을 욕망함이니 명치明治37~38(1904~1905)년경의 일본청년은 총總히 실업을 희망하엿스니 여余도 역기중亦其中의 일인一人"이라고 조선에 건너온 자신의 입장을 밝히고 있다. 러일전쟁 전후로 일본의 한국 침략이 본격화되면서 국내 일본인 이주민이 급증하던 시기에 다양한 목적으로 한국으로 온 다수의 일본인 중 한 명이었던 것이다. 또한 같은 글에서 "화火로 세례洗禮를 수受하엿스니 차此가 실實노 잡지계에 투投한 동기動機"라는 다소 추상적인 표현으로 잡지 발간 사업의 이유를 언급했다. 1900년대 후반 조선 각지에서 상업에 종사하던[53] 그는 한일병합 이후 총독부 아래에서 『신문계』 발간을 통해 본격적인 언론활동을 시작한다. 『신문계』를 발간하던 1915년에는 "일상수지日常須知 사항을 망라하여" 전 20편으로 저작한

---

49 「本社記者及顧問」, 『신문계』 20호, 1914.11.
50 『반도시론』 1권 2호, 1917.5.
51 『신문계』 2권 11호(1914.11) 표지에는 '本社記者及顧問'이라는 제목으로 사진과 함께 명단이 실리는데, 이 명단에서 다케우치는 竹內錄之助가 아니라 竹內吟月이라는 이름으로 소개된다.
52 「京釜線 車中에서」, 『반도시론』 1권 2호, 1917.5.
53 春川警務顧問支部 警部, 「暴徒狀況 報告」, 『한국독립운동사자료』 8(의병편), 1907.11.

『조선대백과대전朝鮮大百科大典』을 출간한다.[54] 1919년 4월 『반도시론』이 폐간된 이후에는 일본에서 조선어신문인 『반도신문半島新聞』을 주간으로 발행하며 조선에 대한 관심을 지속적으로 표명했다. 반도신문사 이름으로 『이왕가기념사진첩李王家記念寫眞帖』을 발간하여 조선의 왕가를 상기시켰으며, 이어서 그의 행적은 그가 편집 발행한 1923년, 『경람도敬覽圖』 7판(초판, 1917) 서지사항에서 확인할 수 있었다. 이 책을 발행한 경람도발행소의 다케우치 주소는 경성이다. 조선에서 다시 돌아와 계속해서 조선 역사나 문화 등에 관심을 갖고 도서 편집 · 발행 사업을 한 것으로 보인다. 1930년대부터는 부동산 관련 사업에 참여한다. 1932년 9월 6일 자 『조선총독부관보』에서는 강원도 춘천 소재의 산에 대한 '임야대부허가林野貸付許可' 청원서가 발견되고, 1941년에는 경성소재 주택건설과 임대기업인 동아기업東亞企業의 감사를 역임했다.[55]

『신문계』의 편집체제나 기사내용을 살펴보면 주요 독자층을 조선의 청년 학생으로 설정했으며, 전달에 주력한 주요 기사 내용은 다양한 분야의 근대지식 외에 국어(일본어), 실용 서식 등이 강조된 '식민지 근대화'의 제도 습득으로써, 이는 『신문계』가 한일병합에 의해 조성된 새로운 사회체제의 주역인 신지식층을 육성하는 데 그 목표가 있었던 것으로 보인다.[56] 『신문계』 지면에는 한시 및 시조, 창가, 소설 등 다수의 문학 장르도 포진되었다. 1913~1914년 발간 초기에는 시조와 한시, 백화체 한문소설 등 고답적 문학 장르가 실렸던 반면, 백대진이 기자로

---

54 『조선총독부관보』 896호, 1915.7.28, '휘보'.
55 中村資良, 『朝鮮銀行會社組合要錄』, 東亞經濟時報社, 1942.
56 한기형, 「근대전환기 언어 질서의 변동과 근대적 매체 등장의 상관성 ; 근대잡지와 근대문학 형성의 제도적 연관―1910년대 최남선과 죽내록지조(竹內錄之助)의 활동을 중심으로」, 『대동문화연구』 48집, 성균관대 동아시아학술원, 2004, 57쪽.

입사하게 된 이후인 1915년 1월부터는 백대진을 중심으로 작품과 이론 양 측면에서 '신문학'의 편입도 이루어졌다. 이는 1914년 10월에 창간한 잡지 『청춘』으로 인해 『신문계』에서 신지식층으로 육성할 학생 독자들의 이탈을 막기 위한 대응책인 것 같다.[57] 물론 그렇다고 『신문계』 편집진이 옛 '문文'의 전통을 포기한 것은 아니었다. 여전히 '최후의 서리시인胥吏詩人'인 매하梅下 최영년[58]과 같은 친일 한학漢學 지식인들이 배후에서 강한 영향력을 행사하고 있었으며, 한편에서는 신지식층의 관심을 환기하기도 했던 것이다. 즉 『신문계』는 '신문新文'을 주창하고 과학과 실업을 논하다가 한학을 논하고 세계문학을 논하는 등 다양한 진폭을 보여주는 것이 특징이다.

『신문계』 편집진이 심혈을 기울인 기획 가운데 하나가 '현상당선'란이다. 그림이나 글씨를 모집하기도 했지만 작문이 중심이었다. 작문의 경우, 한 달 전에 미리 제목을 주고 투고된 작문 가운데 당선작을 뽑는 형식이었다. 이러한 현상당선란은 편집진과 독자가 지면을 매개로 직접 만날 수 있는 이점이 있다. 학생 독자들의 관심을 잃지 않으려는 일종의 편집전술이었다. 이 때문에 편집진의 관심도 상당했던 것으로 보인다. 경우에 따라서는 백 면 내외의 전체 지면 가운데 20면 가량을 투고된 학생작문에 할애하기도 했다. 심사는 최영년, 박해원, 여규형, 강매, 안종원, 장지연 등이 담당하였다. 『신문계』가 이처럼 학생층을 주된 독자로

---

57 이 점에 대해서는 한기형 역시 주목하고 있다(위의 글, 59쪽). 그렇다면, 이러한 전제가 사실일 경우, 생각해 볼 수 있는 점이 당대에 백대진이 가진 위력일 것이다. 현재까지 밝혀진 백대진의 연보에 따르면 당시의 그는 유학경험은 없으나 영어, 일어 등이 능통한 외국어 인재였던 것으로 알려져 있을 뿐이다. 교사생활을 하던 그가 어떤 계기로 일본유학생 필진의 새로운 대항마로서 『신문계』에 영입되었는지 궁금해지는 대목이다.

58 구자균, 『조선평민문학사』, 文潮社, 1948, 126쪽.

상정으로 발간을 했던 이유는 미래 사회의 주역인 학생들의 의식을 식민체제 안에 포섭함으로써 식민 정책을 정당화하고 이를 선전하기 위함이었다. 그리고 이 같은 체제의 안정이 확보된 시기가 되었을 때, 일반 대중을 상대로 한『반도시론半島時論』의 창간으로 이어지게 된다.

『신문계』에서는 여러 편의 소설이 확인된다.[59] 이 중에는 소설이라는 표기를 한 경우도 있고, 소설 표기가 없는 서사작품도 있다. 6회까지 연재되는 소설도 발견되지만, 대부분의 소설이 단편양식으로 발표된다. 이 중 단편소설이라는 표제를 단 경우는 4편에 불과하여 그 외의 소설과 표제상 구분은 가능하지만, 수록된 소설들을 놓고 비교해 볼 때 소설과 단편소설이라는 표제어의 구별에는 분명한 기준이 없다.

1910년대를 대표하는 잡지인『신문계』에 발표된 단편소설의 대다수를 창작한 사람은 이 잡지의 편집인이자 기자로서『신문계』의 문학 담론을 이끌었던 백대진이다. 「백장홍」과 같은 한문 소설이 연재되던 『신문계』에 단편소설이 등장하게 된 것도 백대진이『신문계』에 입사한 뒤부터이다.『신문계』에 발표된 백대진의 일련의 문학관련 글을 살펴보면, 그는 '현실에 충실한 문학'을 힘쓸 것을 주장하면서 계몽주의 문학에 대한 은근한 거부감을 보인다. 이러한 문학관을 가진 그에게 신소설은 구태의연한 통속 흥미물이었고, 단편소설은 그가 가진 예술적 정서와 기호를 반영할 수 있는 새로운 형식이었다.[60] 그런데『신문

---

59 번역소설을 제외하고 소설이라는 표기를 붙인 작품명을 나열하면 다음과 같다. 「文藝小說 百丈紅」, 1914.5~12(6회연재); 「饅頭賣ノ子供(國語小說)」, 1915.1~3(3회연재미완); 「友誼(短篇小說)」, 1915.1; 「短篇小說 金賞牌」, 1915.4; 「小說 異鄕의 月」, 1915.5 ~6(2회연재); 「小說 南柯一夢」, 1915.7; 「小說 嗚呼薄命」, 1915.8; 「小說 愛兒의 出發」, 1915.9; 「小說 因果」, 1915.11; 「小說 黃金?」, 1915.12; 「小說 愛!愛!」, 1916.1; 「小說 絶交의 書翰」, 1916.7; 「立志小說 机上의夢」, 1917.1~3(3회연재); 「立志小說 三十萬圓」, 1917.2; 「短篇小說 京城遊覽記」, 1917.2; 「短篇小說 甕頭의 春歌」, 1917.2.

계』에 수록된 단편소설을 내용별로 살펴보면, 입지전적 인물을 통해 삶을 개척해 나갈 것을 독려하는 소설, 자본주의 사회의 구조적 모순을 폭로한 소설, 유학생의 타락상과 신세태를 풍자 비판하는 소설 등으로 유형화할 수 있다. 전대 서사나 신소설에서 보이는 계몽적 아이디얼리즘을 비판했던 백대진도 실제 단편소설을 창작하며 초점을 맞춘 부분은 사회의 모순된 현실 자체가 아니라 개개인의 타락을 경계한 소설의 사회교육적 기능을 역설하는 것이다. 이는 결국에는 『매일신보』 응모 단편소설란에서 반복적으로 확인할 수 있는 문명개화 지향적 계몽 서사와 비슷한 맥락을 이루는 부분이다.

특히 『신문계』는 총 48호를 발간하는 동안 발간 1·2주년 기념호나 계절특집호를 제외하면, 특정시기에 주제를 선정하여 '학생호'(1913.9), '과학호'(1914.9), '공진회 기념호'(1915.9), '소설호'(1917.2)라는 총 4번의 특별호[61]를 제작했다. 이 중에서 한 호號의 전체 내용을 해당 주제의 글로만 편집하여 채운 경우는 '공진회 기념호'와 '소설호'이다. 우선, 1915년 시정始政 5주년 기념 공진회에 대한 선전이 선명한 목적인 듯 체재를 갖춘 '공진회 기념호'의 목차를 살펴보면 다음과 같다.

공진회 기념호

· 始政五年紀念 朝鮮物産共進會에 對흔 感想

· 共進會와 商業

· 共進會를 當ᄒ야 農業家 諸氏에게 警告

60　백대진, 「서양문학일별」, 1916.8; 백대진, 「현대 조선에 자연주의 문학을 제창함」, 1915.12; 백대진, 「신년 벽두에 인생주의과 문학자의 배출함을 기대함」, 1916.1 참조.
61　여기서의 '특별호', '보통호'라는 표식은 『신문계』 3권 9호(1915.9) '編輯餘錄'에서 사용하는 말이다.

이상의 '특별호' 목차는 『신문계』의 '보통호'의 기존 편집체제와는
전혀 이질적으로 배치되었다. 공진회 자체의 소개뿐만 아니라 미술,
위생, 법률, 금강산까지 전방위적으로 동원되어 홍보책자를 방불케 한
다. 심지어 치약 광고에도 '공진회'라는 말이 실릴 정도이다. 이 특별호
에는 「애아愛兒의 출발出發」이라는 소설이 게재된다. 이 소설은 백대진
樂天子이 『신문계』에 입사한 뒤 발표한 6번째 소설로서 문답체 서사를
통해 공진회를 드러내놓고 직접적으로 선전하고 있는 작품이다. 책을
보며 졸고 있던 일웅은 귀가한 아버지가 부르는 소리에 잠을 깬다. 일
웅의 아버지는 평상시 '시골에만 처박혀있는'아들 일웅에 대한 안타까
움을 토로하는 것을 시작으로, 자신이 서울에서 개최하는 공진회 강원
도 관람단장을 맡아 상경하게 되었다고 알린다. 이에 아들은 "공진회共

進會라 ᄒᆞ시니…… 무엇ᄒᆞᄂᆞᆫ데가 공진회에요?"라며 물어보기 시작하고, 아버지는 답을 해주면서 공진회의 개념, 목적, 의미를 설명한다. 지식을 선취하여 답하는 인물의 말이 소설 속의 청자뿐만 아니라 독자에게도 행해짐으로써 선명하게 전달되는 방식을 적극적으로 활용하고 있는 소설이다. 아들이 공진회의 뜻, 개최 주체, 개최 시기를 물을 때마다 아버지가 친절하고 상세하게 알려주는 전개는 마치 현대 사회의 국정 홍보 영상물과 같은 분위기를 연출한다. 아버지는 자신이 단장을 맡아 상경하는 것을 계기로 아들이 서울에서 공진회를 관람하기를 촉구한다. 공진회에 출품된 물건들을 보고 느껴야만 '활지식活知識', '활교훈活敎訓'을 얻을 수 있다고 강조한다. 일웅에게 설명하는 아버지의 공진회에 대한 견해는 작가의 개인적 생각이기도 하지만, 편집진과 개최를 주관하는 입장을 대변한 것이기도 하다.

이 소설은 단지 작품 자체의 단일적인 허구의 서사에 머물지 않고, 1915년 공진회를 둘러싼 일제의 정치선전과 대중동원과 맞물린 지극히 목적지향적인 서사물이다. 실제로 조선총독부의 1915년 공진회 개최 목적은 신정의 진보함을 알리고, 일본 자본가의 투자를 유치하는 것이었다. 조선총독부에서 발행한 일본어잡지 『조선휘보朝鮮彙報』 기사에서 밝힌 총독 데라우치寺內正毅의 공진회 개최 취지는 다음과 같다.

이 공진회를 개최하는 것은 병합이후 조선 물산의 발달을 한 곳에 전시함으로써 지방인민에게 장래의 5년간의 治積으로 선보이고 진보를 촉구하며, 조선 現今의 진보한 모습을 내외인사, 특히 조선에 대한 지식이 없는 내지인에게 알려 관심을 유도하기 위함으로[62]

일제는 이 목적을 달성하기 위해 대대적인 출품의 수집과 관람객 유치를 벌인다. 먼저 지방행정조직이 출품 권유와 접수 과정에 적극 관여하도록 하고, 각도 지방단위에서 민간협찬회를 조직하여 단체관람을 장려했다.[63] 이 소설에 등장하는 일웅의 아버지가 맡은 관람단 단장 임무 역시 실제 존재했던 관제 동원을 여실히 드러내는 하나의 일환이다. 그리고 일제가 대중 동원으로 가장 효과적으로 활용한 것은 『매일신보』, 『경성일보』와 같은 언론매체나 조선의 지식인 필자들이었다. 『매일신보』는 공진회 개최를 전후하여 60일에 걸친 공진회 소식에 많은 지면을 할애하고, 항목을 증쇄하여 일일 지면을 공진회 소식으로 도배하겠다는[64] 기사를 실었다. 또한 일제 통치 아래에서 1913년 6월까지 경북 청도 군수를 역임했던 안국선[65]은 공진회 개최를 앞둔 1915년 8월 25일에, 자신의 집을 주소로 한 발행소에서 현존하는 우리나라 최초 단편소설집 『공진회』를 발행하기도 했다. 이 책의 서문은 9월에 열릴 공진회와 책 제목인 공진회가 무관한 것이 아님을 보여준다.

총독부에서 새로운 정치를 시행한지 다섯 해 된 기념으로 공진회를 개최하니, 공진회는 여러 가지 신기한 물건을 벌여놓고 모든 사람으로 하여금 구경하게 하는 것이어니와, 이 책은 소설 「공진회」라. 여러 가지 기기묘묘한 사실은 책 속에 기록하여 모든 사람으로 하여금 보게 한 것이니, 총독부에서 물산 공진회를 광화문 안 경복궁 속에 개설하였고, 나는 소설 「공진

---

62 「第1章. 共進會」, 『조선휘보』 공진회 기념호, 1915.9.1.
63 김태웅, 「1915년 경성부 물산공진회와 일제의 정치선전」, 『서울학연구』 18, 서울시립대 서울학연구소, 2002, 151~153쪽.
64 「共進會와 我每日申報」, 『매일신보』, 1915.8.24.
65 김영민, 『한국근대소설사』, 솔, 1997, 271쪽.

회」를 언문으로 이 책 속에 진술하였도다.[66]

그런데, 「애아의 출발」에서 아버지가 공진회의 관람을 촉구하면서
일웅을 자극하는 흥미로운 방식은 바로 서울과 시골을 대별하는 시선
이다.

셔울사룸의 子息으로 너만치 빅왓슬것 곳흐면, 그 아는 것이며, 그 實地
에 나가 흐는 것이, 畢竟 너보다 월등 나니라, 그러나, 그것은, 셔울사룸의
子息이라고, 腦髓가 둘이 잇고, 눈 귀, 팔, 다리가 갑절잇셔셔 그런 것도 안
일다⋯그는 늬가 지금 너에게, 말흔바와 곳치, 시골사룸보다 보고, 드른일
이 만은 신둙일다

元來 셔울은, 繁華흔곳이지만, 지금은 무엇이라 말흘 것업시, 씀찍이 繁
華흐고, 씀찍이 整頓되여, 別天地非人間이 되엿다, 그런중에도, 이번 共進
會로 말믹읍아, 별 奇奇妙妙흔 裝飾을 흔다흔즉, 畢竟 너곳흔 놈은 이번에
가셔, 精神을 못차리겟다

똑같이 공부를 해도 시골에서 자란 일웅은 견문이 많은 서울 사람
을 따라갈 수 없다는 패배감, 서울의 '끔찍하게' 번화한 모습은 시골사
람을 '정신 못차리게' 한다는 단정. 이 같은 어투는 서울과 시골을 근대
물질문명의 기준 아래 비교·대조의 시선으로 바라보는 것에서 비롯
된다. 이는 5년간의 일제 통치가 조선을 어떻게 진보시켰는가를 구정舊

---

66 안국선, 「서문」, 『공진회』, 1915.

政과 신정新政의 대비를 통해 보여주는 방식과 동일하다. 이 소설이 발표된 『신문계』 공진회 특집호 권두에는 '공진회의 성관盛觀(이루미네쉔) -광화문과 남대문의 전기장식電氣裝飾의 야경夜景'이라는 제목과 함께 광화문, 남대문 야경사진이 실린다. 실제로 공진회 기간 동안 광화문과 전시관들, 경회루 등 공진회장의 모든 건물들에는 전등이 설치되어 야경을 밝혔다.[67] 이 같은 박람회의 대표적 기념물인 '일루미네이션' 동원은 '기기묘묘奇奇妙妙한 장식裝飾'이라는 단순한 볼거리에 그치는 것이 아니라 한 공간에서 빛과 어둠을 대비시킨 식민 권력의 이분법적 시선의 가시화인 셈이다. 또한 공진회 개최를 통해 비非서울인들의 상경을 독려하는 것은 조선총독부 관리 아래 조성되고 있는 문명 기획도시로서의 서울을 눈으로 확인함으로써 문명국 일본의 역량을 경험케 하려는 의도가 들어있다. 「애아의 출발」의 공간적 배경이 강원도(비서울/시골)이기 때문에 이 소설의 목적은 더욱 효과적으로 발휘될 수 있다. 이렇게 표면적으로 서울은 식민통치의 주체가 지닌 비전을 표상하는 기획형 선진 문명도시로 거듭나고 있었다. 이 같은 홍보 전략은 공진회를 관람한 외국인들에게 '모범적 식민지'라는 찬사를 이끌어 냈고, 미국의 필리핀 통치보다 훨씬 낫다는[68] 평가를 받아내기에 이른다. 그리고 식민지 조선인들은 눈으로 보고, 귀로 듣고, 글로 읽으며 내지와 식민지를 구분하는 잣대로 서울과 시골(비서울)을 내면에서까지 구별하게 된다.

　이 지점에서 주목을 요하는 『신문계』의 또 하나의 소설이 1917년 2

67　주윤정, 「조선물산공진회와 식민주의 시선」, 『문화과학』 33, 문화과학사, 2003, 154쪽.
68　模範的 植民地, 『매일신보』, 1915.10.13, 1면; 總督政治와 스비아博士, 『매일신보』, 1915.9.20, 2면.

월, '소설호' 특별호에 실린 「단편소설 경성유람기京城遊覽記」[69]이다. 벽
종거사碧鍾居士가 쓴 「경성유람기」는 제목에서 드러나듯이 낙향한 이승
지가 23년 만에 상경하여 4박 5일간 유람하는 일종의 여행기로, 시골
사람인 이승지가 궁금한 것을 질문하면 서울에서 학교를 다니는 학생
어성룡과 금융조합 경제가인 김종성이 답하고 안내해 주는 친절한 가
이드북과 같은 작품이다. 그러나 이 소설의 내용을 살펴보면, 결국에
는 경성이라는 도시의 화려한 외관, 문명의 표징을 소개하여 선전하는
데에 그 목적이 있음을 알게 된다. 이승지의 여정은 한일 간 강제병합
이후의 서울의 발전상을 직접적이고 노골적으로 선전하는 것에 그 초
점이 맞춰져 있다. 또한 「경성유람기」는 이 글 자체로서 단일한 작품
성을 지니는 것이 아니라, 『신문계』에 게재된 경성과 문명에 대한 각종
기사를 서사적인 외피를 입혀 한데 모아놓은 것 같은 소설이다. 가령,
노인 이승지가 한일병합이후 1914년에 완공된 경원선을 타고 경성을
가면서 '무한히 감탄'할 때, 기차를 발명한 스티븐슨에 대해서 일러주
는 어성룡과 김종성의 설명은 4권 3호(1916.3)에 실은 같은 저자의 글
「기차발명자汽車發明者 '스지분손'의 소년시대少年時代」에서 끌어온 내용
이고, 서울에 도착한 뒤 두 젊은이의 안내와 설명에 따라 진행된 이승
지의 유람에 등장하는 전기, 전차, 팔대문八大門 및 성벽의 철거, 서화가
書畵家, 여관/호텔, 학교, 병원, 은행, (각 종교) 교회, 각 관청, 공원, 극장,
수도, 화류계, 동/식물원, 회사/상점 등은 앞서 소개한 '공진회 기념호'
의 「경성의 현상」에서 다루었던 항목과 거의 일치한다. 이는 이 소설
이 저자와 편집진에 의해 장기적으로 기획된 서사 작품임을 암시한다.

---

69 「경성유람기」의 全文은 권보드래 해설 「경성유람기」(『민족문학사연구』 16, 민족문
학사연구소, 2000)에서도 확인 가능하다.

신정의 수혜를 입은 '별천지비인간別天地非人間' 도시 경성의 화려한 외관 소개가 진행되는 가운데, 한때 '공명功名을 날리던' 구지식인 이승지나 과거 노예 신분을 극복하고 동경 유학까지 다녀온 신지식인 김종성, 그리고 경성의 보통학교를 다니는 유학생 소년 어성룡은 문명국 일본의 통치로 진보된 식민지 조선의 현재완료와 미래를 확신하는 각 세대의 대표자로 등장할 뿐, 각자의 입장에서 가질 만한 의문, 회의의 정서는 전혀 드러낼 틈도 없다. 이는 흡사 「애아의 출발」의 일웅이 서울로 출발한 뒤 무엇을 보고 들었는지를 노인 이승지로 바꾸어 놓은 것에 다름 아니다. 일웅이나 이승지라는 인물은 공진회장의 화려한 일루미네이션에 넋을 잃고 종로 한복판에서 자동차의 돌진에 '정신을 못차리다가' 서울(동경/문명도시)로 가는(보내는) 것이 정신을 차릴 수 있는 길이라고 착각하는 캐릭터로 남을 뿐이다. 이러한 소설들에는 『청춘』에 발표된 류종석의 단편 「모자母子의 정」[70]에서 아버지를 따라 상경한 뒤 번화한 서울에서 엄마가 그리워 우는 소년의 캐릭터가 결코 등장할 수가 없다. 식민통치의 화려한 빛을 선전해야 하는 선명한 목적을 지닌 소설들은 그 이면의 어둠에 대해서는 존재 자체도 궁금해 할 필요가 없기 때문이다.

이 소설이 실린 '소설호'는 『신문계』가 발행되는 동안 '소설小說'을 주제화하여 집중적인 관심을 표명한 권호이다. 편집진 스스로도 "편집編輯이 재래在來의 평범선平凡線을 초탈超脫ᄒ야 본지경영상오년간本誌經營上五年間에 초유初有의 특색特色"이라고 밝힌 편집 체재는 다음과 같다.

---

70 『청춘』 4권 2호, 1918. 4.

소설호

· 社會敎育과 小說

· 立志小說 三十萬圓

· 短篇小說 京城遊覽記

· 短篇小說 甕頭의 春歌

· 立志小說 机上의 夢(2회)

· 泰西奇談 娘의 墓

· 東稗奇談(百絶百倒)

　해당 호에 게재된 모든 글이 전부 소설/이야기/서사와 관련되어 있
다. 권두에 실은 「사회교육과 소설」이라는 글은 이 특별호의 방향을
알려주는 한편, 『신문계』 발행·편집진의 소설에 대한 평소의 견해를
짐작케 해 주는 것으로 내용을 요약해서 단락별로 소개하면,

　① 사회교육은 가장 필요한 것으로 全세계는 하나의 학교이고, 全동포는
하나의 학생일원이다. 그 교육의 사명을 맡은 것은 오늘날은 신문과 잡지
이나 실제 사회 교육의 진정한 역할을 하는 것은 소설이다.

　② 소설은 읽기가 쉽고 듣기가 재미있어 희로애락의 감정이 직접적으로
다가오고, 권선징악을 일상으로 가르치니 그 진화의 능력이 막대하다. 소
설의 천박함과 황탄무계를 비판하는 자도 있으나 유연하지 못한 말이다.

　③ 학식 없는 일반 민중의 실상은 곤란함이 많겠지만, 함께 모여 읽는다
면 인생의 쾌락을 줄 뿐 아니라 시대에 응용할 언어문자가 암담한 뇌 상태
를 깨뜨릴 것이 분명하니 이는 한 사람이 맹자를 천 번 읽는 것보다 강하다.

　④ 이처럼 소설은 개인과 사회에서 막강한 능력을 가졌는데, 도리어 비

루한 행위의 戀愛를 嘆賞하거나 浮薄한 인생의 繁華를 취미로 해서, 말할 때마다 某小說某句節이라는 반헛소리에 스스로 미혹되고 타인이 읽도록 권한다면 이는 사회교육을 지배하는 자의 본의와 배치될 뿐 아니라 사회교육을 받는 자가 실효를 보지 못할 것이니 독자가 필히 주의해야 한다.

위의 논리에 따르면, '소설호' 특별호의 취지는 사회교육을 위해 소설의 막강한 힘을 활용하겠다는 것이다. 그리고 소설이 지닌 양면성도 경계한다. 학식 없는 일반 민중도 재미있게 권선징악을 몸소 깨우칠 수 있게 하는 긍정적인 힘, 반면에 허탄무거함으로 인해 불량자의 악점만 발현시킬 수도 있는 부정적인 면을 독자가 인지하여 '좋은' 소설을 읽어야 함을 권고하는 것이다. 이와 같은 권두글 다음으로 함께 실은 서사들은 이 방향성의 실천의 산물이라 할 만하다. 입지소설立志小說이라는 표제의 「삼십만원」과 「궤상의 몽」은 자수성가한 실업가에 대한 소설이고, 태서기담泰西奇談은 미국 워싱턴을 배경으로 한 '서양사람의 이약이'이며, 동패기담東稗奇談은 조선조부터 유행하여 '활동사진이 나온 現今'에도 여전히 독자층이 두터운 패설稗說들을 실은 것이다. 「경성유람기」와 함께 단편소설이라는 표제를 단 한문소설 「옹두의 춘가」는 일종의 보은報恩소설이다. 가난한 장삼풍이 부잣집에 들어가 술익는 냄새에 취해 노래時調를 읊다가 그 소리를 찾아 온 주인노인과 만나 대화를 나누고, 노인의 권고로 다음날 찾아가 노인의 과거 사연을 듣게 된다. 노인 역시 가난한 젊은 시절 부잣집에 들어가 술을 훔쳐 먹어 취했다가 잡혔는데 그 집 주인이 자신을 믿고 돈을 출자해 주는 은혜를 베풀었고, 그 자금으로 식산성가殖産成家했다는 것이다. 그런데 알고 보니 과거에 은혜를 베풀어 준 주인이 장삼풍의 죽은 선친이었고, 이에 노인이 그 아들인 장삼풍에게 3만원을 주며 옛 주인의 은혜를 보답한다. 태화산인太華山人의 작품인 이 소설은 한문체 표기나 우연한 만남에 과거 부친의 덕으로 복을 받는다는 식의 고답적인 내용면에서 『신문계』의 신지식인 독자층을 감안했다고 볼 수는 없다. '소설호'에 게재한 여타의 다른 소설 표제의 경우, 주제를 연상하는 수식어(입지소설立志小說)나 공간을 나타내는 말(태서기담泰西奇談, 동패기담東稗奇談)로 각 작품을 드러내고 있다면, '단편소설'이라는 표제어로 구별된 「경성유람기」나 「옹두의 춘가」의 경우는 두 작품을 한데 묶을 만한 공통점이 전혀 없다. 하지만, '소설호'를 표방한 특별호인 만큼 『신문계』 필진은 이 두 편의 '대표'단편소설을 통해 『신문계』가 아우르고 있는 독자층을 모두 공략하고자 했음이 분명하다. 『신문계』의 편집 체재 흐름상 장기적으로 기획된 소설인 「경성유람기」와 고답적인 한문 단편 「옹두의 춘가」에 단편소설이라는 표제어를 붙인 것은 작가 개인의 뜻이거나 필진의 실수라기보다는 '소설호'만의 단편소설을 계획한 『신문계』 발행·편집진의 의도인 것이다.

　「경성유람기」를 '소설호'의 단편소설로 내세운 것은 '공진회기념호'의 소설 「애아의 출발」과의 연장선상에서 사회교육의 일환으로 '좋은' 소설의 모델이 될 수 있었기 때문이다. '소설호' 권두글에서 밝혔듯이 소설이 '권선징악'을 사회에서 가르치는 진정한 역할을 하는 것이라고 할 때, 그 사회의 정체는 무엇이고, 무엇을 교육하기 위해 단편소설이 동원되는가. 일본 제국주의의 통치를 받는 식민지 조선(서울/비서울) 사회에서의 '복福'은 식민 통치의 수혜이고, 그것을 감사하는 마음으로 화려한 문명의 이상을 쫓아 달려 나가는 것이 '선善'이라는 '정칙正則'을 『신문계』 발행편집진은 『신문계』 '특별호' 단편소설을 통해 설파하고 싶었던 것은 아닐까.

4. 물질문명의 시대인식과 비극적 인생의 재현
—『반도시론』단편소설

『신문계』매호 마지막 장에 수록된 '편집여록編輯餘錄'에는 각 호의 편집 방향과 편집 과정에서의 편집자의 감회를 술회한 글이 실렸는데, 『신문계』의 마지막호인 제5권 3호(1917.3) '편집여언'에는 다른 호와 달리 그간의『신문계』발간 과정을 회고하는 언급이 소개된다.

> 아— 正말 流水光陰이올시다 두어字 所謂編輯錄을 記錄ㅎ랴고 生覺흔즉 本號發行期가 正히 四年前本誌第一號을 編輯홀時에 相當흔지라 爾來五年間歷史를 溯考ㅎ면 何號의 編輯이 完全히 되엿스며 何號의 編輯이 不完全히되엿ᄂ뇨 讀者가 本誌의 缺點을 嗟歎흔것이 幾回이뇨 (…중략…) 來月브터ᄂ 阿某條錄苦心ㅎ야 重生을 得ㅎ엿다ᄂ 讀者의 月朝를 聞홀 編輯을 經營ㅎ오니 絮煩은 來月에 再告로 左樣[71]

『신문계』의 발간을 중단하고 새로운 잡지 발간을 직접적으로 예고하는 광고는 하지 않지만, 이 편집여록을 보면, 다음 달부터는 더 로운 모습을 보이겠다면서 "사요左樣, さよう"라는 헤어지는 말로 끝맺고 있다. 이어서 다케우치 집인 동시에 발행소 신문사 주소인 경성부 수창동需昌洞 196번지 그대로, 발매소發賣所 반도시론사가 되어 바로 다음 달『반도시론』을 발간한다. 그런데『반도시론』의 인쇄는 일본 동경에서 이루

---

71 『신문계』5권 3호, 1917.3, '編輯餘錄'.

어지고, 편집 겸 발행인은『세계대전난지世界大戰亂誌』편집자로 유명한
우에노 마사요시上野政吉가 맡았다.

· 本誌를 編輯ᄒᆞᆫ 目的은 半島의 文明, 知識을 開發上驅者가 될 新鮮, 愉
快ᄒᆞᆫ 良品을 經營ᄒᆞ고 一個月以上三個月에 將近토록 足을 구르고, 手을 부
비며, 腦를 ᄭᆡ리며, 心을 셕이면셔 日色이 短ᄒᆞ야 電燈을 代用ᄒᆞ며 焚膏繼
晷ᄒᆞᄂᆞᆫ 狀態를 將ᄒᆞ야 우리우리 半島時論, 우리 半島時論은 寬弘範圍ᄒᆞᆫ 蒼
天에 模ᄒᆞ고 樸厚ᄒᆞᆫ 氣昧ᄂᆞᆫ 斯地에 印ᄒᆞ고 親愛의 哀情은 同胞에 貫ᄒᆞ야
無限ᄒᆞᆫ 苦心을 努費ᄒᆞᆫ 所謂結晶으로 僅히 編輯의 一回를 終了ᄒᆞ엿습니다.
· 編輯을 終了ᄒᆞ고본즉 前者經營의 相副物이 될 與否ᄂᆞᆫ 斷言치 못ᄒᆞ고
抱負의 卑劣과 手腕의 殘弱ᄒᆞᆷ은 自責ᄒᆞ며 ᄯᅩ 一匙의 飯으로 飢腸을 充치
못ᄒᆞ다ᄂᆞᆫ 俗談을 引證ᄒᆞ야 吾人을 自慰ᄒᆞ고 更히 躍進ᄒᆞᆯ 方針을 取ᄒᆞ야 讀
者諸君에게 一射를 表코져 ᄒᆞ옵ᄂᆞ다[72]

『반도시론』1호의 '편집여묵編輯餘墨'에서 밝힌 편집 후기를 통해『반
도시론』발간 준비를 1∼3개월 동안 열정을 쏟아가며 해 왔다는 것, '전
자경영前者經營' 한『신문계』보다 더 나은 평가를 받았다는 것을 피력하
고 있다. 그렇다면 다케우치는 왜 '다른 경영'을 표방하며 차별화된 잡
지를 일본까지 가서 발간하게 된 것일까? 여기에는 조선총독부의 정치
적 상황의 변화와도 밀접한 관련이 있다. 1916년 10월, 데라우치 총독
은 일본 내각의 총리대신으로 전임되고, 그 후임으로 하세가와 요시미
치長谷川好道 2대 총독이 부임한다. 하세가와는 러일전쟁에 참전을 계기

---

72 『반도시론』1권 1호, 1917.4, '編輯餘墨'.

로 조선주둔군사령관으로 임명되면서 조선과 인연을 맺었고, 데라우치 후임으로 총독이 되어 재임 중 조선임야조사령朝鮮林野調査令·조선식산은행령朝鮮殖産銀行令·조선지세령朝鮮地稅令 등을 공포하며 실질적인 식민지 지배의 기틀을 마련했다. 일본에 새 내각이 구성되고, 조선총독부도 개편되면서, 조선 내의 분위기를 일신해야 할 필요성을 느낀다. 그 과정에서 활용된 것이『반도시론』발간이다.

余가 半島時論 發刊의 任務를 帶ᄒ고 東上ᄒ음은 三月十五日인되 東京驛에 下車ᄒ음은 同十八日이라. 邇來 二十有餘日을 都下 人士와 生活을 共作ᄒ고 其間 約一週日을 鄕里方面에 費盡ᄒ음은 實로 名士를 訪問ᄒ음이니 訪問흔 士 中에ᄂ 大臣, 學者, 敎育家, 宗敎家, 實業家의 各般이 通有ᄒ니 此ᄂ 卽 現日本의 代表的 人物이라. [73]

즉,『신문계』의 발행을 통해 실력을 인정받은 다케우치는 "반도시론 발간의 임무"를 부여받아 동경에 갔고, 동경에서 머물며 당시 일본 각 분야의 대표적인 명사들과 정치적인 유력 인사들을 만나게 되는데, 이 과정은 조선의 일개 잡지 사장 개인의 역량이라고 보기는 힘들다. 결국 학생들을 시작으로 했던 식민지 정책의 저변화 작업은 이제 좀 더 노골적인 방식을 취하는 '정치잡지'의 출간으로 전환되었다. 이 같은 긴밀한 공작 아래 일제의 국가적 차원의 후원으로『반도시론』이 창간된다.

今日은 兩班階級中에 아즉 舊思想을 脫치 못ᄒ엿고 又 新敎育을 受ᄒ고

---

73 竹內生, 「東京我觀」,『반도시론』1권 2호, 1917.5.

新風潮에 染ᄒᆫ 人中에도 日本의 國力과 事物을 理解치 못ᄒᆫ 者도 有ᄒᆫ 故로 今日 我國의 新聞雜誌을 通覽ᄒᆞ면 大體에 對ᄒᆞ야 政治事項에 當ᄒᆞ야 太半은 我社會의 暗黑的 半面을 暴露ᄒᆞᄂᆞᆫ 者와 又는 너무 高尙ᄒᆫ 學術的 事項을 記ᄒᆫ 事이 有ᄒᆞ야 아즉 日本事情에 充分히 不知ᄒᆞᄂᆞᆫ 人을 斯提誘導ᄒᆞ고 我日本人社會의 光明的 半面을 紹介ᄒᆞ기 足할 者는 殆稀ᄒᆞ니라. 余輩는 今回 竹內君이 主幹ᄒᆞ야 發行ᄒᆞᄂᆞᆫ 半島時論이 大히 此方面에 對ᄒᆞ야 力을 盡言ᄒᆞᆫ다 하ᄂᆞᆫ 말을 聞ᄒᆞ고 頗히 人意을 强케ᄒᆫ 者로 覺ᄒᆞ노라.[74]

이 글은 조선총독부 편집과장인 오다 쇼고小田省吾의 글이다. 일본 내부의 다양한 정치적인 목소리가 식민지 조선에 그대로 수입되도록 하지 않고, 『반도시론』이 "아일본인사회我日本人社會의 광명적光明的 반면半面"을 소개해 줄 역할을 하겠다는 뜻에 기대감을 표시하는 축하글이다. 신임총독인 하세가와의 사진으로 첫 면을 시작하는 『반도시론』 창간호는 총독부 시학관視學官, 편집과장, 종로경찰서장, 농상공부장관 등 마치 관보와 같은 느낌을 줄 정도로 주요 관리들이 장식하고 있다.

한편, 『반도시론』은 동시대에 조선 사회의 지식인 청년을 사로잡던 『청춘』을 강력하게 의식하며 차별화 전략을 편 잡지로 창간되었다. 조선총독부 측에서는 학생을 대상으로 교육 정도만을 표방하는 『신문계』로는 독자층이 겹치던 『청춘』과의 경쟁 구도를 펼치기가 현실적으로 불가능하다고 생각했던 것 같다. 압제와 검열로 인해 얼어붙어 있던 언론출판 분위기에서 유일하게 '정치잡지'를 표방함으로써 권위를 획득하게 되었다.

---

74 小田省吾, 「반도시론발간을 祝홈」, 『반도시론』 1권 1호, 1917.4.

政治는 無論 何邦ᄒ고 自國 民族에 對ᄒ야 在上者가 天地와 如히 和ᄒ고 雷霆과 如히 震ᄒ야 其民으로 하야곰 法惡遷善에 關ᄒᆫ 바 萬機라. 此一方에 立ᄒ야 上으로 政府를 指導 或 警告ᄒ며 下으로 人民을 開牖 或 促進ᄒ야 莫大ᄒᆫ 責任과 無上의 權威를 自占ᄒᆫ 者ᄂᆫ 直政治雜誌라.(…중략…) 學術雜誌에 對ᄒᆫ 바 範圍가 政治雜誌와 同一히 語키 不能ᄒ니 此ᄂᆫ 政治雜誌와 如ᄒᆫ 發行만 效嚬ᄒᆫ 者오 其權威ᄂᆫ 頓無ᄒᆫ 者이니 卽其手續이 政治雜誌와 如ᄒᆫ 者 아니오 單히 出版條例에 依ᄒ야 發行ᄒᆯ 뿐이라. 故로 法律과 直接關係가 아니오 其記事가 學術, 文藝, 統計에 制限ᄒ야 此範圍以外에 脫線되ᄂᆫ 同時ᄂᆫ 法律上 拘束이 發生ᄒ니 此ᄂᆫ 直前日新文社 發行 新文界가 是오 今日 新文館 發行 靑春이 是이로다.(…중략…) 本誌ᄂᆫ 玆에 剛毅正直ᄒᆫ 態度로 上下를 調和指導ᄒᆷ에 盡力ᄒ야 政治, 産業, 敎育, 宗敎, 社會, 時事, 學術, 文藝 等과 其他 風紀改良과 人物臧否를 光明正大裡에셔 春秋의 筆擧을 ᄒᄂᆫ 것이 直本誌의 使命과 權威라. 如此히 特權이 日刊新聞과 同一ᄒᆫ 地位에 在ᄒᆫ 本誌를 努努히 說明ᄒᆯ 必要가 無ᄒ나 雜誌의 性質이 何者가 何者인지 不知ᄒ고 新文界나 或 靑春과 如히 看做ᄒᄂᆫ 者가 多ᄒ니 惡라. 是何言也오. 此ᄂᆫ 璞玉을 燕石에 比ᄒ고 太陽을 螢火로 認ᄒᆷ과 無異ᄒ니 其視線의 暗昧함이 若此ᄒ도다.[75]

시사, 정치 현안에 대한 언급은 할 수 없었던 당시 분위기에서 정부의 정책에 대해서도 지도, 경고할 수 있는 책임과 권위를 가지고 있음을 역설하는 이 글은 『반도시론』을 학술잡지에 '불과한' 『신문계』, 『청춘』과 비교하지 말기를 당부하고 있다. 실제로 『반도시론』은 국가적

---

75 「반도시론의 權威」, 『반도시론』 2권 1호, 1918. 1.

후원 속에서 총독부와 긴밀한 상호관계를 형성하며 구성 체제를 만들어가던 창간 초기와 달리 시간이 가면서 총독정치와 사회 제반에 대한 일본의 국가정책을 비판, 제언하는 글들을 발표하게 된다. 사장인 다케우치는 단 1편의 글만 실었던 『신문계』 시절과 달리, 권두논설, 각종 정론政論, 시찰담, 잡문 등 40여 편이 넘는 글을 『반도시론』에 개재하며 자신의 정치적 이념을 선전하고 피력했다. 『반도시론』은 서양 세력을 막고, 일본, 한국, 만주, 몽고를 아우르는 대아시아제국을 건설해야 한다는 대전제 아래 '만선滿鮮총독부'를 평양에 설치해야 한다고 주장하기도 하고,[76] 이를 위해 이미 식민지로 병합한 조선을 차별 없이 일본과 '완전동화'해야 한다고 역설했다. 이 완전동화를 가로막는 요인으로 '조선의 미발전 상태'와 '총독부의 차별적 식민지 정책'이라는 측면에서 파악하고 있던 『반도시론』은 조선에 대해 총독부가 실시해오던 차별적인 식민통치에 대한 정책적 대안을 제시하고, 조선인들도 관료가 될 수 있도록 방안을 강구해야 한다는 주장을 통해 이념적 목표를 지향하고 있다. 그런데 이 같은 주장은 조선인을 위한 제안이라기보다는 조선인이 '자발적'으로 충성하도록 만들어야 회유책이었고, 이러한 '완전동화론'은 당시 『반도시론』 편집에 참여하던 조선인 기자, 필자들에게도 상당한 설득력을 지녔던 것으로 판단된다. 조선 식민 정책에 대한 이념적 입장의 차이를 보이게 된 『반도시론』의 논조는 더 이상 조선총독부와 긴밀한 공조관계를 형성하기 어렵게 했고, 1919년 3월 1일의 역사적 거사를 기준으로 『반도시론』은 폐간당하게 된다.[77]

---

76 竹內錄之助, 「滿鮮統一과 都市移轉論」, 『반도시론』 2권 4호, 1918. 4.
77 3·1운동을 지지하는 글을 발표한 다케우치 사장의 『반도시론』은 1919년 6월, 3권 6호까지 발간하지만, 발매금지를 당하고, 압수되어 강제 폐간당했다는 기록이 있다. 이후 다케우치는 일본에서 주간(週刊)으로 『반도신문』을 언문을 섞은 조선어로 발간

한문단편, 기담奇談, 단편소설, 입지소설 등의 용어가 '소설'이라는 이름으로 뒤섞여 있는 『신문계』에 비하면 1910년대 중반 이후 『반도시론』의 단편소설은 그 형식 구성면에서 소설에 대한 인식, 단편소설에 대한 상이 어느 정도 정립이 되어가는 측면을 보인다. 물론 1917년 11월호에 발간된 『금강산』 기념호의 「금강金剛의 몽夢」과 같은 기획 단편소설이 여전히 발표되기는 하지만, 『반도시론』에는 식민지 자본주의 체제의 모순에 의해 파탄되어 가는 개인의 고통과 비애가 형상화된 작품이 다수 발표된다. 『반도시론』에는 전체 25호가 발행되는 동안 총 11편의 단편소설을 게재했다.[78] 『반도시론』 단편소설의 특성은 표제어를 통해 근대적 개념의 소설과 비非소설을 명확히 구분하고 있다는 점이다. 바로 이전에 발행되던 『신문계』의 경우만 해도, 소설, 단편, 단편소설과 용어가 무분별하게 붙어있고, 또한 내용면으로는 입지전적인 주제를 중심으로 한 '입지소설立志小說'이라는 용어가 쓰이기도 했다.

〈표 6〉 『신문계』와 『반도시론』의 단편소설 목록

『신문계』 단편소설 목록	『반도시론』 단편소설 목록
「文藝小說 百丈紅」(1914.5~12)	「단편쇼셜 종소리」(1917.5)
「饅頭賣ノ子供(國語小說)」(1915.1~3, 미완)	「小說 老處女」(1917.6~7)
「友誼(短篇小說)」(1915.1)	「小說 良人의 祈禱」
「短篇小說 金賞牌」(1915.4)	「小說 金剛의 夢」(1917.11)

한다. 『한국독립운동사자료』 5(3·1운동편), 국사편찬위원회, 1973.
78 海東樵人, 「단편쇼셜 종소리」, 『반도시론』 1권 2호, 1917.5; 白樂天子, 「小說 老處女」, 『반도시론』 1권 3~4호, 1917.6~7; 白樂天子, 「小說 良人의 祈禱」, 『반도시론』 1권 6호, 1917.9; 無憂生, 「小說 金剛의 夢」, 『반도시론』, 1권 8호, 1917.11; 白樂天人, 「小說 寡母의 淚」, 『반도시론』 2권 1호, 1918.1; 菊如 양건식, 「小說 슯혼矛盾」, 『반도시론』 2권 2호, 1918.2; 白樂天子, 「事實小說 小說의 小說」, 『반도시론』 2권 6호, 1918.6; 不老生, 「當代奇話 酌水成禮」, 『반도시론』 2권 8호, 1918.8; 大痴先生 口演, 海東樵人 速記, 「利於藥伊 自由의 嫁」, 『반도시론』 2권 8호, 1918.8; 李一, 「黃昏」, 『반도시론』 3권 2호, 1919.2.

『신문계』 단편소설 목록	『반도시론』 단편소설 목록
「小說 異鄕의 月」(1915.5~6) 「小說 南柯一夢」(1915.7) 「小說 嗚呼薄命」(1915.8) 「小說 愛兒의 出發」(1915.9) 「小說 因果」(1915.11) 「小說 黃金?」(1915.12) 「小說 愛!愛!」(1916.1) 「小說 絶交의 書翰」(1916.7) 「立志小說 机上의夢」(1917.1~3) 「立志小說 三十萬圓」(1917.2) 「短篇小說 京城遊覽記」(1917.2) 「短篇小說 甕頭의 春歌」(1917.2)	「小說 寡母의 淚」(1918.1) 「小說 訟魂矛盾」(1918.2) 「事實小說 小說의 小說」(1918.6) 「當代奇話 酌水成禮」(1918.8) 「利於藥伊 自由의 嫁」(1918.8) 「黃昏」(1919.2)

〈표6〉에서『신문계』에 수록된 창작 단편소설의 목록을 보면, 문예소설, 국어소설, 단편소설, 소설, 입지소설 등의 표제어가 작품과 함께 병기되어 있는데, 특히 단편소설이라는 표제어는 다양한 개념으로 붙여지고 있다.『반도시론』은 1918년 12월부터 새롭게 마련된 '반도신문단半島新文壇'란에 발표된 「황혼黃昏」을 제외한 나머지 서사작품 제목의 표제어로 단편쇼셜, 소설, 사실소설, 당대기화當代奇話, 이어약이利於藥伊를 쓰고 있다.

『반도시론』 단편소설 목록에서 확인 가능한 변화되는 모습은 첫째, 단편소설 용어의 정리이다.『신문계』에서는 '공진회' 선전 기획 서사인 「경성유람기」나 백화체 한문단편서사인 「옹두의 춘가」를 동일한 호에서 '단편소설'로 부르고 있지만,『반도시론』에서 단편소설이라는 말은 『반도시론』에 실린 근대적 '소설'을 기본적으로 단편소설로 보고 있다. 제목에 '단편쇼셜'이 직접적으로 병기된 경우는 「종소리」뿐이지만, 「訟혼모순矛盾」과 같은 경우도 목차에서는 '단편소설'로 소개하고 있다. 여기에서 '단편쇼셜'과 '단편소설'의 차이는 국문/국한문으로 나뉘는 작품 표기어의 차이이다. 둘째, 소설의 근대적 개념 확립이다. 전체 단편서사물의 표제어를 살펴보면 크게 '소설'로 소개하는가 그렇지 않은가로 구분할 수 있다. '사실소설'이라고 표기된 「소설의 소설」은 일종의 보은報恩소설로, 작품 끝 '기자의 일언一言'에는 이 같은 내용은 사실이라 기록했으나 스스로도 의심이 들 만큼 감동적이라는 언급하면서 실제 있었던 일을 근간으로 지은 소설임을 알린다. 특히 말미에서는 "독자제현讀者諸賢이여, 좌기左記와 여如흔 사실적기적事實的奇蹟이 오히려 순박淳朴흔 지방地方에 더욱 다多흘듯ㅎ오니 지방독자地方讀者여, 기록記錄ㅎ야 보닉주시면 광영光榮이 되겠ㅅ외다(완명宛名은 반도시론사 백대진白大鎭에)" 와 같은 지방 독자를 향한 당부를 통해 '사실소설'의 재료를 구하기도 한다. 이로써 사실소설은 사실을 기반으로 쓴 소설이라는 용어로 사용되고 있다. 그런데, 「작수성례酌水成禮」와 「자유自由의 가嫁」는 소설이라는 말 대신 '당대기화'와 '이어약이'라는 표제어가 대신하고 있다. 「당대기화 작수성례」는 고아인 '홍대후洪大厚'가 30살이 넘어서야 혼처를 구하고 선채先綵도 없이 혼인날 뻔뻔하게 빈 몸으로 신부 집에 가서 냉수한잔 떠 놓고 혼례를 올렸다는 내용이다. 홍대후라는 사람이 어떤 사람인지를 길게 서술한 이 작품은 결국 물 한잔 떠놓고 결혼했다는 허탈한 마무리로 끝을 맺는데, 말미에는 다음과 같은 '부언附言'이 붙어 있다.

洪大厚란, 元來 일홈이 大厚가 안일다. 必要上變更홈이오. 이 事實은 四十年前에 잇던 것이나, 當者洪氏(現存)의 나히는 七十有餘歲이니 京城唯一의 中人일다[79]

---

79 不老生, 「當代奇話 酌水成禮」, 『반도시론』 2권 8호, 1918.8.

즉, 이 작품은 1878년 경성에 사는 홍 씨의 실제 사연을 바탕으로 서사화한 것임을 알 수 있다. 작가는 자신이 쓰는 작품이 '소설'이라고는 생각하지 않는다. 다만 당대當代에 있었던 기이한 이야기奇話 정도일 뿐이다. 「이어야이 자유의 가」는 대치선생大痴先生이 구연口演한 것을 해동초인海東樵人 최찬식이 속기速記한 작품이다. 이 작품은 혼처가 들어오면 남편될 사람을 직접 찾아가 면접하고, 결국 자신의 기준에 맞는 사람과 결혼하여 일가를 이룬 한 여학생을 주인공으로 내세워, 자유결혼과 남녀동권의 진정한 의미가 무엇인지를 설파하고 있다. 이야기꾼이 한 이야기를 속기한 이 작품이나, 위의 「작수성례」 같은 작품은 전대소설의 개념으로 볼 때, 다분히 '소설적'인 작품이지만, 『반도시론』 편집진에게는 더 이상 소설이 아니다. 이와 같은 인식은 옛 문학과 새 문학이 명백히 다르다는 전제를 바탕으로 비롯된 것이다.

① 在來엔들 무슴 獨立흔 文學이 잇스리오마는 또흔 折哀的作品이 업지 아니흔즉, 이것을 朝鮮文學이라 資格을 與흐지 아니치 못흐겟다. 이 過去의 文學 곳 舊文學의 內容이 果然 우리 人生社會에 對흐야 얼마나 稗益을 與흐엿느뇨? 元來文學은 人生社會를 描寫흠이 其職分됨으로 舊文學도 또흔 이와굿혼 主義下에셔 記錄되엿스나, 新文學과 굿치 吾人에게 實印象을 與흠은 업느니라. 至今을 距흐야 百年이나, 或二百年前의 人으로, 다시 蘇生흐야 今日의 文學곳 新文學을 讀흘진되, 그네들도 또흔 今日의 文學이 그네들 時代의 文學보다 一層痛快히 吾人의 生活을 眞實描寫흔 者이라 반다시, 首肯흐리라. 要컨대 過去의 文學一곳 舊文學은 理想的, 傳奇的, 技巧的됨을 免치 못흐리라. 當時作者의 意思를 槪察흐건되 自然及人生을 忠實히 記錄흠보다, 오히려 此에 技巧를 加흐야 想像話를 作흠이 一般으로 그

네들의 主義이엿슬 샏아니라 쏘흔 當時의 一傾向이엿도다, 實로 彼等은 人生의 美醜, 善惡의 實相을 記홈에 努力홈이 업시, 人生面에 對ᄒ야 가장 香氣로운 部分만 取ᄒ야 細工的作品을 吾人에게 與홈이 通例이엿도다,

② 現代의 文學中 特히 最近數年의 文學은 舊文學과 其趣가 全혀 ᄀ지 아니ᄒ니라. 녀 文學은 夢的이엿스나, 今日의 文學은 此와 反對로 醒的이니라. (…중략…) 일으는바 新文學者는 技巧에 力을 注ᄒ는 者이 안이니라, 샏만아니라, 無理性下에서 細工的描寫를 行ᄒ는 者이 안이니, 곳 自然及人生을 觀察ᄒ딕로 刺戟을 受ᄒ딕로, 描寫홈이 그네들 筆鋒이니라. 곳말ᄒ면, 善美의 方面만 蒐集ᄒ는者이아니라, 美醜, 善惡混淆의 實相ᄭ지 描寫홈이 그네들의 主義일다.

③ 同時에 讀者의 趣向도 쏘흔 變化ᄒ엿느니라. 곳 今日의 讀者는 理想下에셔, 細工的으로 描寫된 作品에 對ᄒ야 首肯홈이 업다. 彼等의 樂ᄒ는바 苦痛ᄒ는바 哀願ᄒ는바, 煩悶ᄒ는바를 描寫혼 者이아니면 彼等으로 ᄒ여곰 點頭케 못홀지니 過去에는 鬼神을 從케혼 傑作도, 今日에는 竣幼의 嗤笑를 受ᄒ도록 高化ᄒ엿다. 實로 作者와 讀者사이에, 이와ᄀ혼 急激혼 大變化가 生홈은 西歐文學의 影響이라 稱ᄒ지 아니치 못ᄒ겟도다. 十九世紀以來 世界의 人心이 現實에 興味를 求ᄒ여 來홈과, 쏘는 科學的硏究의 結果로도 吾人의 自意識이 向上되고, 쏘흔 肉의 生活이 困難ᄒ게 된 同時에 前代의 流行을 壓忌홈이, 이 大變化를 致케 된 큰 原因이라 稱ᄒ리라. 實로 新文學者前에는 屈從혼 典據가 업다. 오직, 頂天, 立地, 其前에는 瓷硯과 人生이 展開되엿슬 샏이라, 彼等을 西洋文學의 刺戟으로 말미암아 쏘흔 時代思潮로 말미암아 人生의 觀察로 말미암아, 自己의 經驗으로 말미암아 써 描寫上標的을 定ᄒ고 人生의 暗黑面을 記홈에 躊躇ᄒ지 아니ᄒ나나 者이니라.[80]

이 글은 구문학舊文學과 신문학新文學의 특징을 구별하고, 현대 독자讀者의 변화를 살펴본 후, 그 이유가 무엇인지를 서술하고 있는 흥미로운 글이다. 용어의 선택이나 주장하는 논조가 『신문계』에 발표한 백대진 문학론[81]과 상당히 흡사한 것으로 보아 백대진의 글로 추정된다. 새 문학이 옛 문학과 구별되는 가장 큰 특징은 "실인상實印象, 자연과 인생을 충실히 기록"하는 것이다. 따라서 선미善美한 것만 수집하는 것이 아니라, "미추美醜, 선악혼효善惡混淆의 실상"까지 묘사하는 것이 신문학이다. 이 글은 독자 취향의 변모에 대해서도 언급하고 있다. "금일의 독자는 락樂ᄒ는바 고통ᄒ는바 애원ᄒ는바, 번민ᄒ는바를 묘사ᄒ" 작품을 높이 평가한다. 이와 같은 작자와 독자의 급격한 대변화의 이유로 5가지를 들 수 있는데, 첫째, 서구문학의 영향 때문이고, 둘째, 19세기 이래 '현실'(사실주의)을 중시하게 된 점, 셋째, 과학이 발달하면서 인간의 자의식이 향상된 점, 넷째, 자본주의 아래 생존경쟁으로 인해 살기 힘들어졌고,[82] 다섯째, 전대前代 유행이 폐기되었기 때문이다.

『반도시론』 편집진은 이러한 신문학적 요소에 부합된 '소설'을 소설이라고 호명한다. 동경유학생 출신 은행원과 결혼한 친구를 부러워하는 허영기 많은 여학생 주인공이 등장하는 「노처녀」, 병든 아내 앞에서 돈 걱정을 하고 후회하는 가난한 가장이 등장하는 「양인良人의 기도」,

---

80 ᄒ식生員, 「새文學과 녯文學의 比較」, 『반도시론』 1권 6호, 1917.9.
81 백대진, 「現代朝鮮에 '自然主義文學'을 提唱ᄒ」, 『신문계』, 1915.12; 「新年劈頭에 人生主義派文學者의 輩出ᄒ을 期待ᄒ」, 『신문계』, 1916.1.
82 인용글의 "肉의 生活이 困難ᄒ게 된"의 표현을 본 연구자는, 물질문명의 발달로 인한 생존경쟁으로 생활난이 발생하여 더욱 살기 힘들어졌다는 것으로 분석했다. 이 분석의 근거는 백대진의 「現代朝鮮에 '自然主義文學'을 提唱ᄒ」에 두었다. 이 글에서 백대진은 다음과 같은 주장을 하고 있다. "물질문명의 餘澤으로 생존경쟁이 날로 심하고, 나날이 성하여 이에 생활난이 생겼으며, 이 생활난 곧 물질욕(物質慾)으로 인해 우리 인생에 무한한 비애절무한 頹敗—곧 인생에 대한 暗面이 발현하게 되었다."

망나니 아들로 고심하던 과부 경애가 평상시 자신이 아들을 위협할 때 쓰던 단도로 이웃집 아이를 위협하는 아들의 모습을 본 순간 소름끼치는 전율을 느끼며 자신의 손으로 아들을 죽이는 장면이 등장하는 「과모寡母의 루淚」, 식민지 지식인의 자기 정체성에 대한 모색이 이루어지는 「슯흔모순」은 인간이 "락樂ㅎ는바 고통ㅎ는바 애원ㅎ는바, 번민ㅎ는바"를 표현한 신문학적 소설이다.

나의 血肉이언마는, 보기에 수름이 씪々씻치엇다, 흔참동안, 昌洙의 얼골을, 노리고잇다, 밋친 고양이의 눈ㅈ치 번쩍어리는 눈알, 그 冷酷흔 表情―더욱, 敬愛로 ㅎ여곰. 소름이 솟게홀 샏일다, 씪 뒤ㅅ지 일은 노염과, 가슴을 방밍이로 두다리는듯흔 슯흠의 눈물―敬愛는 그 短刀를 昌洙의 가삼에 다이고 「이녀석, 죽어업셔지어라―」 ㅎ면셔 업딕여 운다, 昌洙는 죽을가 「에그! 어머니―어머니 살녀줍쇼―」 ㅎ고 부르지닌다.

별안간 엇지흠인지, 昌洙는 소릭소릭를 지르면셔, 壁압흐로 물너간다, 敬愛는 昌洙의 손을 붓잡고 잇셧슴으로 敬愛도 슬녀간다. 短刀의 칼씃이, 昌洙의 가슴에 부딕치려홀 지음에, 昌洙의 心臟은 조고마치, 발싹, 발싹한다.[83]

소설 「과모의 루」에서 엄마인 경애가 아들의 소악마적인 모습을 보며 광분하는 모습은 편모가정의 가난과 결핍이 낳은 비극적 현실을 극대화한다. 이 작품의 쓴 백대진은 인생의 어두운 면을 묘사하는 것이 현실을 제대로 묘사하는 것이라고 보았다. 백대진은 과학의 발달로 인한 물질문명의 시대가 되면서 생존경쟁이 심해지고, 인생의 비애는 깊

---

83 白樂天人, 「小說 寡母의 淚」, 『반도시론』 2권 1호, 1918. 1.

어진다고 하며, 이러한 사회의 결함과 인생의 암면暗面을 여실히 묘사하는 것이 문학자의 길이라고 주장한다. 이런 백대진에게 사실주의와 자연주의는 동일한 개념이었다. 백대진식의 자연주의는 사실적인 인생 묘사 중에서도 특히 물질문명으로 인해 발생한 인생의 어두운 면을 폭로하는 것으로, 그의 대부분의 작품은 돈에 대한 문제, 가난으로 인해 피폐해진 삶, 인간성 파괴라는 면에 주목하고 있다. 이들 작품이 『반도시론』에 게재된 데에는 신문학으로서의 소설에 대한 인식과 더불어, 당시 조선에서 발행되던 학생·종교잡지에서는 허용되지 않던 사회현실이나 정책에 대한 언급이 가능했던 것과 무관하지 않다.

제4장

근대문학 개념의 재편과 단편소설

최남선에 의해 간행된 잡지 『소년』과 『청춘』에는 다양한 근대 지식이 소개되었고, 문학 작품은 그러한 근대 지식의 하위범주로 배치되었다. 최남선, 이광수 등의 『청춘』 그룹은 근대 지식의 대중적 보급을 시도했고, 서구문학 작품을 번역·수록함으로써 이를 한국문학의 배타적 모범으로 정전화했다. 이들은 서구적 문명의 보편화를 당대의 중요한 문제로 인식했고, 문학의 사회적 제도화에 깊은 관심과 노력을 기울이게 된다. 일본 유학파 출신인 『청춘』 그룹은 자신들이 수용한 서구적 근대 문학의 인식을 독자들에게 전달했다. 그 과정에서 단편소설은 신소설 같은 장편서사와 구별되는 순문학적 목적을 갖게 된다. '단편소설가' 배출을 의도한 최초의 현상공모라고 할 수 있는 『청춘』의 현상문예를 통해 단편소설은 문학의 근대성을 상징하는 중심적 위치를 부여받게 된다.

1. 교양 잡지 『소년』 창간과 '세계 지식'의 중역重譯

최남선은 1890년 서울에서 출생하여 어려서는 한학을 수학했다. 그는 경성학당에 다니던 중 황실특파 유학생으로 선발되어 1904년 동경 부립 제일중학교에 입학한다. 부친의 신병으로 그 해 12월 중퇴하여, 1905년 1월에 귀국했다가 1906년 6월에 관비유학생으로 두 번째 유학 길에 올라 와세다 전문학교에 입학하게 된다. 하지만 조선의 황제를 화족에 넣을 수 있는가의 여부를 토론한 모의국회사건으로 인해 한 학기 만에 자퇴하고,[1] 1909년 다시 사비로 와세다대학 고등사범과에 입학하기 전, 1908년 신문관을 설립하고 『소년』을 창간한다.[2] 10세 전에 신문을 접한 뒤로 "하루도 보지報紙에 대한 정성이 해이해진 적이 없었던" 그는 일찍부터 '보관업報館業'을 희망했다고 한다.[3] 17세에 동경에서 『대한유학생학보』를 편집한 경험이 있으나 한두 달에 불과했고, 신문관에서 『소년』 창간을 통해 그의 "십년 숙병宿病인 신문잡지에 대한 광기"[4]를 발산할 수 있게 되었다. 『소년』은 1908년 11월 1일 자로 창간되어 1911년 1월 통권 23호로 폐간되었다. 편집 · 발행인은 최남선의 형인 최창선이고, 『소년』 창간을 주재하던 때 최남선의 나이는 18세였다.

최남선이 설립한 출판사는 새로운 책을 찍어내는 '신문관新文館'이고, 젊은이들이 꿈을 펼치는 대한은 '새대한'이며, 그들이 호흡하여할 지식

---

1   『대한유학생회학보』 2호, 1907.4; 『태극학보』 9호, 1907.4.
2   최남선의 행적에 대해서는 조용만, 『육당 최남선』, 삼중당, 1964; 백천풍, 「한국 근대 문학 초창기의 일본적 영향」, 동국대 석사논문, 1982; 구장률, 「근대지식의 수용과 소설 인식의 재편」, 연세대 박사논문, 2009 참조.
3   「『少年』의 既往과 및 將來」, 『청춘』 3년 6호, 1909.6.
4   위의 글.

은 '신지식'이다. 1909년 5월 『소년』에 실린 「세계적 지식의 필요」라는 글에서 최남선은 당대 독자들에게 "세계의 인국人局은 안전眼前에 전개展開"하였음을 알리며 세계 진보의 대열에 합류할 것을 부르짖는다.

> 濟物浦口에 張來하난 波浪은 이믜 地中海水의 鹽分이 混和하얏고, 白頭山外에 響胴하난 汽笛은 오래 西比利風의 煙氣를 傳播하얏난데 鐘路街衢에는 '사하라'沙漠의 細沙가 墨軀子의 靴底에서 落下하고 南山 樹木은 '유로파'中原의 炭氣를 白人의 口裏로서 受吸하니, 於乎 우리 半島도 이미 純粹한 韓天韓地下에 잇슴이 아니로다. (…중략…) 於乎 우리 國民의 生計도 이믜 순수한 韓生韓産만을 賴하지 아니하도다.[5]

인천 항구의 파도에 지중해 염분이 뒤섞여 있고, 백두산 근처에 울려 퍼지는 기적소리에 시베리아 대륙철도에서 내뿜는 연기가 감돌고 있다는 공간의 확장, 종로 한 거리에 사하라 사막의 모래가 날리고, 남산에 자라고 있는 나무에도 유럽에서 내뿜는 석탄 가스의 기운을 빨아들인다는 과장적 수사에서 최남선이 호흡하고 있던 시대정신을 가늠해 볼 수 있다.

최남선은 이렇게 '세계적 지식'을 호흡할 수 있는 가장 좋은 수단과 방법으로 번역을 꼽았다. 서양 여러 나라의 서적을 국문으로 번역함으로써 서양 근대 지식과 학문을 호흡할 수 있고 세계의 진보와 발전에 참여할 수 있다고 생각했다.

---

5   「세계적 지식의 필요」, 『소년』, 1909.5.

15세에 일본 신문을 통해서 일본말을 알게 되고, 아는 대로 일본 책을 모아서 보았다. 그 때 서울에서 볼 수 있는 일본 책은 몇 군데 관립학교에서 교과서로 쓰는 종류가 있을 뿐이었다. 하나는 관립학교에서 초등산술을 가르치는 수학교과서요, 또 하나는 관립학교에서 일본 의학 책을 번역해서 교과서롤 쓰는 內科學, 解剖學과 같은 종류였다. 나는 이 두 가지를 얻어 보고 신기한 생각을 금하지 못해서 산수 문제와 해부학 명사 같은 것을 낱낱이 기억하기에 이르렀다. 15세 되던 해에 露日戰爭이 일어나서 한국에 있는 일본 세력은 아라사를 대신하고, 그해 10월에 한국 황실로부터 유학생 50명을 일본 정부에 위탁할 때에 나도 그중의 한 사람으로 끼어 갔었다. 일본에 이르러 보니 문화의 발달과 서적의 풍부함이 상상 밖이요, 그 전의 國文 예수교 서류와 漢文飜譯書類만을 보던 때에 비하면, 대통으로 보던 하늘을 두 눈으로 크게 뜨고 보는 것과 같은 느낌이었다. 나는 그런 책이란 것은 다 좋아서 보고, 또 한편으로는 번역까지 하는 버릇이 일본 가서 더욱 활발해졌다. 그 때는 이런 공부로 밤잠도 자지 않고 정신을 썼다.[6]

최남선의 일본 유학 기간은 길지 않았지만, 동경에서 서구식 근대화가 이룩되어 가는 과정을 목도하게 된다. 그 무렵 그는 번역이 메이지 유신에서 얼마나 중요한 역할을 했는지 잘 알고 있었다. 이로써 시기적으로는 일본에 늦었지만, 조선인도 번역을 통하여 서구 문물을 받아들이고 세계와 나란히 발을 맞추지 않으면 안 된다고 생각하였다. 그의 말대로 '세계의 대국'이 바로 눈앞에 펼쳐져 있는데도 조선이 이러한 역사적 사실을 외면한다면 세계 진보의 대열에서 도태될 수밖에

---

6   최남선, 「書齋閑談」, 『기러기』 6월호, 홍사단, 1979.

없을 것이다. 아직도 깊은 중세의 잠에 빠져 있는 민족을 일깨우고 서구 근대화 정신으로 무장하는 길은 다름 아닌 번역이었다.

최남선은『소년』창간호부터 '소년사전少年史傳'이라는 고정란을 통해「러시아를 중흥식힌 페터彼得 大帝」라는 글을 몇 차례에 걸쳐 연재한다. 이 글에서 그는 표트르 대제가 유럽의 여러 나라를 순방하며 문명개화된 모습을 보고 러시아에 돌아와 그대로 시행한 점을 무엇보다도 높이 평가한다.

> 쏘 여러가디 유롭파 書籍을 飜譯식혀 泰西思想을 輸入하야다가 根本的으로 그 臣下들을 유롭파적으로 만들녀하고 (…중략…) 果斷勇力으로 開化明進의 일을 敢爲하니 이 일이 곳 러시아 史上에 錦繡를 裝飾한 페帝의 巍勳이오 쏘 後史氏가 페帝의 偉業을 讚頌하난 點일라. 噫吁乎라 쏘 장하도다.[7]

문명개화를 꿈꾸는 최남선에게 선진 국가를 향하여 총력을 기울이는 러시아의 황제 표트르의 모습은 그야말로 본받아야 할 이상적인 인물이었다. 최남선은 위 인용문의 전반부를 본문 활자보다 두세 배로 크게 키워 시각적으로 강조한다. 또한 후반부도 글자마다 방점을 찍어 독자들의 주의를 환기시킨다. 그만큼 최남선은 표트르 대제의 개혁 정신에 깊은 영향을 받았던 것이다. 그도 표트르 대제처럼 신문화운동을 일으키고, '세계적 지식'과 호흡하기 위해 민족의 귀중한 옛 책들을 다시 간행하는 한편, 외국 작품을 한글로 번역하여 널리 소개하기 시작하였다.

---

7 「러시아를 중흥식힌 페터(彼得) 大帝」,『소년』, 1908.12.

최남선이『소년』에 소개한 서양의 글은 외국 문학 작품, 위인전기, 역사가들이나 정치가들이 쓴 논픽션 등 다채롭다. 문학 작품은 이솝우화를 비롯한 조녀선 스위프트Jonathan Swift의『걸리버 여행기』, 대니얼 디포Dnial Defoe의『로빈슨 크루소』, 톨스토이Lev Nikolaevich Tolstoi의 단편, 그리고 빅토르 위고Victor Hugo의 작품과 같은 산문 작품에서 바이런Gorge Gordon Byron을 비롯하여 새뮤얼 스마일스Saumel Smiles, 찰스 맥케이Charles Mackay, 테니슨Alfred Tennyson의 시 작품으로 이어진다.

일본 근대문학 연구의 기초를 다진 야나기다 이즈미柳田泉는 메이지기 일본에 서양 문학이 이입될 때 ① 일반적인 문학 지식의 이입, ② 개별적이고 구체적인 작가와 작품의 소개, ③ 작품 번역 등의 세 단계를 거쳐 이루어졌다고 분석했다.[8] 최남선의 경우도 이 세 단계와 비교적 잘 들어맞는다. 첫 번째 단계는 외국 작가들이나 그들의 작품에 관하여 소개하는 것이다. 이 경우 작품 자체의 번역보다는 작품에 관하여 짤막하게 언급하거나 작가를 소개하는 것으로 그친다. 가령 최남선은『소년』창간호에서 "러시아에는 톨쓰토이라는 유명한 어던 사람이 잇나니 그의 사적을 쉬 내일 터이오"[9]라고 밝힌다. 그로부터 몇 달 뒤 최남선은『소년』에 '신시대 청년의 신호흡'이라는 고정란을 신설하고, 그네 번째 연재물로「현시대 대도사大導師 톨스토이 선생의 교시敎示」라는 글을 싣는다. '노동 역작의 복음'이라는 부제를 붙인 이 글에서 최남선은 톨스토이를 '현시대의 최대 위인'이요 '그리스도 이후의 최대 인격'으로 높이 평가한다. 이어 최남선은 그의 생애를 간략하게 소개한 뒤 그의 대표작에 대하여 자세히 설명한다.

---

8   柳田泉,『明治初期飜譯文學の硏究』, 春秋社, 1961.
9   『소년』, 1908.11.

先生이 처음에는 小說家로 일홈을 나타내니 그 최초의 傑作은 『戰爭과 平和』(1864~1869)란 것이니 此作으로 因하야 先生의 러국 文壇에 처한 지 위가 山斗에 擬하게 되고, 그 다음의 傑作은 『안나 카렌나』니 이는 先生이 半生의 관찰을 다하야 러국 班貴의 측면을 寫出한 것이라. 이로 因하야 先生의 名聲이 八域에 雷震하야 泰西 各國이 다토아 譯刊하얏스며 그 다음의 傑作은 『復活』이란 것이니 이는 先生의 著作중에 가장 귀중한 것으로 쒜테의의 『파우쓰트』와 쇠익스피여의 戲本과 딴테의 『神曲』 등과 갓히 萬世不朽의 大作이라 하난 것이라. 이 三書를 합하야 '톨쓰토이의 三大書'라 일컷나니라.[10]

이 글에서 최남선은 러시아의 대문호 톨스토이의 삶과 작품에 대하여 설명할 뿐만 아니라 그의 사상에서 일어난 일대 전환에 대해서도 언급한다. 톨스토이가 『안나 카레니나』를 출간한 뒤 50세에 이르러 "문학적 여장麗裝을 벗고 법교적法敎的 자각自覺으로" 들어갔다고 밝힌다. 두말할 나위 없이 여기에서 최남선은 톨스토이가 사해동포주의와 인류애에 기초한 기독교적 휴머니즘으로 전향한 사실을 언급하고 있다. 이 글을 읽는 독자들은 톨스토이가 과연 어떤 작가이며 또한 어떤 작품을 썼는지 어렴풋하게나마 짐작할 수 있다. 또 톨스토이가 쓴 작품을 직접 읽고 싶은 충동을 느꼈을 것이다.

외국문학의 번역과 관련하여 최남선이 시도하는 두 번째 단계는 외국 작가들의 경구적인 문장이나 명언, 격언 등을 뽑아 번역하는 것이었다. 여기에서는 작게는 한 문장에서 많게는 서너 문장으로 되어 있다.

---

10   『소년』, 1909.7.

『소년』창간호에서 그는 '바다란 것은 이러한 것이오'라는 제목의 글에 존 릴리John Lyly와 조셉 애디슨Joseph Addison 같은 작가의 글을 번역하여 싣는다. 예를 들어 최남선은 바다를 두고 릴리가 한 "대양大洋을 지휘하난 자는 무역貿易을 지휘하고 세계의 무역을 지휘하난 자는 세계의 재화財貨를 지휘하나니 세계의 재화를 지휘함은 곳 세계 총체總體를 지휘함이오"[11]라는 문장을 번역하여 게재하거나, "내가 금일까디 목도한 모든 물체 중에 해양갓히 나의 상상력을 충기衝起 하는 자者ㅣ 없소"라는 영국의 수필가요 시인인 에디슨의 말을 인용하는 식이다.

최남선은 국내 독자들에게 외국 문학을 소개하는 마지막 단계로 외국 작가들의 작품을 번역하여 싣는다. 첫 번째 단계와 두 번째 단계는 말하자면 이 세 번째 단계를 위한 준비 단계라고 할 수 있다. 그는 이솝 우화 세 편을 번역하여 「이솝의 이약」이라는 제목으로 싣는다. 이 우화에 대하여 그는 "이 이약은 우어가偶語家로 고금古今에 그 짝이 업난 이솝의 술述한 것이라 세계상에 이와갓히 애독자愛讀者를 만히 가던 책은 성서聖書밧게느 쏘 업다하난 바ㅣ니"[12]라고 밝힌다. 그 이후로 최남선은 이솝우화를 몇 편씩 번역하여 나누어 싣는다.

창간호에는 이솝우화 말고도 조너선 스위프트의 풍자소설 『걸리버 여행기』하권의 일부를 번역한 「거인국 표류기」가 실려 있다. 스위프트의 작품은 『소년』1909년 1월호에 실린 「거인국 표류기」하편과 또 별도로 번역한 「소인국 표류기」를 한데 묶어 『썰늬버 유람긔』라는 제목으로 신문관에서 '10전錢 총서'의 한 권으로 발간한다. 이 작품에 대하여 최남선은 "진괴珍怪한 일과 기묘한 말이 족히 사람의 귀를 놀내일

---

11 『소년』, 1908.11.
12 『소년』, 1908.1.

만하외다" 하고 밝히는가 하면, "쪼오지 제1세 시절의 습속習俗을 풍자한 것이나 이러한 정치우화政治寓話는 고사하고 다만 그 소설적 취미로만 보아도 한 절대한 묘미가 잇난 것이라"[13]라고 언급하고 있다.

스위프트의 작품에 이어서는 대니얼 디포의 『로빈슨 크루소』를 번역하여 『로빈손 무인절도 표류기』라는 제목으로 연재한다. 그런데 최남선이 이 작품을 번역하면서 이 무렵 번역소설로서는 처음으로 주석을 붙이고 있다는 점을 주목해야 한다. 로빈슨 크루소가 항구를 떠난 지 엿새 만에 겨우 도착한 '야아마우쓰 임시처繫留處'에 대하여 그는 "역풍이 불든지 풍랑이 이러나면 일시 정박碇泊하야 화일순풍和日淳風을 기다리난 곳"[14]이라고 풀이한다. 물론 최남선이 주석을 많이 사용하는 것은 문학 작품보다는 논설과 같은 글을 번역할 때이다. 「쌕리텐국國 덕학대가德學大家 스마일쓰 선생의 용기론」이라는 글에서는 인명과 내용을 설명하는 주석에서 문화적 배경을 설명하는 주석에 이르기까지 무척 다양하다. 가령 '쎄이콘'에 대하여 최남선은 "쌕리텐국 유명한 근시近時한 이학가理學家"로 풀이하고, '스피노싸'와 '쩨카르트'에 대해서는 "제17세기 궁리학자窮理學者"로 풀이하며, '코페르니쿠쓰'에 대해서는 간단하게 '푸루시아인'이라고만 풀이한다. 한편 최남선은 '물질적 용기'에 대해서는 "태동泰東의 선철이 혈기지용血氣之勇이란 한 것과 다르니 공명功名에 씰녀서 분발奮發한 용기를 이름이라" 하고 풀이한다. '유물주의'에 대해서는 "정령이 안재安在하리오 물질이 곳 본체란 학설"이라고 설명한다. 그런가 하면 이러한 내주와는 달리 최남선은 세 번에 걸쳐 반쪽에 이를 정도로 길게 별도로 주석을 달기도 한다. '사도-예수

13 『소년』, 1909.2.
14 『소년』, 1909.3.

의 제자'를 비롯하여 '순교자-올혼 일에 몸을 바린 사람을 이름'이나 '무사도-무사의 규범'처럼 굳이 주석이 필요 없는 경우에도 주석을 붙여 독자들의 이해를 도왔다.

스위프트와 디포의 작품 번역에 이어 최남선은 톨스토이의 작품을 잇달아 번역한다. 그는 이미 『소년』에서 톨스토이를 소개한 적이 있어 독자들은 이 러시아 작가가 낯선 존재만은 아니었다. 1909년 7월에 「사랑愛의 승전勝戰」을, 같은 해 8월과 11월에 각각 「조손祖孫삼대」와 「어룬과 아해」를 번역하여 싣는다. 또한 1911년 8월호는 톨스토이의 서거를 맞이하여 '톨쓰토이 선생 하세下世 기념'이라는 특집호를 내기도 한다. 최남선은 「톨스토이 선생을 곡哭함」이라는 애도시와 함께 그의 전기와 연보를 싣는다. 그러면서 그는 이 위대한 문호가 살아 있을 때 그의 작품을 한국어로 번역해 내지 못한 사실을 한편으로 부끄럽게 생각하고 다른 한편으로는 무척 애석하게 생각한다.

先生의 몸은 비록 한 나라에 살앗스나 그 思想과 發明은 世界의 共有 ㅣ라. 모든 國語가 다 先生의 苦作을 自己 庫中에 譯藏함으로 크게 滿足히 하난 바어늘 애달프다 우리 朝鮮語는 붓그럽게 그 한아토 옴겨내지 못하얏도다. 종작업시 하얏스나 그 短篇 멧種이라도 朝鮮에서 첫등으로 飜譯한 者는 實노 우리『少年』이니 대개 우리의 뜻은 未嘗不 先生의 生存 中에 그 名著를 멧篇이라도 우리말노 記錄하야 선생씌 보시게 하기를 期約하얏스나 이내 드듸지 못하얏스니 섭섭하도다.[15]

15 『소년』, 1910.12.

위 글에서 최남선은 톨스토이 작품을 조선어로 옮겨놓은 것이 하나도 없다고 말하고 있지만 사실과는 조금 다르다. 방금 앞에서 언급했듯이 톨스토이가 사망하기 한 해 전에『소년』에 이미「사랑의 승전」,「조손삼대」,「어룬과 아해」등 세 작품을 이미 번역하여 소개하였기 때문이다. 그렇다면 최남선은 아마 이 세 작품을 톨스토이의 작품을 본격적으로 번역했다기보다는 작품 줄거리를 요약해 놓은 개요에 가까운 것으로 보았기 때문인 듯하다. 톨스토이가 갑자기 서거한 뒤 '단편삼종短篇三種'이라고 소개하며 국문으로 번역하는 단편 작품은 톨스토이의 기독교적 휴머니즘 색채가 강하게 묻어나는「한 사람이 얼마나 쌍이 잇서야 하나」,「너의 니웃」,「다관茶館」이다.

최남선은『소년』을 통해 위의 세 작품을 포함해「사랑의 승전」(1909.7),「조손삼대」(1909.8),「어른과 아해」(1909.11) 등 총 6편의 톨스토이 소설을 번역했다. 이들 소설은 백도조百島操의 일역본日譯本『톨스토이トルストイ단편집短篇集』(1907)과 『톨스토이トルストイ소설집小說集』(1909)에서 가려 뽑아 번역한 것으로[16] 앞의 세 편은 톨스토이 최초 소개에 잇달아 번역·게재되었고, 뒤의 세 편은 톨스토이 하세기념호인『소년』3년 9호에 한꺼번에 실렸다. 1909년 7~11월에 실린「사랑의 승전」「조손삼대」「어른과 아해」는 모두 첫머리에 "나는 이따위 소설이 편기偏嗜"라는 문구를 달고 있다. 목차에는 소설 제목 대신 이 문구가 등장한 일이 있을 정도이다.「조손삼대」는 '달걀만큼 큰 낟알'을 통해 사람들이 스스로 노동하고 신神의 율법을 지켰던 옛날을 이상화한 작품이고,「사랑의 승전」과「어른과 아해」는 '사랑'이라는 윤리를 설파한 작

---

16 김병철,『한국근대번역문학사연구』, 아세아문화사, 1988, 285~287쪽 참조.

품이다. 「사랑의 승전」에는 일부러 화를 돋우려는 하인의 방약무인에
도 분노하지 않을뿐더러 도리어 그를 자유롭게 풀어주는 주인이, 「어
른과 아해」에는 아이 싸움이 어른 싸움이 된 사이 쉽게 우정을 회복함
으로써 어른들을 부끄럽게 하는 어린이들이 등장한다.

최남선이 한국에서 처음으로 톨스토이를 번역·소개한 1909년은
일본으로선 이미 톨스토이 수용의 역사가 상당히 축적된 이후였다.
1886년 『전쟁과 평화』가 번역된 이래 총 번역편수가 1백 편이 넘어서
고 단행본만도 30여 종을 헤아릴 정도였으며, 『참회록』『예술론』『나
의 종교』와 『코자크 병사』『크로이첼 소나타』『어둠의 힘』『안나 카레
리라』『부활』『바보 이반』 등 중요 작품이 대부분 완역되어 있었다.[17]
그가 번역 작업은 거의 대부분 일역본을 통한 중역重譯이었다. 최남선
은 번역 대상이 되는 작품의 작가를 '최대 문학가'로 인식하고 있으나
이는 독자에게 문예적 향취를 전달하기 위해서라기보다는 세계지식으
로서의 문학을 소개하려는 측면이 더 강하다.

빅토르 유고(Victor Hugo)는 十九世紀中 最大文學家의 一이오, 『미써레
이쓸』(Les Miserables)은 유고 著作中 最大傑作이라. 나는 不幸히 原文을 닑
을 幸福은 가지지못하얏스나 일즉부터 그 譯本을 닑어 多大한 感興을 엇은
者로니 (…중략…) 나는 그 冊을 文藝的作品으로 보난것보다 무슨 한가지
敎訓書로 닑기를 只今도 前과 갓히하노라. 여긔 譯載하난것은 某日人이 그
中에서 「ABC契」에 關한 章만 剪裁摘譯한 것을 重譯한 것이니, 이는 決코
이 一臠으로써 그 全味를 알닐만한 것으로 알음도 아니오, 또 泰西의 文藝

---

17 柳田泉, 앞의 책.

란 것이 웃더한 것이다를 알닐만한 것으로 알음도 아니라, 다만 일이 革新時代 靑年의 心理와 밋 그 發表되난 事象을 그려서 그째 歷史를 짐작하기에 便하고 또 兼하야 우리들노 보고 알만한일이 만히 잇슴을 取함이라.[18]

『소년』 3년 7호(1910.7)에 실린 역사소설 「ABC계」는 「레 미제라블」의 부분 번역으로 일역 「ABC조합組合」(1902)을 중역한 작품이다. 이 소설의 배경은 1832년 파리의 공화주의자 봉기이다. 이 대목은 「레 미제라블」의 원작에서 4분의 1 정도를 차지할 정도로 중요한 대목이고, 폭동과 혁명을 가르는 위고의 유명한 변론이 등장하는 대목이며, 코제트의 연인 마리우스가 봉기에 참여하고 장 발장이 역시 마리우스를 구출하기 위해 봉기에 가담하는 등 주인공들의 서사가 복잡하게 얽히는 대목이다. 그가 이 작품에 가진 관심도는 이후 1914년 『청춘』 창간호에 「너 참 불상타」라는 제목으로 다시 싣고 있다. 최남선은 대니얼 디포의 『로빈슨 크루소』를 번역하면서 주석을 단 것처럼 『레 미제라블』을 번역하면서도 주석을 붙인다. 앞의 작품에서 그리했듯이 인명과 작품 그리고 서양 역사나 문화에 대한 이해를 돕기 위할 때뿐만 아니라 좀 더 길게 설명할 필요가 있는 때에는 별도로 주석을 단다. 여기에서 흥미로운 사실은 주석에서 영어를 유난히 많이 사용한다는 점이다. '쿠우쎄타'에 대하여 최남선은 "불의에 병력兵力을 써서 정변政變을 행함을 '쿠우쎄타Coup d'etat'라 칭하나니라"라고 설명한다. 또한 '공공권력, 개인 행복, 평등, 공평'에 각각 'public power, individual happiness, equality, equality'라는 영어를 붙여 놓는다. 심지어는 '마지막 시간'이나 '역사'처

18 「歷史小說 ABC契」, 『소년』 3년 7권, 1910.7.

럼 군이 주석이 필요할 것 같지 않은 경우에도 'last hour', '히스토리' 등의 영어나 영어의 우리말 표기를 덧붙여 놓기도 한다. 또한 '신성권 divine-right', '자연권natural-right', '민권right of people', '인권right of men', '인도humanity', '민주정치democracy', '공화정치republic', '문명civilization', '진보progress' 같은 용어에도 영어를 삽입한다. 그가 이러한 용어에 군이 영어를 붙이는 까닭은 이 용어가 하나같이 서양 사상과 문물이 이입되면서 처음 사용하기 시작하였기 때문이다. 실제로 이 가운데 많은 용어는 '일본의 볼테르'로 메이지유신을 이끈 후쿠자와 유키치福澤諭吉가 한자어를 빌려 처음 만든 것으로 일본 사람들에게도 낯설었고, 국내 독자들에게는 더더욱 낯설게 느껴질 수밖에 없을 것이다. 최남선도 이 점을 의식한 듯 "우리나라─반청년般靑年에게는 사실이 좀 어려운 중中 더욱 역문譯文이 생경 生硬하야 넑기가 편치 못할 듯하나 면강勉强하야 한두 번 넑으시면 삼복 홍로중三伏洪爐中에 쌈흘닌갑슨 잇스리라 하노라"[19]와 같은 역자 부기를 덧붙이고 있다.

『소년』에 번역 게재된 대부분의 작품은 순문학에 속한다. 최남선이 '순문학'이라는 말을 언급하는 것은 1907년 4월, 『대한유학생학보』 기고에서 학문을 분류하는 과정에서 등장한다. 당시 와세다 전문학교에 재학 중이던 최남선은 와세다의 학제 및 교과과정을 경험하고, 『와세다 문학』등의 잡지 구독을 통해 '와세다 미사학美辭學'의 담론을 인지하고 있었던 것으로 보인다.

디금 世上은 專業時代라 入則相出則將 고 在朝則廊廟宰오 在野則學問

---

19 「歷史小說 ABC契」, 『소년』 3년 7권, 1910. 7.

家ᄒ야一人의 身으로 依例히 修齋治平, 學問訓導에 無一不宜ᄒ든 古時와
ᄂ 廻異ᄒ니, 政治家와 學者가 其澤은 相蒙ᄒ디언뎡 其途ᄂ 各別ᄒ 뿐더러
學者라 ᄒ여도 萬有科學 卽온갖 學問을 統히 修習研究ᄒᄂ것이 아니라 文
學은 文學家, 理學은 理學家ᄒ야 各々專門家가 有ᄒ고, 또ᄒ 日精日密ᄒ
ᄂ 學問을 研修ᄒᄂ데 이러케만 ᄒ야션 滿足타 ᄒᆯ수 업슴으로, 假令 文學
一科라도 就中에 或史學을 專究ᄒ고 或哲學을 專修ᄒ며 或言語學을 主ᄒ
고 或純文學을 主ᄒ야 一部一分을 各分窮究ᄒ되 此猶未治ᄒ미 드듸여 哲
學一科中에셔도 純正哲學, 心理學, 論理學, 倫理學, 宗敎學, 社會學 等을
更分研修ᄒ고 此中에셔도 心理學의 兒童心理와 病的心理며 論理學의 演
繹과 歸納等과 갓흔 것을 細分分掌ᄒᄂ니 此盖精益求精ᄒᄂ 底意라[20]

이 글에서는 광의의 문학과 협의의 문학 개념이 함께 등장한다. 사
학, 철학, 언어학, 순문학을 아우르는 것이 광의의 문학이라면 협의의
문학은 순문학에 해당한다고 볼 수 있다. 순문학純文學은 1890년대부터
일본에서는 이학理學에 대응하여 인문학 일반을 광의의 문학으로 지칭
한 것에 대해 시가와 소설 등의 하위 장르를 지칭하는 말로 미문학美文
學과 함께 등장하기 시작했다.[21] 하지만, 『소년』에서 최남선은 근대 지
식을 소개하고 학습시키는 미디어로서 문학을 활용하는 입장을 취한
다. 최남선이 톨스토이를 높이 평가하는 이유는 '세계적인 대선지자大
先知者이자 대도사로 가장 숭고한 대우를 받고 우리 세인에게 가장 귀중
한 교훈'[22]을 주기 때문이었다. "나는 이따위 소설이 편기"라는 문구를

---

20 崔生, 地理學雜記, 『대한유학생학보』 2호, 1907. 4.
21 구장률, 「근대지식의 수용과 문학의 위치―1900년대 후반 일본유학생들의 문학관을
    중심으로」, 『대동문화연구』 67집, 성균관대 동아시아학술원, 2009, 347쪽.
22 「『少年』의 旣往과 및 將來」, 『청춘』 3년 6호, 1909. 6.

사용하며 번역 소개한「사랑의 승전」,「조손삼대」,「어른과 아해」는 모두 잡지『소년』이 "국민정신의 통일을 요구하난 째에 잇서 자기의 지위에 대하야 눈을 쓴 청년들에게 우리나라의 대정신大精神을 주고 통일적교훈을 주난 기관"임을 상기시켜주는 작품이었다. 이광수의「헌신자」와 번역작「어린 희생」역시 최남선이 지향한 '헌신과 희생', 수양의 도덕률을 적절히 담고 있다. 즉,『소년』에 실린 소설들은 모두 변화된 세계 관념을 반영하고 국민 교양을 실현하려는 의도로 게재된 것이다.

1900년대 말,『소년』에서 보여준 신선한 편집 체재와 서구 문학의 번역은 1910년대『청춘』에서도 계속되었다. '세계문학개관'이라는 고정란이 생기고 창간호에서부터 빅토르 위고와 톨스토이의 작품 게재를 필두로 밀턴John Milton의『실낙원』, 초서Geoffrey Chaucer의『캔터베리기記』가 소개된다. 이 같은 서양 고전의 축약본 형태는 이제 근대 한국문학이 배우고 따를만한 모범이 되기 시작한 것이다.

2.『청춘』그룹의 창작 단편소설

최남선이 주재한 다섯 번째 잡지인『청춘』은 1914년 10월 1일 자로 창간되어 1918년 9월 통권 15호로 강제 폐간되었다.『청춘』이 발간되던 1910년대 한국문학은 다음과 같은 환경에 놓여 있었다. 첫째, 한일병합에 대한 자기반성의 기운이 사회 각 영역에서 나타나기 시작했다. 그 반성의 기운 가운데 한 조류가 서구 근대문명의 달성을 촉구하는 흐름과 결합되어 있었고, 『청춘』은 그러한 서구화에 근거한 자기비판의 중요한 이론적 중심축이었다. 둘째, 일본 유학생 출신들이 유학을 통해 얻은 서구문학 및 일본문학의 경험이 한국문학 속에 삼투시키려 했다. 셋째, 근대적 학교 교육을 받는 학생들이 근대지식의 한 분야로 간주된 문학의 수용자층으로 자리 잡게 되었다. 넷째, 잡지가 지식 생산과 전파의 새로운 매체로 본격적인 역할을 하게 되었다. 잡지는 신문의 정보 유통과는 다른 차원의 심도 있고 전문적인 지식을 전달했으며, 그런 점에서 근대문화 및 근대지식의 총아로 부각되었다.[23]

이러한 조건 속에서 『청춘』은 1910년대를 조정하는 새로운 계기로 존재하고 있다. 최남선의 『소년』 발간 시절, "장래의 우리나라 문단을 건설하고 증광增廣도 할 뿐더러 다시 한 거름 나아가 세계의 사조를 한번 번동飜動할 포부를 가진"[24] 홍명희와 이광수는 이 흐름에 가장 먼저 합류한 인물들이다. 하지만 홍명희는 1912년부터 중국과 남양에서 방랑생활을 시작하여 『청춘』 발간에는 간여하지 못한다. '청춘 그룹'은 홍명희를 제외하고, 최남선과 함께 『소년』과 『청춘』에 다양한 글을 기고했던 이광수, 현상윤, 진학문, 김여제 등을 통칭하는 의미로 사용한다.[25] 이 중 '청춘 그룹'의 핵심은 최남선, 이광수, 현상윤이다. 이 세 사람은 당시 문학에 관심을 가졌던 이들에게 '문단의 용사勇士'이자 '혁명아'였다. 새로운 시대를 이끌어갈 이들에게 당대적 압박이나 도덕, 풍속적 조건을 두려워하지 말 것을 언표화한 것이라 볼 수 있다. 이들의 시대 의식은 근대적 삶과 사회 전반, 그리고 청년으로 표상되는 근대

---

23 한기형, 「최남선의 잡지 발간과 초기 근대문학의 재편─『소년』, 『청춘』의 문학사적 역할과 위상」, 『대동문화연구』 45집, 성균관대 동아시아학술원, 2002, 232쪽.
24 編輯室通寄, 『소년』 3년 2권, 1910.2.
25 한기형, 앞의 글, 232쪽.

주체들에게 요구되는 내용과 밀접하게 연결되고 있었다.

朝鮮民族의 指導者가 되는 文壇의 勇士야! 文學의 天地는 自由의 天地
라. 忌憚할바가 無하며 畏懼할바도 無하니 藝術派의 南歐文學도 可하며,
人生派의 北歐文學도 可하면, 折衷派의 英米文學도 可하며 雜種派의 日本
文學도 可할지니 此를 輸入之, 譯述之, 咀嚼之, 消化之하야 우리의 民族性
을 힘잇게 發揮하는 時代的, 우리的文學의 基礎를 樹立하야, 以之 한줄 한
句 의 글이라도 生氣가 쮜는, 어듸를 싼던지 쓰겁은 피가 줄々 흘으는 산글
의 作者가 될지어다. 近日 우리 文壇에 새로 春園, 六堂, 小星等 諸革命首
領의 擧義가 現出함이 實로 偶然이 안이라, 滿天下諸氏는 엇지 應援軍이
되지 안이하리오. 文壇의 革命兒!!![26]

'청춘그룹'인 현상윤과 이광수가 『청춘』에 발표한 단편소설은 총 9
편이다. 총 5편의 단편소설을 발표한[27] 현상윤은 당시 일본 유학 중이
었다. 현상윤은 1893년 평북 정주 출신으로 이광수와 같은 동향이다.
이광수보다 연령상으로는 불과 1년 아래였지만, 이광수를 "선생으로
사모"하였다고 할 만큼 사회경험과 경륜에서는 일정한 차이가 있었
다.[28] 현상윤은 어려서는 한학을 공부하다가 16세에 도산이 창립한 평
양 대성중학교에 입학한 후, 105인 사건으로 학교가 강제 폐쇄되자,
1912년 경성 보성중학에 전학하였다. 1914년에는 일본 와세다대학에
입학하고, 『학지광』 편집에 간여하며 다양한 글을 발표했다. 현상윤은

26　東海岸 白一生, 「文壇의 革命兒야」, 『학지광』 14호, 1917.12.
27　「한의 일생」, 1914.11; 「박명」, 1912.12; 「재봉춘」, 1915.1; 「광야」, 1917.5; 「핍박」, 1917.6.
28　김윤식, 『이광수와 그의 시대』 2, 솔, 1999, 527쪽.

최남선과 이광수로 대표되는 한국 근대 초창기 문단에 등장한 '제3의 새로운 문인'[29]이었지만, 귀국 후 학교에 재직하며 작가활동을 중지하고 아예 문학을 버리게 된다. 와세다대학에서 역사와 사회학을 전공한 현상윤은 소박하게나마 근대적 문학 개념을 인식하고 있었던 듯하지만, 그가 택한 길은 문학가의 길은 아니었다. 현상윤의 단편소설 중에 제재면에서 흔한 서사가 답습되고, 묘사·구성면에서 신소설의 범주를 크게 벗어나지 못하는 작품들이 있는 것은 그가 단편소설에 대해서 분량상 구별 이상의 장르 인식을 갖고 있지 않았기 때문이다. 하지만 현상윤은 동경 유학 당시 최남선, 이광수와 긴밀한 공조 관계를 형성하고 있었던 것으로 보인다. 현상윤의 다양한 글과 서사 작품은 동경 유학생의 목소리를 대변하며 『청춘』의 지면을 장식한다.

주인공의 귀한 출생이나 고난 끝에 생사를 모르던 부모와 다시 만나는 식의 기본 모티브를 가진 「재봉춘」, 「광야」, 「한의 일생」과 계모 또는 계시모의 학대 모티브를 가진 「박명」은 기존 장편의 남녀이합, 가족이합, 계모박해 모티브 등에 의존하여 부분 변형과 더불어 단편소설화된 작품들이다. 이 작품들과 이질적인 작품이 「핍박」이다. 「핍박」은 현상윤의 다른 소설들과 다음과 같은 다른 면모를 보여준다. 첫째, 현상윤 소설의 주인공이 대개 새로운 질서에 적응하지 못하고 봉건적 질서의 유습에 부응하는 전근대적 인물이었던 것에 비해 「핍박」의 주인공은 신식교육을 마친 지식인으로 설정되어 있다. 둘째, 다른 4편의 소설이 주인공의 주변 상황 설정과 그 인물이 겪는 다양한 인생 역정에 주의

---

29 현상윤은 1921년말 올해의 문단평과 새해 문단에 대한 요구를 써달라는 부탁을 받고, "나는 문예에 대해서 아는 것이 없다. 더욱 조선문단에 대하야 하등의 교섭이나 이해가 업다"고 함으로써 자신이 '제3자의 지위'에 있음을 강조하며 수락했다. 「문단에 대한 요구」, 『동아일보』, 1922.1.1.

했던 데 비해 「핍박」은 한 인물의 일상을 착안함으로써 그를 둘러싸고 있는 세계의 모순과 불합리한 상황을 심층적으로 드러내고 있다. 그리고 셋째, 다른 소설들이 인물과 사회와의 대립에서 승리 혹은 패배라는 이분법적 결말로 귀결된 데 비해 「핍박」은 사회의 모순을 감지하는 인물이 그 모순 속에서 자기 부정을 거듭함에도 불구하고 끝까지 어떤 결론을 내리지 못하는, 대립과 모순의 긴장을 유지하고 있다는 점이다.

「핍박」의 인물은 그 스스로가 화자로서 자신의 일상과 내면을 관찰하고 성찰한다. 「핍박」의 화자인 '나'는 신문, 잡지, 서적과 소설을 읽고, 근대교육을 받는 지식인이다. 지식인으로서의 '나'는 합리적인 과학적 상식을 갖고 있으며 그런 상식을 어떻게 생활에 응용할 수 있는지도 알고 있다. 그렇다고 과학적 합리주의에 경도되어 전통적 윤리관을 모두 무시하지도 않고, 가난한 자를 불쌍히 여기는 윤리적 미덕도 가졌다. 그런데 정작 '나'는 이러한 자기 진실성의 이상을 통해서 사회와 현실에 어떤 일도 하지 못하고 핍박만을 느낄 뿐이다. 근대인으로서 갖추어야 할 과학적 합리성과 지식, 양심을 고루 갖추었지만, '나'는 세상과 화해할 수 없고 '맥이 더욱 풀리고 머리가 아플' 뿐이다. 나의 무력감은 '나'라는 인물의 이상이 사회의 속성과 괴리되어 있기 때문이다.

"임자 工夫도 잘 햇다니 일 안하고 돈 모으는 법이 무엇임마?" 하고 말을 낸즉 녑헤 안잣던 코長短 잘하는 슈길이 兄은 거즛 외돌이 아비를 비웃는 양으로

"여보소 그런소리 그만두게…… 저사람 德에 우리가 다 살터인데…… 아 우리야 野蠻이 안이기에 그럼마 흥─" 하고 말을 씨우니 잠작고 안자 듯던 尊位짐은 담배대 든 긴활개를 한깃 펼치면서 "애 ○○야 너 내가 참말이

다 그만치 工夫를 하얏스면 判任官이 나는 하기가 아조 쉽겟고나 거 第一
이더라 저 건넌골 白先達 아들도 벌서 土地調査局 技手라든가 햇다구 저
어른도 깃버하더니 접대 暫間 단길러 왓다는 것을 보니 果然 그럴듯 하더
라—신눌한 금줄을 두루고 길죽한 劍을 느럿는데 참말 조터라—너도 그걸
해보아라” 하고 勸勉的 慇懃한 말을 준다.[30]

대부분의 민중은 기생적 권력에 빌붙어 권력과 금전적 여유를 얻는
것을 가장 큰 성공으로 여긴다. 이는 학비를 지원하며 귀국을 기다리는
부모 형제의 심정이기도 했다. 이런 괴리감이 ‘나’의 이상을 핍박하는
모순의 핵심이라고 할 수 있다. ‘나’를 둘러싼 세계의 모순에 대한 인식
은 자기반성으로 이어지지만, 세상의 불합리가 결코 극복될 수 없다는
것 또한 깨닫게 된다. 결국 지식인으로서의 ‘나’의 내면과 세상 사이의
갈등은, 화해 혹은 패배로 귀결되지 않고 긴장과 대립으로 지속된다.

　　逼迫! 逼迫!
　　도모지 견델 수가 업다. 몸 避할곳이 죤혀 업다—
　　親舊를 對하여도 旅行을 하여도 말에 散步를 하여도 안자도 서도 조곰도
나를 덥허 둘곳이 업다. “이놈아 弱하고 계른놈아” 하는 말은 四方에서 들
닌다. 비웃고 쑤짓고 辱하고 미워하고 誹謗한다—이것이 곳 病된 理由로
다. 아아 逼迫! 못살게 구는 逼迫![31]

「핍박」은 작품 말미에 1913년에 쓰여졌다고 밝혔으나, 발표된 시점

30　小星, 「逼迫」, 『청춘』 8호, 1917.6.
31　위의 글.

은 1917년 현상윤이 졸업을 앞둔 때였다. 당시 그가 느꼈을 정신적 고뇌와 갈등이 작품에 고스란히 들어있다고 봐도 무방하다. 이 작품 속 화자의 내적 갈등은 1913년 겨울, 동경 유학길에 올라 "미상불未嘗不 나도 동경東京을 한번 보앗으면 하는" 소원을 풀게 된 현상윤이 1914년 『청춘』 2호에 발표한 「동경유학생생활」이라는 글과 1917년 7월 귀국하여 고향에 가는 길에 들른 경성에서의 소감을 발표한 「경성소감京城小感」이라는 글에서 보여주는 차이의 간극과 비슷하다.

몬저 그들에게는 智識의 要求에 對하야 供給의 길이 十分完備함을 보앗슴이니 아모리 막바지 좁은골목과 열니지 못한 貧民窟을 간다하드라도 눈에 번듯 씌우는것은 冊肆오 新聞雜誌 縱覽所라 勞動者에게는 勝勞者에게 相當한 書籍이며 雜誌오 小學生에게는 小學生에게 適當한 讀物이 잇으며 女子에게는 女子에게 關한 書物이 잇어서 멧十錢의 돈만 안이 눈만 가졋으면 各各自己에게 切當하고 緊要한 知識과 思想을 느리게 된것과 어느날 어느째를 勿論하고 곳곳마다 演說이 잇고 講演이 잇어서 눈만 가졋으면 各各自己에게 폭폭 색여지는 몬졋무리의 修養訓과 現代의 새思潮 새傾向을 들을수 잇음이며 둘재 그들에게는 周圍에 잇는 空氣가 매우 가부야움을 보앗음이니 그들의 가는곳에는 몸이 납신납신 날아날듯이 조곰도 거침이 업고 그들의 머릿속에는 맑지고 새로워 恒常 살고 쒸노는 피가 돌아단임이라. 이것을 본 나는 구경만하는 이 生活이라도 매우 재미로운 것이라 하는 同時에 아울너 불어워함을 익이지 못하야 하는바로라.[32]

---

32 東京에서 小星, 「東京留學生生活」, 『청춘』 2호, 1914.11.

현상윤은 동경 거리를 구경하며 계층별로 읽을 거리가 풍부하다는 것, 긴요한 지식과 사상을 누리는 것, 연설과 강연이 있고, 현대의 새로운 사조, 경향을 들을 수 있음을 부러워한다. 이에 일본에서는 가는 곳마다 몸이 '납신납신 날아날듯이 거침없고', 머리는 맑고 피는 뜨겁다. 그러나 4년 만에 돌아가는 고국의 도시 경성 거리는 음울하고 허영만 넘치는 곳이다. 당연히 공기도 무겁고, 걷기도 버겁게 느껴진다.

京城의 空氣는 다른나라 都會의 空氣에 比하야 무겁고 沉靜하며 弛緩하고 不活潑한듯이 늣기엇다. 이는 空氣 그 物件이 참으로 그런지 或은 나의 主觀的 感情이 그런지는 아지못하나 그러나 左右間 나의몸이 鐘路갓흔곳을 거러단이자면 무엇이 고개를 내려누르는 것 갓기도 하고 팔을 당기는 것 갓기도하야 활개며 거름이 自然前가치 납신납신하지 못하며 呼吸을 한번 하여도 코가 씽씽하리만큼 緊張하고 당글당글한 맛이 업다. (…중략…) 지금 京城으로 말하면 元來 學者도 업거니와 쏘 設或잇다 할지라도 그를 尊敬할줄을 모르고 優待할줄을 모르나니 學者가 니러나오기를 엇지 希望하리오. (…중략…) 試驗하야보라 鐘路네거리에 줄두룬이나 賣法家가 지내간다면 여러사람이 거들써보기도 하고 울어러보기도 하지마는 어느 學校敎師가 지내가고 學者가 지내간다하면 거들써보기는 姑舍하고 사람으로 보지도 안는듯지 안은가고. 이러한 社會에 學者가 생기기를 엇더케 바라며 무엇을 硏究하는이가 나오기를 엇더케 期待하리오.[33]

여기에서 다른 나라 도회는 다름 아닌 동경이다. 동경은 현상윤에

---

33 小星, 「京城小感」, 『청춘』 11호, 1917.11.

게 기대와 희망의 도시였다면, 경성은 침잠과 우울함으로 가득 찬 도시이다. 무엇보다 학자를 기대할 수 없는 조선의 우매함이 그를 가장 비참하게 만든다. 현상윤은 「핍박」을 끝으로 더 이상 서사 작품을 발표하지 않는다. 「핍박」 이전의 작품들에서는 주변의 긴절한 상황과 현실을 소설화하며 자신의 생활의 근간인 전통적 윤리관과 사상의 근간이 신학문 사이의 갈등을 화해와 파멸의 서사구조를 통해 드러냈다면, 「핍박」에 이르러서는 더 이상 저항하기 어려운 극악한 사회에 대한 좌절과 내적 갈등을 직접적으로 토로한 것이라 할 수 있다. 그가 귀국 후 교육가와 사상가의 길을 걷게 된 것은 식민지 현실의 난국을 문학가의 길로 타개할 수 없으리라 판단했기 때문이다.

한편, 이광수의 경우는 『청춘』에 발표한 단편소설을 통해 그 이전의 작품 세계와 구분되는 작가로서의 본격적인 궤도에 들어선다. 『청춘』에 발표된 이광수의 단편소설은 총 5편이다.[34] 1915년 3월에 수록된 「김경金鏡」을 제외하고는 모두 1917~1918년에 발표된다. 1917년은 이광수의 인생에서 최고 황금기가 시작된 중요한 시기이다. 그는 당시 『매일신보』, 『학지광』, 『청춘』 등 주요 매체를 넘나들며 문사로서 이름을 날리고 있었다.

당시 청년들은 1년 한두 번씩 발행되는 『청춘』을 얼마나 기다렸으며 거기 실은 춘원의 소설을 얼마나 애독하였을까. 조선의 사면에서 이혼 문제가 일어났다. 자유 연애에 희생된 소녀들이 신문 3면을 흥성스럽게 하였다. 동시에 해방된 여성들의 拒婚同盟이 각처에 있었다. 不敬父老와 종교

---

34 「金鏡」, 1915.3; 「少年의 悲哀」, 1917.6; 「어린 벗에게」, 1917.7~11; 「彷徨」, 1918.3; 「尹光浩」, 1918.4.

맹신 배척이 없는 곳이 없었다. 『청춘』에 춘원의 역설이 실리지 않은 호는 그 팔리는 부수가 적었다. 그들은 소설 그것을 읽기보다 자기네들의 사상이 역력히 나타나 있는 춘원의 소설에 공명의 눈물을 흘리고서 읽던 것이었다. 이리하여 청년 간에는 소설은 '읽어야만 될 것'으로 되었다.[35]

『청춘』에 발표한 소설들은 내용면으로 살펴보면 여러 가지 측면에서 이광수의 자전적인 경험과 무관하지 않다. 「김경」의 오산학교에서의 교사 경험이나 「소년의 비애」의 친족사적 맥락, 「방황」, 「윤광호」 등에 나타나는 동경 유학시절의 경험, 그리고 상해와 해삼위 등을 주유하는 「어린 벗에게」의 방랑 경험 등은 이광수의 개인사를 전제로 하지 않고서는 명확한 의미를 얻기 힘들다. 이 단편들은 「김경」을 제외하면, 탈고시기에 따라 어린 소년에서 청년을 거쳐 사회의 한 일원으로 조금씩 성숙해가는 면모를 보이기도 한다.

한편, 서술적 측면에서 살펴봤을 때, 현상윤의 「핍박」과 함께 이광수의 「어린 벗에게」, 「방황」은 「문학이란 하何오」를 기점으로 발표된 1인칭 소설로서 전대소설 작가와 구별되는 자기정체성을 수립한 근대 작가의 목소리를 들려주는 작품이다. 서구 리터러처의 역어로서 문학을 인식한 이광수에게 인간에 대한 근대적 인식은 '정情'이라는 가변적인 감정의 작용에서 비롯되었다. 유교가 억눌러왔던 도덕률을 폐기하는 곳에 세운 이광수의 정육情育에의 강조는 인간 내부의 자연에서 사회의 도덕과 제도에 억눌린 감각적 욕구를 중시하게 된다. 이광수가 1910년에 발표한 단편 「무정」이나 『소년』의 「헌신자」에서 「김경」, 「소

---

35   김동인, 「조선근대소설고」, 『김동인전집』, 조선일보사, 1988, 19~20쪽.

년의 비애」, 「윤광호」에서는 여전히 조선조나 신소설의 지배적 서사관 습인 전지적 서술자의 목소리로 억눌린 감각을 표출하고 있다면, 「어린 벗에게」와 「방황」에서는 주인공인 서술자가 일상적 개인의 지각과 이해력을 토대로 바라보고, 서술하고 있다.

①그러나 光浩의 精神의 空洞은 날로 分明하게 되고 寂寞과 悲哀는 날로 深刻하게 되어 이제는 아모리 俊元을 對하야 俊元에게 胸懷를 吐露하고 俊元의 말을 들어도 前과가티 慰安을 不得할샌더러 도로혀 寂寞과 悲哀를 强하게 할 샌이라. 光浩는 自己의 寂寞과 悲哀가 俊元과의 談話로는 到底히 慰安치 못할 程度에 達한줄과 親友의 愛情과 慰安의 힘은 엇던 程度以上에 밋지못함을 깨달앗다.[36]

②그러나 나는 늘 寂寞하다. 늘 칩고 늘 괴롭다. 四方에서 고마운 親舊들이 내 몸을 덥게하랴고 입김을 불어주건마는 大寒에 발가벗고 선 나의 몸은 漸漸 더 치워갈샌이다. 여러 고마운 親舊들의 훗훗한 입김이 도로혀 내 몸에 와서 이슬이 되고 서리가 되고 얼음이 되어 더욱 내 몸을 얼게 할 샌이다. 찰하리 이러케 고마운 親舊들까지 업서서 나로 하야곰 「世上이 칩구나」하고 怨恨의 長太息을 하면서 곳 얼어죽게 하엿스면 조켓다.[37]

위 두 작품은 1918년에 1달 간격으로 발표된 「윤광호」와 「방황」이다. ①은 1918년 4월 『청춘』에 게재된 「윤광호」의 한 부분이다. 조선인의 기대를 한 몸에 받는 특대생 윤광호는 우연히 마주치게 된 P라는 남자를 사랑하게 되자 걷잡을 수 없이 그에 몰입한다. 그러나 '황금과 용

---

36 春園, 「尹光浩」, 『청춘』, 1918.4.
37 春園, 「彷徨」, 『청춘』, 1918.3.

모'가 없다는 이유로 P에게 실연당하자 주인공은 상실감에 생을 이어 가지 못한다. ②는 1918년 3월에 발표된 「방황」의 한 부분이다. 학생들은 모두 학교에 가고 없는 빈 기숙사의 관내에서 감기 몸살로 열에 들뜬 내가 겪는 외로움의 심정을 담은 소설이다. ①과 ②는 모두 화자의 고독으로 인한 적막감과 비애 감정을 표출하는 부분이다. 같은 심정의 토로가 서술되지만, 3인칭 시점으로 전개되는 ①과 1인칭 시점으로 전개되는 ②는 전달 방식에 차이를 보인다. ②의 서술이 관념적 한자어가 뒤섞인 ①보다 훨씬 직접적이고 생생하게 전달된다. 「방황」에서의 '나'는 거의 유일한 주인공이고, 지각하는 눈이고, 깨어있는 의식이며, 감각하는 느낌이다. '나'의 감정과 의식과 원망이 외부 조망틀에 의한 손상 없이 독자에게 이야기되고 있다.

3. '순문학적純文學的 목적'의『청춘』현상문예 단편소설

문학에 대한 본격적인 논의의 출발이라고 볼 수 있는 「문학의 가치」 (『대한흥학보』, 1910.3)에서 이광수는 오늘날의 문학은 유희적인 것이 아니라 '인생문제해결의 담임자擔任者'가 되어야 한다고 주장한다.

今日 所謂 文學은 昔日 遊戲的文學과는 全혀 里하나니, 昔日 詩歌, 小說 은 다만 鎖閑遣悶의 娛樂的文字에 不過하며, 또 其作者도 如等한 目的에 不外하였으나(悉皆그러하다함은 아니나 기 大部分은) 今日의 詩歌, 小說

은 決코 不然하며 人生과 宇宙의 眞理를 闡發하며, 人生의 行路를 硏究하며, 人生의 情的 狀態(卽, 心理上)及 變遷을 功究하며, 또 其作者도 가장 沈重한 態度와 精密한 觀察과 深遠한 想像으로 心血을 灌注하나니[38]

새로운 문학의 출발점은 신소설을 포함한 과거의 모든 문학을 부정함으로써 마련된다. 과거의 비현실적인 문학에서 탈피하여 현실적이고 민감한 문제를 다루어야 한다는 것이다. 1910년대 문사文士들은 '한문과 유교를 자연경외自然境外에 격퇴擊退'하고, '진정한 문학을 소개하고 순정純正한 취미를 보급하야 사상을 혁신'[39]할 수 있는 대문학가의 탄생을 기대했다.

「문학의 가치」에서 표명된 이광수의 문학의식은『매일신보』의「문학이란 하오」,[40]에서 체계화되고,『청춘』의「현상소설고선여언懸賞小說考選餘言」,[41]에서 실제적 기준을 획득하기에 이른다. '문학'이라는 명제를 가능케 하는 물질적 조건에는 당대의 근대적 매체, 매체를 둘러싼 문단의 형성, 제도의 변천, 글쓰기의 위상 변화 등이 포함된다. 최남선과 이광수의 자장 아래『청춘』에 구현되었던 문학 관념의 유포, 재생산 과정을 살펴보는 데에 '현상문예'는 특히 주목할 만하다.『청춘』의 현상문예는 이전부터 있었던 각종 '현상공모'와 차별적인 지점에 놓여있으며, 오늘날 근대적 '문학' 개념에 대한 양가성과 과도기적 선취를 보여주는 사례이기 때문이다.

현상공모란 당대 문단의 권위자가 무명의 작품을 선발하고 그 대가

---

38 이보경,「문학의 가치」,『대한흥학보』, 1910.3.
39 안확,「조선의 문학」,『학지광』6호, 1915.7.
40 『매일신보』, 1916.11.10~23.
41 『청춘』12호, 1918.3.

로 상금 혹은 상품을 수여하며 결정적으로는 기성 문단에의 편입을 보증하는 것으로 통용되었다. 즉 제도(문단, 문학)와 상징 자본(기성 문단 편입)과 부수적인 재화 자본(상금, 상품)이 결합하여 한 작가, 한 작품을 생산하는 시스템이 현대 오늘날 현상공모에 대한 도식적 이해방식이다. 일본의 경우도 현상공모제도는 각 매체자본이 성장하면서 등장한다. 일본의 현상공모제도는 신문사간의 독자확보, 판매부수 제고 등을 둘러싼 항쟁 중에 본격화되었고, 소설에 상금을 걸어 소비자(독자)를 유인, 생산자(작가)로까지 승격시킨 시스템 자체는 '문학에 대한 투기投機'라는 표현까지 만들었다.[42] 물론 이것은 단순히 매체 자본의 욕망뿐만 아니라 매체가 '문학'의 자율성을 담보하면서 내밀하게 성립시킨 문화 자본의 한 측면이기도 하다. 독자의 읽기 행위는 쓰기 욕망으로 이어지게 된다.

『청춘』의 현상공모는 크게 매호마다 모집한 '현상문예'와 7호에만 특별모집한 '특별대현상', 두 종류이다. 『청춘』의 현상공모는 글의 양식면에서는 『매일신보』 현상공모와 큰 차이가 없지만, 근대적 문文에 대한 의식이 뚜렷하다는 점에서 비견될 만하다.

每號 懸賞文藝

一. 時調 (卽景卽興) 入選 壹圓書籍卷

一. 漢詩 (卽景卽興) 入選 壹圓書籍卷

一. 雜歌 (長短及題任意) 入選 賞金五十錢至五圓

一. 新體詩歌 (調格隨意) 入選 賞金五十錢至五圓

---

42 紅野謙介,「懸賞小說の時代」,『投機としての文學』, 新曜社, 2003, 32~33쪽.

一. 普通文 一行二十三字三十行 以內, 純漢文不取 入選賞金天貳圓. 地一
圓, 人五十錢

一. 短篇小說 一行二十三字 百行內外 漢字약간석근 時文體 入選賞金天
參圓, 地貳圓, 人壹圓

매호 현상문예의 경우, 시조, 한시, 잡가, 신체시가, 보통문, 단편소
설 등의 분야에 투고가 가능하고, 상금은 50전에서 최고 3원까지 지급
되었다. 상금 금액으로 봤을 때, 가장 권위가 있는 것은 단편소설 분야
이다. 그런데 현상문예에서 요구하고 있는 단편소설이란 1행 23자 100
행 내외의 분량과 '한자 약간 섞은 시문체'일 뿐이다. 즉, 이것만 봤을
때는 『청춘』이 구투를 완전히 벗고 새로운 근대적 의식만을 추구했는
지는 의심스럽다. 『매일신보』의 경우도 1행 18자 150행을 넘지 않는
기준의 단편소설을 공모했다. 이처럼 분량 기준만을 엄격히 한 단편소
설을 모집하는 사례들은 소설에 대한 관념이 매체의 속성과 어떻게 결
부되어 형성해 가는지를 보여준다. 또한 응모는 반드시 독자임을 확인
할 수 있는 '청춘독자증靑春讀者證'을 원고용지에 붙인 경우에만 가능했
다. 이는 『청춘』의 현상문예가 문인 재생산 시스템으로 존재했다기보
다는, 일차적으로 독자확보 및 특정 문학관의 권유를 목적으로 존재했
다는 해석이 가능하다. 이처럼 신소설을 배제한 측면이나 공모 자격에
제한을 둔 측면들이 『매일신보』의 현상공모와 비슷한 부분들이 『청
춘』의 현상문예에도 존재했다.

7호에 한해서 모집한 '특별대현상'의 경우는 '현상문예'보다 좀 더 구
체적인 글쓰기 방향을 제시하고 있다.

特別大懸賞

一. 故鄕의 事情을 錄送하는 文 崔六堂 考選

一. 自己의 近況을 報知하는 文 崔六堂 考選

一. 短篇小說 學生을 主人公으로 하야 猥雜에 流치 아니하는 範圍에서
體裁, 意匠은 任意로 할것이며 滑稽味를 帶한것도 無妨함.

'특별대현상'은 이처럼 세 분야에서 원고를 모집했는데, 모두 현상
문예와 마찬가지로 독자증을 요구했고, 상금의 경우는 현상문예보다
높게 책정되어 있다. 이 중 "자기의 근황을 보지하는 문"의 경우는 "자
기가 최근에 경력經歷한 바 감상한 바 관오觀悟한 바 문견聞見한 바"를 조
건으로 내세우고 있는 것을 볼 때, 그것이 결과적으로 '나'혹은 '내면'이
라고 하는 근대적 글쓰기의 한 양상으로 연결된다는 점을 생각할 수 있
다. 장르 미분화 상태에서 '나'를 중심으로 놓는 글쓰기의 제도적 권유
와 그 내면화의 일종으로 보여지는 측면이다. 한편 양식이 불분명한
글에 대한 심사와는 달리 『청춘』의 현상공모에서 단편소설의 경우는
이광수가 그 선택의 기준을 명확하게 고지하고 있고, 그것이 자체로 완
결된 문학론이면서, 실제 적용에 있어서는 양가적인 태도를 함의하고
있어서 흥미로운 대목이다. 12호에 실린 '현상소설고선여언'은 당대 작
가지망생 독자들의 전범이 된 이광수의 소설관을 엿볼 수 있는 중요한
텍스트이다. 우선 이 글은 『청춘』의 현상모집이 『매일신보』와 달리
'순문학적 목적'으로 모집한 것으로 최초임을 강조하며 시작한다.

일즉 每日申報新年號에 短篇小說의 懸賞募集이 잇섯스나 純文學的目的
으로 小說을 募集한것은 아마 이번이 처음인가보외다. 나는 猥濫되게 考選

者라는 重任難任을 맛하가지고 쇄 걱정이 만핫섯소.[43]

이광수가 말하는 순문학적 목적은 권선징악을 통한 교훈성에서 탈
피하여 "문학 자신의 이상과 임무"를 추구하는 것이다. 이는 다시 말해,
『매일신보』의 현상 단편소설은 그 목적이 순문학적이지 않다는 말이
기도 하고, 문학은 그 자체가 목적이지 수단이 될 수 없음을 강조하는
것이기도 하다.

文學은 決코 修身書나 宗敎的 敎訓書도 아니오, 그 補助는 더구나 아니
오, 文學에는 쑤렷이 文學自身의 理想과 任務가 잇습니다. 嫉妬를 材料로
하되 반다시 嫉妬를 업시하리라는 目的으로함이아니오 忠孝를 材料로하
되 반다시 忠孝를 獎勵하랴는 意味로 하는것이아니라, 嫉妬라는 感情이 根
本이되어 人生生活에 엇더한 喜悲劇을 닐으키는가, 忠孝라는 感情의 發露
가 엇더케 아름다운 人情美를 發揮하는가를 如實하게 描寫하야 萬人의 압
헤 내어노흐면 그만이외다. 萬人이 그것을 보고 敎訓을 삼는다하더라도
그것은 文學의 一活用, 一副産에 지나지못하는것이외다. 우리 人生은 敎
訓만으로 살아가는것이아니니 倫理的敎訓은 人生의 一部分에 不過하는것
이외다.[44]

이 글에서 춘원이 고선考選의 기준으로 취하고 있는 5가지이다. ①
시문체, ② 신성한 직업적 글쓰기, ③ 아름다운 정의 문학, ④ 현실적,
⑤ 신사상의 맹아萌芽 등이다. 첫째, 시문체란 당대의 문장을 요구하는

---

43 春園生, 「懸賞小說考選餘言」, 『청춘』 12호, 1918.3.
44 春園生, 앞의 글.

것에 해당하지만, 결국 문체, 문장, 글쓰기 차원의 새로움을 말한다. 춘원은 아예, "전혀 구절을 쩨지 아니하고 죽 닛대어 쓴 것이라든지, 혹 구절을 쩨더라도 규칙업시 쩬 것"이라며 상세한 교정의 실례를 보여주기도 하는데, 이는 현상공모 전반이 의도한 글쓰기의 규범화, 구체적으로 말해 언문일치의 권장을 말한다. 또한 작품을 직접 거론하며 각각에 대한 평을 하고 있다는 것은 특별대현상의 단편소설 모집이 독자와의 소통 차원을 넘어 수준 있는 작가의 선발을 기대하고 있다는 반증이다.

『청춘』의 현상공모에 선발한 입상자의 경우 한자명과 함께 주소지가 함께 기재되어 있어서 비교적 상세히 그 정보를 확인할 수 있는데, 이는 글쓰기 공모가 '어떤 독자'들에게 어필했는지, 잡지의 독자층은 누구였는지 묻게 한다.[45] 한 번의 당선으로 작가로 공인되는 것도 아니고, 동일인이 여러 번 투고하여 여러 번 입선하는 일도 비일비재했는데, 『청춘』의 현상공모는 근대적인 문단을 정비하는 제도라기보다는 이후 세대의 특징인 문학의 자율성을 가능케 하는 과도기적 실험장이었다고 볼 수 있다. 그 결과 전국 주요 학교의 학생 및 선생이 『청춘』의 독자층 대다수를 형성했으며, 그들의 투고가 역시 큰 비중을 차지했다는 사실이 확인가능하다. 또한 입선작의 구도 역시 학생주인공이, 수신修身의 레퍼토리를 반복하고 있다는 점에서 독자층과 매체의 상관관

---

45 '현상문예, 특별현상문예, 독자문예' 등의 이름으로 발표된 단편소설 목록은 다음과 같다. 유종석(경기도고양군중면일산리), 「冷麵한그릇」, 1917.9; 이상춘(경성부낙원동122), 「두 벗」, 1917.9; 배재황(창원군 웅동면 마천리), 「쌧쑤라그늘」, 1917. 9; 이상춘(경성낙원동122번지), 「岐路」, 1917.11; 주낙양(주요한,東京명치학원), 「마을집」, 1917.11; 김명순(女)(경성계동119김명숙方), 「疑心의少女」, 1917.11; 김영휴(개성남대문통), 「有情無情」, 1917.11; 유종석(고양군중면일산리), 「母子의 情」, 1918.4; 김윤경(경주군오포면고산리448), 「戰場奇譚」, 1918.4; ㅅㅎ生(방정환,시내견지동118), 「牛乳配達夫」, 1918.4; 최국현(고양군중마면두리), 「偶然」, 1918.4.

계를 추측할 수 있다.

『청춘』의 현상문예는 근대 문학 개념의 저변 확대와 전문 작가의 발굴이라는 목표를 위해 고안되었다. 짧은 기간 이루어진 『청춘』 현상문예의 성과는 신진 작가의 발굴과 그들을 중심으로 하는 문예그룹의 구체화에 있었다. 작가의 재생산 시스템과 문인의 사회적 조직화가 실질적으로 시작된 것이다. 『청춘』 현상문예의 투고자였던 방정환과 유광렬은 『청춘』 폐간 이후 『신청년』을 창간하여 활동했다. 특히 손병희의 사위였던 방정환은 『개벽』 발간에도 참여하며 조선 문화계의 핵심 인물로 부각되었다. 이상춘, 주요한, 김명순, 이익상 등이 『청춘』을 통해 문단에 나왔다. 또한 단편양식을 강조하는 배경으로 작용하기도 했다. 현상문예의 단편양식의 강조는 시간이 흐르면서 무의식적으로 내면화되어 단편양식에 대한 가치 판단을 만들어내게 된다.

제4부

마무리
−근대 신문 · 잡지 단편소설의 위상

1890년대부터 1910년대까지 발간된 신문과 잡지에서 확인 가능한 단편소설을 통해 근대 단편소설의 전개 양상을 살펴보았다. 근대적 미디어인 신문과 잡지는 당대 지식인들의 시대인식이 반영된 서사의 생산 기반이었고, 단편소설의 등장과 존재 방식 역시 그 자체로 고유하게 존립한 것이 아니라 매체 내에서의 모색과 분투의 과정을 거친 것임을 증명해 보려는 의도였다.

　　이 연구 대상의 1차 자료는 신문과 잡지에 수록된 단편서사 작품이었다. 단편소설의 생산과 재생산의 배경이 되는 틀로서 근대적 미디어인 신문과 잡지를 중심으로 단편소설 인식 일반을 재구성해 보았다. 각 시대의 문학 양식은 그것을 담아내는 제도와 일정한 관계를 맺고 변화한다. 단편소설의 전개 과정을 추적하는 과정에서 각각의 단편 작품은 개별적인 고유성을 갖기보다는 그것을 담아낸 제도 권력 안에서 존재함을 확인할 수 있었다. 신문은 독자의 흥미를 끌어 구독을 늘리는 방편으로 소설을 연재했고, 연재되는 장편소설과 구별되는 개념으로 단편소설란을 배치했다. 월간으로 발간되는 잡지의 경우, 지면 구성상 작품의 일회적 완결이 요구되고, 신문처럼 다수의 일반 대중을 독자층으로 상정하지 않으며, 대중화되지 않은 만큼 자본 동원력이나 조직 구성면에서 신문 미디어보다 수명이 훨씬 짧다. 따라서 길이면에서 자연스럽게 단편양식을 취하게 되었다. 각 매체에서 연구의 대상으로 선정한 기준은 ① '단편' 또는 '단편소설'이라는 표제어를 명확히 밝힌 경우, ② 소설란 수록 또는 소설임을 명기하고 짧은 연재로 끝나는 경우, ③ 소설란의 역할을 하는 다른 이름의 게재란에 수록된 짧은 서사 작품 ④ 표제 없이 게재된 소설 중 단편소설의 조건으로 지칭하던 당대적 기준에 부합한 작품이다. 즉 분량상의 기준을 중요한 근거로 삼되 매체 발간, 편집진이 기본적으로 문학 개념을 인식하고, 소설을 의도적으로 싣고 있음을 인지하기 시작한 단계에서부터 발표된 서사 작품을 대상으로 삼았다.

방법론은 근대 미디어인 신문과 잡지의 개황을 정리하고 각각의 매체적 특성이 어떻게 변별되는지를 유형화하여 단편소설이 어떻게 수록되고 생산되고 확산되는지 살펴보는 방식을 취했다. 그 과정에서 단편소설의 근대적 가치 형성을 주도한 주체, 실천의 과정, 역사적 정황을 각각 신문과 잡지별로 대별해 봄으로써 한국 신문과 잡지의 단편소설의 특성을 정리해 보았다. 개별 매체의 성격와 매체에 실린 단편소설과의 관계를 통해 근대 매체는 단순히 소설 작품을 수록하여 전달하는 매개적 개체가 아닌 소설의 형성에 구성적으로 관여하고 있음을 확인할 수 있었다.

신문 단편소설의 전개 양상과 제도화 과정은 크게 다음과 같은 다섯 가지 주제에 따라 신문 매체를 유형화했다. 첫째, 일본인 발행신문의 기획된 단편소설이 발표되는 『한성신보』와 『대한일보』, 둘째, 이언기담俚言奇談의 미디어 편입과 국문 단편소설과 관계되는 『제국신문』과 『경향신문』, 셋째, 단편소설란의 정착과 단편서사기법의 제시와 연관 있는 『만세보』와 『대한민보』, 넷째, 식민지 국민 담론의 확산과 단편소설의 활용과 연결되는 『매일신보』, 다섯째, 한국적 정치소설을 모색할 수 있었던 미주美洲 발간 신문인 『신한민보』이다.

일본 외무성의 '신문조종' 기술이 발행 전략의 중요한 목표로 작동한 신문 『한성신보』는 짧은 이야기 형식을 잡보/소설란에 수록하여 소설로 명명한 최초의 신문이다. 최초로 단편소설란을 배치한 『대한일보』는 일본이 한국의 보호국화를 추진하며 '시정개선'을 주창하던 시기에 발간한 신문이다. 독자 흥미 유발을 위해 조선 대중 독자층에 익숙한 패턴의 짧고 우스운 이야기를 신문 지면에 편입시킨 시도가 『한성신보』에서 이루어지고, 단편소설이라는 명칭이 공식적으로 명명되고 신문사의 기획력이 발휘되는 편집 체제의 산물로 제도화되는 시도가 『대한일보』를 통해 이루어졌다는 점은 한국 단편소설의 특징을 언급할 때 중요한 요소로 작용된다.

한글전용 신문 『제국신문』과 『경향신문』에는 야담, 고담, 우화와 같은 이언기담이 소설로 신문지면에 편입되어 국문 단편소설의 장을 장식한다. 대부분의 민족지 발행인과 편집진들은 당대 국문소설의 폐단을 주장하지만 항간에서 떠도는 이언俚言과 기담奇談 등의 이야기들이 소설란에 실렸다는 것은 신문 편집진의 소설을 둘러싼 인식적 측면과 상업적 활용 사이의 괴리를 보여주는 실례이다.

『대한일보』의 단편소설란 등장 이후 단편소설란을 두고 정착화한 신문은 『만세보』와 『대한민보』이다. 편집 체제 항목에 '문학' 분과를 포함시킨 신문인 『만세보』의 단편소설은 이인직의 일본 유학 체험을 통한 서구 단편소설에 대한 인식의 반영물이다. 『만세보』에서는 '숏스토리Short-story'로서의 단편소설 인식을 바탕으로 창작한 새로운 단편소설과 신년 특집호를 기념하기 위한 단편소설의 효시를 발견할 수 있고, 『대한민보』는 단편소설의 단일적이고 집약적인 서사 기법과 신문사의 기획 논조와 긴밀하게 결합하여 활용되는 단편 작품을 확인할 수 있었다.

신문사의 기획 편집 체제와 긴밀한 공조 관계 속에서 발표된 신문 단편소설의 성격이 1910년대 총독부 기관지『매일신보』에 이르면 식민지 지배 담론의 유포와 선전을 담당하는 것으로 공고화된다. 1910년 대『매일신보』는 총 64편의 단편소설이 발표되는 가운데 단편소설 창작을 독려하고 단편소설 확산의 대중화를 통한 시스템적 확립을 이루었음에도 불구하고 소설적 가치를 인정받지 못한 것은 당시『매일신보』편집진이 단편소설을 하나의 문학 양식으로 발전시키기에 주력하기보다는 식민통치의 시스템 구축 방편으로 활용한 측면이 주목적으로 작동했기 때문임을 알 수 있었다.

이처럼 단편소설은 근대 신문의 미디어적 속성인 계몽과 선전 요소와 결합하여 활용되며 전개되었고 그 제도화 과정에서 각각의 시대 분위기에 따라 전개되던 일본의 식민 통치 전략과 결합하여 만들어진 기획적 산물이었다.

잡지 단편소설의 전개 양상과 제도화 과정도 크게 네 가지 주제로 분류하여 매체를 유형화했다. 첫째, 계몽의 수사학과 잡저雜著로서의 단편서사를 1900년대에 조선에서 발간된 최초 종합 잡지인『조양보』와『대한자강회월보』,『서우』,『서북학회월보』등의 각 학회 단체의 학회 잡지, 근대 학교 교육을 받고 있던 청년 학생층을 주독자로 설정한 학생 잡지『장학보』를 통해 살펴보고, 둘째, 근대적 개인의 부상과 단편양식의 결합을 1900~1910년대에 일본에서 발간된 유학생 단체 잡지인『대한흥학보』,『대한유학생회학보』,『학지광』,『여자계』등을 통해 확인하고, 셋째, 무단통치기 식민정책이 저변화되는 양상과 단편소설의 관계를 1910년대 천도교와 시천교에서 발간한 잡지와 불교계에서 발간한 6종의 잡지에서 살펴보고, 넷째, 근대문학 개념의 재편과 단편소설의 문제를『소년』과『청춘』을 통해서 정리해 보았다.

1900년대 잡지에 등장하는 초기 단편들은 지식인 필자의 전통적인 한문 문체관에 입각하여 등장했다. 이들 잡지 발간에 관여한 이들은 전통적인 한학을 바탕으로 문명개화 신지식을 유입한 지식인들이었고, 주요 독자는 유학과 한문에 익숙하나 신지식을 접하지 못한 선비들이나 당시 근대교육을 받고 있는 신지식층 청년 학생들이었다. 이들 잡지에는 기존의 문학 관습에 익숙한 집필자와 독자층의 성향에 따라 국권회복의 열망과 위기 극복의 의지를 표출하는 방식의 단편소설들이 발표되었다.

특히 잡지 단편소설 특성의 주요한 획을 긋는 일본 유학생 잡지들의 단편소설에는 애국계몽주의자들의 계몽기획이 반영된 양식의 작품부터 개인의 주체적 의식, 불안심리가 반영되는 양태의 다양한 단편 소설들이 수록되었다. 일본 유학생 필자들은 고국의 위기 상황에 대한 막강한 책임의식과 고향 부모 형제의 기대감, 고국을 식민지화한 타국에서의 외로움으로 비롯된 현실이 자신을 억압하는 기제로 작동될 때 내면으로 침잠하는 모습을 서사화한 작품을 발표하였다. 지식인의 자의식이 향한 내면 지향적 자기 고백체 소설은 내면적 주체로서 초연함을 향유하는 문학예술의 장을 동경하게 되고 대다수의 대중 독자와는 유리된 '순문학적' 목적을 지향하게 된다.

1910년대 무단통치기에는『매일신보』만이 유일한 한국어신문으로 존재했고, 일반 종합 잡지의 발행이 제한되는 가운데 유학생 잡지나 종교잡지, 일본인 발행 잡지 등이 발간되었다. 총독부에서 한일병합 후 식민통치를 항구화하기 위해 최우선의 정책으로 삼은 것은 '종교'와 '교육'이었다. 1910년대 종교계의 대표적인 잡지는 천도교/시천교에서 발간한 잡지들과 불교계의 '거사불교운동' 주축 인물들이 발간한 잡지들이다. 천도교 잡지 『천도교회월보』의 경우는 1900년대 천도교 기관신문인 『만세보』와 『대한민보』에서 확인된 단편소설 편집 관습이 반영되어 단편소설적 특징을 명징하게 표제화하는 방식으로 이어지게 된다. 천도교 잡지 단편소설에서 가장 강조하는 주제는 화목한 가족 공동체의 추구로서 한일병합 이전의 문명 국민, 독립과 계몽을 향한 의지는 천도교 잡지에서 종교적 마음 수양과 화목한 가족 공동체를 만들기 위한 것으로 치환되고, 정절을 지키던 유교적 담론상의 여성 인물은 천도교를 포교하는 전도사의 상으로 변모된다. 불교잡지의 경우는 사유, 명상, 마음 수행 등의 의미를 지닌 불교의 선禪이 번뇌를 다스리는 기술과 인생의 깨달음과 해탈로 작용하는 단편소설들을 발표한다. 이러한 종교 잡지들에서 발표된 단편소설은 종교별로 집단화한 민족 결집의 해체, 화목한 가족 공동체를 목표로 삼는 민족 공동체의 해체, 식민지 현실의 문제를 인간 본연의 문제로 무화시키는 민족성의 해체를 보여줌으로써 개인적이고 개별적인 서사로 축소시키는 역할을 한다.

일본인 다케우치에 의해 발간된 『신문계』와 『반도시론』은 일본인 지식인의 조선 현실에 대한 인식과 친일 지식인 필자들의 식민지 현실에 대한 인식이 반영된 잡지라는 점이 특징적이다. 이 잡지에 발표된 단편소설에서 현실은 당대 식민지 조선의 특수한 현실이 아니라 인간 개인의 노력을 통한 입지적인立志傳的 일화, 개인의 타락 문제, 물질문명으로 인한 자본주의의 구조적 모순과 같은 인류 보편적인 문제로 제시된다.

서구적 문명의 보편화와 문학의 사회적 제도화를 당대 현실의 중요한 문제로 인식하게 된 것은 최남선에 의해 간행된 『소년』과 『청춘』을 통해서이다. 잡지 『소년』과 『청춘』에서 문학 작품은 다양한 근대 지식의 하위 범주로 배치되고, 최남선, 이광수, 현상윤 등의 『청춘』 그룹은 자신들이 수용한 서구적 근대문학의 인식을 독자에게 전달하여 문학 독자층을 형성하게 된다. 『청춘』의 현상문예는 '단편소설가' 배출을 의도한 최초의 현상공모라 할 수 있으며, 그 과정에서 단편소설은 문학의 근대성을 상징하는 중심적 위치를 부여받게 된다.

　이로써 신문 단편소설은 대중 독자 포섭을 위한 편집 기획의 산물이며, 잡지 단편소설은 식민지 현실에 대한 지식인 필자의 현실 인식의 산물이라고 그 특징을 정리할 수 있겠다. 근대 단편소설의 형성과정에서 단편소설의 위상을 탐구하는 것은 이 책에서 연구 대상으로 삼은 시기와 매체에만 국한되는 사안은 아닐 것이며, 전반적인 소설사와 전근대의 문학사적 논점들과 함께 총체적으로 연구할 때 더욱 생산적인 논의가 가능해질 것이라 생각한다.

참고문헌

1. 신문·잡지 및 자료집

『경남일보』, 『경향신문』, 『공립신보』, 『舊韓國官報』, 『국민보』, 『그리스도신문』, 『대한매일신보』, 『대한민보』, 『대한일보』, 『대한크리스도인회보』, 『독립신문』, 『동아일보』, 『만세보』, 『매일신문』, 『매일신보』, 『신한국보』, 『신한민보』, 『제국신문』, 『조선신보』, 『조선일보』, 『조선총독부관보』, 『죠션크리스도인회보』, 『한성순보』, 『한성신보』, 『한성주보』, 『황성신문』.

『공수학보』, 『교남교육회잡지』, 『구악종보』, 『기독청년』, 『기호흥학회월보』, 『대동보』, 『대조선독립협회회보』, 『대조선일본유학생친목회보』, 『대한유학생학보』, 『대한자강회월보』, 『대한학회월보』, 『대한협회회보』, 『대한흥학보』, 『동인학보』, 『반도시론』, 『별건곤』, 『불교진흥회월보』, 『삼천리』, 『서북학회월보』, 『서우』, 『소년』, 『시천교월보』, 『신가정』, 『신문계』, 『야뢰』, 『여자계』, 『장학보』, 『조선불교계』, 『조선불교총보』, 『조선불교월보』, 『조선휘보』, 『조양보』, 『불교』, 『천도교회월보』, 『청춘』, 『태극학보』, 『학지광』, 『호남학보』.

『고종시대사』, 국사편찬위원회, 1970.
『京城日報社誌』, 경성일보사, 1920.
『김동인전집』, 조선일보사, 1988.
『대경성공직자명감』 경성일보사, 1936.
『聖經』.
『신소설 번안(역)소설』, 아세아문화사, 1979.
『在日朝鮮人關係資料集成』, 한국학진흥원, 1987.
『한국독립운동사자료』.
『한국설화유형분류집』(한국구비문학대계 별책부록), 한국정신문화연구원, 1989.
The New Encyclopedia Britanica, Vol.26, 1985.
계훈모 편, 『한국언론연표』, 관훈클럽영신연구기금, 1979.
김근수 편, 『한국잡지개관 및 호별목차집』, 한국학연구소, 1973.
김영민·구장률·이유미 편, 『근대계몽기 단형 서사문학 자료전집』 상·하, 소명출판, 2003.

독립운동사 편찬위원회, 『독립운동사』, 독립유공자사업기금운용위원회, 1971.

무악고소설연구회 편, 『한국고소설관련자료집』, 이회, 2005.

서울시사편찬위원회, 『서울육백년사』(민속편), 서울특별시, 1990.

안국선, 『공진회』, 1915.

정교, 『대한계년사』, 소명출판, 2004.

조기주 편저, 『天道敎宗令集』, 1983.

宗高書房 編, 『조선통치사료』, 혜성문화사, 1986.

한국신문연구소, 『한국신문백년 사료집』, 1975.

황현, 『매천야록』, 문학과지성사, 2005.

2. 국내 논저

강병식, 「일제하 한국에서의 결혼과 이혼 및 출산 실태 연구」, 『史學志』 28, 단국대 사학회, 1995.

강봉식, 「단편소설론」, 『영미소설론』, 1960.

강은해, 「일제강점기 망명지문학과 지하문학」, 『서강어문』 3, 서강어문학회, 1983.10.

강창일, 『근대 일본의 조선침략과 대아시아주의―우익낭인의 행동과 사상을 중심으로』, 역사비평
　　　사, 2003.

고미숙, 「근대계몽기, 그 생성과 변이의 공간에 대한 몇 가지 단상」, 『민족문학사연구』 19호, 민족
　　　문학사연구소, 2001.

고연기, 『잡지편집의 이론과 실제』, 보성사, 1984.

고재석, 「1910년대의 불교근대화운동과 그 문학사적 의의」, 『한국문학연구』 10, 동국대 한국문학
　　　연구소, 1987.

_____, 「백화 양건식문학 연구1」, 『한국문학연구』 12, 동국대 한국문학연구소, 1989.

_____, 「이인직의 죽음, 그 보이지 않는 유산」, 『한국어문학연구』 제42집, 한국어문학연구학회,
　　　2004

구인모, 「『학지광』 文學論의 美學主義」, 동국대 석사논문, 1999.

구자균, 『조선평민문학사』, 文潮社, 1948.

구장률, 「근대지식의 수용과 문학의 위치―1900년대 후반 일본유학생들의 문학관을 중심으로」,
　　　『대동문화연구』 67집, 성균관대 동아시아학술원, 2009.

_____, 「근대지식의 수용과 소설 인식의 재편」, 연세대 박사논문, 2009.

_____, 「신소설 출현의 역사적 배경」, 『동방학지』 135, 연세대 국학연구원, 2006.

권보드래, 『한국근대소설의 기원』, 소명출판, 2000.

_____ 해설, 「경성유람기」,『민족문학사연구』 16, 민족문학사연구소, 2000.

권순긍, 「『이춘풍전』의 풍자성과 근대적 지향」,『비교어문연구』 5, 비교어문학회, 1994.

권태억, 「1904~1910년 일제의 한국 침략구상과 '시정개선'」,『한국사론』 31, 서울대, 1994.

김경미,『소설의 매혹』, 월인, 2003.

김교봉・설성경,『근대전환기 소설연구』, 국학자료원, 1991.

김도훈,『(미대륙의 항일무장투쟁론자) 박용만』, 역사공간, 2010.

김동인, 「문단회고」,『김동인전집』 16, 조선일보사, 1988.

김병철,『한국근대번역문학사연구』, 아세아문화사, 1988.

김복순, 「1910년대 한국문학과 근대」, 연세대 박사논문, 1990.

_____,『1910년대 한국문학과 근대성』, 소명출판, 1999.

김영덕 외,『중국문학사』, 청년사, 1991.

김영란, 「미주초기이민의 출판활동에 관한 연구-1907~1919년까지」, 서강대 석사논문, 2011.

김영민, 「근대계몽기 단형(短型) 서사문학 자료 연구-자료의 정리작업 및 근대문학사 적 특질
　　　　연구」,『근대계몽기 단형 서사문학 자료전집』 상, 소명출판, 2003.

_____, 「근대적 유학제도의 확립과 해외 유학생의 문학・문화 활동 연구」,『현대문학의 연구』
　　　　32호, 한국문학연구학회, 2007.

_____,『한국근대소설사』, 솔, 1997.

_____,『한국 근대소설의 형성과정』, 소명출판, 2005.

_____,『한국의 근대신문과 근대소설 2-한성신보』, 소명출판, 2008.

김원모・이경훈 편역,『동포에 고함-춘원 이광수 친일문학』, 철학과현실사, 1997.

김원용,『재미한인 50년사』, 혜안, 2004.

김윤식,『이광수와 그의 시대』, 솔, 1999.

김윤재, 「백악춘사 장응진 연구」,『민족문학사연구』 12, 민족문학사연구소, 1988.

김재영, 「근대계몽기 '소설' 인식의 한 양상-『대한민보』의 경우」,『국어국문학』 143, 국어국문학
　　　　회, 2006.

_____, 「근대계몽기 소설 개념의 변화-두 가지 외래적 원천」,『현대문학의 연구』 22, 한국문학연
　　　　구학회, 2004.

김정인, 「동학・동학농민전쟁과 여성」,『동학연구』 11, 한국동학학회, 2002.

김찬기,『한국 근대소설의 형성과 전(傳)』, 소명출판, 2004.

김태웅, 「1915년 경성부 물산공진회와 일제의 정치선전」,『서울학연구』 18, 서울시립대 서울학연
　　　　구소, 2002.

김현실,『한국근대단편소설론』, 공동체, 1991.

김현주, 「1910년대 '개인', '민족'의 구성과 감정의 정치학」, 『현대문학의 연구』 22, 한국문학연구
　　학회, 2004.

다지리 히로유끼, 「이인직 연구」, 고려대 박사논문, 2000.

大谷森繁, 『조선후기 소설독자 연구』, 고려대 출판부, 1985.

동국대 한국문학연구소 편, 『식민지시기 검열과 한국문화』, 동국대 출판부, 2010.

류종렬, 「개화기 '경향신문'에 실린 '쇼셜(小說)' 연구」, 태야 최동원 선생 화갑기념 논총간행위원회
　　편, 『국문학논총』, 삼영사, 1983.

만해, 「불교속간에 대하여」, 『불교』 21집, 1940.2.

문학과사상연구회, 『근대계몽기문학의 재인식』, 소명출판, 2007.

민경배, 『한국기독교회사』, 연세대 출판부, 2007.

박경남, 「임경업 영웅상의 실체와 그 의미」, 『고전문학연구』 23, 한국고전문학회, 2003.

박미영, 「재미작가 홍언의 미국기행시가에 나타난 디아스포라적 작가의식」, 『시조학논총』 25,
　　한국시조학회, 2006.

＿＿＿, 「재미작가 홍언의 시조형식 모색과정과 선택」, 『시조학논총』 18, 한국시조학회, 2002.

박수미, 「개화기 신문소설 연구」, 성균관대 박사논문, 2005.

박수영, 「구한말 조선을 바라본 긍정의 눈」, 『동아일보』, 2011.8.13.

박영호, 「미주한인 소설의 태동과 삼일운동 이전의 소설」, 『미주문학』, 미주한국문인협회, 2004.

박찬승, 「근대적 지식인의 출현과 민족사적 과제」, 『역사비평』 가을호, 역사비평사, 1992.

박헌호, 『식민지 근대성과 소설의 양식』, 소명출판, 2004.

백천풍, 「한국 근대문학 초창기의 일본적 영향」, 동국대 석사논문, 1982.

사에구사 도시카쓰, 「이중표기와 근대적 문체 형성」, 『현대문학의 연구』 15집, 한국문학연구학회,
　　2000.

서은경, 「1900년대 '단편소설(短篇小說)'과 1910년대 '단편소설'에 대한 비교적 고찰」, 『현대문
　　학의 연구』 31, 한국문학연구학회, 2007.

손병국, 「한국고전소설에 미친 명대화본소설의 영향」, 동국대 박사논문, 1989.

송명진, 「지리적 일탈과 개화기소설의 지속과 변이」, 『국어국문학』 169, 국어국문학회, 2014.

송민호, 『한국개화기소설의 사적연구』, 일지사, 1975.

송병기, 「개화기 일본유학생 파견과 실태(1881~1903)」, 『동양학』 18집, 1988.

신보 쿠니히로, 「장르의 생성을 둘러싸고―근대단편소설의 경우」, 『연세대 근대한국학연구소 주
　　최 제3회국제심포지움 '韓日근대어문학연구의쟁점(2)' 발표집』, 2008.

신해진, 「야담연구의 현황과 그 과제」, 『고소설연구』 2, 한국고소설학회, 1996.

신춘자, 「신한민보와 기독교소설연구―「힘쓰면 될 것이라」를 중심으로」, 『인문과학논총』 3, 서울

대 인문학연구원, 1998.

심경호, 『한문산문의 내면 풍경』, 소명출판, 2001.

심노숭, 『孝田散稿』; 심노숭, 김영진 역, 『눈물이란 무엇인가』, 태학사, 2001.

심형철, 「19세기말 20세기초 한중일 3국의 소설관념 변화양상에 관한 비교연구」, 『중국현대문학』
　　　제23호, 한국중국현대문학학회, 2002.

안대회 편, 『조선후기 小品文의 실체』, 태학사, 2003.

안병설, 「우언의 문학적 수용에 대하여」, 『논문집』 12, 국민대, 1978.

안형주, 『박용만과 한인소년병학교』, 지식산업사, 2007.

안확, 『조선문학사』, 한일서점, 1922.

양건식, 「人類를 구제하는 宗敎」, 『불교』 50・51합호, 1928.9.

양계초, 이종민 역주, 「신중국미래기 역주」, 『중국현대문학』 제68・69호, 한국중국현대문학학회,
　　　2014..

_____, 최완식・이병완 역, 『중국사상대계』 9, 신화사, 1983.

양문규, 『한국근대소설사연구』, 국학자료원, 1994.

_____, 『한국 근대소설과 현실인식의 역사』, 소명출판, 2002.

_____, 「1900년대 신문 잡지 미디어와 근대소설의 탄생」, 『한국 근대 서사양식의 발생 및 전개와
　　　매체의 역할』, 소명출판, 2005.

_____, 「1910년대 유학생 잡지와 한국근대소설의 형성」, 『현대문학의 연구』 34, 한국문학연구학
　　　회, 2008.

연세대 근대한국학연구소, 『근대계몽기 단형 서사문학 연구』, 소명출판, 2005.

염상섭, 「佛敎와 文學」, 『불교』, 1931.

우림걸, 『한국 개화기 문학과 양계초』, 박이정, 2002.

우정권, 『한국 근대 고백소설의 형성과 서사양식』, 소명출판, 2004.

윤영실, 「근대계몽기 역사적 서사(역사/소설)의 사실, 허구, 진리」, 『한국현대문학연구』 34, 한국
　　　현대문학회, 2011.

윤주필, 「우언 글쓰기의 원리와 적용 자료의 범위 연구」, 『한국한문학연구』 28집, 한국한문학회,
　　　2001.

이경훈, 「『학지광』의 매체적 특성과 日本의 영향1」, 『대동문화연구』 48집, 성균관대 동아시아학
　　　술원, 2004.

이동하, 「1910년대 단편소설 연구」, 서울대 석사논문, 1982.

이보경, 『문과 노벨의 결혼』, 문학과지성사, 2002.

이상경, 『나는 인간으로 살고 싶다―영원한 신여성 나혜석』, 한길사, 2009.

이우성·임형택 편역,『이조한문단편집』상, 일조각, 1973.

_____,『이조한문단편집』하, 일조각, 1978.

이유미,「1900년대 근대적 잡지의 출현과 문명 담론」,『현대소설연구』26, 한국현대소설학회, 2005.

_____,「1900년대 지식인의 현실인식과 글쓰기 방식의 상관성 연구」,『현대소설연구』27. 한국 현대소설학회, 2005.

_____,「근대계몽기 '短篇小說'의 위상」,『현대문학의 연구』22, 한국문학연구학회, 2004.

_____,「근대초기 신문소설의 여성인물 재현 양상 연구」,『한국근대문학연구』16, 한국근대문학 회, 2007.

_____,「식민지 한국 정치소설의 모색과 이항우」,『현대문학의 연구』57, 한국문학연구학회, 2016.

이은숙,『신작구소설연구』, 국학자료원, 2000.

이은주,「한국근대단편소설의 양식 연구」, 이화여대 박사논문, 2003.

이재선,『한국개화기소설연구』, 일조각, 1972.

_____,『한국단편소설연구』, 일조각, 1975.

이태훈,「한말-일제초기 대한협회 주도층의 국가인식과 자본주의근대화론」, 연세대 석사논문, 1999.

이화여대 한국문화연구원,『근대계몽기 지식개념의 수용과 그 변용』, 소명출판, 2004.

이희정,『한국 근대소설의 형성과『매일신보』』, 소명출판, 2008.

임규찬·한진일 편,『임화 신문학사』, 한길사, 1993.

임경석,「한말노령의 애국계몽운동과 블라디보스톡 한인거류지」,『성대사림』12·13, 수선사학 회, 1997.

임상석,『20세기 국한문체의 형성과정』, 지식산업사, 2008.

임성래 외,『신문소설이란 무엇인가』, 국학자료원, 1996.

임춘호,「한국과 일본 구마모토와의 관계에 대하여-명치시대 구마모토국권당의 조선진출 을 중 심으로」, 배재대 석사논문, 2003.

임형택,「18·9세기'이야기꾼'과 소설의 발달」,『한국학논집』2, 계명대 한국학연구소, 1975.

임형택 외,『흔들리는 언어들』, 성균관대 대동문화연구원, 2008.

장시광,「여성영웅소설에 나타난 女化爲男의 의미」,『한국고전여성문학연구』2, 한국고전여성문 학회, 2001.

전지니,「재미교포 신문에 나타난 신소설 연구」, 고려대 석사논문, 1988.

정명기 편,『야담문학연구의 현단계』1~3, 보고사, 2001.

정선태, 『개화기 신문 논설의 서사 수용 양상』, 소명출판, 1999.

정진석, 『언론조선총독부』, 커뮤니케이션북스, 2005.

＿＿＿, 『역사와 언론인』, 커뮤니케이션북스, 2001.

정학성, 「몽유담의 우의적 전통과 개화기 몽유록」, 『관악어문연구』 3집, 서울대, 1978.

정현기, 「문학제도와 문학시장」, 『문학평론』 가을호, 2001.

조규익, 『해방전 재미한인 이민문학』 1〜6, 월인, 1999.

조 광, 「『경향신문』의 창간경위와 그 의의」, 『경향신문』(영인본), LG상남언론재단, 2005.

조동일, 『한국문학통사』 4, 지식산업사, 1986.

조상우, 「애국계몽기의 우언에 표출된 계몽의식」, 『동양학』 34집, 단국대 동양학연구원, 2003.

조용만, 『육당 최남선』, 삼중당, 1964.

주윤정, 「조선물산공진회와 식민주의 시선」, 『문화과학』 33, 문화과학사, 2003.

주종연, 『한국근대단편소설연구』, 형설출판사, 1979.

진학문, 「나의 文化史的 交遊記」, 『世代』, 세대사, 1973.5.

차배근, 『개화기 일본 유학생들의 언론출판활동 연구』, 서울대 출판부, 2000.

최기영, 『대한제국시기 신문연구』, 일조각, 1991.

＿＿＿, 「1910년대 이대위의 재미민족운동」, 『진단학보』 111, 진단학회, 2011.

＿＿＿, 「구한말 『공립신보』 『신한민보』에 관한 일고찰」, 『동아연구』 제17집, 서강대 동아연구소, 1989.2.

＿＿＿, 「미주지역 민족운동과 홍언」, 『한국근현대사연구』 봄호, 한국근현대사학회, 2012.

최서영, 『한국의 저널리즘』, 커뮤니케이션북스, 2002.

최시한, 「망명지소설 「남강의 가을」 연구」, 『배달말』 9, 배달말학회, 1984.

최재학, 『실지응용작문법』, 휘문관, 1909.

波田野節子, 『『무정』을 읽는다 ─ 『무정』의 빛과 그림자』, 소명출판, 2008.

한기형, 『한국근대소설사의 시각』, 소명출판, 1999.

＿＿＿, 「무단통치기 문화정책의 성격」, 『한국근대소설사의 시각』, 소명출판 1999.

＿＿＿, 「근대전환기 언어 질서의 변동과 근대적 매체 등장의 상관성 : 근대잡지와 근대문학 형성의 제도적 연관 ─ 1910년대 최남선과 죽내록지조(竹內錄之助)의 활동을 중심으로」, 『대동문화연구』 48집, 성균관대 동아시아학원, 2004.

＿＿＿, 「최남선의 잡지 발간과 초기 근대문학의 재편 ─ 『소년』, 『청춘』의 문학사적 역할과 위상」, 『대동문화연구』 45집, 성균관대 동아시아학술원, 2002.

한원영, 『한국개화기신문연재소설연구』, 일지사, 1990.

한점돌, 「1910년대 한국 소설의 정신사적 연구」, 서울대 박사논문, 1992.

한진일, 「근대 단편소설의 형성과정 연구」, 성균관대 박사논문, 2002.

황은주, 「조선 후기 고소설 연행과 「임경업전」」, 『한국어문학연구』 제53집, 한국어문학연구학회, 2009.

황지영, 「1910년대 잡지의 특성과 유학생 글쓰기―『학지광』을 중심으로」, 연세대 석사논문, 2010.

황호덕, 『근대네이션과 그 표상들』, 소명출판, 2005.

3. 국외 논저

가라타니 고진, 박유하 역, 『일본 근대문학의 기원』, 민음사, 1996.

나카무라 미쓰오, 고재석·김환기 역, 『일본 메이지문학사』, 동국대 출판부, 2001.

노혜경, 「「血の淚」に見られる'日本語表記'についての研究」, 朝鮮學會 제52회 발표자료, 2001.

더글라스 로빈슨, 정혜욱 역, 『번역과 제국』, 동문선, 2002.

라인하르트 코젤렉, 한철 역, 『지나간 미래』, 문학동네, 1998.

루쉰, 조관희 역주, 『중국소설사략』, 살림, 1998.

리디아 리우, 민정기 역, 『언어횡단적 실천』, 소명출판, 2005.

마에다 아이, 유은경·이원희 역, 『일본 근대독자의 성립』, 이룸, 2003.

박선미, 「植民地時期における朝鮮人女子日本留學生の研究」, 교토대 박사논문, 2004.

발터 벤야민, 반성완 역, 『발터 벤야민의 문예이론』, 민음사, 1983.

베네딕트 앤더슨, 윤형숙 역, 『상상의 공동체』, 나남출판, 2002.

베르너 파울슈티히, 황대현 역, 『근대 초기 매체의 역사―매체로 본 지배와 반란의 사회 문화사』, 지식의풍경, 2007.

스즈키 사다미, 김채수 역, 『일본의 문학개념』, 보고사, 2001.

스티븐 컨, 박성관 역, 『시간과 공간의 문화사―1880~1918』, 휴머니스트, 2006.

안토니오 네그리·마이클 하트, 윤수종 역, 『제국』, 이학사, 2001.

Ian Reid, 김종운 역, 『短篇小說(The Short Story)』, 서울대 출판부, 1979.

이나미 리츠코, 허명복 역, 『유쾌한 에피큐리언들의 즐거운 우행』, 가람기획, 2006.

진평원, 이종민 역, 『중국소설 서사학』, 살림, 1987.

코모리 요이치, 정선태 역, 『일본어의 근대』, 소명출판, 2003.

프란츠 K. 슈탄젤, 안삼환 역, 『소설형식의 기본유형』, 탐구당, 1982.

高木健夫, 『新聞小說史年表』, 國書刊行會, 1988.

龜井秀雄, 『明治文學史』, 岩波書店, 2000.

蛯原八郎, 『海外邦字新聞雑誌史』, 學而書院, 1936.

柳田泉, 『明治初期飜譯文學の硏究』, 春秋社, 1961.

林權助, 「機密第二〇號 漢城新報及朝鮮新報ニ關スル件」, 『駐韓日本公使館記錄』22권, 1991.

本田康雄, 『新聞小說の誕生』, 平凡社, 1998.

山本武利 責任編集, 『「帝國」日本の學知,第4卷 : メディアのなかの「帝國」』, 岩波書店, 2006.

西田長壽, 『明治時代の新聞と雑誌』, 至文堂, 1966.

松本君平, 『신문학(新聞學)』, 博文館, 1899.

植田康夫, 「總合雑誌の盛衰と編輯者の活動」, 『帝國日本の學知』4, 岩波書店, 2006.

安達謙藏, 『安達謙藏自敍傳』, 新樹社, 1960.

野口武彦, 『一語の辭典 小說』, 三省堂, 1996.

蟻生十郞, 『朝鮮統治に対する私見』, 1921.

早稻田文學 編, 『文藝百科全書』, 隆文館, 1909.12.

佐佐博雄, 「熊本國權党と朝鮮における新聞事業」, 國士館大學文學部, 『人文學會紀要』9, 1977.

中村資良, 『朝鮮銀行會社組合要錄』, 東亞經濟時報社, 1942.

中下正治, 「漢城新報と小村壽太郎」, 『季刊 現代中國』4, 1972.

坪内逍遙, 『小說神髓』, 春陽堂, 1932.

紅野謙介, 『投機としての文學—活字・懸賞・メディア』, 新曜社, 2003.

黑龍會 編, 『東亞先覺志士記伝』, 原書房, 1966.

Edga Allan Poe, "Review of Twice-Told Tales", *Graham's Magazine*, 1842

_____, "The Philosophy of composition", *Graham's Magazine*, 1846.

Jeremy Hawthorn, *Studying the Novel*, New York : Arnold, 2001.

Louis Frederic, *Kinokuniya Bunzaemon Japan Encyclolpedia*, Cambride, Massachusetts : Harvard University Press, 2002.

Roland E. Wolseley, *Understanding Magazine*, The Iowa State University Press, 1969.

Terry Eagleton, *Criticism and Ideology*, Verso, 1998.

Theodore Peterson, *Magazine in the Twentieth Century*, University of Iillinois Press Urbana, 1984.